名家通识讲座书系

文学与人生十五讲

□ 朱寿桐 著

北京大学出版社
PEKING UNIVERSITY PRESS

图书在版编目（CIP）数据

文学与人生十五讲/朱寿桐著. —北京：北京大学出版社，2006.1
（名家通识讲座书系）
ISBN 978－7－301－09089－3

Ⅰ.①文…　Ⅱ.①朱…　Ⅲ.①文学—关系—人生哲学　Ⅳ.①I0-05

中国版本图书馆 CIP 数据核字（2005）第 153576 号

书　　　名	文学与人生十五讲
著作责任者	朱寿桐　著
责 任 编 辑	艾　英
标 准 书 号	ISBN 978－7－301－09089－3
出 版 发 行	北京大学出版社
地　　　址	北京市海淀区成府路 205 号　100871
网　　　址	http://www.pup.cn　新浪微博:@北京大学出版社
电 子 信 箱	pkuwsz@126.com
电　　　话	邮购部 010－62752015　发行部 010－62750672
	编辑部 010－62756467
印 刷 者	三河市北燕印装有限公司
经 销 者	新华书店

965 毫米 × 1300 毫米　16 开本　23 印张　320 千字
2006 年 1 月第 1 版　2021 年 12 月第 9 次印刷

定　　　价	69.00 元

《名家通识讲座书系》
编审委员会

编审委员会主任

　　许智宏（北京大学校长　　中国科学院院士　　生物学家）

委　员

　　许智宏

　　刘中树（吉林大学校长　　教育部中文学科教学指导委员会主任　　教授　　文学理论家）

　　张岂之（清华大学教授　　历史学家　　原西北大学校长）

　　董　健（南京大学文学院院长　　教授　　戏剧学家　　原南京大学副校长）

　　李文海（中国人民大学教授　　历史学家　　教育部历史学科教学指导委员会主任　　原中国人民大学校长）

　　章培恒（复旦大学古籍研究所所长　　教授　　文学史家）

　　叶　朗（北京大学艺术系主任　　教授　　美学家　　教育部哲学学科教学指导委员会主任）

　　徐葆耕（清华大学中文系主任　　教授　　作家）

　　赵敦华（北京大学哲学系主任　　教授　　哲学家）

　　温儒敏（北京大学中文系主任　　教授　　文学史家　　中国现代文学学会副会长　　原北京大学出版社总编辑）

执行主编

　　温儒敏

目　录

《名家通识讲座书系》总序

本书系编审委员会

　　《名家通识讲座书系》是由北京大学发起，全国十多所重点大学和一些科研单位协作编写的一套大型多学科普及读物。全套书系计划出版 100 种，涵盖文、史、哲、艺术、社会科学、自然科学等各个主要学科领域，第一、二批近 50 种将在 2004 年内出齐。北京大学校长许智宏院士出任这套书系的编审委员会主任，北大中文系主任温儒敏教授任执行主编，来自全国一大批各学科领域的权威专家主持各书的撰写。到目前为止，这是同类普及性读物和教材中学科覆盖面最广、规模最大、编撰阵容最强的丛书之一。

　　本书系的定位是"通识"，是高品位的学科普及读物，能够满足社会上各类读者获取知识与提高素养的要求，同时也是配合高校推进素质教育而设计的讲座类书系，可以作为大学本科生通识课（通选课）的教材和课外读物。

　　素质教育正在成为当今大学教育和社会公民教育的趋势。为培养学生健全的人格，拓展与完善学生的知识结构，造就更多有创新潜能的复合型人才，目前全国许多大学都在调整课程，推行学分制改革，改变本科教学以往比较单纯的专业培养模式。多数大学的本科教学计划中，都已经规定和设计了通识课（通选课）的内容和学分比例，要求学生在完成本专业课程之外，选修一定比例的外专业课程，包括供全校选修的通识课（通选课）。但是，从调查的情况看，许多学校虽然在努力建设通识课，也还存在一些困难和问题：主要是缺少统一的规划，到底应当有哪些基本的通识课，可能通盘考虑不够；课程不正规，往往因人设课；课量不足，学生缺少选择的空间；更普遍的问题是,很少有真正适合通识课教学的教材,有时只好用专业课教材替代,影响了教学效果。一般来说,综合性大学这方面情况稍好,其他普通的大学,特别是理、工、医、农类学校因为相对缺少这方面的教学资源,加上很少有可供选择的教材,开设通识课的困难就更大。

这些年来,各地也陆续出版过一些面向素质教育的丛书或教材,但无论数量还是质量,都还远远不能满足需要。到底应当如何建设好通识课,使之能真正纳入正常的教学系统,并达到较好的教学效果? 这是许多学校师生普遍关心的问题。从 2000 年开始,由北大中文系主任温儒敏教授发起,联合了本校和一些兄弟院校的老师,经过广泛的调查,并征求许多院校通识课主讲教师的意见,提出要策划一套大型的多学科的青年普及读物,同时又是大学素质教育通识课系列教材。这项建议得到北京大学校长许智宏院士的支持,并由他牵头,组成了一个在学术界和教育界都有相当影响力的编审委员会,实际上也就是有效地联合了许多重点大学,协力同心来做成这套大型的书系。北京大学出版社历来以出版高质量的大学教科书闻名,由北大出版社承担这样一套多学科的大型书系的出版任务,也顺理成章。

编写出版这套书的目标是明确的,那就是:充分整合和利用全国各相关学科的教学资源,通过本书系的编写、出版和推广,将素质教育的理念贯彻到通识课知识体系和教学方式中,使这一类课程的学科搭配结构更合理,更正规,更具有系统性和开放性,从而也更方便全国各大学设计和安排这一类课程。

2001 年底,本书系的第一批课题确定。选题的确定,主要是考虑大学生素质教育和知识结构的需要,也参考了一些重点大学的相关课程安排。课题的酝酿和作者的聘请反复征求过各学科专家以及教育部各学科教学指导委员会的意见,并直接得到许多大学和科研机构的支持。第一批选题的作者当中,有一部分就是由各大学推荐的,他们已经在所属学校成功地开设过相关的通识课程。令人感动的是,虽然受聘的作者大都是各学科领域的顶尖学者,不少还是学科带头人,科研与教学工作本来就很忙,但多数作者还是非常乐于接受聘请，宁可先放下其他工作，也要挤时间保证这套书的完成。学者们如此关心和积极参与素质教育之大业，应当对他们表示崇高的敬意。

本书系的内容设计充分照顾到社会上一般青年读者的阅读选择，适合自学；同时又能满足大学通识课教学的需要。每一种书都有一定的知识系统，有相对独立的学科范围和专业性，但又不同于专业教科书，不是专业课的压缩或简化。重要的是能适合本专业之外的一般大学生和读者，深入浅出地传授相关学科的知识，扩展学术的胸襟和眼光，进而增进学生的人格素养。本书系每一种选题都在努力做到入乎其内，出乎其外，把学问真正做活了，并能加以普及，因此对这套书作者的要求很高。我们所邀请的大都是那些真正有学术建树，有良好的教学经验，又能将学问深入浅出地传达出来的重量级学者，是请"大家"来讲"通识"，所以命名为《名家通识讲座书系》。其意图就是精选名校名牌课程，实现大学教学资源共享，让更多的学子能够通过这套书，亲炙名家名师课堂。

本书系由不同的作者撰写，这些作者有不同的治学风格，但又都有共同的追求，既注意知识的相对稳定性，重点突出，通俗易懂，又能适当接触学科前沿，引发跨学科的思考和学习的兴趣。

本书系大都采用学术讲座的风格，有意保留讲课的口气和生动的文风，有"讲"的现场感，比较亲切、有趣。

本书系的拟想读者主要是青年，适合社会上一般读者作为提高文化素养的普及性读物；如果用作大学通识课教材，教员上课时可以参照其框架和基本内容，再加补充发挥；或者预先指定学生阅读某些章节，上课时组织学生讨论；也可以把本书系作为参考教材。

本书系每一本都是"十五讲"，主要是要求在较少的篇幅内讲清楚某一学科领域的通识，而选为教材，十五讲又正好讲一个学期，符合一般通识课的课时要求。同时这也有意形成一种系列出版物的鲜明特色，一个图书品牌。

　　我们希望这套书的出版既能满足社会上读者的需要,又能够有效地促进全国各大学的素质教育和通识课的建设,从而联合更多学界同仁,一起来努力营造一项宏大的文化教育工程。

文学与人生：一个严肃
而轻松的话题

一个轻松的话题
一个严肃的话题
关于话题的展开

　　我讲的这个话题讲过的人很多，正在讲或将要讲的一定也不少。或许这是一个比较容易讲的题目，也很可能是许多文学青年和文学爱好者感兴趣的题目。不需要多少特别的阅读经验，作为研究文学的人，我们处身于人生之中，这也就足够了。

　　"文学与人生"这个话题，初听起来觉得很浅显、很简单，因为每个人都在经历和体验各自的人生，每个人都在不同的年龄段通过不同的途径接受过文学的熏陶、诱引和影响，对两者之间的关系都可以有程度不同的体会。几乎每个从少年时代走过来的人都会有这样的经验：不同文化背景的老师和不同职业背景的家长都曾经对我们有过共同的担心，那就是怕我们看不好的书,怕不合适的书对我们的人生造成不良影响。几乎所有被怀疑和不信任的书都是文学作品。因此,这些不同文化背景的老师和不同职业背景的家长在关注和担心少年们看什么书的时候,就已经表露出他们对文学与人生关系的看法。

其实,文学与人生的话题并不仅仅讨论是否有文学以及哪些文学可以使少年变得无良的问题,里面包含着相当宽泛也相当复杂的内容。这一题目要求我们必须在一个完全敞开的框架内言说文学、言说人生,而且更重要的是言说文学与人生的关系,不应是一边说说文学,一边再说说人生,将这两个浑然一体现象抽象为互不黏合的两张皮。

本着这样的思路,我们的言说将始终联系古今中外较为广泛的文学现象、文人轶事与文学作品,从文学心理学、文学社会学和美学的多种角度,阐解文学与人生的复杂关系。所言说的观点凝结着本人多年的文学思考与体验,力求带有一定的理论前沿性和相当的个性色彩,当然,也难免存留一些片面与偏激。这后一种留存可以理解为是一种留待与青年读者互相交流互相切磋互相砥砺的由头。

于是,我想把这个古老的话题尽可能说得新鲜一点。

所有的人类活动以及人类活动的所有内容都与总体意义上的人生有着密切的关系。这就是说,凡属于人类活动的所有概念、所有范畴都可能并且应该在其与人生的关系上构成一个话题。文学(包括文学创作、文学批评、文学欣赏以及文学运作)是一种特殊的人类活动,其与人生构成的话题也应有其特殊性。从话题的风格来说,既轻松又沉重至少可以算是这一话题的一个特性。

一　一个轻松的话题

当人们设定一个"＊＊与人生"的论题模型以后,"＊＊"部分填上任何概念、任何范畴,甚至任何词语,例如"政治"、"经济"、"科学"、"哲学"、"历史"、"社会"、"家庭"、"性别"、"言论"之类,都会显得非常严肃而沉重,唯独填上了"文学"、"艺术"之类,相对来说会显得轻松一些。

文学与人生的话题之所以会比其他关涉到人生的话题轻松一些,是因为文学与人生的关系原本就比较松散,说得更通俗一点:在广泛意义上,人们并不是离开了文学艺术就没有饭吃或者就吃不成饭。如果你是一个文艺家,是一个靠文学艺术吃饭的人,或许是离开了文学艺术就没有饭吃,但对于更广大的人群而言,对于人类总体而言,有文学艺术固然很好,它美化我们的人生,丰富我们的人生,使得我们的人生变得更精致更优美,可如果真的没有了那些东西,相信人们照样可以活着,而且也可能活得很好。

与人生关系最为紧密最为直接的是社会生产,包括一切生产力因素和相应的生产关系。最直接的生产活动以及与此密切相关的经济、科学、技术等等,还有与生产力的培养和促进有直接关系的教育,都是社会生产所离不开的,也是总体意义上的人生所离不开的。与社会生产力构成紧密关系的是所谓上层建筑以及社会意识形态,这些都与人生有着至为密切的关系。然而文学艺术却离一般人生比较远。

文学艺术在相当一段时间内被当作社会意识形态。这样的对待使得文学在一定的社会结构中获得了相当崇高的地位。回顾一下作家曾经在广大人民心目中拥有的巨大公信力,以及他们的组织作家协会在过去的苏联以及中国享有的巨大权力和稳固地位,就能明白文学被当作社会意识形态的意义。这样的权力和地位在任何一个从未将文学当作社会意识形态的国度里是不可想象的。在这样一种至今仍然留有深刻痕迹的社会结构中,意识形态得到了官方和舆论的高度重视,文学被同时赋予了相当了不起的价值、意义和使命,于是乎也成了与社会人生关系至为密切的东西。

当然相当多的地方并不承认至少并不强调文学与意识形态的密切关系,但身处其中的文学家可能会觉得有时候文学的意识形态化不可避免。台湾小说家钟肇政像许多文学家一样看不惯文学的意识形态化,不过也同样和许多文学家一样对这种意识形态化的趋向无可奈何:

文学有这样意识形态的问题吗？有的。这是我们台湾文学非常特别的地方。欧美、日本的文学并没有意识形态的问题,我个人还认为在文学作品或其它的艺术,意识形态并不是需要的东西,假使有,也是泡沫,终究是要破灭、消失的。唯独台湾的文学在这方面非常特殊,统独的问题到现在还没有完全探讨清楚,这是因为台湾过去有五十年间被殖民的历史,战后虽然说是光复了,事实上也等于被殖民的状况,跟日据时代是五十步与百步之差而已。[1]

这段话提出了一个十分尴尬的命题。一方面钟肇政为台湾文学染上意识形态化的色彩感到奇怪,感到特别,感到不可理解,另一方面他的论述又带有很强的意识形态意味,包括认为光复以后也还等于被殖民的状况。无论这样的判断是否正确,至少可以说明,在一个号称文学的意识形态化并不需要的作家的嘴里,有时意识形态的东西还是难于避免,可见文学之于意识形态的联系本质上可能还相当紧密,至少是相当复杂,不是说剥离就能剥离开来的。

钟肇政认为意识形态的纠结是台湾文学的特殊现象,可能也不尽然。相比之下,更加重视文学意识形态的地方实在很多,只不过人们常常处在检讨这种意识形态化的趋向之中而已。

确实,文学的意识形态化理论已经或正在受到文学批评界的怀疑、反思乃至谴责。有的理论家乃将文学定位在"审美意识形态"[2]的意义上,例如钱中文便在所著《文学原理——发展论》中提出文学是一种审美的意识形态:"文学作为审美的意识形态,以感情为中心,但它是感情和思想认识的结合;它是一种虚构,但又具有特殊形态的真实性;它是有目的的,但又具有不以实利为目的的无目的性;它具有阶级性,但又是一种具有广泛的社会性及全人类性的审美意识的形态。"这样的"意识形态"与以前理解的意识形态已经有了功能和性质的差异,其所寓涵的社会价值感自然无法与同政治密切联姻的社会意识形态相比,更不用说对主体提出"使命"的要求了。

将文学定位为社会意识形态,从理论上说是社会对文学的重视,使得文学在社会人生中扮演着异常重要的角色。不过从客观效果上看,对文学的发展和自身建设并非十分有益。文学艺术是人类生活中精神创造的奇葩,它的产生,它的发展,它的繁荣,都需要一定的适宜的生态条件。它需要天才,需要灵感,需要许多偶然得之的心理触动,当然还需要独特的艺术手段或技术方法的创新,这一切都不是靠社会重视所能够获得的。一定的文学艺术犹如特定的花朵,它的绚烂的绽放除了必须具有的自身条件之外,还需要它所适宜的土壤,它所适宜的气候,它所适宜的水分,也就是我们通常所说的应有的生态。这种生态不是行政手段、人为重视乃至理论强调所能建立起来的。文学艺术的发展与其说是一种社会管理工程,不如说是一种自然生长的过程,任何意义上的重视、提倡乃至奖励、惩戒等等都不足以对之形成相当效用的影响。

从文学的发展历史来说,它的繁荣往往都不是社会重视的结果。唐诗、宋词、元代杂剧、明清小说的总体繁荣,很难说都是当时社会重视的结果。马克思在《〈政治经济学批判〉导言》中提出过"物质生产的发展与艺术生产的不平衡关系"这一著名命题,揭示出这样一种历史现象:文学艺术的一定的繁盛时期绝不是同社会的一般发展成比例的,也就是说,文学艺术的繁荣发展很可能是在社会一般发展比较低迷的时候。"在艺术本身的领域内,某些有重大意义的艺术形式只有在艺术发展的不发达阶段上才是可能的。"[3]这就是说,文学艺术自身的发展有时是任何外在的意识形态力量所无法决定乃至左右的。

就文学创作的个体经验而言,伟大作家和诗人的不朽作品也都不是社会重视或行政扶持的结果。文学的历史有时恰好提供了反面的教训:过分的行政扶持或过于集中的社会重视,往往不利于巨大文学成就的形成,甚至对文学发展有害。外国的所谓"桂冠诗人",中国历史上相当多的宫廷诗人,其在文学史上留下的痕迹常常是少之又少,浅而又浅;哪怕是非常杰出的文学家,一旦"桂冠诗人"或宫廷诗人的"黄袍加身",往往就难以创作出与其才华相匹的作品来,曾经有过这种经历的李白就是典型的例子。现代中国的例子也很能说明问题。一段时间内,文学被当作社会意识形态,当作社会生活中非常重要的一部分,要求几乎每个人都能写诗,要求村村都有文艺创作、大演大唱,结果自然是可想而知。

当文学作为社会意识形态得到社会的高度重视之后,文学就必然会担负起自己所无法负担的时代使命和历史责任,这种"过多负重"现象对于文学的正常发展和繁荣并不有利。在素来重视意识形态的社会体制里,文学的宣传教化作用一向都得到强化,结果却往往不能因此留下传之后世的杰作,这已经是不争的事实。中国现代文学在这方面应该说有着比较深刻的教训。有时候,文学的意识形态化被强调到极点,文学不仅为政治服务,还要从属于政治,从属于一定的政治路线,正如毛泽东《在延安文艺座谈会上的讲话》所要求的那样,"要使文艺很好地成为整个革命机器的一个组成部分,作为团结人民、教育人民、打击敌人、消灭敌人的有力的武器,帮助人民同心同德地和敌人作斗争"。这是在特定的革命时代从"无产阶级的革命的功利主义者"的特定立场所提出的要求,不过在相当一段时间内则被视为文学艺术应有的素质,甚至是社会主义文艺必须具备的品质,于是文学的意识形态化甚至政治工具化倾向特别严重,所产生的作品往往更多地体现着历史的认识价值。

我要说的是,我们以前的印象中似乎只有重视意识形态的政党才这么"功利"地理解文学的意识形态乃至政治工具性,其实只要"政治"需要,任何"政治"家都会对文学艺术提出这样的要求。上个世纪 60 年代,国民党九届五中全会上蒋介石亲自主持制定了《当前文艺政策》,也明确提出提倡"积极推进三民主义新文艺建设","促进文艺与武艺合一,军中与社会一家,以发挥文艺的教育功能,扩大文艺的战斗力量,适应国防民生的需要"。要求文艺家"强化文艺的敌情观念,坚持文艺的反共立场","汇合自由世界光明正大的文艺力量,力挽偏激、淫靡、颓废的文艺逆流,导向三民主义新文艺的主流",如此等等。[4]其结果,固然是造成了相当的声势,但以此为指导思想创作的文学作品还有多少被人提起或是被人记起?

当文学的意识形态作用被夸大以后,当文学之于社会和政治所可能负担的责任增大以后,文学相应的厄运也就可能增多。历史的教训已经作了这样的证明,政治家完全可以凭借他的判断认定某一部作品犯了滔天的错误,进而追究作者甚至整个文艺界的责任。毛泽东当年要发动某种政治清算运动,往往就先从读文学作品开始,他能够从李建彤的小说《刘志丹》中看出了某种"反党"的意味,并不无嘲讽地说:"利用小说反党,这是一大发明。"

中国20世纪中期的政治运动,常常总是从文学批判着手。建国初期,一系列的政治斗争以批判"卖国主义"影片《清宫秘史》、《武训传》以及文学学术著作《红楼梦研究》打响了开场之锣;批判"胡风集团"的斗争与"镇反运动"紧相呼应,文艺界声势浩大的反右斗争又以对《洞箫横吹》、《我们夫妇之间》、《组织部新来的年轻人》等作品的批判,以及对丁玲等人的"再批判"为前奏和内涵,史无前例的"文化大革命"则从新编历史剧《海瑞罢官》以及署名"三家村"的几则小品文的声讨拉开序幕。

这不是偶然的,而是与那个时代社会过分重视文学的意识形态意义,过分重视文学在社会生活中的作用有关。当文学的作用在这种观念下被夸大以后,一般来说给文学带来好处的可能不是太大。而且,另一方面,文学创作是高度精细的精神创造活动,高层次高水平的文学创作是卓越的灵感、特异的天才在一定的情感世界里自由呼吸、自然发生的结果;寂寞应是文学的常态,孤独原是文学的伴侣,普遍的社会重视、热闹的群体关注,往往并不利于这种高层次的文学作品的出炉。

文学艺术本质上是人生的余裕的体现,其与社会人生的关系应该颇为松散。特别是在不寻常的年代,强调文学的社会作用,强调文学与社会人生之间关系的紧密,往往并不明智。鲁迅就曾对这个问题作了形象的解剖。他1927年4月8日到黄埔军校去演讲,语出惊人,认为在革命的时代,文学"是最不中用的":"有实力的人并不开口,就杀人,被压迫的人讲几句话,写几个字，就要被杀；即使幸而不被杀，但天天呐喊，叫苦，鸣不平，而有实力的人仍然压迫，虐待，杀戮，没有办法对付他们，这文学于人们又有什么益处呢？"

在这篇题为《革命时代的文学》的演讲中，鲁迅批评当时的革命文学家："总喜欢说文学和革命是大有关系的，例如可以用这来宣传，鼓吹，煽动，促进革命和完成革命。"鲁迅对此不能同意，认为"好的文艺作品，向来多是不受别人命令，不顾利害，自然而然地从心中流露的东西"，言下之意，即是认定文学其实应该与社会的倡导拉开一定的距离，其之于革命的关系也不见得就那么紧密。据此，他认为在那个时代"大炮的声音或者比文学的声音要好听得多"，他自己表示倒是愿意听听大炮的声音而不是文学的声音，因为"一首诗吓不走孙传芳，一炮就把孙传芳轰走了"。

鲁迅的讲演是面对黄埔军官学校的广大学生，面对即将肩负起中国国民革命责任的军官们而发的，语气中对于革命军人含有更多的激励，同时对于文学作用的论述也相应地带有某种揶揄的成分。但是，鲁迅所表达的意思相当准确。文学之于社会人生，并不像我们日常宣传中，或是文学教授开始一堂文学课所讲绪论中强调的那么重要，那么严肃，它应是人生沃土上自然生长的一种奇葩，而不是社会生活中必不可少、须臾不可离之的果食。

既然文学与人生的关系本应如此松散，文学与人生就应该属于比较轻松的话题。人生的范围很大。在社会精神生活领域中，对于人生的思考就难免出现分工：有的人重点考虑人生的沉重话题，有的人重点考虑人生的轻松话题。政治学家、经济学家、伦理学家、哲学家、历史学家等等，他们的思考自然偏重于沉重的方面，文学艺术家的思考相比之下就偏重于轻松的方面。只不过，有很多文学家不愿意、不甘心甚至不懂得轻松地思考文学与人生的话题，有些杰出的文学家则处于特殊的历史位势，肩住了黑暗的闸门，无法轻松地进入这样的话题，譬如鲁迅。比较擅长于以轻松的姿态进入文学话题的现代文学家，当推周作人和林语堂。周作人留给现代文坛的话题很多，有时他也检讨自己曾经作为一个道德家将文学推向了严肃。这位提出"人的文学"概念的文学家在《自己的园地》自序之二中说：

> 我原来乃是道德家，虽然我竭力想摆脱一切的家数，如什么文学家批评家，更不必说道学家。我平素最讨厌的是道学家(或照新式称为法利赛人)，岂知这正因为自己是一个道德家的缘故；我想破坏他们的伪道德不道德的道德，其实却同时非意识地想建设起自己所信的新的道德来。我看自己一篇篇的文章，里边都含着道德的色彩与光芒，虽然外面是说着流氓似的土匪似的话。我很反对为道德的文学，但自己总做不出一篇为文章的文章，结果只编集了几卷说教集，这是何等滑稽的矛盾。

但是他给人们留下深刻印象的主要是草木虫鱼、听雨品茶之类的所谓"闲适人生"的书写。林语堂善于从"悠闲"、"艺术"的角度思考人生和看待人生，他著有一书题为《生活的艺术》，在这本书里，有一篇叫《悠闲的重要》的文章，特别强调"悠闲的重要"："我认为文化本来就是空闲的产物，所以文化的艺术就是空闲的艺术。"

并不是说我们谈论文学的时候就应该像周作人、林语堂那样闲适或者悠闲，而是说作为文学家当以文学人定位的时候，不妨这样说一些闲适的或悠闲的话。但文学家也是人，是一种具有普通身份的社会人，特别是在文学家作为社会人应该担负起某种社会使命和责任的时候，如果他依然凭借着文学的余裕性而故作悠闲，那就可能被理解为一种麻木甚至冷酷。鲁迅那么坚定地相信文学是"不中用的"，但同时他一刻也没有放弃利用文学向专制的统治，向愚弱的国民，向种种腐败的社会相进行严肃的斗争。

我们所谈论的"文学与人生"的话题，是在平常年景和日常状态下展开的，它要求我们立在文学的基点上，本着人生常态和文学常态发言。这时候我们理应基本上把它当作一个轻松的话题。

文学话题的沉重让我们长期以来养成了受压抑的习惯。现在终于有机会让我们摆脱这种额外的沉重,从而在轻松的气氛中说说文学,说说人生,说说一些与文学和人生相关的事情。

二 一个严肃的话题

当然,从另一方面来说,文学与人生这两个关键词的组合也并不完全轻松,其间也包含着相当严肃的理论成分。这样说既不是玩文字游戏,也不是为了证明法朗士的观点:"在文学的问题上没有一条意见是不能很容易地被一条跟它恰恰相反的意见反对掉的。"[5]理论的证明将符合文学与人生的历史实际,它本质上是一个既轻松又不轻松、轻松而严肃的话题。

让我们再从虽不沉重但又相当严肃的意义上认知这一话题。

尽管我在以下的论述中会一直坚持文学是人生的余裕的观点,主张在比较轻松的心态下讲论文学与人生的关系,不提倡给文学赋予太多的使命和责任,但绝不会同意那种将文学当作某种玩物的观点和态度。避开历史上曾有过的各种各样的消解文学严肃性的言论、观念不说,从 1980 年代中期开始,中国曾经有一段时间让"玩文学"的口号几成时髦,似乎人生要得潇洒就需将文学当作把玩的对象,否则就不够倜傥。这样的观点如果不属于病态的玩世不恭,便是错误地理解了文学话题的轻松。不沉重,轻松,并不意味着玩世不恭,轻松的话题并不都是玩的对象,一场精彩的球赛,一台美轮美奂的音乐会,一次遥远的国际旅行,甚至是一番令人神往的爱情,作为话题讲论起来都可能很轻松,可我们能理解成那是一种毫无作为的"玩"吗?

在总体上看,文学虽然是人生活动余裕的产物,但一经产生,其对于人生就并不是可有可无的了。人生的许多经验都能证明,人们所作的余裕性很强的选择,经过一定程序的人生运作,便可能迅速成为人们再也无法离开的人生需要,甚至在许多情形下成为人生的必然选择。一个小女生也许是在学习压力不大、经济条件不差的前提下爱上了音乐,买上了 Walkman,还有一大摞的 CD 盘,经过一段时间的习惯,她有可能变成了一个音乐迷,一个带着随身听吃饭也听,走路也听,睡觉也听,甚至做作业也听的音乐迷,从此她可能丢下任何别的东西,哪怕是学习,可就是无法丢下音乐。这样的现象即使有当然也是一个极端的例子,不过可以用来模拟这样的道理:文学作为人生余裕的产物,经过人类相当一段时间的"习惯"之后,会成为我们人生中的一个有机组成部分,一个我们无法丢弃且也不可能丢弃的对象。

人类发展的总体趋势是在不断地走向文明,人类走向文明的基本标志之一,是将人生的物质需要逐步降低,而将精神需求的地位逐步抬高。文学作为人类精神创造活动的一个重要的精品,是人类文化活动的精华,是人类思维的神奇的结晶,一经产生并且进入到人类精神享受活动的较高层次,就成为人生活动的一个必然成分,成为人类文明的一个当然因素。于是,文学与人生的关系虽然比较松散,却又并非可以随便脱钩,文学与人生的话题虽然比较轻松,却又并不是可讲可不讲、可以这样讲也可以那样讲的玩意儿。

中外文学史上的理论家和作家们对于文学的社会地位和人生功用问题有过旷日持久的探讨,其中不乏针锋相对的争辩和异常激烈的交锋。有的认为文学对于社会人生具有莫大的功用,有的则认为基本上没什么用处。不过倘若我们可以避开那些争辩与交锋,根据人类文明史的基本事实以及个人精神生活的个体体验,得出这样的结论,则无论争辩或交锋的哪一方面可能都不会有太多的意见:没有文学的人生虽然依旧是一种人生,但可能是十分枯燥、十分粗糙的人生。没有文学的人生不是高质量的人生。文学是人生质量的体现。

启蒙文学家、改良主义者和革命文学家总愿意从"新民"或宣传革命、鼓动革命的功利立场理解文学,定位文学。19世纪末到20世纪初,梁启超、严复等就是这样看待文学的。他们认为欧洲、美国和日本的"开化","往往得小说之助"很多[6],因此,"欲新一国之民,不可不先新一国之小说。故欲新道德,必新小说;欲新宗教,必新小说;欲新政治,必新小说;欲新风俗,必新小说;欲新学艺,必新小说;乃至欲新人心,欲新人格,必新小说"。为什么改良这么多东西都必须依靠小说和文学的改良呢？梁启超是这样总结的："小说有不可思议之力支配人道"。[7]

1920年代末的革命文学运动也是如此,当时革命文学社团创造社曾受日本左翼文艺运动的影响,推出著名的"组织生活"论,将文学的社会功能和政治作用夸大到无以复加的地步。也有一些唯美主义者对此持完全相反的观念,同样是创造社作家的郁达夫就曾经坦言,文学艺术是没有什么用处的,如果从对人生有用的角度来考虑,那么想到的就不应该是文学,而是稻粱之类。不过,即使是彻底的唯美主义者也并不否认文学艺术对于提升人生的应有作用。唯美主义文学大师王尔德就曾提出,文学艺术固然不能"为"人生社会服务,不能以人生社会的功利性为目的,但艺术可以为人生提供可资摹仿的模板:"生活对于艺术的摹仿远远多过艺术对于生活的摹仿。"[8]既然艺术可以供生活来摹仿,其对于人生的提升意义自是不言而喻。于是,文学艺术是提升人生质量的不可或缺的元素。

偏激的革命文学家和偏执的唯美主义者在文学艺术的人生功用问题上即使都各执一词,我们也可以将他们统一到对于文学与人生的基本认识上来:文学对于人生是有相当意义的,这种意义决定了我们不可能以不够严肃的态度和语式谈论这样一个话题。

文学能够以一种高贵、典雅的质地服务于人生,服务于社会、人类最崇高、最神圣的利益。在俄国伟大的民主主义者别林斯基看来,文学艺术对于人生的意义虽然不至于像各个国家各个时代的许多革命文学家所强调的那样重大而关键,虽然在相当的情形下"艺术利益本身,不得不让位于对人类更重要的别的利益",艺术只能"高贵地为这些利益服务,做它们的喉舌","可是,它毫不因此而终止其为艺术,却只是获得了新的特质"。[9]这种获得了新质的艺术和文学对于人类的意义就变得不是可有可无的了:"社会的最崇高、最神圣的利益,就是那同等遍及于其各成员的社会本身的福祉。引向这福祉的道路便是自觉,而艺术能促进自觉,并不下于科学。"[10]

艺术作品本质上是人类思维开发的结晶,是人类精神创造的成果,它的基本特性、基本功能和基本价值都与人的思维活动密切相联。文学是艺术的一种,是以语言为载体的艺术。同时,由于文学载体——语言文字自身的符号性与其他所有艺术的物质性载体——如雕塑的青铜、石膏、木头,绘画的颜料、有相当质地要求的纸张,音乐的动感极强的旋律等等——构成了鲜明的对比,文学在艺术中是与人的思维联系最为直接,其代表的艺术品性也最为典型的一个种类。"语言符号拥有着比任何物质材料或视听觉信号更为健全、更为强盛的情绪表现力",由此"可见文学之于其它艺术所处的优势"。[11]因此,当我们像别林斯基那样谈论艺术与人生的关系时,有充分的理由把文学当作其中最典型的艺术甚至是最本质化的艺术来对待。

文学是人类的精神创造物,当它作为艺术作品问世以后,在一定意义上就获得了人类文化形态和文明资源的意义。人类文化和文明是总体人生观念和价值中非常严肃的课题,自然文学也就成了人生中的一个严肃的话题。何况,文学中有闲情逸致,有风花雪月,可也有激动人心的精神飞扬,有慷慨悲烈的生命豪壮。许多伟大的仁人志士不仅在其人生的开始阶段通过文学接受了英雄主义、民族主义的精神滋养,而且也以自己的智慧,以自己的高尚,甚至以自己的鲜血和生命,重铸了新的文学形象,重谱了新的文学乐章。以中国的近现代历史为例,许多英雄都曾从古典文学和古典戏曲中接触到岳飞、文天祥的故事,领略了他们的品德和精神,以此陶冶自己的灵魂,磨砺自己的斗志。苏联文学中卓娅和舒拉的故事,小说《钢铁是怎样炼成的》以及高尔基的一系列作品,以神采飞扬的英雄主义气概影响了几代中国青年,其中的人物常常成为他们的人生偶像。诸如《青春之歌》、《红岩》乃至"文化大革命"时期的"革命样板戏"等,都曾以文学的力量敲击过不止一代中国人的心扉,让他们耳熟能详,让他们心灵感动。其他如林纾的翻译小说,对鲁迅那时代的读书人走上文学启蒙的道路产生了决定性的影响,鲁迅等"五四"新文学家的创作又影响了20年代以后走上文坛、走上社会的一代新人,这从巴金的《家》中可以清晰地看到。《家》的原题是《激流》,那就是指"五四"发动的时代的激流;小说中的人物觉慧就是一个在《新青年》等新文化刊物影响下迅速觉醒的青年,他们秘密办报的行为,也是对新文化运动的响应和效仿。

对于上述文学作品所产生影响的社会历史评价和价值评价可以是多方面多角度的,也就是说,这些作品对人的精神、性格的影响到底是否都体现在积极方面,可能还有讨论的余地,但是,历史无可避讳,这些作品在相应的时代对于一代人的人格铸成所起的作用确是不容低估的。

既然文学影响人的精神,参与人的灵魂的构筑,作用于人的人格的养成,我们怎么可能以一种完全轻松的态度去谈论它? 这确实是一个严肃的话题,需要我们以严肃的态度去思考、去对待。

三 关于话题的展开

"文学与人生"是一个严肃而轻松的话题,它与日常人生的联系相当广泛,因而许多人都愿意探讨。许多文学巨匠对这一话题都有相当浓厚的兴趣,并且也积累了相当丰厚的思想成果和学术成果。又因为这一话题包含的内容相当庞杂,包含的层次相当丰富,它的展开也就可以有多种方式。我对这一话题的展开立足于学理层面,试图通过对某些文学理论、人生观念乃至某些社会心理的探讨,解析文学与人生的关系,辨清文学的现象与人生的现象之间种种的差异与联系,从而在这种较为广泛和复杂的关系与联系中得出较为新颖同时也比较符合文学实际与人生实际的理论观念。

"文学与人生"话题所寓含的内容的广泛性是可以想象的:文学所涉及的一切都是人生的形态,人生所凸显的一切也几乎都是文学的对象。于是,几乎一切与社会人生相关的各种现象都可以在这一话题中得到反映。至少伟大的文学家康拉德就是这样理解的。这位英国小说家在 1920 年编过一部叫做《文学与人生札记》的文集,第一部分固然讲的是文学,论述了亨利·詹姆斯、莫泊桑、都德、法朗士、屠格涅夫等人的文学创作和文学业绩;第二部分标题为"人生",所讲述的虽然据他自己说就是"真挚的感情",其实涉及到文学的东西极少,与第一部分的"文学"不构成起码的有机联系,更多的意义上只是社会政治批判和文化批评的文章,有些甚至是社会时评,包括对泰坦尼克号事件的关注。这些文章固然留驻着康拉德可羡的智慧、敏感和才情,但如果读者指望它像它的题目所暗示的那样在文学与人生的关系上有什么理论贡献,一定会失望而返。如果人们关心这一话题,一定会对类似的文章题目或书名较为敏感,而通过康拉德这本书的例子可以说明,人们即使没有展开这一话题的意思,也无妨使用类似的题目和书名。可见这一话题包含的内容何其广泛。

一般来说,中国人处理这样的题目比较审慎。如果以这样的题目加给自己的文章或书,总是会从这两者的关系进入话题。中国新文学开创之初,新潮社和文学研究会的作家都打出了文学"为人生"的旗号,偶尔也直接切入"文学与人生"这一专题进行理论探讨。沈雁冰就写过《文学与人生》的专题文章。较早做这项工作的还有现代诗人徐志摩,他在那时候发表过一篇英文文章,题目是"艺术与人生",刊载于《创造季刊》第 2 卷第 1 号[12]。这篇文章确实是从文学与人生的关系的角度切入的,理论显得比较浅泛,主要强调文学与人生的紧密联系。不过难得的是他在文章中表达了对于现实的人生和文学情形的反思和批判,认为"我们现在没有艺术,是因为我们没有象样的人生","人生的贫乏必然导致艺术的贫乏"。徐志摩觉得丰富的像样的人生应该充满着爱。这样的观念对于解答人生问题也许显得有些幼稚,但对于文学来说却显得非常中肯。

作为杰出的美学家和文艺心理学家,朱光潜撰写过《文学与人生》,其话题展开的角度也在于文学与人生的关系。可以想象他的观念会比许多作家和诗人的感受深刻得多,也准确得多。有些说法既通俗易懂又十分精辟,但有时也存在着些偏颇。关键是他的话题展开方式过于偏重于文学方面,谈文学与人生的关系也着重于文学层面,对人生的分析相对薄弱,即使对人生有所涉及,也基本上是从文学和美学出发去谈论。他认为文学与其他艺术一样,"作者对于人生世相都必有一种独到的新鲜的观感,而这种观感都必有一种独到的新鲜的表现;这观感与表现即内容与形式,必须打成一片,融合无间,成为一种有生命的和谐的整体,能使观者由玩索而生欣喜。达到这种境界,作品才算是'美'"。看得出来,他的立足点就是文学,就是处在创作过程中的文学,他在这里与其说是谈论文学与人生的关系,毋宁说是在讲述文学的创作方法论。

由于这位东方美学大师的立足点在于文学,他在论述文学与人生的关系时就更多地显示出文学家的拘谨甚至是文学家的想当然。他认为既然文学是以语言为工具的,而语言人人能通,则"文学是一种与人生最密切相关的艺术"。这样的推论在逻辑上应该没有什么大的毛病,但作为一种理论判断就显得有些匆忙。文学与读书人的人生可能关系最为密切,与那些不读书的人的关系是否就最为密切呢? 不读书的人可能通过音乐、通过戏剧形式接触艺术的机会更多,也更普遍,他们的人生恐怕就不能说与文学最为密切。重要的是,在人类社会历史过程中,读书人长期以来都是少数人,少数人的生活终究不能取代甚至代表一般的人生。

朱光潜为了证明文学与人生的关系最为密切,从文学起源和人类文明的源头上寻找依据,说:"远在文字未产生以前,人类就有语言,有了语言就有文学,文学是最原始的也是最普遍的一种艺术。在原始民族中,人人都喜欢唱歌,都喜欢讲故事,都喜欢戏拟人物的动作和姿态。这就是诗歌小说和戏剧的起源。"这还是典型的文学本位观念的体现,而远不是一种符合历史情形的判断。也许在语言还没有成型的时候,也就是说在文学还没有机会产生的时候,属于原始巫术的舞蹈可能就已经产生了,文学是不是最原始最普遍的艺术确实很难说。何况,作为文学形态的小说、戏剧是中古以后至近古时代才发展起来的,将它们直接与原始民族的生活联系起来,依据很难充分。

偏向于从文学的角度讲论文学与人生关系的著作在同题作品中应不占少数。李辰东的《文学与生活》[13]也是这样的书。该书作为教材还出版了第一至二辑,目的似乎是在弥补"我国自新文学运动以来,只重西洋文学的吸收，新文学的创造，似未注意作家人格的培养"这一缺陷。该书内容相当通俗，切入的子题目也比较容易引人入胜，如"理想、生活与文学"，"江郎为什么才尽"，"什么叫美感"之类；有些材料运用得也很机巧而充分，如在讲美感的时候，运用古代诗话的相关材料，将王安石"春风又绿江南岸"的推敲过程，特别是"绿"先后曾考虑用"到"、"过"、"入"、"满"等等加以置换，也介绍过福楼拜的"一字"理论(one word theory)，贾岛、韩愈的"推""敲"故事，等等，这些材料确实适合于文学与人生的话题。

作为通俗性讲话或教材，这本书内容相当广泛，尤其是第二辑，涉及到什么叫文学，意识与灵感，意识与想象，意识与美感，文学与道德，文学与宗教，文学与经济、政治、历史等等，可以说将文学与人生的方方面面都细密地扫视一过。但编排得过于琐碎，各个子题目之间缺少必要的逻辑联系，文学史实和文学家逸闻轶事的举例也显得比较随便，理论含量较浅，这些缺陷决定了它还是没有能很好地完成这一话题的讨论。

讲论这一话题形成比较大影响的当推吴宓的《文学与人生》。吴宓此书是他在20世纪30年代为清华开设的选修课讲义，1993年他的学生根据其讲稿翻译整理出版。吴宓的这门课内容比较充实，按每周两小时计，准备了一整年的授课笔记。他在讲论文学与人生课题时务求理论的深入，追求内容的学理化，并且不是偏重于文学一端探讨文学与人生的关系，因此很见深度和力度。随之也带来一个问题，即他热衷于从白璧德人文主义立场阐述文学与人生的关系，对于白璧德主义的兴趣往往溢出了文学与人生的话题，使得讲述的内容常常显得十分游离。据他在本书的课程说明中介绍："本学程研究人生与文学之精义，及二者间之关系。以诗与哲理二方面为主。然亦讨论政治、道德、艺术、宗教中之重要问题。"事实上他所"兼及"讨论的东西每每喧宾夺主地冲淡了文学与人生的主题。

后面我们有机会就这一本专书进行具体的分析和解读，这对于我们在学理层面思考"文学与人生"的问题很有帮助。

总之，"文学与人生"是一个十分引人入胜的话题，人们探讨的兴趣从来没有减弱过。上个世纪 30 年代柳无忌等曾在天津创办过《人生与文学》月刊，至今中国大陆仍在出版一本杂志题为《文学与人生》，南京大学、南京审计学院等多年来都曾将"文学与人生"列为大学生素质教育选修课程，教育部还将这门课程列入大学生素质教育的课程规划之中。浙江大学也开设有这样的课程，作为这门课的教材，黄健、王东莉等也写出了《文学与人生》[14]，该书的亮点是将文学审美与人生的审美，以及人的创造与人的全面发展联系起来讲述，自然难度很大，但颇能反映大学生素质教育的当代性要求。不过黄健等在著作此书时似乎将吴宓的同题著作过于奉若神明，我却以为不必，原因我将在下面对吴宓专书的解读中道出。

另还有一些近题书籍，如张道一先生主编的《艺术与人生》和蒋孔阳先生所著《文艺与人生》[15]等，都是这一论题的展开所必须参考的重要著述。

台湾的许多大学，如"国立台湾科技大学"、逢甲大学、静宜大学、"国立新竹师范学院"、"国立台北师范学院"、中国科技学院等等，都将"文学与人生"列为通识课程。澳门科技大学为提高理工科大学生的人文素质，也开始规划这一课程。这些都是相当有见地的课程设置。台湾彭镜禧教授还策划主持过"洪敏隆先生人文纪念讲座"的"文学与人生"专题，作为这一专题的成果，出版过《文学与人生》一书，由方瑜、陈幸蕙、张大春、彭镜禧分别就诗歌、散文、小说、戏剧与人生的关系发表主题演讲稿，由财团法人洪建全教育文化基金会于 2000 年 5 月出版，虽然不能算专著，更不能称教材，但已是台湾在这一课题上进行通识教育的很好的纪念。

"文学与人生"这一话题寓含的理论相当深刻，反映的内容非常广泛。许多文学家和理论家都曾对这一话题用过功夫，从而有了相当的积累，但仍然留有许多供我们探讨和讲论的空间，包括理论的空间和材料的空间。我们可以吸取前人的经验，开发和运用他们的研究成果，较为系统、较为深入同时又较为切近地谈论文学与人生的话题。

注　释

〔1〕　钟肇政:《台湾文学十讲》,第 15 页,台湾前卫出版社 2000 年版。

〔2〕　钱中文:《文学原理——发展论》,第 110 页,社会科学文献出版社 1989 年版。

〔3〕　参见《马克思恩格斯选集》第 2 卷,第 112—113 页。

〔4〕　参见尹雪曼等著:《中华民国文艺史》,第 107 页。

〔5〕　见伍蠡甫主编《西方文论选》下卷,第 271 页,上海译文出版社 1979 年版。

〔6〕　严复、夏曾佑:《本馆附印说部缘起》,光绪二十三年 10 月 16 日天津《国闻报》。

〔7〕　梁启超:《论小说与群治之关系》,《新小说》第 1 卷第 1 期。

〔8〕　王尔德:《谎言的衰朽》,见伍蠡甫主编《西方文论选》下卷,第 117 页,上海译文出版社 1979 年版。

〔9〕　别林斯基:《一八四七年俄国文学一瞥》,见伍蠡甫主编《西方文论选》下卷,第 389 页,上海译文出版社 1979 年版。

〔10〕　同上,第 390 页。

〔11〕　参见拙著《酒神的灵光》,第 28 页,延边大学出版社 1991 年版。

〔12〕　这篇文章其实是徐志摩被梁实秋等邀请到清华文学社讲演的讲稿,见《梁实秋怀人丛录》,第 22—23 页,中国广播电视出版社 1991 年版。

〔13〕　台湾水牛出版社 1971 年版。

〔14〕　浙江大学出版社 2004 年版。

〔15〕　首都师范大学出版社 1994 年版。

第二讲

吴宓《文学与人生》论析

融进自我的人生体认

人文"礼教"中的歧误

　　现在让我们谈谈吴宓的《文学与人生》,这毕竟是这一论题最为专门也最有影响的撰述。

　　应该说这是一部具有相当研究价值的书。它不仅是中国现代文人迄今最具系统性同时也最见深度的"文学与人生"专论,而且以白璧德人文主义为思想内核,对文学的见解,对人生的评骘,对文学与人生的观感与阐发,都有独到的见地和深切的会心。"文学与人生"这一话题重在文学与人生关系的解析,而且不应是停留在文学理论层面的解析,须从文化、社会心理和哲学层面优雅而有深度地展开,吴宓的这部著作符合这样的学术期待。《文学与人生》既拥有哲学的深邃和严肃,又寓含着人生体验的鲜活与灵异,不过在作者执拗的理性沉溺中最终偏离了"文学与人生"的问题考察,而主要进入了白璧德人文主义的玄思与阐扬,加之翻译整理者的某些粗疏,这些都使得吴宓的这项研究在这一极有意义的话题上所作贡献受到了影响。

一　融进自我的人生体认

吴宓在本书中所体现出来的理论个性与风格,最突出的是时时融进自我的人生体认。这是展开"文学与人生"话题时最适当也最为难能的态度。

"文学与人生"是一个人人都可能有心得的话题,因为每个人都处在人生过程之中,每个人都会在人生过程中不同程度地接触文学,以人生的体认去体味文学,或者以文学的感悟去理解人生。也正因如此,学问家对于这一话题的介入就显得比较危险,因为他们不甘心于在人生体认的肤浅意义上讲论这一看起来比较通俗的题目,而希望端起一定的理论架势,或者搬出一种哲学理念高屋建瓴地展开论述,将这一本来与具体的人生和生命的体悟联系得比较紧密的话题谈论得异常玄奥而深妙。吴宓的《文学与人生》粗看起来就是这样一部专论性著作,里面不仅充满着概念、术语、外来词语、哲学范畴、逻辑推演公式等等,而且引进了白璧德相对深奥同时也相对保守的经典学术,从而体现出玄妙乃至深秘的学术风貌。

但是,热心整理和翻译吴宓这部书稿的吴门高足如王岷源等就不是这样看,他们从先生的这部讲稿中不仅得到了学理的教诲、思想的启迪,而且也感受到人格的熏陶、气质的感染。他们是怀着那样迷醉的情绪说起吴宓对这一课题的讲演,在诸多学术的收获中津津乐道着灵魂的吸引和情感的惑动。为什么吴宓的专书和他的讲课在表层效果上有如此大的差异?难道仅仅是因为吴宓先生擅长辞令,讲演生动?细读讲稿原文,密察字里行间,原因更主要在于,吴宓在讲论"文学与人生"这一话题时,经常与自己身上固有的以及从白璧德教授那里承传过来的学究气展开砥砺;在这样一个很容易滑向形而上的理念世界的论题上,倾注了他自己对于文学,对于人生,对于学术的多重热忱,这种热忱使得这部学术专论不单闪烁着理性的智光,还常常流溢出作者人生体验的灵性和生命搏动的汁液。

这位一向谨严持重的现代人文主义者向读者和听众推出"文学与人生"

这一话题的时候,不仅毫不讳言这一点,而且公开标榜自己对这一话题投入的兴趣和热忱:我的工作和我的主要兴趣:文学与人生。[1]凭着这样的兴趣切入自己的工作,包括切入"文学与人生"的话题,就能够在一定程度上克服笼罩在这一论题之上的严肃与拘谨,将体验的鲜活与理性的萃思统一起来。把握这样的学术状态不仅使我们有可能准确地把握《文学与人生》的学术风格,而且也有助于我们对于这部书中的一些令人迷惑的学术"矛盾"作出合理的阐释。

吴宓是"白璧德主义"的信徒,他在哈佛大学读书时的导师正是这位当时名噪一时的学术大师,他在编辑《学衡》杂志时,对白璧德人文主义的推介也最为用力。与有意同白璧德主义拉开一定距离的另一位哈佛留学生林语堂不一样,吴宓很少对"白璧德主义"采取商榷、规避甚至是怀疑的态度,特别是在一些重大学术命题上,例如对浪漫主义的批判,对卢梭的声讨,对理性的推崇,对情感的贬抑,对儒学传统和社会秩序的维护,等等,几乎是亦步亦趋地追随着白璧德(Irving Babbitt)的足迹。然而在《文学与人生》中,这样的亦步亦趋似乎发生了某种变化。

他曾正式地提出这样的命题:"人生与文学——必须自内发出;又必须以自我为征验。"[2]这样的命题如果由郁达夫、郭沫若这样的倡导"自我表现"论的作家提出,我们完全可以处之泰然;可由一个在价值观念上不同意"自我表现"说,执意反对浪漫主义、反对卢梭感伤主义的人文主义者阐述出来,则不由人不感到惊讶。在吴宓那里,这种命题表现出来的实际上是对于人文主义观念操守的某种悖反。造成这种悖反的原因显然是,他的人文主义观念操守与他的人生体悟和生命体验之间存在着龃龉。人文主义让他坚持反对一切浪漫化的倾向,反对自我情感的倚重,他曾把"我"字宣布为敌人,因为这个"我"可能成为所有其他人的暴君;他认为利己主义与人道主义同样错误。[3]但在人生体验的意义上关注文学、解析文学的热忱又使他不得不频频回顾自我的体验,"以自我为征验"。他对于文学与人生的思考有时候确实做到了这一点,同时他的学术意识中也清醒地认识到这一点。

人文主义反对文学的浪漫化和情感性的趋势,主张"把情感放在理性的缰绳之下"[4],在相对意义上推崇古典主义文学精神。人文主义者赞赏古典主义所保持的对于"自然,模仿,适度和节制"的浓厚兴趣,虽然吴宓最崇敬的白璧德强调,亚里士多德所说的模仿,并不是模仿事物原来的样子,而是模仿它们应有的样子,因此这种模仿乃是"一种创造性的行为"[5]。白璧德确实信奉亚里士多德的模仿说,思想表述中常常显露出服膺古代圣贤的倾向,但从来反对拟古主义和泥古主义,在《论创作》一书中提倡"一种包容着真诚创造的模仿类型",这被认为是对亚里士多德"不是根据事物的样子而是根据它应有的样子作模仿"的法则的发展[6]。但是在"创造"与"模仿"之间,他无疑倾向于模仿。另一位白璧德人文主义的信徒梁实秋曾对模仿理论作过整体性的阐释和推介。然而吴宓对于这一古典主义的同时也是人文主义的命题持明显的保留态度。他批评英国新古典主义批评家蒲柏(Pope)所写的致蒙塔古夫人的情书,认为那是矫揉造作的,"摹仿"的,文字堆筑的,不真诚的,不令人愉快的文本。[7]有趣的是,同是人文主义的倡导者,他们都引述了蒲柏,可梁实秋在《文学的纪律》中将蒲柏的批评理论当作提倡模仿自然、内心节制的经典文论,吴宓则将蒲柏的文学和理论现象当作他自己否定模仿观念、克服不真诚心理的一个对象。究竟什么使吴宓偏离了人文主义的思想轨道,甚至在一些关键性的命题上站到了人文主义立场的反面?仍然是自己人生体验的介入。在"文学与人生"这一课题的思考中,吴宓将自己的人生体验乃至人生偏爱掺进了人文主义的理论追索,有时难免出现这样的情形。吴宓自己坦率地承认:"宓个人之才性,较近于 Thackeray,亦以 Thackeray 为 more Reflective and more Modern 也。"[8]在主办《学衡》的时候他曾热衷于对萨克雷的翻译。原来他的本质属性倾向于睿思的和现代的方面,在走出人文主义理论语境的时候,他自然会偏向于创造的和真率的一路。

从作者这个角度谈论文学与人生的关系,自然会涉及到所写作品与作者人生经历和情感状态的关系。作为一个人文主义的信奉者,吴宓不会同意法朗士的关于文学作品都是作家的自叙传的观点,文学写作的目的也不总是作者的自我表现，"因此，在所谓'文学研究'上多费功夫是愚蠢的"。这里的"文学研究"是指从文学文本中寻求作者的传记性研究。作为这种"文学研究"例证的有巴特勒对《奥德赛》的作者是女性的推论，有《石头记索引》和《红楼梦考证》之类，与此同时他还提到了"我的《忏情诗》与陈慎言之《虚无夫人》"，认为这些都并不是自己的完全的呈现。[9]诚然，他的《忏情诗》不等于他的自叙传或人生忏悔录，即使他所批评的那些"文学研究"也不可能都言之凿凿地将文学作品与作者自我的行径、故事和心情完全等同起来。不过吴宓在论述到文学与人生的这种关系时，非常自然地将自己的创作体验和作品实际融了进去。他或许是借此推介自己的诗作，但更主要的是反映了他研究"文学与人生"这一课题时的那种不避自我体验的心态。

吴宓将人生体验融进他的人文主义思索和"文学与人生"的观念探讨，使得他在论述许多复杂的理论问题时都能保持着生命感受的真切与鲜活。文学表现与人生体验中共有的悲剧与喜剧问题，是"文学与人生"话题很容易涉及到的内容。吴宓也这样认为："泪与笑：人生之要素，文学之考验。"因而，悲剧与喜剧是文学与人生关系的一种凸显。

由亚里士多德等古代贤哲开创的关于悲剧和喜剧论辩的传统常常与严肃而古奥的理论命题如"卡塔西斯"（Katharsis）等联在一起。吴宓在这本书中探讨到这一问题时却没有这种理论沉陷现象，他引用英国散文家贺拉斯·沃波尔（Horace Walpole）的书信集来这样解说悲剧与喜剧——人生的体悟远远多于理论的玄奥：我常说，也更常这样想，对那些惯用头脑思想的人说来，这个世界是一个喜剧，对那些惯用感觉的人则是一个悲剧——这也解答了德谟克利特为何而笑，赫拉克利特为何而哭。由此，他解释悲剧是激情与感情（emotion）的结果，偏于主观；而喜剧是智力与理性的结晶，偏于客观。这也就是为什么英国小说家梅瑞狄斯（George Meredith）这样给小说定性的原因："喜剧是充满了思想的欢笑。"[10]

吴宓显然并不喜欢悲剧，虽然他有时不得不对悲剧给予很高的价值确认，认为悲剧必须是"宇宙性的"。不过作为人文主义者，他并不欣赏情感，特别是激情。然而人文主义所认同的古典主义，其经典作品往往偏重于悲剧，而且古典主义悲剧并非激情的展示或感情的无节制的流露，更多情形下充满着理性。这样的文学史实足以让吴宓对于悲剧的理解和判断陷入理论的困境。这样的理论尴尬仍然来自于作者赖以发挥的理念同自己的人生体认之间的差异性。作为一个恪守理性立场的人文主义信奉者，他愿意克制住冷僻而孤独的情感，人生的希冀带着他趋近生命的戏剧形态。他深信美国女诗人维尔库科斯(Ella W. Wilcox)所说"笑，世界跟你一起笑；哭，你只好一个人去哭"的道理[11]，在生命的过程中，他愿意与世界一起微笑，愿意认同喜剧，为了这样的认同他可以牺牲对悲剧美的确认，甚至对古典主义悲剧精神的承认。他的真实的心态其实就是想与世界一起微笑，这是他的一种生命要求。这样的要求超越了悲剧、喜剧的审美判断，于是他可以在认同喜剧感的同时贬低讽刺文学和讽刺作品，例如拜伦的《英国诗人和苏格兰评论家》等，认为这样的讽刺文学属于文学之非常低级的形式。

在这些问题的探讨中，吴宓似乎已经让自己相信，同时也让读者感受到，与文学和文学理论比较起来，人生毕竟重要得多，尤其是自我的人生。

沿着这样的话题探讨下去，很容易发现吴宓在将文学的谈论引向人生的教诲——这是这一话题的展开中最容易犯的毛病。现在，让我们分析一下吴宓的《文学与人生》中包含的人文"礼教"的歧误。

二　人文"礼教"中的歧误

吴宓的《文学与人生》涵容着许多精粹的思考，这些思考大多来自各路文学理论家和文学家的经验总结和思维成果，并且经过他自己的理论处理。他正面切入文学与人生的关系，则从汉密尔顿(Clayton Hamilton)的"小说是蒸馏过的人生"一语加以发挥，得出的结论是"文学是人生的精髓(essence)"，"或更确切言之"，文学是人生的呈现。[12]如何呈现呢？不同的文学样式具有不同的呈现路径，与哲学比较起来，吴宓认为："1. 哲学是汽化的人生。2. 诗是蒸馏（液化）的人生。3. 小说是固体化（冰）的人生（或许可译为'冰结'）——均从各种含水的不纯物质中得来。4. 戏剧是爆炸的人生。"

他的这一番议论可谓别出心裁、生动有趣。不过作为他的"文学与人生"总体观，显露的问题也不少。如果说汉密尔顿称"小说是蒸馏过的人生"已经包含了文学是人生的精髓的意思，则吴宓将诗歌、小说、戏剧等文学样式拆解开来，不仅显得有些画蛇添足或故弄玄虚的味道，而且也很难再将这些文学样式所体现的"蒸馏的人生"、"固体化的人生"和"爆炸的人生"再整合到"人生的精髓"之中。再者，小说作为"固体化的人生"，戏剧作为"爆炸的人生"，不仅令人费解，而且很不贴切，至少与"人生的精髓"这样一个总体判断极不吻合。

吴宓之所以要作这样一种曲里拐弯同时又可能让人不得要领的理论冒险，是因为他要将哲学引进人生关系的思考中。的确，在他的《文学与人生》中，哲学的关怀常常比文学的论析更为浓密。他如此界定"好的文学"与人生的关系："好的文学作品表现出作家对人生和宇宙的整体观念，而不是他对具体的某些人和事的判断。"[13]这里他的哲学的兴趣显然胜过文学的兴趣，他的哲学视野显然盖过了文学视野。从文学的角度看，哪一部好的作品不是"对具体的某些人和事的判断"？如果一部作品就能表现出"对人生和宇宙的整体观念"，则这样的作家还需要写第二部文学作品吗？应该说好的文学作品表现的就是作家对于具体的人和事的判断，不过在这判断中深刻地寓含着他对宇宙人生的总体观念。文学的考察一般都是由具体到具体，哲学考察则始终试图脱离具体而进入整体和抽象。

白璧德的人文主义理念强化了吴宓的哲学意识，在"文学与人生"思考的过程中时时表现出对于人文主义理念的眷顾，论述中往往显得哲学含量多于文学含量。一般来说，解析与人生相关的问题或解析一定的人生关系，哲学的关怀是必要的，它是使论析走向深刻、彻底的保证。

白璧德人文主义是一个内涵相当复杂的文化哲学观念体系，与文艺复兴时代及其后流行的欧洲人文主义相呼应,强调人性的完整、发展的均衡、生活的常态和伦理的精神[14];但它的思想内涵比欧洲人文主义更开放,更有系统性,也更注重人生的修养和节制。白璧德认为人生"含有三种境界:一是自然的,二是人性的,三是宗教的。自然的生活,是人所不能缺少的,不应该过分扩展。人性的生活,才是我们应该时时刻刻努力保持的。宗教的生活当然是最高尚,但亦不可勉强企求",因而人特别需要自我内心节制和宗教的调节。[15]而内心节制和宗教调节的目的并不完全是像儒家宣扬的那样为了推行"礼制",所谓的"克己复礼",而是为了达到更高意义上的意志自由。有人认为意志自由是白璧德哲学中的一个基本命题,因为他"喜欢反复引用约翰苏博士的话:'所有的理论都反对意志自由,所有的经验又都趋向于它'"[16]。实际上,"白璧德将保守主义问题放置在自由秩序中"[17],因此不少美国学者断言,他的人文主义含有现代主义的成分,甚至"只是许多现代哲学形式的一种"[18]。

在"文学与人生"的话题上,吴宓侧重于引介白璧德人文主义中的"人生境界"说,认为人文主义不等于宗教或自然主义,更不等于人道主义,而是强调人的"个性的文化或完善"[19]。在这一点上他将人文主义与文学直接联系起来,从而非常快捷地抵达了周作人在《人的文学》中提出的"个人主义的人间本位主义"的文学观。吴宓在书中写道,"从人文主义的视角"看待文学,其要点在于:a. 它是关乎人,而不是神,也不是自然的;b. 它关乎每一个男人或女人个体,不是关乎人种、民族、家庭或者社会的经济的阶层等等。他注明这些观点都可以参阅周作人《人生的文学》。[20]这一段原有英文,王岷源在翻译编辑中显然误将周作人的名文《人的文学》译成《人生的文学》。其实吴宓更有错误:周作人的这一类意思固然在《人的文学》中有明显体现,但与他的发挥相对应并相接近的这番话却不是在《人的文学》(更不用说所谓《人生的文学》)中,而是在《新文学的要求》一文中。该文是 1920 年 1 月 6日在北平少年学会讲演的讲稿,收入《艺术与生活》一书。原文说:"人生的文学是怎样的呢?据我的意见,可以分作两项说明:一、这文学是人性的,不是兽性的,也不是神性的。二、这文学是人类的,也是个人的;却不是种族的,国家的,乡土及家族的。"吴宓对其内容作了一些改造并有所发挥,然后径直与人文主义观念对应起来。

吴宓提出文学在尊重完善之个性的同时,须充分注意到别人的利益:每一个男人和女人的人生,无论其在社会上与道德方面多么无足轻重,都是有意义的……"吾人行动之每一步都会影响自己及他人之幸福。"[21]这种人文主义关怀与周作人《人的文学》中的"个人主义的人间本位主义"说相当吻合。周作人说:"人在人类中,正如森林中的一株树木。森林盛了,各树也都茂盛。"因此"须营一种利己而又利他,利他即是利己的生活"。这样的对比说明,吴宓从白璧德那里濡染、承继来的人文主义,从文学与人生的关系意义上说,与中国新文学家的新文化观念倡导很容易相通。作为人文主义思想的传播者,吴宓尤其是在讲论"文学与人生"这样一个宜乎通俗简单的话题时,大可不必将人文主义推向过于玄虚的哲学层次。

可吴宓就是不甘心在类似于"人的文学"这样相对通俗的层面将他的文学与人生思考完全打开。在他的心目中,人文主义不是一种时尚的观念,而是一种严肃的哲学,在人文主义意义上谈论哪怕是"文学与人生"这样一个具体的话题,都必须尽可能体现人文主义学理的严谨与深微。于是他在话题的展开中迅速避开了人间本位主义的"人的文学"命义,从人文主义的哲学理念介入文学与人生关系的解析,其基本观点也开始疏离"五四"新文化的启蒙观念,回归到人文主义的保守阵垒。

他提出过好的文学必须表述作者对于人生和宇宙的整体观,在"文学与人生"的话题上,他也试图表述自己的这种整体宇宙观。从文学的角度和创作的实践看,要求作家在一部作品中将关于人生和宇宙的整体观表述出来固然显得较为荒唐,至少较为苛刻;可从哲学学理来论证,则这样的要求包含着一种必然性:人与宇宙的人文主义哲学关系本来是那样的亲近:宇宙 = 神 + 自然,人(也) = 神 + 自然。神是形式,是灵魂,是"一",是理想,自然则是物质,是肉体,是"多",是现实。"人为宇宙之具体而微者。""人为宇宙之中心。"[22]这就意味着,表现了自己其实也就表现了人生,表现了宇宙。

人文主义的哲学让吴宓在人生和宇宙、神、自然之间的理念遨游中迅速回归到人自身,但无法就此回归到文学,因为一个作家作为人,如何在表现了自己的同时就表现了人生和宇宙,其间的途径还相当模糊,甚至从文学方法论而言根本无法寻证出这样的途径。作为文学家的吴宓也苦于在文学理论范围内无法寻证,只好仍旧在哲学思辨中完成人与宇宙的对应。于是他从"文学与人生"话题出发,走上了谈玄的路数。他将"穷则独善其身,达则兼善天下"的儒家传统在"中庸之道"、"义利之辨"的拆解中运用于人与人生、人与宇宙关系的梳理,并在文学教化的传统命题中强调"诗教"的"心灵之和谐",列举出柏拉图、孟子、陆象山、王阳明、爱默生、穆尔等,同时认为亚里士多德、荀子、程子、朱子、马修·安诺德、白璧德等则属于"礼教"序列,"注重习惯和实践与训练"。

当把白璧德人文主义放置在"礼教"传统的链接中,他对文学之于人生的关系所作的稍显怪异的理解就能够说得通了。例如他将文学中的诗歌与小说拆解开来,中间隔以"哲学"与之进行比照,这便是他从"礼教"的立场,看出了小说与诗歌在表情达理上的巨大差异性,这种差异性之大使得他不得不将文学肢解开来。

于是他整理出了这样一个文学与人生的关系表:[23]

(Ⅰ)Poetry 诗	(Ⅱ)Philosophy 哲学	(Ⅲ)Novel(History) 小说(历史)
by the use of Feeling	Reason	Actual Experience and Imaginative Reconstruction
(用感情)	(理智)	(实际经验与想象的重建)
譬如直线	平面	立体之 View of Life(人生观)
又譬如 Kodak(照相)	Plan or Map (计划或地图)	Cinema(电影)
∴ 应 Subjective	Objective	Subjective + Objective

在上表中,哲学成了介乎于诗与小说中间的东西,而小说也与历史结成了近亲。这样的理解和处理,完全不顾文学自身的规律,因为文学只不过是"礼教"的一种资源。

人文主义的"礼教"立场使得吴宓在理解文学之于人生的功能作用时,作了几乎迷失文学自身的铺张扬厉。他总结出的文学的功用达10种之多:

> (1)"涵养心性"(宣泄过分感情(excessive feelings)以恢复心态平衡)。(2)"培植道德"。(3)"通晓人情"(通过特殊的具体形式表现普遍人性)。(4)"谙悉世事"。(5)表现国民性。(6)增长爱国心。(7)确定政策("文学显示国情民志,故为政策之本。知己知彼,皆赖文学")。(8)转移风俗("治世之音安以乐,其政和。乱世之音怨以怒,其政乖")。(9)造成大同世界("世界之平和,必求人心之相同。即须有同人之文化。""文章,可化人而齐之")。(10)促进真正文明。[24]

不仅项目繁多,而且各项目内涵失去均衡,居然将"造成大同世界"这样的目标与"谙悉世事"、"通晓人情"并列起来,都交给文学去履行。即使在各项的解说中,也包含着不少谬误,如第4项"谙悉世事"中,竟然认为"留学之不必要,须购书",认为书本可以替代一切人生体验。这样的怪论符合人文主义宁信经典、宁重模仿的思想逻辑。

吴宓从人文主义和"礼教"立场看待文学与人生的关系,设计和提出的文学问题往往都很难在文学理论的框架内加以解答,——即使有所解答,也多显露出观念的陈旧、隔膜或不得要领。例如诗本应是情感的自然抒写,可在吴宓看来,则"须分途并进,然后合观而成,方可知人生全体之真象",方能为诗;再如说文学家不要去写问题戏剧与问题小说,这多少是有道理的,要求文学家去"促进根本德行","修身而后治国平天下",就显得有些滑稽。他还认为,最好的文学作品是包孕着人生最重要最有趣的最大含量的那部分的体现[25],这不仅很难切合文学的实际,而且也与白璧德理论中所具有的、后来为梁实秋大为张扬的文学应表现"人生的常态"的说法大相径庭。

本着"礼教"的原则,本着人文化的要求,人文主义者一般要求文学表现常态,也自处于常态之中。一切的创新在他们看来显得冒险而多余。吴宓明显地站在"礼教"立场上接受人文主义观念,他在《文学与人生》中关于文学的认识和判断总是像美国的白璧德和中国的梁实秋那样,抨击文学中的想象、情感、浪漫和创新,而且对文学创新的不认同甚至超过他们。他极愿意看到文学创新的失败,说是"美国某君,搜集一人之手迹、支票、账单、照片等,以作小说,试验卒失败"[26]。确实有这样的小说,但这样的实验小说未必就真的会如他轻描淡写所说的那样失败。这是美国实验小说开辟的一条有趣的路径,这样的试验至少1937年还在大行其道。这一年怀特(Leslie T. White)出版了小说《杀手》(Homicide),里边不仅有账单、支票、手迹、书信,还有按有手印的供状、侦探的审问记录、法院传票等等。这种资料性、档案性的小说可能并不成熟,但作为一种尝试,似乎犯不着立即加以否定。40年后,"黑色幽默"小说家库尔特·冯内古特(Kurt Vonnegut)发表小说《冠军早餐》(Breakfast of the Champions),还插入了作者自己绘制的许多图画,这些图画都直接进入到文本并参与小说的叙述。可见,被吴宓宣布为"失败"的小说实验未必就没有前途。

从文学的角度来看,吴宓的《文学与人生》确实是一部含有许多谬误和成见的专著,从人生的角度看,他的理论立场也显得有些陈旧和狭窄。这些都是白璧德人文主义给他带来的负面影响。白璧德人文主义是有深刻内涵和持久魅力的观念体系,但它给吴宓、梁实秋这两个中国人带来的主要是陈旧、保守的负面的东西,其原因可能是,这是一种重"礼教"的文化思潮和哲学派别,也许最不适合用来讲论文学,以及文学与人生关系的诸多问题。

注　释

〔1〕　吴宓:《文学与人生》,第23页,清华大学出版社1993年版。
〔2〕　同上书,第25页。

〔3〕 同上书,第 113 页。

〔4〕 梁实秋:《文学的纪律》,《新月月刊》第 1 卷第 1 期,第 20 页。

〔5〕 Irving Babbitt: *Rousseau and Romanticism*, p.17, New Brunswick: Transaction Publishers, 1991.

〔6〕 Stephen C. Brennan, Stephen R. Yarbrough: *Irving Babbitt*, p.90, p.95, Twayne Publishers, 1987.

〔7〕 吴宓:《文学与人生》,第 54 页。

〔8〕 同上书,第 58 页。

〔9〕 同上书,第 18 页。

〔10〕 同上书,第 26 页。

〔11〕 同上书,第 27 页。

〔12〕 吴宓用的是 Re-presentation 一词,理应是"呈现",与郭沫若等人倡导的文学是自我的"表现"(expression)有所区别。但在这本书的翻译整理中,则被译作"表现"。见《文学与人生》第 16 页。

〔13〕 吴宓:《文学与人生》,第 19 页。

〔14〕 梁实秋:《白璧德及其人文主义》,《现代》第 5 卷第 6 期。

〔15〕 梁实秋:《关於白璧德先生及其思想》,见梁实秋等著《关於白璧德大师》,第 5 页,巨浪出版社 1977 年版。

〔16〕 Frederick Manchester: *Irving Babbitt*: *Man and Teacher*, p.77, New York: Odell Shepard G.P. Putnam's Sons, 1941.

〔17〕 Richard Wightman, James T. Kloppenberg: *A Companion to American Thought*, p.53, Blackwell Publishers Ltd., 1995.

〔18〕 Dom Oliver Grosselin: *The Intuitive Voluntarism of Irving Babbitt*, p.117, Latrobe, PA: St. Vincent Archabbey, 1951.

〔19〕 原文为 Culture or Perfection of the Individual,王岷源译为"个人之修养与完善"。见《文学与人生》第 15 页。

〔20〕 吴宓:《文学与人生》,第 14 页。其实这样的思想都体现在周作人的名文《人的文学》之中。

〔21〕 王岷源在编译中将"和女人"作"或女人"、"人生"作"一生",显然令人费解。见《文学与人生》第 31 页。

〔22〕 吴宓:《文学与人生》,第 77—78 页。

〔23〕 同上书,第 69—70 页。

〔24〕 同上书,第 59—68 页。

〔25〕 原文为:The best literary work, then, contains the greatest amount of the most significant and interesting part (or kind) of Life。见《文学与人生》第 20—21 页。

〔26〕 他的这则材料参阅了 *Materials &. Methods of Fiction* 一书。见《文学与人生》第 17 页。

第三讲

文学与人生关系的原生态

原生态文学的追寻

原生态的文学与人生的关系

　　文学与人生的关系其实并不复杂。文学是人生的反映，人生是文学的根柢，人生造就了文学，文学服务于人生。文学与人生的这样一种关系本来十分明朗，特别是在文学的起源阶段；但是经过人生的复杂性变异，文学的复杂性演化，文学与人生的关系也发生了种种深刻的变化，其复杂性逐步呈现出来，成了许多文学家苦思冥想的对象，成了许多美学家津津乐道的话题。

　　人生的长河已经历尽弯曲，文学的积累何止于汗牛充栋，文学与人生的关系问题于是成为积之既久的纠结；人生的路依然漫长，文学仍将随之再经沧桑，文学与人生的关系问题将容不得再多的含糊。

　　让我们回到往古，回到文学与人生的原生态关系上去讨论一些现象。

一 原生态文学的追寻

原生态的人生情状已经在古生物学家和古人类学家的共同描摹下得到了呈现，原生态的文学虽然也曾被文学家和历史学家描述过，但终究难得征信。因为文学作为精神创造的作品，要得以流传下来，无非两种途径。一是通过代代相传的口述和风俗化呈现，例如民歌民谣、民间故事、神话传说以及传统巫术、民俗仪式等等。这种途径必然使文学在不断的流动、更新中大量地淘洗原创的质素，呈现出的总是经过一定的时代和地域处理过的形态。另一途径自然是文字的记载。而文字是人类文明达到一定程度以后的产物，很难与人类最早可能的文学创作同步，因而最早的文学记载也都是对于若干时代以前的文学的追忆。

这就是说，我们谈论文学的原生态都只能在假定性和虚拟性意义上展开。

远古时代当然没有"文学"一说。而且越是往古，现今所谓的文学与其他文类相混杂的情形越是复杂。但即使从现有的一些将信将疑的文字记载中，也能隐约寻绎出远古人类文学的大致状态。

在中国，传说中最古老的文字集成的典籍有所谓"三坟、五典、八索、九丘"，文学史家郑振铎在《插图本中国文学史》中认为这些"当然是'虚无缥缈'的东西"；现在可以找到的最古老的上古经典是《尚书》，传说为孔子所编，其中的篇什有很多都是伪作。《尚书》收录了初民时代的征伐誓辞、文诰书札、往古纪事等内容，自然含有相当多的文学成分。如《甘誓》篇，是夏启在甘之野对有扈氏作战前的誓词，宣布有扈氏"威侮五行，怠弃三正"，声言现在已经到了"天用剿绝其命"的时候，他们对于有扈氏的武装行动乃是"今予惟恭行天之罚"。这是被古籍研究专家认为比较靠得住的一篇文字，后人伪作的痕迹也还是相当明显；不过从其声腔和意旨来看，可以理解为骆宾王讨武则天檄文（《代李敬业传檄天下文》）的前驱。相传为夏禹时伯益所作的

《山海经》,文学意味更其浓厚,是中国最古老神话记录的集成,夸父逐日的故事,西王母的神话,还有"刑天舞干戚"的神话,等等,都出自这部集远古地理学、风俗学和神话于一体的大书。《山海经》里的许多篇什已经成为中华民族文学最可靠的资源,如刑天的神话便为陶渊明、鲁迅所十分欣赏。"刑天与帝至此争神。帝断其首,葬之常羊之山。乃以乳为目,以脐为口,操干戚以舞。"说的是一个叫做刑天的神祇与上帝争夺帝位,上帝砍断了他的头,并把他的头葬到了常羊之山;可没有头的刑天并没有死,而且还十分威猛,他从两个乳头中长出了眼睛,并以肚脐为嘴,拿起干戚当作武器挥舞个不停。陶渊明从中看到了一种精神,并深深为之感动:"刑天舞干戚,猛志固常在。"鲁迅也常引用陶渊明的诗句,对刑天精神表现出深挚的赞赏。由此可见,包括《山海经》在内的典籍不仅凝聚着中华民族最古老的神话和想象,体现着远古和上古时代中国人祖先文学思维的结晶,而且也构成了后世文学的基本资源。

这些为后人所传承的远古文学,其与远古人类的人生之关系,仍与我们今天所看到和体验到的相类似。文学是人生斗争的工具,是人类精神想象的写照,是人生非常态体验的精彩描绘。文学诉诸于人们的情感,能够调动和调节人们的情绪,于是从古代到现代,人类的种种人生争斗都会产生出各种各样的文学副产品,这些文学副产品或用于提高本阵士气,统一己方意志,或用于涣散敌方阵势,瓦解对方斗志,体现着典型的"为人生"的价值功能。历史上著名的"四面楚歌"事件,还有庾信的《哀江南赋》等传说,都是在后一方面发挥文学作品人生斗争作用的例证。

人常被视为宇宙的精魂、万物的灵长,其与一般动物的最大区别,便是在人生中充满着精神的成分、情感的活动和想象的内容。人类不满足于形而下的人生体验,总是企求着突破这种人生体验的有限性,而试图通过精神的、理念的和情感的想象作弥补和充实。于是,对于天空的想象,对于地府的想象,对于山中仙窟和水泽龙宫的想象,成了人生体验的一种自然延伸,成了人生体验的一种想象性补充,成了人生体验中最富于美感的对象。这便是人类童年时代的神话，被马克思称为"不可企及的典范"的最初的文学。中国古老的神话应该非常丰富，《山海经》等典籍收集的诸如夸父逐日、刑天舞干戚之类仅仅是其中有限的例证。不过从这有限的例证中我们依旧能体悟到，文学作为人生体验的一种想象性补充，作为人生体验有限性的一种审美延伸，是人类精神生活的重要内容。

文学不仅直接反映着人类远古时代的精神生活，而且体现着远古人类的精神祈望。夸父逐日、精卫填海之类的神话表达的是人类对于自身克服强大的大自然并试图与之取得一种平衡的精神祈望，刑天舞干戚、共工怒触不周山等神话表达的则是人类对于自身生命力的强大与坚韧的精神祈望。这样的精神祈望对于鼓舞人类的生活意志，提高人类生存的自信力，引领人类精神的奋发向上，有着不可估量的作用。由于体现着这样的人生功能，远古时代的文学雏形总是从精彩、宏伟、博大、崇高、壮美的角度反映人生和人生的想象，这既是神话的特征，也是文学与人生最初关系的特色。

这就是说，在原生态意义上，文学与人生的关系异常紧密，可以说文学实际上就是人生的一种形式，是早期人类对于人生作精神、情感处理的必然结果。越是早期的文学传说越能说明文学与人生关系的至为密切。古人所记载的最古老的歌诗，传说是涂山之女等待大禹时登高望远所吟唱的："候人兮猗！"《吕氏春秋》载："禹未之遇，而巡省南土。涂山之女乃令其妾候禹于涂山之阳。女乃作歌。歌曰：'候人兮猗！'实始作为南音。"[1]据《吴越春秋》，这涂山之女名唤"女娇"：

> 禹年三十未娶，行涂山，恐时暮失嗣，辞云："吾之娶也，必有应也。"乃有白狐九尾造於禹，禹曰："白者，吾之服也；九尾者，王之证也。"於是涂山之人歌之。禹因娶涂山，谓之女娇。

照这样推测，《涂山女歌》乃是女娇作于与大禹婚后长别的一段时日。

沈德潜以及许多古史研究者一般都认为这首《涂山女歌》不可靠，沈氏

主张"帝尧之世"出现的《击壤歌》为古诗之始。该歌吟曰:

> 日出而作,
> 日入而息。
> 凿井而饮,
> 耕田而食。
> 帝力于我何有哉。

　　这种四言变体的诗歌,已大有《诗经》的格调与格局,显然不可能产生于沈德潜所说的"近于荒渺"[2]的帝尧之时,郑振铎判定其为"不必辩解的伪作"[3],显然很有道理。倒是上述《涂山女歌》"候人兮猗"的歌叹,只有两个实字,短促而简约,情浓而意深,感喟而唏嘘,很有古风,作伪的可能相比之下要小得多。

　　人类在远古时代,虽有人生感叹、情感表现,奈何语言简单、传达精约,诉诸歌诗则往往每句字数由少渐多,概成规律。《诗经》以四字句诗为主,一般认为多是周平王时代以后的作品。在此之前,诗句若在四字以上,往往存疑。沈德潜在《古诗源》中同样列为伪作的《白帝子歌》(见王子年《拾遗记》,又谓《诗纪》首录之)便是这样的伪作,这首被传为帝尧之时的诗歌竟有"天清地旷浩茫茫"、"清歌流畅乐难极"之类的七字句,诚如郑振铎所批判的那样:"将这样近代性的七言歌,放在离今四千五百年前的时代,自然是太浅陋的作伪了。"同样的道理,吟唱出"登彼箕山兮瞻天下"这样比较复杂句式的《箕山歌》也不可能是炎夏时代的作品。[4]

　　依此推测,传说中的涂山之女祈望大禹的"候人兮猗"倒可能是比上述《击壤歌》早得多的歌唱。《诗苑》一书认定为黄帝所作的《弹歌》,虽然未必那么古远,但从两字一句的格局看,可以理解为我国祖先最早的诗存之一。这首在《吴越春秋》的《勾践阴谋外传》中有记的诗是:"断竹,续竹,飞土,逐宍。"又有传为虞帝与皋陶诸臣唱和之歌:"股肱喜哉,元首起哉,百工熙哉。"

郑振铎认为"比较的可靠",但他没有论证[5]，其实从诗句实字字数判断，这首诗可能产生于两言诗之后、四言体之前，显然是一首相当古老的诗篇。既然郑振铎认为上述虞帝与皋陶诸臣唱和之歌比较可靠，则没有太多的理由认定《尚书大传》所载《卿云歌》"不可信"。该歌传为舜将禅位于禹，与群臣一起所唱，"卿云"即为"庆云"，瑞祥的云彩。此歌道：

> 卿云烂兮。
>
> 糺缦缦兮。
>
> 日月光华。
>
> 旦复旦兮。

何等精蓄、优美而豪壮，难怪民国初年章太炎先生和民国先贤对之那般激赏：民国九年，章太炎建议采用此歌为国歌歌词，次年经萧友梅谱曲，民国十一年正式公布为国歌。直到国民革命军北伐完成之后才被废止。

诗中的"糺"字形容丝带缠绕，通"纠"。不少古书依照字形改为"礼"字，作"礼漫漫兮"，显系杜撰。作为古诗，特别是"歌"，总是以具体的形象吟诵为主，不可能在"卿云烂兮"这样的具体环境烘染中立即夹上"礼漫漫"之类抽象化的形容。越是早期的文学在创作上越是会遵循形象化的原则，"糺"是形象的描绘，而"礼"是抽象的概念，以"礼"入歌，此时显然不大可能。

此诗基本上是三言体，从其质朴的造境和复沓的语势看，应与前引三言体歌时代相当。有的古书传述此《卿云歌》为："卿云烂兮。糺缦缦兮。明明天上。烂然星陈。日月光华。旦复旦兮。日月有常。星辰有行。四时从经。万姓允诚。迁于贤圣。莫不咸听。鼗乎鼓之。轩乎舞之。日月光华。弘于一人。于予论乐。配天之灵。精华已竭。褰裳去之。"从其以四字句为基本体格来判断，也可知是后人改造的伪作。

当然，诗句字数的多少并不是判断诗歌产生年代久远程度的唯一依据。但面对荒渺的远古，面对湮滞无可考的远古人生，面对用语言作传载的文学,后人的推断除了根据诗歌的语体习惯而外,再寻找可靠的途径便显得特别困难。

二 原生态的文学与人生的关系

如果我们可以将《弹歌》和《涂山女歌》理解为现存中国古代文明遗存中最早的诗歌,最古老的文学标本,则从中可以窥见,原生态的文学与人生的关系原本是那么紧密。

《弹歌》反映的是狩猎情景,或者说是一种狩猎的过程,或者可能是一次成功的狩猎之后的不无夸耀的庆祝性吟唱,甚至可能是长者对于幼者的教学训练词。无论怎样,它是当时人生活动的实写,至少是与人生活动密切相关的歌吟;它是古代人类人生的一个组成部分,也可以说是人生余裕的一种表现。那种关于狩猎的过程性的简单描述,是最古老的叙事诗,是叙事文学的雏形。

《涂山女歌》则是抒情文学的雏形,是最古老的抒情诗。它是人生企盼和感叹的记录,是人生情感的质直而优美的抒发,是一种发自内心深处的心灵郁积的宣泄。与上述《弹歌》相比较,可以看出最早的抒情诗与最早的叙事诗之间很有趣的分别。

首先,叙事诗要求一种传述性,用今天的话说,需要反映一定的公共空间,需要一定范围的公共认同。《弹歌》无论作为狩猎过程的描述,还是作为欢庆时候的歌吟,抑或是作为一定范围的教学训练词,都要求这样的一种空间和认同。抒情诗则反映的是个人化的话语,对这种空间和认同的要求并不那么明显。《涂山女歌》的语气和语序明确无误地表明了,它是诗作主体——那个涂山之女的自我表述,她不指望有结果,不指望有听众,不指望被欣赏,当然也从来没指望被我们拿来在这里作为谈论的话题。从这些方面来看,它可以说是没有什么功利目的。但它对于主体有十分重要的意义。抒情文学可能就是这样:它在功利意义上对于一般人也许可有可无,与一般人的人生的关联并不密切，可对于主体则是凝结了人生的全部意义，体现了人生的最高意义。

其次，正因为这样，叙事诗往往找不出明确的主语，它属于一种公共叙事，而抒情诗则有明确的主语。《涂山女歌》的主语，用现代汉语表示，无非是"我"，这个"我"便是作歌的涂山之女。《弹歌》的主语则无法这样认定，它代表的是一个群体，甚至是当时的整个人类。于是，从最古老的文学考察来说，叙事文学往往属于公共叙事，抒情文学则属于个人话语。

再次，也是非常重要的一点，叙事文学反映的常常是人生的外在活动，是物质生产活动，而抒情文学反映的则是人类的内心活动，是精神层面的抒写。

这样的分别不是绝对的，尤其是在文学走向复杂态势之后，这样的分别往往趋向于模糊。但总体来说，从文学原生态形成的这种分别毕竟是典型的叙事文学与抒情文学之间的分野，它们分别反映着叙事文学与抒情文学在相对意义上的典型状态。

无论是最早的叙事文学还是抒情文学，都反映出原生态的文学与远古人生之间密不可分的联系。《弹歌》代表的最早的叙事文学是人生活动的直接写照并且可能直接服务于人生活动，是文学最原始最质直的历史样态，也体现了文学与人生最直接的联系。《涂山女歌》所代表的最早的抒情文学反映的是远古时代人生活动的高级形态——精神的诉求，是超越了基本的人生活动——如狩猎、生产之类，而进入人生余裕的精神生活状态的心灵表现。不离开具体的人生活动，同时又超越了具体的人生活动，而进入人生余裕的精神生活状态的心灵表现，应该被理解为文学与人生最本质关系的体现。

作为人类原始艺术组成部分的原生态文学，其在起源意义上与人生的紧密关系早已为美学家所注意。关于文学艺术的起源，一般认为马克思主义所认同的劳动说(即文学艺术起源于劳动)最为科学。马克思在《1844年经济学—哲学手稿》中认为，人的生产劳动是"按照美的规律来建造"的人生活动[6]，因而具有毋庸置疑的审美属性；文学艺术的起源，显然就意味着人类与对象审美关系的确立，体现着人类独特的劳动的成果与意义。对于这种劳动说贡献最大的是普列汉诺夫。这位杰出的俄罗斯哲学家和文艺理论家在其名著《没有地址的信》中，列举了大量的原始人生材料，论证"劳动先于艺术"的观点："艺术发展是和生产力发展有着因果联系的，虽然并非总是直接的联系。"

其实，劳动说这种较为深奥的原理已经为我们所列举的《弹歌》所证实。更能直接证实这种劳动说的是《淮南子》卷十二《道应训》中的说法：

> 惠子为惠王为国法，已成而示诸先生，先生皆善之，奏之惠王。惠王甚说之。以示翟煎，曰："善！"惠王曰："善，可行乎？"翟煎曰："不可。"惠王曰："善而不可行，何也？"翟煎对曰："今夫举大木者，前呼邪许，后亦应之。此举重劝力之歌也，岂无郑、卫激楚之音哉？然而不用者，不若此其宜也。治国有礼，不在文辩。"故老子曰："法令滋彰，盗贼多有。"此之谓也。

翟煎讲的是治国立法之道，后人每每引用他的"举大木"说解释文学艺术的起源，并且与西方的劳动说相印证，而且也得到历代不少中国文学家的认同。至少现代作家鲁迅是认同这种文学起源的"举大木"说的。鲁迅在《且介亭杂文》的《门外文谈》中这样叙说文学的起源：

> 人类在未有文字之前，就有了创作的，可惜没有人记下，也没有法子记下。我们的祖先的原始人，原是连话也不会说的，为了共同劳作，必须发表意见，才渐渐的练出复杂的声音来。假如那时大家抬木头，都觉得吃力了，却想不到发表。其中有一个叫道"杭育杭育"，那么这就是创作。……倘若用什么记号留存了下来，这就是文学；他当然就是作家，也就是文学家，是"杭育杭育"派。

相对于劳动说,有关文学艺术的起源尚有模仿说、游戏说、心灵表现说、神示说、神话原型说以及巫术说等等。

　　模仿说来自于古希腊哲学家。德谟克利特首先提出艺术起源于对自然的模仿,亚里士多德同意此说,在《诗学》中认为诗歌起源于对自然和社会生活的模仿。古罗马时代的卢克莱修、贺拉斯都持有类似的观点。中国古人也有自己的模仿说,晋代阮籍在《乐论》中就曾指出过,原始歌谣有"体万物之生"的性质,也就是说艺术是对自然的模仿。游戏说是文艺复兴时代的马佐尼对模仿说的改造与发展,他在继承和倡导模仿说的同时,提出了"文艺是游戏"的观点。康德则沿此思路把诗歌当作"想象力的自由游戏",后在席勒的阐述中正式形成了艺术起源的"游戏说"。席勒认为,原始人意识到人生受到来自于物质与精神的束缚,于是希望运用余裕的精力去表达对于自由的渴望,这便是游戏;文学艺术便在这种游戏中形成。雪莱将模仿说和游戏说结合起来,指出:"在世界的青年时代里,人们舞蹈、唱歌、摹仿自然事物,并在这些行动中,犹如在其它的行动中,遵守着某种节奏和秩序……这些通过摹仿所作的再现,各有属于它自己的某种秩序或节奏,听者和观者从这中间所感觉到的快乐,比从任何其它秩序中所感觉到的更为强烈、更为纯粹:近代作家们把接近这一秩序的感觉,称为美的鉴赏。"[7]心灵表现说也产生于古希腊哲学,不过到了19世纪才为浪漫主义文艺家所明确倡导。雪莱在《诗辩》中总结出诗歌是"野蛮人表达周围事物所感发他的感情",因而是"想象的表现"和心灵的外化。柯勒律治、布拉德雷、王尔德等都有过这类表述。意大利美学家克罗齐主张"直觉即表现"、"直觉即艺术",奥地利心理学家弗洛伊德则用精神分析学观点解释文学艺术的起源,认为艺术实质上是以性本能为核心的无意识表现。中国古代心灵表现说也很发达。《礼记·乐记》即已指出:"凡音之起,由人心生也。人心之动,物使之然也。感于物而动,故形于声。"中国古代极为流行的"诗言志"说其实正是中国式的心灵表现说。《尚书·舜典》提出:"诗言志,歌永言,声依永,律和声。"明确指出了诗歌产生于心灵的现象。"志"就是心灵，这在《毛诗序》中有更明确的说法："诗者，志之所之也。在心为志，发言为诗。情动于中而形于言，言之不足故嗟叹之，嗟叹之不足故永歌之。"

还有一些关于文学艺术起源的学说将这个论题引向了更为神秘的境地。例如神示说。古希腊时代柏拉图就曾把诗歌的产生神秘地描述为神的灵感在诗人身上的依附。中世纪的托马斯·阿奎那承认艺术是心灵的表现，但坚持认为心灵是上帝的形象和创造物。文艺复兴时期的意大利文学家卜迦丘认为诗来源于上帝的胸怀。又如巫术说。18世纪意大利哲学家维柯在其《新科学》等著作中，已经涉及到了原始文学与原始宗教的关系。19世纪以后，泰勒、弗雷泽等文化人类学家通过对现存原始部族的巫术的研究，奠定了文学艺术起源的"巫术说"的基本框架。法国考古学家雷纳克正是在这些文化人类学的资料和观念基础上，明确提出了艺术起源于原始人交感巫术的论点。巫术说往往还有原始生活考古材料作依据。考古学家曾通过放射性同位素碳的测定，确认绘有巫术仪式图像的马格德林期洞画约出现于公元前18000年至11000年之间。此外还有神话原型说。该学说集成于加拿大文学评论家诺思罗普·弗莱(Northrop Frye)的理论，他认为文学都是具有一定原型的，批评者应将文学作品放在整个文学关系和文学传统中去考察，甚至上溯到神话意象中去。有些研究者曾根据现今少数民族和原始部落的神话体系推证文学起源，其结论引起了人们的关注。

中国古代也不乏这种从神巫角度解释文学艺术起源的观点。《周易》上经《豫》(卦十六)有这样的话："雷出地奋，豫。先王以作乐崇德，殷荐之上帝，以配祖考。"表明音乐歌诗之事与古人敬天神的联系。这也就是"周礼以六律、六同、五声、八音、六舞大合乐以致鬼神"(《魏书·志第十四 乐五》)的原始情形。

除此之外，近代以来各种文学艺术起源说出现了很多。如有人将法国艺术哲学家丹纳的《艺术哲学》中提出的著名的"种族、环境和时代"三要素的论述理解为一种艺术起源说，达尔文提出的音乐和艺术的起源来自于性的吸引的"性爱说",美国考古学家马沙克提出的最早艺术为原始人类记录季节变化之符号的"符号说",如此等等,不一而足。

每一种说法都有一定的道理,往往也都有一定的材料支撑,但每一种说法又都有明显的局限性,包括为人们认同较多的劳动说。面对种种学说的歧异纷繁,至少必须明确以下三个基本点。其一,所有的文学艺术起源说都通向对于文学与人生紧密关系的确认,它们都可以用来论证文学艺术在其早期与人生的不可分割的联系。其二,所有的这些学说不过都是假说。既然都是假说,它们之间可能有科学性程度上的差异,但其中任何一说都没有否定另外一说的资本。稍一分析便知,之所以涌现出这么多关于文学艺术起源的假说,是因为理论家们从不同的角度、不同的方面、不同的侧重点去考察了文学、艺术与原始人生的关系,他们的结论都带有各个角度、各个方面以及各个侧重点的特有内容。其三,正因如此,任何一个假说都不可能是唯一正确的文学艺术起源说。或许所有这些来自各个角度、各个方面、各个侧重点的假说综合起来,才能够迫近关于文学艺术起源的正解,才能够解开原生态文学与原始人生关系之谜。

注 释

[1] 杜文澜:《古谣谚》卷四十三,第567页,中华书局1958年版。

[2] 沈德潜:《古诗源》,第1页,中华书局1963年版。

[3] 郑振铎:《插图本中国文学史》(上),第36页,北京出版社1999年版。

[4] 同上书,第35—36页。

[5] 同上书,第36页。

[6] 马克思:《1844年经济学—哲学手稿》,第53页。

[7] 雪莱:《诗辩》,见伍蠡甫主编《西方文论选》下卷,第51页,上海译文出版社1979年版。

第四讲

文学:人生的余裕

综合理论中的人生余裕

从人生的余裕到余裕的人生

　　应该对关于文学艺术起源的上述各种假说都有所尊重,因为它们都是从不同角度、不同方面和不同侧重点对这一论题所作的有价值的推论;同时应该对其中的劳动说给予最大的认同,这不仅因为劳动说在各种文学起源学说中得到最为普遍的承认,而且因为原始人类的人生活动主要就是劳动,劳动也是人区别于一般动物的最基本的标志,是人类最基本的人生活动。以劳动说为基础,综合游戏说、模仿说等有巨大影响的学说,并有效地兼容其他各种学说,有利于从实际上发挥已有学术成果的综合优势,从理论上更令人信服地解决文学与人生的原始关系问题。

　　我觉得,任何单纯的说法,包括劳动说,都无法根本解决文学与人生最基本的关系问题。我倾向于赞同鲁迅的观点,认为文学是人生余裕的产物。

一　综合理论中的人生余裕

文学是人生余裕的产物,这样的观点实际上是综合了各家文学起源理论的结果。

构成这种"综合说"的核心命题是,文学艺术的原始雏形固然来自于人类最基本的人生活动——生产劳动,但并不像劳动说所描述的那么直接,似乎一旦产生了劳动便同时产生了文学艺术的雏形;在人类生产劳动达到一定的层次,劳动积累达到了一定的程度,也即人类产生了一定的人生余裕感之后,原始的文学艺术才会以各种形态出现。

19 世纪后期,有关文学艺术起源的劳动说曾热闹一时。欧洲民族学家、艺术史家们为此展开过热烈的论争。德国经济史学家毕歇尔(K. Bücher)在《劳动与节奏》一书中认为,劳动、音乐和诗歌最初是三位一体地联系着的,也就是说它们可能是同时产生的。这种说法受到了德国美学家德索(M. Dessoir)的质疑,他在《美学与艺术理论》中认为,原始诗歌的出现是为了使劳动变得更轻松。他的这种说法否定了那种认为原始劳动诗歌的产生是为了加强劳动效率的假说,带有一定的片面性,不过他论述的劳动与诗歌产生的先后次序倒是相当可信。人类最初的生产劳动充满着紧张,完全受着本能的求生愿望的支配,或渔猎,或抢夺,全都为了维持自身以及族群生存的最基本的温饱需要。当这种温饱需要时时处在威胁之中时,原始文学艺术的产生几乎是不可能的。随着生产力的进步,人类劳动智慧的提高,生产劳动的效率和成果不断增加,原始人类不仅在低层次上基本满足了维持生存的物质需求,而且获得了克服自然困难的优越感及心理上的满足,这就从物质和精神两方面产生了人生的余裕感。由这种余裕感自然派生出各种原始的娱乐活动和精神愉悦活动,从而构成了各种原始文学艺术的雏形。

原始人类自觉地把握了自己的生产活动,自觉到在面对自然的时候有了一种与之相处的自信与余裕感,同时也由于生产活动有了一定程度的时间过剩和精力过剩,对于自然的模仿就成了填补这种时间空白、发泄这种余裕精力的基本途径。更重要的是,用鲁迅的话说"一味要好"(也即希求文明、发展)的原始人类又从这种对于自然的模仿中获得了巨大的心理快感和精神享受,慢慢地他们会在紧张的人生中设法挤出相当的时间和精力来重复乃至改进这样的模仿活动,这就形成了原始的游戏。特别是当原始人在生产活动中取得巨大收获,有一种庆祝的冲动以后,他们往往还会通过再现劳动场景、模仿劳动过程的方式进行这种游戏。前引《弹歌》很有可能就是这种游戏的产物。

原始人对他们所面对的大自然既充满着模仿的欲望,也充满着解释的热忱。解释自然是人类与大自然相处的过程中获得了某种余裕之感的必然结果,——这意味着他们有足够的余裕将自然当成一个审视和解读的对象。原始人对于自然质朴而烂漫的解释构成了人类文明史上十分灿烂的神话文明。原始人或为了劳动间歇的游戏,或为了劳动之前的祈福,对这种神话境界也经常作模仿或再现,这便是关于文学艺术起源的神示说、神话原型说以及巫术说等假说的基本依据。

其他有关文学艺术起源的假说,也都是从不同的角度对原始人类人生余裕感的描述。如季节记录符号说,反映了原始人类有足够的能力和智慧注意并运用季候规律,这实际上是人类在与大自然相处的一种余裕的表现。再如性爱说,虽然是对两性相悦这样一个自然的本能的阐释,似乎与人生的余裕关系不大,然而,通过歌吟乃至舞蹈等展示自身性别魅力的方式表达性爱,并由此开启了文学艺术最初的空濛,则应在人类拥有了相当的物质余裕之时。性爱的表达对于人类来说是一种很自然的心灵表现,这样的心灵表现要求主体有相当余裕的心态。许多民族学家和人类学家的研究表明,原始人表达这种性爱的各种装饰也都与人类当时最基本的人生活动——生产劳动密切相关,而季节的记录也是以生产劳动为中心的,可见从符号说或性爱说所推证的"余裕"都是原始人基本人生活动的余裕。

或许所有上述这些方面都加起来也还是没有充分说明文学艺术起源问题。富于想象力的人类文化学者和艺术哲学家还可以作更多方面的推证、假想。但是，即使再来一打以上的推证和假想，也还是无法越出原始人生之余裕的表现这样一种综合性的概括。

　　这种综合肯定各种文学起源说的人生余裕观与古今中外得到较为普遍认同的劳动说起了某种龃龉。或许有人会用《淮南子·道应训》中的"举大木"故事证明：文学艺术只产生于劳动，与人生的"余裕"看不出有什么关系。其实这是未举过大木的人的妄断。但凡有过类似于"举大木"或干力气活经验的人都能体会，在重体力劳动中确有打劳动号子唱"举重劝力"之歌的人，但绝不是那种干起活来十分吃力的人，而是对他们所承受的重力能够胜任的人。比如说一个人的承受能力是 100 公斤，他承受了 60 公斤，只是他承受能力的 60%，那么，他就有足够的余裕打号子或者想些别的什么事情，这样的"劳动"才可能产生类似于文学艺术的东西；如果他承受了 95 公斤以上的重量，那他就连喘气的功夫也没有了，何来打号子的力气？又怎能产生文艺？劳动者为自己能够胜任应承担的重力感到一种余裕的快感，这种快感的发泄导致了嘹亮的号子和劳动的欢歌。这种号子和欢歌又能调节劳动气氛，统一劳动节奏，感染其他人的情绪，于是得到更多的认同进而造成流行。这样的例子依然说明，文学艺术与其说来源于劳动，不如说来源于劳动中产生的人生的余裕感。

　　其实，中国古书里记载的文学艺术起源于劳动的故事，都可以用来说明原始的文学艺术产生于劳动中的人生的余裕感。《吕氏春秋·古乐》中有关于上古时代"葛天氏之乐"的记录，其中《奋五谷》、《总禽兽之极》等篇分别是歌吟农业耕作和狩猎生活的；《史记》索隐所引《三皇本纪》，《古今图书集成》所引《辨乐论》，还引述了据说产生于伏羲时代的"网罟之歌"，显然是早期渔事的歌吟。这些直接与人类早期最基本的人生活动密切相联的歌乐，与其说是上古时代人们对相关劳动本身的歌唱，还不如说是人们由这些劳动所产生快感（由物质、力量、精神、智慧等方面产生的余裕感）的一种夸耀的表现。上古时代的人们并不是如有些后人想象的那么无聊或那么浪漫，像汉代学者何休在《春秋公羊传·宣公十五年·解诂》中煞有介事描述的那样，"饥者歌其食，劳者歌其事"。如果不是食有余而事可已，不是从这种求食和做事中体尝到了某种余裕之感，那歌是无从作起的。

"余裕"一词最初是从《孟子·公孙丑下》那里来的："我无官守，我无言责也，则吾进退岂不绰绰然有余裕哉?"余裕与"绰绰然"连在一起，形容做任何事情，想任何问题，都在心理上有相当大的可供自由支配的余地。

"余裕"的文学观应该说是鲁迅在《革命时代的文学》这篇著名讲演中提出来的。鲁迅说："自然也有人以为文学于革命是有伟力的，但我个人总觉得怀疑，文学总是一种余裕的产物，可以表示一民族的文化，倒是真的。"除了在民族文化的总体上体现文学的余裕品性而外，鲁迅还从文学的欣赏和接受过程论证了文学的余裕属性，他对黄埔军校的将士们如是说：

> 诸君是实际的战争者，是革命的战士，我以为现在还是不要佩服文学的好。学文学对于战争，没有益处，最好不过作一篇战歌，或者写得美的，便可于战余休憩时看看，倒也有趣。要讲得堂皇点，则譬如种柳树，待到柳树长大，浓阴蔽日，农夫耕作到正午，或者可以坐在柳树底下吃饭，休息休息。中国现在的社会情状，止有实地的革命战争，一首诗吓不走孙传芳，一炮就把孙传芳轰走了。

因此，他认为文学是革命成功以后，大家的人生有了余裕之感以后的事情："等到大革命成功后，社会底状态缓和了，大家底生活有余裕了，这时候就又产生文学。这时候底文学有二：一种文学是赞扬革命，称颂革命，——讴歌革命，因为进步的文学家想到社会改变，社会向前走，对于旧社会的破坏和新社会的建设，都觉得有意义，一方面对于旧制度的崩坏很高兴，一方面对于新的建设来讴歌。另有一种文学是吊旧社会的灭亡——挽歌——也是革命后会有的文学。"

当然，鲁迅的余裕说主要考察的是文学功能而不是文学起源，不过它同样对于我们思考文学起源问题有启发意义。我这里所持的文学艺术起源的综合说充分借取了各家假说，并以认同面较广的劳动说和鲁迅提出的余裕说为基础。与鲁迅不同的是，我们更多侧重于文学艺术起源意义上的人生余裕感，并强调这种余裕感与人生的基本活动——生产劳动之间的密切联系。

鲁迅在《华盖集·忽然想到》中对文学的余裕和人生的余裕有过相当精辟和从容的论述，他是从书的设计说起的：

较好的中国书和西洋书，每本前后总有一两张空白的副页，上下的天地头也很宽。而近来中国的排印的新书则大抵没有副页，天地头又都很短，想要写上一点意见或别的什么，也无地可容，翻开书来，满本是密密层层的黑字；加以油臭扑鼻，使人发生一种压迫和窘促之感，不特很少"读书之乐"，且觉得仿佛人生已没有"余裕"，"不留余地"了。

或者也许以这样的为质朴罢。但质朴是开始的"陋"，精力弥满，不惜物力的。现在的却是复归于陋，而质朴的精神已失，所以只能算窳败，算堕落，也就是常谈之所谓"因陋就简"。在这样"不留余地"空气的围绕里，人们的精神大抵要被挤小的。

外国的平易地讲述学术文艺的书，往往夹杂些闲话或笑谈，使文章增添活气，读者感到格外的兴趣，不易于疲倦。但中国的有些译本，却将这些删去，单留下艰难的讲学语，使他复近于教科书。这正如折花者，除尽枝叶，单留花朵，折花固然是折花，然而花枝的活气却灭尽了。人们到了失去余裕心，或不自觉地满抱了不留余地心时，这民族的将来恐怕就可虑。

我之所以要将鲁迅这么长的一段文字悉数引出来，是因为鲁迅在这里漫不经心地讲述了一个异常深刻的道理，这道理不仅在"文学与人生"的话题上有用，实际上在民族的精神构造这样的宏大话语上也很有用。更充分的理由是,偏偏鲁迅这样重要的观点,却常常并不为人所熟知,因为鲁迅给人们留下来的印象,鲁迅给那些哪怕是研究鲁迅的人留下的精神遗产,可能什么都有,恰恰就是没有"余裕"。

鲁迅从读书的感觉引申到人生的普遍心理:在"不留余地"的空气里,人的精神会受到局促感的压迫,那样精神就得不到舒展,当然极不利于精神的创造。

接着鲁迅又讲到外国文学作品的一般情形:往往夹杂些闲话或笑谈。其实更多的时候是穿插着有时显得相当冗长的景物描写和心理描写。原来这些都是调动读者在阅读中的"余裕心"的! 这是一番了不起的发现,是引领我们读书的一种精彩的理论,一种足以震撼我们心灵的心得。我们读外国小说时,往往也常以其中过多的描写和穿插为非,如果不是抱着研究的眼光去阅读,我们就会很自然地略去那些描写与穿插,直接寻找主要人物的行踪和他们的会话,以便尽快地进入故事情节。这样的阅读都不是优雅的、妥当的阅读,因为不够从容,因为不能显现出余裕的心态;这样的文学接受显得过于匆促。

鲁迅的这番见解对于许多人来说都是很有意义也很严肃的教训,甚至对于鲁迅本人也不例外。鲁迅年幼的时候不喜欢中国旧戏,尤其不能忍受戏里老旦小生们一字一板的演唱,——这只要读一下他的小说《社戏》就清楚了,另外他忍受不了的还有剧场里锣鼓的喧闹以及人声鼎沸的喝彩和嗑瓜子的声音。确实,中国旧戏有其不适应现代人的口味和现代人生休闲方式的一面,但它的特殊的剧场效果明显地与中国老百姓传统的休闲方式联系在一起,反映的正是中国人传统的享受余裕的心态。今天的青年人如果本着这样的观念去看传统戏剧,就自然会有另一番观感与心得。

中国传统的文学与艺术往往比较多地注意在"余裕心"上培养人们的情趣。中国文学,无论是诗词歌赋还是小说戏剧,一方面强调人生的实写,强调真情实感的自然流露,但另一方面又讲究一定的套路,特别是小说、戏剧,还需要一定的套语和过场形式,这些内容在阅读和欣赏效果上,都是为了调动人生的余裕感。写诗也是如此。俗话说"熟读唐诗三百首,不会做诗也会吟",意思是写诗吟诗未必一定要将自己逼得、苦得像孟郊和贾岛那样,完全可以在悠闲的阅读中得到灵感和诗趣。辛弃疾的《丑奴儿·书博山道中壁》将中国诗学中的余裕因素道得更为明白:

> 少年不识愁滋味,爱上层楼。爱上层楼,为赋新词强说愁。
>
> 而今识尽愁滋味,欲说还休。欲说还休,却道天凉好个秋。

"为赋新词强说愁",不必自己有愁再去写诗读诗,这里就是一种写实的余裕哲学的表述;等到所有的愁滋味都领略过了,再来做诗写词的时候,也不必完全说干净,"却道天凉好个秋",神来一笔,还是给自己同时也给别人的心灵留下清爽的余裕。

鲁迅从文学艺术的余裕心态说起,论述到民族的余裕心的培养问题,认为如果没有余裕心,民族的前途便堪焦虑。这是一个沉重得不容有一点余裕的话题,可惜我们在"文学与人生"的课堂上才能讲到它。一般来说,我们的教育,无论是国民教育还是家庭教育,无论是政治教育还是公德教育,都是将余裕放置在否定的抑或是极其边缘的位置上,一般不提倡余裕心的培养,什么事情、什么时候都要求竭尽全力,都要求全力以赴,都要求达到努力的最大化、利益的最大化、效益的最大化;"人生能有几回搏?"作为一种意志和精神象征的表述,常常成为我们的座右铭。这样的教育当然有利于人才的成长、成熟、成就,并尽可能使之在成长、成熟、成就的道路上少受挫折,少走弯路。但这样往往很难调动和激发他们的审美之心,人的灵魂会变得越来越急功近利,越来越粗糙。人生的过程的体味往往被忽略,人生的各个阶段的结果常常成为人们竞相追求的目标。一个民族的价值观如果都是这样,而不讲求任何余裕心,不讲求优雅和诗性,那么这个民族的前途确实会有些问题。

正因为这样,我们在体验人生、认知人生的时候,不妨读读文学,讲讲文学,谈谈文学和艺术,这也是人生余裕的体现。

说到民族与余裕心问题,我觉得我们中华民族还是有相当深厚的传统的。在我们的印象中,日本这个民族似乎就缺少这种余裕心。前些年企业文化界不断热衷介绍的日本企业精神,还有我们在电影电视里看到的日本人的人生境况,好像到处充满着"加油"、"好好干"的勉励,没有一点余裕的感觉,日本人好像整天都在玩命。近些年我看到一些资料,好像日本现在对青少年比较注重"余裕教育",就是在鼓励他们学习之外,培养他们的余裕心。据说热爱生命是"余裕教育"的重要主题,说是教育青少年热爱生命,能帮助抵制邪教的诱惑,同时使他们在挫折面前变得坚强。热爱生命的余裕教育要求人与自然和谐相处,并热爱其他生命。因此,此项"余裕教育"的组织者经常带领学生到牧场体验生活,包括到牧放的牛马当中去,要求学生学会与这些还具有野性的动物相处,通过喂养它们,彼此成为朋友。"余裕教育"的另一项内容据说是利用周末让青少年到所谓农业学校体验农村生活,通过农业学校的生活,学生可以体会到衣食来之不易,同时,学生自己动手还可以培养学生的创造性和探索精神,练就吃苦耐劳的本领和健康的体魄,这对学生今后走上社会应付各种困难大有益处。这样的报道我觉得即使可信,也只是说明日本的教育理念中引进了"余裕教育"的概念,这是值得赞赏的;至于具体的做法,我倒觉得缺乏很明显的创意。我们国家有关关爱生命的教育并不弱,一到抗灾救灾的时候,学校里要求学生捐赠衣物钱财的布置可能比哪里都快,至于到农业学校去锻炼,我们早就有学工学农的教育实践了。

要进行余裕教育,我觉得不如教学生学会唱歌,比如这样的歌:

不能这样活

词 张黎　曲 徐沛东

> 东边有山,
> 西边有河;
> 前边有车,

后面有辙。

究竟是先有山还是先有河？

究竟你这挂老车走的是哪道辙？

呦嗬嗬！

春夏秋冬忙忙活活，

急急匆匆赶路搭车，

一路上的好景色没仔细琢磨，

回到家里还照样推碾子拉磨。

闭上眼睛就睡呀，

张开嘴巴就喝；

迷迷登登上山，

稀里糊涂过河。

再也不能这样活，

再也不能那样过，

生活就得前思后想，

想好了你再做。

生活就像爬大山，

生活就像趟大河，

一步一个深深的脚窝，

一个脚窝一首歌！

好一个"一路上的好景色没仔细琢磨，回到家里还照样推碾子拉磨"！人确实不能这样活。人应该有充分的余裕心领略大自然，领略自己身边的一切，并咂味出大自然和周围的一切所包含的可能意义，这才是活着，这才是人生，这才谈得上诗意地栖居！

美国著名的盲聋作家海伦·凯勒写有一部题目为《假如给我三天光明》的自述，其中有这么一个情节：一天，她的好朋友乘着早晨清爽的空气来看她,她问她一路上看到了什么没有,朋友说什么也没有看到。她很惊讶,激动地说,你应该看到太阳,看到大地,看到大地上的青草和草上的露珠,看到树在晨风中的摇动,看到小鸟在树上歌唱的样子,甚至可以感受到小鸟歌唱时树枝微微的颤动。这一切都是大自然最美好的赐予,可是我们怎么能视而不见?大意是这样的,我觉得我们应该感悟到这种心情。

有了这样的心情,就是有了余裕心,才可以真正领略文学的真意。领略了文学的真意,也就领略了人生的诗意。

二　从人生的余裕到余裕的人生

文学艺术作为人生的余裕的结果,其诞生以后便沿着余裕的人生的轨道走上了发展的长途。这便是文学与人生关系所必然发生的变异,也是原始生活意义上的文学与人生关系面临必然改变的关键。

人类文明的进步与社会分工密切相联,但在文学与人生这一特定的关系上,社会分工的出现导致的则不完全是进步。一方面,社会分工使得一部分人有可能比较专业地从事文学艺术活动,促进文学艺术迅速向高水平发展;另一方面,文学艺术成为一种专业以后,从创作过程到欣赏活动都开始脱离广大民众最一般的人生,从而由作为人生余裕的产物一变而为少数人余裕的人生的体现。这是文学与人生关系的一种悲剧性转折,是人类文明进步过程中所必须偿付的代价。

人类生产力的提高,使得一部分人有可能脱离生产劳动,围绕着统治者做一些形而上的工作,于是早期的文学艺术就派上了用场;不过这种为少数人所创制同时也为少数人所利用的文学艺术势必疏离广大民众的日常人生,成为少数人的专利或专擅。

作为人类早期统治者余裕的人生的基本活动内容,神灵崇拜、祖先祭祀和庆典宴乐等都需要文学艺术。前面所举的《卿云歌》正是人类早期统治者阶层庆典宴乐情形的写照。最古老的音乐歌舞、歌谣诗曲,一般都是为适应统治者祭祀崇拜或歌功颂德的需要，由巫师、司仪之类的"专职人员"设计、营造甚至付诸表演的，因而与广大民众的人生很难发生直接的关系。据说成汤时代就涌现了"大濩"、"晨露"、"九招"、"六列"、"桑林"等乐歌乐舞，《尚书·伊训》有"恒舞于宫，酣歌于室，时谓巫风"之记，可见那时宫廷里巫风与歌风相应相和，且已相当炽盛。一直到商朝末年的纣王时代，此风更甚，据《史记·殷本纪》记载，纣王"好酒淫乐，嬖于妇人。爱妲己，妲己之言是从。于是使师涓作新淫声，北里之舞，靡靡之乐"，而且还"大聚乐戏于沙丘，以酒为池，县肉为林，使男女裸，相逐其间，为长夜之饮"。[1]这确实太过分了。于是周武王灭殷商时历数商纣王的种种罪状，其中就包括这类酒池肉林式的骄奢淫逸。在宴乐方面，周武王还指责纣王"弃其先祖之乐，乃为淫声，用变乱正声"（《史记·周本纪》），可见他也同纣王一样，将歌舞音乐之事看得非常重要，不过他比纣王看得更加神圣，认为先祖之乐是不应随便改篡的。

周代果然十分重视音乐歌舞，而且因为将音乐看成先祖之制，遂在典章制度建设的意义上构造音乐歌舞体系，如音乐分"风"、"雅"、"颂"，歌舞分"大武"、"勺"、"象"等等。《诗经》三百篇保存了这一时代音乐文化和诗歌文化发达的印记，因而孔子对周朝得出了这样的印象："周监于二代，郁郁乎文哉！"（《论语·八佾》）。冯梦龙在《白话笑史》中曾说过一个白字先生的笑话，他将"郁郁乎文哉"念成"都都平丈我"，一位高明的先生知道念错了，按照正确的予以纠正，谁知学童们惧怕他，一个也不来上学了。时人讥讽这种现象说："都都平丈我，学生都来坐；郁郁乎文哉，一个都不来。"这则笑话说明，《论语》中所形容的周朝文明已经成为一种历史常识，而这种历史情形毕竟远离一般人的人生，为人们所耳熟但心不能详。

是的，社会分工出现以后的文学艺术成了少数人的专利或专擅，离开了一般的普通的人生，许多人对于这样的文学艺术都是耳熟心不能详，大有隔膜之感。由于与自己体验的人生拉开了距离，大多数人对文学艺术心存隔膜，这无异于鼓励了少数人将其神秘化、复杂化、神圣化，反过来以更加令人隔膜的疏解教谕或教化民众。

例如，对于《诗经》第一首《关雎》的疏解，就典型地显露出这种教谕和教化的迹象。诗曰：

> 关关雎鸠，在河之洲。窈窕淑女，君子好逑。
>
> 参差荇菜，左右流之。窈窕淑女，寤寐求之。
>
> 求之不得，寤寐思服。悠哉悠哉，辗转反侧。
>
> 参差荇菜，左右采之。窈窕淑女，琴瑟友之。
>
> 参差荇菜，左右芼之，窈窕淑女，钟鼓乐之。

这分明是一首爱情诗。闻一多先生在《风诗类钞》中形容这首诗的情景："女子采荇于河滨，君子见而悦之。"余冠英先生在《诗经选译》中形容得更加纤细："河边一个采荇菜的姑娘引起一个男子的思慕，那'左右采之'的苗条形象使他寤寐不忘，他整天地想；要是能热热闹闹地娶她到家，那是多好！"但这些都是"现代化"的解释。从汉儒开始，对这首明显产生于民间的爱情诗就有了让人亲近不得的玄乎解释。《毛诗序》这样认为："《关雎》，后妃之德也，风之始也，所以风天下而正夫妇也。"并解释说："《关雎》乐得淑女，以配君子，忧在进贤，不淫其色；哀窈窕，思贤才，而无伤善之心焉。"好家伙，一首先民田塍间或小河边男女相悦的情歌，竟成了周文王后宫里的后妃之德的颂歌！说是文王妃太姒不仅不专宠，而且每每愿意将所见到的窈窕淑女求来配文王，并且这种为丈夫"求佳偶"的心思还非常迫切，以至于夜里都睡不着觉。

不必怀疑文王贤妃是否有这么贤明得可笑的圣德。问题是即或有之，她自己会编成这样的诗来歌唱吗？这么私人化的深闺隐事即使事关美德似乎也不宜大肆宣扬。如果不是她编的而是别人编的，则别人怎么知道她为夫君选美人"寤寐思服"、"辗转反侧"的事情呢？宋代大儒朱熹在《诗集传》中认为这首诗是别人写来颂太姒本人的。朱熹解释说："周之文王生有圣德，又得圣女姒氏以为之配。宫中之人，于其始至，见其有幽闲贞静之德，故作是诗。言彼关关然之雎鸠，则相与和鸣于河洲之上矣。此窈窕之淑女，则岂非君子之善匹乎？言其相与和乐而恭敬,亦若雎鸠之情挚而有别也。"这样的说法比毛诗的那一套教谕理论似乎更贴近男女之情,尽管是王者与后妃之间的男女之情,但毕竟不再像毛诗序所讲的,连男女之私都没有了,完全成了"经夫妇,成孝敬,厚人伦,美教化,移风俗"的一套。

今有些博学之士在类似于《诗经赏析》之类的论著中则认为,如果将诗中的"君子"释为"人君",则汉儒和宋儒的解释就有他们的道理了。不过他们引用了《论语》、《荀子》、《礼记》等文献,说明君子乃是有才德的人,并不一定是指人君,并且他们倾向于《关雎》中的所指确实并不是"人君"。[2]这些先生将这首诗的主旨往"一个公子哥在思念一个乡间姑娘"的意义上论证,方向是正确的,但似乎无须用那么大的力、绕那么多的弯,其实《诗经》其他诗中的"君子"一般都不是指人君:如《伐檀》中的"不稼不穑"的"彼君子"也不过"取禾三百廛"而已,相当于一个坐地收租的人,哪里是什么人君!《草虫》的"陟彼南山,言采其薇;未见君子,我心伤悲"中的"君子"怎么解也不会是人君,因为人君再有情有义且罗曼蒂克,也不可能到南山来与采薇的人儿会面。这里的君子其富贵程度甚至可能连《伐檀》中的"素餐"君子也不如。

总而言之,《诗经》开篇的《关雎》,本来是乡野之间青年男女相悦相爱的爱情表达,是平凡人生中一种真挚的情感表现;可由于文学成了少数人心目中的教化工具,便觉得有必要赋予这样的诗以比较"纯正"的解释,以至于纯正到"无邪"的地步。这种文学处理正是少数人利用他们的社会分工的便利使文学脱离普通人生的明证。

少数人为了将文学变成自己的专利或专擅,不仅在文学作品的阐释和应用上作如此深奥、"正经八百"的处理,使之完全疏离广大民众的人生活动,而且在文学作品的载体和文学创作的工具上也一度存在着专利化和专擅化的处理迹象,使之成为一般人所难以把握的东西,成为有余裕进行专业研修的人们才能够掌握和使用的东西。例如文字,传说文字是古圣仓颉奉黄帝之命而广集禽鸟兽类的足迹以及龟背纹路等制造出来的,这当然不可尽信。最早的汉字当然是象形文字,西安半坡村出土的陶器口的外沿上,刻画着很多图象符号,被认为是汉字初期的雏形,属于距今约有六千多年的仰韶文化。这些最初的文字形体比较简单,缺少规格感,应属易于为普通人所把握的那一类。后来的甲骨文一方面字形比较固定,结构有了章法,另一方面,笔势趋于复杂,表意功能增加,离"图画"越来越远,开始脱离大多数人的使用了。据说到了周宣王时代,出了一个太史叫做籀的人,创造了形体极其复杂,结构相当繁复,书写相当困难的"籀文",也就是大篆[3],将汉字书写和应用完全纳入了专业化、精英化的轨道,脱离了广大民众的普遍人生。此后的文字有六国(齐、楚、燕、韩、赵、魏)所使用的"六国古文",形体虽然比籀文简化一些,但是结构仍然显得非常奇诡。秦国已开始使用大篆,统一中国后拟定"书同文",因而出现了小篆,这种字体与大篆相比略有简化,但讲求结构匀称、笔意圆转、典雅舒徐,故而还是不适合民众掌握和使用,主要用于官方文书、刻石、刻符之类。

此后,汉文字出现了隶书、魏碑、草书等等,结构定型,笔划趋简,一直到20世纪20年代有识之士提倡拉丁化,以及不断简化汉字,总体趋势都是让文字这一抒情、记事、写意的工具能够早日回到最广大的民众生活当中去,回到最普遍的人生之中去。只有当文字——文学表现的基本工具为最广大的民众所熟练地掌握,文学才可能真正回归到最普通的人生。

除了文字工具向最普遍的人生回归而外,文学与人生最密切的连接还必须有待于文学创作仪式感的消除。

文学本来是人生的审美反映,体现着一定时代、一定人群的人生精华。但文学成为少数人的专利或专擅之后,它便充任了少数人的另一人生形式,——相对于普通人生来说是一种余裕的人生形式。这种余裕的人生形式总是力图建构和强化文学创作和文学运作的仪式感。中国古人传说,据《淮南子·本经训》,"昔者仓颉作书而天雨粟,鬼夜哭",可见是何等的动天地泣鬼神的圣事!中国人自古就有敬惜字纸的传统道德,认为"字纸乃圣人之血脉",不可不惜。古人将读书写字看得极为神圣,同时也理解得相当浪漫,相当有吸引力,有所谓红袖添香夜读书之类,写诗作文则更不必说。神圣感和仪式感的结果就形成了制度,现今仍在延续的图书出版之类的制度便是这种神圣感和仪式感的结晶。图书出版制度有效地促进了文学创作的高水准和专业化,但同时对于普遍人生与文学的直接关系则是一种制约。

自古就有的文学传播途径,无论是经过古代的书肆还是经过现代的杂志社报社出版社,都是从维护文学写作的仪式感和文学运作的神圣感出发的,本质上体现为一种余裕的人生,一种使得文学与最普通的人生相疏离的社会分工体制。这种体制正如社会分工一样,保证了文学在高水准和规范化的意义上得到迅速发展,但它同时也限制了文学与普遍人生的直接联系,甚至也抹煞了很多文学创新的可能成就。文学本应是广大民众普遍人生的直接的审美表现,以传播途径为中介的分工体制长期以来严重地干扰了这样的关系。

随着电子写作和电子阅读的普及,随着这样的写作和阅读对于原有传播途径和体制的挣脱,文学有可能重新回到最普遍的人生表现上,有可能摆脱长期以来一以贯之的少数人专利或专擅的局面。也许,到那时,文学事业作为少数人的一种特殊的人生形式——相对于人类的物质生产劳动而言,确实是一种余裕的人生形式——将可能不复存在;它仍将回复到最广大的民众所普遍掌握和普遍运用的状态,成为最普遍的人生之余裕的一种表现。

哲学家海德格尔充满诗意地引用诗人荷尔德林的诗句,并成功地把它推向了全世界:

> 人,诗意地栖居于大地上。

这当然是一个既具有哲学意味更具有美学意味的人生境况。如何获得这种人生境况?答案很多,途径也很多,但我这里要告诉大家的是这样的一个答案,是这样的一条途径:让我们的人生多一点余裕感!让那种余裕感帮助我们驱除内心的紧张、筋骨的疲劳,减轻俗事的困扰、琐务的繁杂,摆脱无谓的烦恼、无尽的凄惶、远离精神的焦虑、命运的怅惘,使人生多一些审美的乐趣,多一些自由的想象,多一些浪漫的希冀,多一些潇洒的徜徉,那样的感觉可能就是诗意地栖居。

说到这里,我愿意告诉大家我所领略过的一种情景,它所给予我的便是诗意的感动。我有一次在一个风景区散步,看到一个游客背着很大体积的、看上去很沉重的行李,一边步履匆匆地走路,一边不失时机地观赏着路边的景致。相对于其他游人,应该说他是一个很匆忙很没有余裕条件的角色,是一个负荷着沉重包袱的苦行者。他看上去是那样地疲惫,以至于我觉得他在匆匆的行走中有所张望,与其说是在欣赏美丽的景致倒不如说是在寻找栖息的草地。果然,当一片草地沿着一个缓坡突然辅展在我们的面前——不,铺展在他面前的时候,他急速地向它走去,侧身躺倒在草地上,倚着他背后庞大的行李,但是他没有像我所设想的那样急于解开行李的束缚,让自己舒畅地喘一口气,只是就那样倚着他的行李,眼睛快乐地扫视着面前的美景,一边从容地从口袋中掏出香烟,熟练地燃起,满足地吐出一口青青的烟雾,然后目视着这团烟雾升腾,升腾,升腾为飘忽的一缕,然后散开,散开,散开在山岚的吹拂之中。令我有点感动的,就是他在如此匆忙和如此负重的情形下能够为自己找出一点闲暇的空间,为自己找出一点余裕的感觉,并不失时机地享受着这种余裕感。这时候,相信他对于这行旅的理解,对于这人生的理解,就是充满诗意的,就是富有余裕的。

也许大家会觉得我刚才的描述有些文学化,这正是我的目的。对于余裕的人生的描述,就应该是文学的任务,文学是人生余裕的一个很自然也很理想的结果。

注 释

〔1〕 参见 http://www.china10k.com/simp/history/1/13/13c/13c08/13c0801.htm。

〔2〕 http://www.yrcc.gov.cn/lib/hhwh/2002-12-20/jj_19494424861.html。

〔3〕 http://www.sivs.chc.edu.tw/www2root/ox_view/WORD_3.HTM。

第五讲

"为人生"与"为艺术"之争

对于西方的论争:想象性阐解

两个概念的自明性应用

殊途同归的理论

　　提到文学与人生的关系,人们马上会想到的是一场旷日持久的争讼,即"为人生而艺术"与"为艺术而艺术"之间的争讼,也可以简称为"人生派"与"艺术派"之争。但随即而来的问题是,人们往往只可以准确地说出这场争讼的一方,对另一方却一直语焉不详。谁都知道这场所谓的论争初起于 19 世纪的欧洲,由布拉德雷、戈蒂耶、佩特、王尔德等一群唯美主义文学家发动,他们大张"为艺术而艺术"的旗号,与倡导"为人生而艺术"的那一派展开了激烈的争辩。可究竟谁倡导了"为人生而艺术"? 谁代表"人生派"以"为人生而艺术"为盾牌抵御了来自于"艺术派"的理论挑衅? 从没有人能说得清楚。没有具体对手的争讼类似于没有具体被告的诉讼,实际上是不存在的,至少带有很多虚拟成分。于是,将欧洲文学史上客观存在过的这两种文学观念理解为曾经针锋相对的一场论讼,显然依据不足。

有人说一切的历史都是当代史。从这一"莫须有"的争讼可以推知,作为这种"当代史"的历史还更多地带有当代人想当然的因素。"为人生而艺术"实际上是在文学发展历史过程中积之既久的理论表述,是对文学与人生关系的最一般性的阐解,属于一种具有无限开放性内涵的理论,属于一种具有多重解释性可能的包容性理论。通过这样的一番理论论争去解决文学与人生关系的问题显然并不现实,但通过对这种论争的理论辨析,通过对这种论争在中国现代文学史上的反响的剖析,至少可以了解到,文学家们是如何思考这样的问题,以及他们作各种各样思考的依据究竟是什么。

一 对于西方的论争:想象性阐解

中国现代文学在"推倒"旧文学和传统文化的基础上诞生,在外国文学和文化的强劲"西风"中催生,其所选择和运用的理论批评话语自然不可能属于中国传统话语系统。然而,正像一场运动不可能真正推倒具有几千年根柢的文学和文化传统一样,一阵风潮也不可能使中国文论界尽得西方文化和文学某些概念之精髓。既然传统文学和文化之于现代中国已被证明很难被轻易"推倒",并非废墟一堆,则西方文学观念、美学理论和文化学话语等在中国现代文学史上的应用,就难免带有想象的性质。这从几十年来对"为人生的艺术"、"为艺术的艺术"观念的接受及其相互关系的理解上便能清楚地看出。

对于"为人生的艺术"和"为艺术的艺术"这两个西方文学观念命题,中国文学界可以说是耳熟能详,因为从"五四"时代起,新文学家们就对这两个命题及其相互关系津津乐道。不过,纵观这么长时间的译述和讨论,一个不争的事实已经被凸现出来:尽管新潮社、文学研究会等作家团体将"为人生的艺术"概念挪借来作为自己的旗帜,可他们一向缺乏对这一概念的阐释兴趣。他们似乎将一种不明就里的概念把握当作一种观念的标榜,即在尚未澄清其"所指"的前提下发挥其各种"能指"意义。

"为艺术的艺术"确实是来源于19世纪欧洲一批文学艺术家的倡导和鼓吹。法国文学家戈蒂耶(Théophile Gautier, 1811—1872)明确地提出过"为艺术的艺术"的观点,更多叛逆精神的波德莱尔(Charle P. Baudelaire, 1821—1867)则提出了"诗的目的不是'真理',而只是它自己"[1]的见解,这一见解为英国批评家布拉德雷(Andrew C. Bradley, 1851—1935)"为诗而诗"的观念所印证,更受到从精神到行为都趋向于反叛的王尔德(Oscar Wilde, 1856—1900)的积极响应。这一派的文学观虽然在现代中国基本处于被排斥的地位,但还是得到了比较系统的介绍,甚至在诸如创造社、弥洒社、浅草社、沉钟社等文学社团那里,还得到了一定程度、一定时段的标榜。[2]但就"为人生的艺术"这一更加普遍、更加稳妥的文学观而言,其来路既不那么清晰,其内涵也被中国新文学家当作一种无须阐论的自明性命题加以模糊运用,以至于外延漫漶,发展到无所不包。

　　正如沈雁冰在《文学与人生》一文中所表述的,中国新文学家只是模糊地知道,"西洋研究文学者有一句最普通的标语:是'文学是人生的反映(Reflection)'"[3],至于这句"标语"的主倡者是谁,则无人能够明确。按照沈雁冰当时的一些见解,这种"为人生的艺术"观似乎出自于托尔斯泰:"我自然不赞成托尔斯泰所主张的极端的'人生的艺术',但是我们决然反对那些全然脱离人生的而且滥调的中国式的唯美的文学作品……"[4]周作人最先联想到的文学家似乎是莫泊桑,他认为"为人生的文学"就是"人的文学",是"用这人道主义为本,对于人生诸问题,加以记录研究的文字",例如莫泊桑的《人生》(Une Vie)之类。[5]当时又有人以为可以追溯到福楼拜,这就是表示坚信"文学是表现人生的"观点的李开中,他举例说"伟大的文学家"都注意考察人生,福楼拜"常教他的学生去实地考查车夫生活然后用文字把他描写出来"。[6]樊仲云翻译的厨川白村的观点则认为20世纪当代法国的写实主义是"人生派",罗曼罗兰(Romain Roeland)"是一个法国人生派最显著的人物"。[7]鲁迅则认为俄国19世纪后期的文学,即"从尼古拉斯二世时候以来"的俄罗斯文学,就是"为人生"的,代表人物有陀思妥耶夫斯基、屠格涅夫等。[8]

或许西方文学史上确实存在过"为人生的艺术"与"为艺术的艺术"[9]两两对举的理论现象,直至今天,特别是在美术和诗歌领域里,国外的理论界仍在用这两个概念来概括文学艺术中的相关理论问题,认为"'为人生的艺术'和'为艺术的艺术'是长期以来不断重提却难以解决的问题"[10];在有些理论家看来,这些有了相当长时间和理论积累的命题具备了相当经典的性质,故而用"AFLS"这样的带有约定俗成色彩的缩略语代替"为人生的艺术"(art for life's sake)概念。[11]沈雁冰当年也曾把这两个概念只是当作"问题",他在《新文学研究者的责任与努力》一文中说:"虽则现在对于'艺术为艺术呢,艺术为人生'的问题尚没有完全解决,然而以文学为纯艺术的艺术我们应是不承认的。"[12]

不过包括沈雁冰在内的中国新文学家,在更多的时候并非将这两种观念仅仅看作是难以解决的"问题",他们更愿意将其夸大为两个流派的对垒,两种思潮的抗衡。周作人甚至认为这是由来已久的两派争讼:"从来对于艺术的主张,大概可以分作两派:一是艺术派,一是人生派。"他想综合历史上这纷争着的两派,提出"人生的艺术派"主张。[13]傅斯年不仅认为"为人生的艺术"与"为艺术的艺术"(他称之为"美术派")进行过有声有色的争讼,而且判定"美术派的主张,早经失败了,现代文学上的正宗是为人生的缘故的文学"。[14]文学研究会作家无论是否明确表示倾向于"为人生的艺术"观,都确信这两派文学观一直处于针锋相对的斗争状态。庐隐虽表明自己"对于两者亦正无偏向"的态度,但对于"艺术有两种:就是人生的艺术(Arts for life's sake),和艺术的艺术(Arts for art's sake)这两者的争论,纷纷莫衷一是"[15]的情形还是深信不疑的。创造社的理论喉舌成仿吾则认为,这两种文学观念的对垒是一种十分普遍的现象:"即在一样肯定文学的人,都有人生的艺术 L'art pour la vie 与艺术的艺术 L'art pour l'art 之别"。[16]

支撑他们这种想象性阐解的还有中国新文学家自己掌握的国外文学史现象。鲁迅用"为人生的艺术"概括尼古拉斯二世以来的俄罗斯文学,不过他没有机械地想象出事实上可能就并不存在的另外一派,即与之相对应的

"为艺术的艺术"派。周作人在解说日本文学史时就比较注意寻求均衡的判断了:他阐述了由二叶亭从俄国文学绍介进来"人生的艺术派",又介绍了"同二叶亭的人生的艺术派相对"的"砚友社的'艺术的艺术派'"。[17]其实,就在周作人的同一篇文章中,砚友社也是"对于社会的问题,渐渐觉得切紧"的时代产物,属于"渐同现实生活接近"的"写实派"[18],将这一社团定性为"艺术的艺术派",更多地带有想象的成分。在周作人及那时候的大多数新文学家看来,这一想象是需要的,有了它才能描述出文学史上"人生派"与"艺术派"相争持的局面,才能达到理论批评话语上的均衡。

本来,"为人生的艺术"和"为艺术的艺术"在西方文论史上只是两个有内涵差异的命题,是可以对举的两个概念。中国各路背景的新文学家则将它们夸张地理解成,或者说是想象成尖锐对立的两大流派。外国文艺家对此自然也不乏这种夸张的想象,而中国的新文学家显然更愿意认同这样的想象,因为他们要借助这些命题和概念表述自己的文学倾向,并让自己的文学观念在西方文学流派意义上寻找到归宿性的支撑。

二 两个概念的自明性应用

"五四"新文化运动以摧枯拉朽之势毁败了中国传统文学的理论基础和批评体系,理论批评便有可能因人为隔断了与传统的联系而处于失语状态;而在倡导新文学的关键时刻,在充满论辩和争斗的历史关头,如果让这种失语状态持续下去是非常可怕的,新文学的倡导者也不甘心自处于这种状态,于是很自然地选择西方现成的批评话语,特别是诸如"为人生的艺术"这样带有约定俗成性质的文学观念。兴许"为人生"的文学观这种约定俗成的性质并不足以充分表达先驱者鲜明、强烈的文学价值观,新潮社、文学研究会作家便努力在与诸如"为艺术的艺术"等其他文学观念的显豁对比中凸现这种文学观念的先进性,而创造社、弥洒社等社团的作家又努力挣脱这种普遍共识以求得新异的标榜,便认同"为艺术的艺术"观以展示自己的异端色彩和先锋风貌。于是,"为人生的艺术"和"为艺术的艺术"观便以某种夸张的对立姿态在中国完成了话语的再植。

陈独秀在《文学革命论》中,除了确认古代文学陈腐、铺张的"方法论"而外,将中国传统文学的要害概括为"雕琢的阿谀的贵族文学"和"迂晦的艰涩的山林文学",循此同样可以概括出中国传统文学理论批评的话语体系:一是贵族文士的理论批评话语体系,在文学价值论上倡导"讽谕"、"谲谏"和"宗经"、"明道";一是山林名士的理论批评话语体系,在文学价值论方面则提倡"吟咏性情"和"妙悟"、"见性"。在沈雁冰看来就是这样,只不过他将山林名士的文学观念更其现实地理解为"游戏"的文学观。他指出:"中国旧有的文学观念不外乎(一)文以载道。(二)游戏态度两种。"[19]郑振铎也持这样的观察法:"中国虽然是自命为'文物之邦',但是中国人的传统的文学观,却是谬误的,而且是极为矛盾的。约言之,可分为二大派,一派是主张'文以载道'的;……一派则与之极端相反。他们以为文学只是供人娱乐的。"[20]对于中国传统文学以及传统文学观念的这种基本认知和基本分类法,决定了新文学家必须对传统文学理论批评话语进行坚决的颠覆,在此基础上顺理成章地引进西方"为人生的艺术"之类的理论批评话语,并将"为艺术的艺术"理解为它的直接的对立面。

中国古代文学理论批评固然有着相当优良的传统积淀,但在新文学先驱者看来,由于它们都不同程度地打上了中国传统文人的贵族文士或山林名士的主体烙印,很难适应走向世界的现代文学要求,也很难与世界通行的文学理论批评话语接轨,于是应予摈弃。连态度相对温和一些的胡适都这么看:"从文学方法一方面看去,中国的文学实在不够给我们做模范。"[21]不仅是文学方法,为了更新中国的文学话语,"五四"新文学先驱者曾认真地考虑过废除中国文字的问题,因为中国文字"论其在今日学问上之应用,则新理新事新物之名词,一无所有",即不能从中国文字和语言中建构符合时代要求的话语;于是,钱玄同认为,"欲使中国不亡","废记载孔门学说及道德妖言之汉文,尤为根本解决之根本解决"。他提请人们注意,吴稚晖等人也有"中国文字,迟早必废"的同感。[22]陈独秀也作如是观:"中国文字,既难传载新事新理,且为毒腐思想之巢窟,废之诚不足惜。"[23]很明显,他们希望中国文字的理想状态为能表达"新事新理新物",即能建构适应现代社会需要的话语形态。

新文学家既意识到反映"新事新理新物"的现代批评话语建构的重要性和迫切性,又苦于现成的古代文学批评乃至悠久的中国文字语言并不能适应这样的要求,只好向外国文学批评语汇寻求借鉴。作为一个从含义到影响都具有相当广泛性的批评观念,"为人生的艺术"及与之相联的批评话语便很容易成为中国文学家关注的对象,也很容易在想象性的重释中得到再植。

在外国文学批评的诸种概念中,"人生"这一关键词其内涵极富自明性,对于从中国传统中走出来的文艺家来说,也具有相当的理论亲和力。它可能是最早面对外国文艺理论批评的中国文人最愿意接受的命题之一。近人王国维接受西方文论之后,便大力讲论有关"人生"的话语,《〈红楼梦〉评论》的第一章标题即为《人生及美术之概观》,谈论的正是人生与文艺的关系。[24]1907年鲁迅作《摩罗诗力说》,也曾对于"文章之于人生"的问题进行过一番深刻的论述。[25]后来陈独秀在《文学革命论》中便顺理成章地将"人生"引为某种标准,认为中国旧文学的共同缺陷,便是"所谓宇宙,所谓人生,所谓社会,举非其构思所及"。周作人提出的影响很大的"人的文学"口号,其基本标准也是这样,乃以"人道主义"为本,"对于人生诸问题,加以记录研究的文字"。沈雁冰在《什么是文学》中也引用了同样的标准,认为"文学的最大的功用,在充实人生的空泛"。

"人生"概念就这样轻易地寄植于中国文学的理论批评之域,到文学研究会明确文学是"于人生很切要的一种工作","为人生的艺术"作为共识性批评话语的地位已经被牢固地确立了。这过程可谓相当漫长,但更可谓相当顺利。没有人对"人生"的内涵作过多的纠缠,即使有所交代,也是大而化之,如"人生呢,简括地说,就是现代的人的现代的生活"[26]之类。新文学家们宁愿将"人生"当作一个自明性的命题。"人生"含义的自明性与"为人生的艺术"观念的自明性紧密相联。新潮社、文学研究会作家积极倡导"为人生的艺术",同时对这一概念却从来就缺少进行个性化阐释的意向。尽管他们的阐述互有差异,或认为文学"是人生的镜子"[27],或认定"文学原是发达人生的唯一手段"[28],甚至认为文学可以"指导现代的人生"[29],但这些差异明显呈现出理论互补而不是互斥的态势,而且意旨都十分明确。

相比之下,"为艺术的艺术"就不是一个自明性的命题。西方文艺家们提出这个命题时,一般都站在异端和反抗的立场上将此类理论表述得极富个性,特别是到了王尔德那里,几至于玄异怪癖、佶屈聱牙。郁达夫在《创造季刊》创刊时对王尔德观点的介绍,郭沫若在该刊《曼衍言》中诸如"毒草的彩色也有美的价值存在"之类的表述,都足以表明,对这种"为艺术的艺术"观需要进行艰难的分析,因为它们确实不具有理论上的自明性。

但是,中国新文学家即使如郁达夫、郭沫若以及被鲁迅各各称为"为艺术而艺术的一群"的创造社、沉钟社、弥洒社作家等,都不能算是西欧"恶魔派"或"唯美派"的传人,他们即使对"艺术"有过"绝端的强调",也只是为了表明自己的某种姿态——与流行甚广且已普泛化了的"为人生的艺术"观拉开某种距离的姿态,并非真的去倡扬"为艺术的艺术"。于是,中国现代文坛最初出现"为人生的艺术"和"为艺术的艺术"相对应的理论现象时,两者所代表的文学现象之间实际上并无多大的差异。主张"为人生"的一方承认"不赞成托尔斯泰所主张的极端的'人生的艺术'"[30],被称为"为艺术"的一方则声明"艺术派的主张不必皆对"[31],这就已经拉近了距离;而创造社的所谓"艺术派"作家如郁达夫等从来就不认为古来哪一种文学艺术可以离开人生,文学研究会的所谓"人生派"作家如周作人、冰心等也强调文学要"努力发挥个性,表现自己"[32],确实正如郑振铎所说,在这个时候他们的主张"已是没有什么实质上的不同了"[33]。于是中国现代文学史上的所谓"为艺术的艺术"观作为批评理论其实并未真正确立自己的阵脚。

不过从1920年代批评界注意到创造社与文学研究会构成对立格局之

后,人们就不再去考察创造社及其他所谓"为艺术的艺术"社团是否以及如何倡导这一"派"理论,而将它们与"人生派"的对立当作一种不容置疑的自明性的现象。这种自明性来自于对西方有关这两种文学观念和批评话语的想象性理解,作为理论实际和文学史实际,显然是靠不住的。

而连大多数人都倾向于承认的"人生派"与"艺术派"之争,都是对西方文学批评话语的想象性阐释和自明性移植的结果,都不足以准确反映西方的文学理论实际和文学史实际,所引进的其他那些比较玄乎的理论观念其可靠性则更是可想而知了。

三 殊途同归的理论

其实,世界上和历史上是否真正有过排斥"为人生的艺术"的所谓"为艺术的艺术"派,这是一个问题。倡导"为人生的艺术"的文艺家固然立足于文学的人生功能,而那些被理解为强调"为艺术的艺术"的文艺家何尝真正离开过人生讲论文学和艺术? 他们除了在口号上的标新立异和姿态上的反叛争持之外,对文学与人生之间的紧密关系的承认并不比所谓的"人生派"消极多少。王尔德曾提出过著名的"人生对于艺术的模仿远远超过艺术对于人生的模仿"的命题;在郁达夫等人看来,古来没有一种文学是与人生没有关系的,即使那些所谓的纯艺术,也无一不属于人生的范畴。这就是说,所谓的"艺术派"其实是从两个方面去理解并强化了文学与人生的关系:一是认定文学艺术可以从超越于人生的角度为人生服务,作人生的先导;二是认定所有的艺术行为,哪怕是纯之又纯的艺术,都还是属于人生的现象,充其量只不过是一种特别的人生形式而已。

中国新文学家从西方文学理论中非常顺当地接受了"人生"这一概念,并将它在最广泛的文学思考中加以应用。一份代表文学研究会集体所作的声明中将"人生"理解为一切世相万物,进而确认文学对这种无边的"人生"的成像功能:"文学……他是人生的镜子。能够以慈祥和蔼的光明,把人们的一切阶级，一切国种界，一切人我界，都融合在里面，用深沉的人道的心灵，轻轻的把一切隔阂扫除掉。"〔34〕将"人生"理解成融合人与人、国与国乃至于人与自然、物质与心灵的博大关系，可以说无所不包。具有宗教倾向的许地山将"人生"概念引进他的宗教思考，提出了文学创作的"三宝说"：智慧宝、人生宝、美丽宝。〔35〕当然也有比较狭隘地理解"人生"概念的。耿济之主张将那些以艺术本身为目的的文学排斥在人生的文学之外，认为"艺术——文学——如果只有他本身的目的，那也只是没有用的艺术——文学。人生的艺术——文学，才能算做真艺术——真文学"，将艺术行为本身无情地排拒在人生之外。这样狭隘地理解人生自然会带来结论的褊狭，于是他说"这种'人生'的文学作品实在是很少的"。〔36〕

　　包括周作人在内的中国新文学家已经清楚地意识到，对于"为人生的艺术"和"为艺术的艺术"的理解应尽量避免偏激和狭窄，这也几乎是"五四"时代所谓"人生派"和"艺术派"作家的一个基本共识。周作人虽然是"人生派"的代表人物，但他在对这两种艺术观念作价值评判时所秉持的态度却相当辩证。他承认"人生派"的观点也有相当的缺陷，如"妨碍自己表现的目的，甚至于以人生为艺术而存在，所以觉得不甚妥当"。他觉得"人生派"的"流弊""是容易讲到功利里边去，以文艺为伦理的工具，变成一种坛上的说教"。〔37〕文学研究会女作家庐隐作为"人生派"阵营里的一个干将，照样对于这两种观点之争表现出异常从容和十分公允的心态。她说："创作家的作品，完全是艺术的表现。但是艺术有两种：就是人生的艺术（Art for life's sake），和艺术的艺术（Art for art's sake）这两者的争论，纷纷莫衷一是；我个人的意见，对于两者亦正无偏向。"〔38〕作为"艺术派"代表人物的成仿吾也认为"所谓艺术的艺术派"主张亦"不必皆对"，并说"为人生的艺术"和"为艺术的艺术""这种争论也不是决不可以避开的"："如果我们把内心的要求作一切文学上创造的原动力，那么艺术与人生便两方都不能干涉我们，而我们的创作便可以不至为它们的奴隶。而且这种争论是没有止境的，如果我们没头去斗争，则我们将永无创作之一日。"〔39〕他主张这两种观点的斗争应该偃旗息鼓,因为斗争不出实质性的效果,甚至两者之间也没有什么原则性的分歧。

就"五四"时代的中国新文学界而言,"人生派"和"艺术派"确实能够在表现内在要求上达到对于文学的一般性理解,从而泯熄了为"人生的艺术"和"为艺术的艺术"之争。主张不偏不倚地对待"人生"与"艺术"之争的庐隐,就倾向于承认感情冲动这样的内心要求之于文学创作的重要意义:"创作者当时的感情的冲动,异常神秘,此时即就其本色描写出来,因感情的节调,而成一种和谐的美,这种作品,虽说是为艺术的艺术,但其价值是万不容否认的了。"[40]与此相仿佛,文学研究会作家郑振铎在谈到叶圣陶的《不快之感》时指出,这篇确实是"关于人生问题的创作",但"他像恶草一样,蕃殖在许多略有生气的青年的心中,使他觉得凄凉,孤寂;觉得人世的恐怖,淡泊与无兴趣"[41],这正是与创造社的情绪表现和内心要求的传达相呼应的理论阐释。

周作人在《新文学的要求》一文中,就"为人生的艺术"与"为艺术的艺术"之争,对新文学提出了这样的"要求":"正当的解说,是仍以文艺为究极的目的;但这文艺应当通过了著者的情思,与人生的接触",两者调和为"人生的艺术派"。这实际上就在理论上探讨了两种艺术观殊途同归的可能性。对于这种可能性,文学研究会作家认为可以确认:"要具有艺术的美并深深刻刻的描写人生的作品",就像许地山、冰心那样,"他们创作的时候,满含着极深挚强烈的情感要将现代人生之苦痛表现出来;或者自己有极深刻的印象与激刺,要写出来以发抒他的情感,表现他自己的苦痛"。[42]

其实,如果超越于理论的论辩,从文学风格意义上作考察,也不难看出这两种文学观念殊途同归的可能性。通过厨川白村,中国新文学家特别是文学研究会成员已见识到"人生派壮烈的主张的宣言"的文风在法国克劳特尔(Paul Claudel,1868—1955)《祝新世纪的五大颂诗》(Cinq Grandes Odes Suivlla d'un Procleasional Pouresalues le Stecle Nouvean)中的显示:"啊,我的粗野的精神呀,使我自由,使我健全!……啊,我性急的精神呀,好如毫无智巧的大鹫！为着想做诗，我们应怎样呢？像毫无所知的大鹫般，只自营其巢！……"厨川白村形容道，这气势"像横行天空的猛鹫般，迸发其自由的生命力在诗中，破坏了向来的典型，而一本艺术的本能与直觉以行动，这种大胆的宣言，真显然的表示着人生派制作的中心动力"。[43]其实对中国现代文学有一些基本了解的读者都能产生这样的印象：被称为"为艺术的艺术"派的代表人物郭沫若在《女神》中正典型地体现了这样的诗兴风采："我们生动，我们自由，我们雄浑，我们悠久。"(《凤凰涅槃》)"我在我神经上飞跑，我在我脊髓上飞跑，我在我脑筋上飞跑。"(《天狗》)

已有足够的资料表明，即使将创造社等文学社团计算在内，中国现代文学史上还是没有真正出现过实质性地标榜"为艺术的艺术"的派别。创造社等在一定情形下表述过对于"艺术派"观念的认同愿望，那只不过是表明他们反抗主流文坛的一种姿态，事实上差不多同时他们又对所谓"艺术派"的观点表示怀疑或加以质询。纵览创造社的文学，特别是郁达夫、郭沫若等人开辟的"自我小说"，自我的人生遭际、人生感怀和人生思考的表现无时无刻不在构成作品的主体。他们在理论上放弃自己并不曾真正坚持过的"艺术派"观念，从而归向"人生派"，可以说是顺理成章。

周作人、沈雁冰等所谓"人生派"作家对"人生派"理论也并没有过多的钻研，同时也不见得有多明确的原则坚守。周作人的"人生的艺术派"命题可以说表达了他融合这两派理念的一种理想愿望。沈雁冰对于"为人生的文学"观念的倡扬，多半也是为了表明一种态度，一种反对旧文学、建设新文学的态度。他有一篇文章题为《大转变时期何时来呢》，所企盼的"大转变"就是旧文学向新文学的转变。他觉得中国过去的文学"全然脱离人生"，他认同巴比塞的现代文学观："巴比塞说：和现实人生脱离关系的悬空的文学，现在已经成为死的东西；现代的活文学一定是附着于现实人生的，以促进眼前的人生为目的了。国内文艺的青年呀，我请你们再三地思忖巴比塞这句话！我希望从此以后就是国内文坛的大转变时期。""人生派"文学家中确实有人指望文学能够指导人生："文学最大的作用，在能描写现代的社会，指导现代的人生。""文学之对于人生,与食物同。"[44]不过沈雁冰等人却没有这样考虑问题,他们只是将"人生"因素纳入文学现代化转型的考量之中。沈雁冰认为,与"人生"联系的紧密程度几乎等同于文学的现代化程度,从古典主义到浪漫主义到写实主义再到新浪漫主义的文学进化序列中,"每进一步,便把文学的定义修改了一下,便把文学和人生的关系束紧了一些"。[45]在反对旧文学、提倡新文学的时代,确实存在过一些片面认识,如有人认为文学的有价值与否可以按新旧划分:"中国文学,非专有旧的:过去的文学,固是旧的;现代的文学,即有新的了。"而"外国文学,非专有新的:过去的文学,亦是旧的;现代的文学,乃是新的……严格讲起来,文学并无中外的国界,只有新旧的时代"。[46]对此,沈雁冰的头脑可以说格外清醒,而他清醒的原则依据便是"为人生"的观点:"西洋最好的文学其属于古代者,现代本也很少有人介绍,姑置不论;便是那属于近代的,如英国唯美派王尔德(Oscar Wilde)的'人生装饰观'的著作,也不是篇篇可以介绍的。"[47]

这就是说,沈雁冰与其说倡导了"为人生的文学"这样一种现成的理念,还不如说是注重了文学中的"人生"因素,将文学中的"人生"因素的轻重看成是文学新素质的多少。这同包括创造社作家在内的新文学家注重人生表现的思路相当接近。注重文学中的"人生"因素同倡导西方文学流派意义上的"人生派"观念是有原则区别的。正因如此,后来的沈雁冰并不承认文学研究会是"人生派":"有过一个时候,文学研究会被目为提倡着'为人生的艺术'。特别是在创造社成立以后,许多人把创造社看作'艺术派',和'人生派'的文学研究会对立。创造社当时确曾提倡过'艺术至上主义',而且是一种集团的活动",但文学研究会却"并没有什么'集团'的主张"。[48]不承认文学研究会有一种"集团"的主张,显然说不过去;但否认文学研究会倡导过"为人生的艺术",否认文学研究会属于"人生派",却显然有他的道理。

作为中国新文学最重要的文学社团,文学研究会确实强调过文学的"人生"因素,但他们只是从文学现代化的素质和基本功能出发,肯定"为人生"的文学价值,而不是自觉地将自己归结为欧洲文学史上的所谓"人生派"。

严格地说,他们并不是"为人生而艺术"的鼓吹者、阐释者和执行者。

注 释

〔1〕 波德莱尔:《随笔》,见伍蠡甫主编《西方文论选》下卷,第 226 页,上海译文出版社 1979 年版。

〔2〕 鲁迅在《中国新文学大系·小说二集》导言中明确认为这三个文学社团属于"为文学的文学"或"为艺术而艺术"的群体,见《中国新文学大系·小说二集》,第 4—7 页,上海良友图书印刷公司 1935 年版。

〔3〕 茅盾:《文学与人生》,《中国新文学大系·文学论争集》,第 150 页,上海良友图书印刷公司 1935 年版。

〔4〕 沈雁冰:《大转变时期何时来呢》,《文学周报》第 103 期,1923 年 12 月 24 日。

〔5〕 周作人:《人的文学》,《新青年》第 5 卷第 6 期。

〔6〕 李开中:《文学家的责任》,《文学旬刊》第 8 号,1921 年 7 月 20 日 。

〔7〕 厨川白村:《文艺思潮论》(16),樊仲云译,《文学》第 120 期,1924 年 5 月 5 日。

〔8〕 鲁迅:《〈竖琴〉前记》,《鲁迅全集》第 4 卷,第 432 页,人民文学出版社 1981 年版。

〔9〕 英文为"art for life's sake"和"art for art's sake",法文为"L'art pour la vie"与"L'art pour l'art",翻译成"为人生的艺术"和"为艺术的艺术"比较准确,虽然通常中国文论界更愿意表述为"为人生而艺术"和"为艺术而艺术"。

〔10〕 Hideki Nakazawa: Art Fundamentalist's Rule of Life, *Method*, No. 11. Published on November 3, 2001 in Japan.

〔11〕 Zan Dubin : A Failure to Communicate: Few Attend O. C. Forum on How the Arts Can Help in AIDS Crisis, *Los Angeles Times*（*LT*）*-WEDNESDAY May 5, 1993.*

〔12〕 《中国新文学大系·文学论争集》,第 146 页,上海良友图书印刷公司 1935 年版。

〔13〕 周作人:《新文学的要求》,《晨报》1920 年 1 月 8 日。

〔14〕 傅斯年:《白话与文学心理的改革》,《中国新文学大系·建设理论集》,第 205 页,上海良友图书印刷公司 1935 年版。

〔15〕 庐隐:《创作的我见》,《小说月报》第 12 卷第 7 号。

〔16〕 成仿吾:《新文学之使命》,《创造周报》第 2 期。

〔17〕 周作人:《日本近三十年小说之发达》,《中国新文学大系·建设理论集》,第 285—286 页,上海良友图书印刷公司 1935 年版。

〔18〕 同上,第 286、288 页。

〔19〕 茅盾:《什么是文学》,《中国新文学大系·文学论争集》,第 153 页,上海良友图书印刷公司 1935 年版。

〔20〕 郑振铎:《新文学观的建设》,《中国新文学大系·文学论争集》,第 159 页,上海良友图书印刷公司 1935 年版。

〔21〕 胡适:《建设的文学革命论》,《胡适文集》第 3 卷,第 73 页,人民文学出版社 1998 年版。

〔22〕 钱玄同:《中国今后之文字问题》,《中国新文学大系·文学论争集》,第 144—145 页,上海良友图书印刷公司 1935 年版。

〔23〕 《中国今后之文字问题》附言,《中国新文学大系·文学论争集》,第 146 页,上海良友图书印刷公司 1935 年版。

〔24〕 《王国维文选》,上海远东出版社 1997 年版。

〔25〕 鲁迅:《摩罗诗力说》,《鲁迅全集》第 1 卷,第 71 页,人民文学出版社 1981 年版。

〔26〕 严既澄:《国故与人生》,《文学》第 117 期,1924 年 4 月 14 日。

〔27〕 《文学研究会丛书缘起》,《文学研究会资料》中册,河南人民出版社 1985 年版。

〔28〕 傅斯年:《白话与文学心理的改革》,《中国新文学大系·建设理论集》,第 208 页,上海良友图书印刷公司 1935 年版。

〔29〕 朱希祖:《白话文的价值》,《新青年》第 6 卷第 4 号。

〔30〕 沈雁冰:《大转变时期何时来呢》,《文学周报》第 103 期,1923 年 12 月 24 日。

〔31〕 成仿吾:《新文学之使命》,《创造周报》第 2 期。

〔32〕 冰心:《文艺丛谈(二)》,《小说月报》第 12 卷第 4 号。

〔33〕 郑振铎:《导言》,《中国新文学大系·文学论争集》,第 13 页,上海良友图书印

刷公司 1935 年版。

〔34〕 参见《文学研究会丛书缘起》,《文学研究会资料》中册,河南人民出版社 1985
年版。

〔35〕 许地山:《创作底三宝和鉴赏底四依》,《小说月报》第 12 卷第 7 号。

〔36〕 耿济之:《〈前夜〉序》,《文学研究会资料》上册,河南人民出版社 1985 年版。

〔37〕 周作人:《新文学的要求》,《晨报》1920 年 1 月 8 日。

〔38〕 庐隐:《创作的我见》,《小说月报》第 12 卷第 7 号。

〔39〕 成仿吾:《新文学之使命》,《创造周报》第 2 期。

〔40〕 庐隐:《创作的我见》,《小说月报》第 12 卷第 7 号。

〔41〕 西谛:《杂谭(18)·文学中所表现的人生问题》,《文学旬刊》第 5 号,1921 年 6
月 20 日。

〔42〕 世农:《现在中国创作界的两件病》,《文学旬刊》第 6 号,1921 年 6 月 30 日。

〔43〕 厨川白村:《文艺思潮论》(16),樊仲云译,《文学》第 120 期,1924 年 5 月 5 日。

〔44〕 朱希祖:《白话文的价值》,《新青年》第 6 卷第 4 号。

〔45〕 沈雁冰:《新文学研究者的责任与努力》,《中国新文学大系·文学论争集》,第
145 页,上海良友图书印刷公司 1935 年版。

〔46〕 朱希祖:《非'折中派的文学'》,《新青年》第 6 卷第 4 号。

〔47〕 沈雁冰:《新文学研究者的责任与努力》,《中国新文学大系·文学论争集》,第
146 页,上海良友图书印刷公司 1935 年版。

〔48〕 茅盾:《关于"文学研究会"》,《现代》第 3 卷第 1 期。

第六讲

文学:人生功能的辩证

价值功能夸大的偏向

文学无法脱离于人生

文学的两维功能

"为人生的艺术"和"为艺术的艺术"之争,至少在中国文坛上并没有真正形成,而只不过是中国新文学家对西方文学理论的一种遮蔽、悖谬性的想象的结果,或者是新文学家表明某种文化姿态的理论借口。我们不应指望通过这样的所谓论争解决文学与人生的关系问题。对于文学与人生关系的思考,还须从文学的功能性上寻找尽可能科学的答案。

一 价值功能夸大的偏向

一些被称为"人生派"的文学家曾试图夸大文学对于人生的重大作用和重要意义,他们认为文学可以指导人生。新文学初创时期,朱希祖这样理解文学之于人生的价值:"文学最大的作用,在能描写现代的社会,指导现代的人生。"[1]这同文学研究会强调文学之于人生是一种很切要的工作非常相似,本质上是为了杜绝文学的游戏性质,严肃文学的品位意识。处在文学革命性转折的关头,文学功能被如此强调甚至如此夸大,乃是十分正常的现象。中国现代文学的历史证明,每当面临革命性运动的时候,文学往往被赋予某种巨大的使命和责任,文学之于人生的作用和意义便顺理成章地得到夸大。在这种夸大的理解中,文学成了旗帜,成了号角,成了航标,成了武器,成了方向盘和指南针,成了精神原子弹。

这种对文学之于人生的功能性夸大是可以理解的,因为这表达了在非"常"的历史形态下的一种社会要求和人生良知。

当然也有在非战争条件下强调文学对于人生负莫大责任的情况。一个比较有代表性的例子是,在政治生活不怎么正常的年景,一位叫李建彤的作者写了一部纪实性的小说《刘志丹》,上个世纪60年代初任中央政治局候补委员、中央文教小组副组长的康生,凭着他特别敏锐的政治嗅觉"发现"了这本书的"问题",便乘党的八届十中全会召开之机,乘毛泽东大讲阶级斗争的时机,将这部小说当作一颗政治炸弹"引爆"。据说毛正在全会上讲阶级斗争必须天天讲,月月讲,年年讲,康生递了一张条子说:"利用小说进行反党活动,是一大发明。"毛在会上念了这张条子,接着说:用写小说来反党反人民,这是一大发明。凡是要推翻一个政权,总要先造成舆论,总要先做意识形态方面的工作。革命的阶级是这样,反革命的阶级也是这样。[2]毛泽东的讲话就一般道理而言并没有错,倒是语出于康生的"一大发明"说危害极大,株连了许多人,也直接引发了在"文革"时代愈演愈烈的政治迫害。不过无论是毛泽东自己的"造成舆论"说还是康生的"一大发明"说,基本上都是将文学当成斗争的武器,延续的仍是非"常"的战争年代的思维习惯。

另一种对文学之于人生意义和作用的夸大来自于习见常闻的教训。许多教育者愿意从某些教训方面理解文学的价值和作用,积极的态度是将什么任务都交付文学去承担,消极的态度则是出了什么问题都想到拿文学是问。过去相当长一段时间,在中国,凡是有政治运动和政治任务,都会让文学冲锋陷阵,让文学对于广大民众起到鼓舞、号召、发动乃至教育的作用,如同战争年代,军事行动的动员工作,正如许多像《英雄儿女》等电影里常常看到的那样,乃是政委的报告加上文工团的小快板等等。"文化大革命"中的"大演大唱",群众性的文艺活动,还有毛泽东思想文艺宣传队等等,都是从积极方面理解文学之于人生的价值和作用的体现。毛泽东时代确实非常看重文学的这种功能价值,文学和艺术被理解为团结群众、教育群众、打击敌人、消灭敌人的锐利武器。

　　这种对于文学功能的夸大,很明显,基于倡导者心目中始终未泯的战争情结,是他们将日常生活场景当作非常战争年代的特定心态的表露。那时候虽已没有了战争,远离了硝烟,但时代的语境、生活的关键词,以及领袖的观念,都还是战云密布、战号频吹:"人民战争"、"你死我活"、"全民皆兵"、"准备打仗"之类的口号、俗语应该说是那个时代的主旋律。在这样的时代气氛中,对于文学的理解,对于文学的要求,也就很容易体现出战时特色。战争与和平的历史交替也许只是短短的几天时间,但它对人们的神经和思维的影响却可能而且应该是巨大的改变。处在战时环境中,每个人的神经都高度紧张,人们耳濡目染的一切往往都与生死存亡的最高人生意义联系在一起,这时候当然容不得休闲,容不得幽雅,容不得甚至是中间状态的态度和作为,对于文学艺术也是如此。而进入到和平时代,大量的生活体认和行为、判断等都不会直接与生死存亡之类的最高人生意义紧密联系在一起,人们的神经应相对舒缓得多,轻松得多,人们的思维也将走向温和,走向从容。问题是,在许多情形下,特别是在中国现代历史上,和平年景依然沿袭战时思维的现象普遍存在,而且几乎是自上而下的存在,尤其是面对文学艺术之于人生作用的问题,这样的战时思维惯性就体现得特别明显;对于文学艺术而言,它虽然得到了前所未有甚至空前绝后的重视,但同时它的头上也无异于悬上了一柄达摩克勒斯之剑。

　　确实,战时思维往往会对人生进行军事化的处理,对于文学也就势必会提出军事化的要求,而文学艺术是一种特别要求自由心态和宽松环境的人类精神活动,军事化的要求即使出于完全的善意也不利于它的发展,不符合它自身的生存和发展规律。这也便是上述所谓达摩克勒斯之剑的意义之所在。中国现代文化史上多次出现过对于文学提出军事化要求的历史运作和理论运作。作为历史运作,几乎所有属于战前动员或庆功祝捷的文艺活动都体现着这种军事化的要求。作为理论运作,最明显的是 1920 年代末后期创造社作家提出的"组织生活"论。冯乃超在这时期发表一系列的文章阐述了这一理论。他这样界定文学艺术:

> 艺术——文学亦然——是生活的组织,感情及思想的"感染"。[3]

在《中国戏剧运动的苦闷》一文中,冯乃超进一步指出:"一切的艺术,不把它高级化,——不把它从社会生活游离化的时候,它是社会生活(感情,情绪,意欲等)的最良好的组织机关。"又一篇题目很长的文章中提出了一个如此简短明快的命题:"艺术是一种情感底组织化。"[4]最关键的主题词无疑是"组织",即认为文学所起的作用不是一般的影响、感染等诉诸于精神状态和情感领域的作用,而是对人生外在结构和生活方式产生实质性改变的力量。文学和艺术能够对人生对生活对社会产生这样的实际力量吗? 当然不能,但从战时要求和战时思维惯性出发,在军事化的意义上则可以相信和确认这样的力量。

于是,从上述意义上说,无论是战争年代还是在延续着战时思维方式的和平年代,夸大文学功能和作用的观点无论被认为是正确的还是错误的,都并不意味着它能代表对于文学之于人生价值和作用的正常性理解。战争是人生的一种形式,但仅仅是人生中处于非常状态的一种形式而已,它不足以代表一般的人生,在审美意义上以及在文学艺术的创作与鉴赏意义上更是如此。于是,出于战时思维惯性的一切关于文学艺术的论断,包括对文学与人生关系的判断等,都不足以成为一般的理论依据。

从消极方面去理解文学对人生影响的情况往往更加普遍,也更加日常化。这也正是任何时代都存在的对文学作用作妖魔化夸大的那种现象。历代统治者为了政治上的自行其是或推卸责任,或者为了文化上的实行专制和建构权威,甚至是为了人事上的排斥异己或翻云覆雨,对于文人常常采取的办法就是指斥他们的作品妖言惑众或海淫海盗。民间一些掌有话语权和实际权力的人,也常将一些文学作品看作具有海淫海盗功能的异物,每每将民间的许多不良现象归咎于文学的负面影响。这样一种对于文学负面效应的指责,不仅与腐朽的维护风化的观念有着直接的联系,而且是特定体制下的流氓政治惯用伎俩的体现。几乎所有关于某些文学具备妖言惑众或海淫海盗功能的认定都是荒诞不经的,而且常常是腐朽反动的,因为无论中外,那些被诬为海淫海盗之作的作品常常恰恰是有相当文学史价值和社会批判力量的杰作。

在中外文学史上,一个共同的情形便是,被说成海淫海盗的一般是流传甚广、为广大读者所深深喜爱的一些作品,如《红楼梦》、《水浒传》,如《十日谈》。至于确有海淫海盗嫌疑的劣等货色,如曾被新文学界批判为"嫖界教科书"的《九尾龟》、《肉蒲团》之类,则由于影响实在有限,很少有人去盯着。这种情形说明,广大读者其实并不像某些统治者以及追随他们的大人先生们那样心地晦暗,凡是有"淫""盗"倾向的作品就必然趋之若鹜、如蝇逐臭,反而正是有这类不良倾向的作品失去了在民众中流传的可能。善良的民众和读者并非没有鉴别能力的群盲,更不是上述这类人所想象的那样专门等着别人用"淫""盗"一类的东西去教诲他们的流氓。

诚然,文学作品的读者是最一般的社会群体,成员复杂,阅读和欣赏文学的心态也相当复杂,不排除确有一类人专门从"淫""盗"角度去看文学作品。但这些人完全不足以代表广大读者社会。而且,固有如此嗜好的人其实根本用不着文学作品去教诲他。

前些年有一个以写反腐败题材闻名的作家叫王跃文,曾以短篇小说集《官场春秋》和长篇小说《国画》,在死水般的文坛上掀起了一阵不大不小的"官场热"。他的文学成就不是怎么太大,但那秉笔直书的勇气和疾恶如仇的正直还是受到了人们的欢迎。当然也触动了一些人的神经,有人指责他海淫海盗,教会了贪官如何去贪。王跃文理直气壮地回答:"在我看来,生活是最好的老师,没有哪个大贪官是看了王跃文的作品才怎么样的。相反,他们看了之后也许还会说这个作家真没见识,老子玩了很多东西你都不知道。"[5]

他另有一篇《腐败的智慧》,为被指责为海淫海盗的《水浒传》辩护,分析得也很有道理:

> 据说过去的皇帝老子很忌讳《水浒传》,怕的就是老百姓跟梁山好汉去学。其实这忌讳好没道理的。我想,显然是先有了梁山好汉,而后才有《水浒传》,宋江们的起事肯定不是从《水浒传》里学来的吧。《水浒传》之后,中国最有声势的农民闹事,好像只有李自成、洪秀全和义和团,而且这些造反的人是不是看过《水浒传》还说不准。有次,某公同我说到海淫海盗的事,我故意冒充饱学之士,幽默了一回。我说据我考证,洪秀全平生从未见过《水浒传》,他天生就是个有政治野心的人,一门心思要考状元,做大官,所以大半辈子埋头苦读四书五经。只因考场屡屡失意,便一气之下要造反:他妈的,老子大官做不成,干脆就做皇帝去!某公听了,将信将疑,却不好多说什么了。我想,即便《水浒传》之后的农民闹事都是受了施耐庵的挑唆,那么《水浒传》之前枭雄蜂起,战乱频仍,又是谁之过呢?[6]

文学作品可以进教科书,但人们购买和阅读文学作品绝对不是将它当教科书来对待的。退一步说,即使有的人把文学作品设想为人生的教科书,那可能也只是在理念上这样确认,在某种价值观念上作这样的认同,决不会在人生行动方法论上亦步亦趋地模仿作品中的行径。有些个国外的电影或香港的电视连续剧曾经编造过这样的"神话":一个杀人狂或者一个病态狂按照某部文学作品的情节进行作案,最后警方发现了文学作品的线索进而弄清了真相。这样的电影和电视是在通俗文学的路子上玩弄构思技巧,根本不足以成为文学批评的对象,更不足以成为理解文学与人生关系的依据。

不可否认,文学作品对于人生的影响与接受者的接受心态密切相关。如果接受者心术有异,可能会从文学作品中专门发现或查找特别适合其口味的东西,道貌岸然者可以在各种文学中挖掘到道德教化的因素,男盗女娼者亦不妨专拣作品中的某些情节乃至细节自得其乐。这情形正如鲁迅对《红楼梦》影响的论述,说是从这部作品中不同的读者确实会获悉不同的信息:“经学家看见《易》,道学家看见淫,才子看见缠绵,革命家看见排满,流言家看见宫闱秘事……”[7]沈从文也持同样的看法,在解说《小说与社会》关系时,认为有时因为读者注意点的不同,作品价值即随之而变。比如说《红楼梦》、《水浒传》,卫道老先生认为它们诲淫诲盗,家中的大少爷、二小姐和管厨房的李四,说不定反拿它当随身法宝。其实,有些文学作品看起来是有些淫的渲染,在正常的读者和批评家看来也不能全都看作诲淫诲盗,例如对《金瓶梅》,林语堂在《人生的盛宴》中便说道:“《金瓶梅》你说是淫书,但是《金瓶梅》写得逼真,所以自然而然能反映晚明时代的市井无赖及土豪劣绅,先别说他是讽刺非讽刺,但先能入你的心,而成一种力量。”

但上述这些因人而异的阅读和接受现象所涉及的是对作品的理解和评价,属于观念形态的范畴,并不会直接作用于各种读者的行为方式,更不会引起普遍的事实效果。首先,对着文学作品作男盗女娼之想的读者毕竟很少,卫道的老先生也为数不多,他们即使将《红楼梦》等作品当成诲淫诲盗的读本,也不足以成为一般文学批评的依据。其次,即使是再下三滥的读者,即是他在淫和盗方面确有学习的欲望,也不可能选择影响甚大的文学作品进行模仿,因为非淫即盗之类原是见不得人的勾当,谁会学那种已经普遍曝光的一套来实施这种秘密的计划?可见,将文学作品理解成可以诲淫诲盗,在某种意义上说是对文学功能的不怀好意的夸大。

也有的理论家从历史文化的深度夸大文学的作用。苏雪林在《文学作用于人生》[8]一文中提出了一个令人深思的观点:中国文学抑制了乃至萎缩了中国人的尚武精神,遂导致汉民族常受亡国之痛:

凡有生之物必需要"生存空间",生存空间则必以战争得之。故国界未曾打破,大同世界未曾实现之前,战争是不能避免的。战争既不能避免,则尚武精神必须提倡。可是我们中国向来讲究文治主义,读书人只知道咬文嚼字,埋首经典,吟风弄月,寄情自然,一谈到尚武,便觉得粗鄙野蛮,不欲置之齿颊。数千年来文学说到战争,总是悲伤的情调,诅咒的言语。所谓"车辚辚,马萧萧,行人弓箭各在腰,爷娘妻子走相送,尘埃不见咸阳桥,牵衣顿足拦道哭,哭声直上千云霄"。所谓"醉卧沙场君莫笑,古来征战几人回?"总之我们的文学只有"从军苦",从来没有"从军乐",像陆放翁那样的诗人是绝无仅有的。无怪梁任公叹道:"诗界千年靡靡风,军魂销尽国魂空,集中十九从军乐,千古男儿一放翁"了。我们中国两次全面受异族征服,所遭屠戮之惨,不可胜言。鸦片战争以后,我们与日本及列强交绥也动辄挫败,"东亚病夫"与"东亚懦夫"之名传遍世界,实为我中国民族之奇耻大辱。

国民性之所以如此,与中国文学反对尚武精神有关。

有鉴于此,她主张应该真心重视文学,好好利用文学。"再不可让文学玩弄于一群浅薄无知的作家之手,任他们或则标新立异,以什么潮,什么派来标榜,使人坠入野狐外道而不自知,或写一些淫靡浮滥的爱情小说,猥亵不堪的黄色作品,来腐蚀青年的心灵,堕落青年的志气,使他们终日缠绵歌哭,置国家天下事于不顾;则则挟其偏见,逞其毒笔,谩骂前辈,攻击名流,击鼓鸣金,此呼彼应,名曰揭露社会丑恶,伸张民间正义,实则无非欲借此为个人攀登文坛的垫足石,甚至想借此造成他们一帮一派的势力,实现其某种险恶企图,他们这种行为,造成了弥漫一时的暴戾恣睢之气,对于时局和人心影响之大实无其比。"这种对文学作用的理解比起那种从政治角度一味指责一味怪罪的观点来,文化意蕴深厚得多,特别是在对文学正气的提倡方面,可以说是堂堂正正,无可挑剔。然而将中国文学在崇文仇兵的意义上一概视为亡国之音，甚至要文学担负起文明古国积贫积弱的责任，无论如何都是不公正的。按照这样的逻辑，金庸的武侠小说现在已经普及到如此程度，以至于凡有华人的地方就有金庸武侠迷，难道中华民族从此就可以在世界安全秩序中高枕无忧了吗？

国家的安全，民族的强盛，社会的安定，人民的幸福，主要的还是靠政治的开化，政权的廉明，国力的壮大，科技的进步，文学艺术在其中到底能占多大的分量，不需要太多的强辩便能理会。

二　文学无法脱离于人生

文学是人生余裕的产物，其对人生的影响也应是余裕性的。所谓"海淫海盗"之类的功能对于一般文学而言不仅是"莫须有"的，而且也无法成立。从文学接受意义上说，在正常情形下，人们也只是将文学看作人生余裕的精神享受，绝不会指望它来做自己的榜样，导引和启发自己去做事，更遑论做坏事！

文学反映人生余裕的判断，乃是就文学与人生关系的总体而言，同时也适用于一般人生中的文学鉴赏和艺术消费活动。对于处在文学创作状态的文学家自身来说，文学是他的事业，是他的饭碗，是他赖以安身立命的生死场，是他借以显声扬名的名利场，一定意义上就等同于他的人生。这就意味着，一个以文学艺术为业的人不可能将文学艺术当作其人生的余裕，他同时可能、有时甚至必须考虑文学艺术的人生价值功能，包括文学艺术的人生教化作用，有时也不妨将文学艺术的教化作用当作他自己必须担负的时代使命与社会责任。因此，考察文学之于人生的价值功能问题，从什么角度出发显得非常关键。

即使从文学艺术的内部运行机制来分析，从人类文学艺术创作的一般心理角度来分析，那种所谓纯粹"为艺术"或"为自我"的作品也是不可能的。因为文学艺术一旦形成作品，就体现出了它的"非自我"的品性：即它不会满足于在作者自我的封闭世界之内的运行,而是必须通过一定的传播途径和展览方式,抵达一定范围的被接受、被评说的境界。可以说没有一个文艺作品会是只供给作者自己欣赏的,即使立意于将自己的作品"藏之名山",像司马迁在《报任安书》中所自述的那样,那目的也并不是从此决计秘不示人,而是指望"传之其人"。唐代刘良对太史公此语注曰:"当时无圣人可以示之,故深藏之名山。"[9]意思再明白不过了,藏之名山还是要留待传人示人的。当然传谁示谁不妨有些讲究,或者有些限制。鲁迅翻译完厨川白村的《苦闷的象征》,感慨说:"创作是有社会性的。但有时只要有一个人看便满足了:好友,爱人。"那恐怕是极而言之的说法了,而且所指的肯定不是普通的文学作品。即便是这样极端的说法,即便是那种非一般的文学作品,既然写出来了,也还是要传人示人的,也还是要它在客观上参与人生的。

一般而言,人的精神享乐需要一定的公众化宣示途径,而物质享乐则需要加以私密化的掩饰措施。这与人类早期文明的某种自觉的原始记忆有关。物质的匮乏导致原始人类为了生存而产生了物质独占的私欲,精神的发展、思维的进步激励着原始人类为了走向文明焕发起精神共享的热望。物质的匮乏决定了物质独占的不可能,原始共产主义模式规定了这样的独占只属于难以实现的私欲,于是人类积累的一个永恒的情结便是物质享受的私密化;精神和思维传达的艰难决定了共享的不可能,在那个连语言尚未健全的时代,精神成果的共享只是人类的一股难以实现的热望,于是人类积淀下来的另一个永恒的情结便是精神享乐的公众化。

从另一视角来看,人是动物性和社会性的统一体;从人的动物性出发这样的集体无意识(如果可以算作是一种集体无意识的话)可以在我们现今的人生方式上寻找到普遍的痕迹。物质性的享乐需要隐秘而且必须隐秘,至少不宜展览。面对珍馐美味,只能是几个人关起门来或躲进包间酌酒享用,如果周围围着许多观赏的人,恐怕再美味的食物也让人食不甘味;精神的享乐则需要展览而且必须展览,哪怕是一首自己喜欢听喜欢唱的歌,当着一定量观众表演才是最惬意的。或许有人会说,富有的人穿金戴银,露名牌,耍大派,那不是展览物质性享受吗?不是,那些金银首饰戴了并不会让人感到物质上的舒服,珠光宝气不会起到冬暖夏凉的物质效果,花花公子、耐克、金利来等等名牌穿着也并不见得会让人的身体感到特别合体,人们穿着它们戴着它们只是觉得自己物质上非常富有,有一种物质享受的满足感。对了,这种满足感属于精神享乐的层面了,因而就需要共享,就需要展览,就需要显摆。

文学艺术的创作属于精神快感的宣泄,它的基本运行方式就是共享,就是展览,就是在社会化的运作中实现自身的价值。这种价值与一般的人生必然发生一定的联系。

因此,无论从什么角度看,文学与人生的联系都无法抹煞,文学之于人生的价值功能都无法彻底否认。唯美主义者强调文学只是对美负责,对艺术负责,在"为艺术而艺术"的口号下拒绝任何社会服务功能的考虑,但无论在这方面显现得多偏激,也无法真正站到与所谓"人生派"完全对立的位置上,因为,当文艺家以自己的文艺作为生命的唯一依托的时候,那文艺就成了他人生的全部,他也就成了彻头彻尾的"人生派"。

林语堂的散文结集《人生的盛宴》[10]中有《做文与做人》一编,对唯美派的分析表达的正是这个意思。他说:"世人常说有两种艺术,一为为艺术而艺术,一为为人生而艺术,我却以为只有两种,一为为艺术而艺术,一为为饭碗而艺术。不管你存意为人生不为人生,艺术总跳不出人生的。"他的意思很明显,即使是为艺术而艺术,这种艺术也还是处在人生状态之中。上个世纪一度很引人关注的日本著名文学家和社会活动家池田大作(1928—)与英国著名历史学家汤因比(Arnold Joseph Toynbee, 1889—1973)的对话录,对这个问题解析得更加透彻:

> 池田:我在思考文学的作用时,不由得想起萨特曾经说过的一句话:"对于饥饿的人们来说,文学能顶什么用呢?"自那以来,对于文学在现代有什么意义这个问题,展开了各种争论。赞同萨特见解的人

对文学采取了虚无主义的态度,而相信文学的有效作用的人们则奋斗着要设法开拓新领域。

汤因比:"对于饥饿的人们来说,文学能顶什么用呢?"这个问题如果换成"科学研究对饥饿的人们来说,能顶什么用呢?"答案就很明确了。[11]

那句来自萨特的话的确很能说明问题——说明文学是人生余裕的体现,说明文学其实无法离开人生,说明文学必然对于人生起某种效用。

文学既然无法脱离人生,其对人生的作用就体现为一种客观的必然。虽然要求文学对人生起某种教化作用不免苛刻,但与此同时否认文学对于人生的功能影响也失之偏颇。文学对于人生的作用既不能夸大也不能无视,这就是这个问题的复杂性之所在,也是这个问题长期以来一直被争论不休的深刻原因。

文学史上有些文学家则不是这样,在文学与人生的关系这一复杂问题的理解上往往把握不好分寸。例如郭沫若,他曾从"艺术派"的立场出发,否定文学的有用性,认为文学本质上是无用的,如果要谈有用,人们则可以求诸稻粱;不过同时又认为,在文学艺术的"无用"之中,却"有大用存焉":它是"唤醒人性的警钟","招返迷羊的圣箓","澄清河浊的阿胶","鼓舞生命的醍醐"。而且可能还有更多,故而说:"它的大用,说不尽,说不尽。"[12]无论是否认文学艺术的有用性,还是鼓吹文学艺术巨大的"大用",都有失分寸。不过,一个凭情绪说话的文学家,都能注意到文学艺术之于社会人生既有用又无用的辩证关系,说明这一问题本身确实非常复杂。郭沫若解决这一问题的办法是:"就创作方面主张时,当持唯美主义,就鉴赏方面言时,当持功利主义"[13]。为什么呢?因为从创作这一方面而言,文艺就是自我的表现,不必去考虑它的教化功能或社会影响;而一旦创作成了,文艺就成了社会现象,"故必发生影响于社会"[14],当然就可以从鉴赏的角度讲论它的功利性和价值作用了。

这种从不同角度谈论文艺的功能与功利的理论思维其实并不始于郭沫若,早在中国古代,人们就分别从由上而下或由下而上这两个不同的角度探讨过文学之于社会人生的功能。所谓"文之为用,上所以敷德教于下,下所以达情志于上,大则经天纬地,作训垂范,次则风谣歌颂,匡主和民"[15]云云,作为中国原创性的文学理论,其在解决文学与人生功能关系方面确足以别开生面。如果说西方人生功利观和自我表现说是两两相对的派别性论争的话题,则中国古人非常机智地调和了这两个命题:"敷得教于下"讲求的是文学的教化作用,是社会功利性,是上对下的作用;"达情志于上"讲求的是文学的自我表现,是作家本己的情志表达,是下对上的一种诉求。也就是说,文学之为用,上对下可以带着教化的功效意识,下对上可以只局限于自我情志的表现。这使得西方文论界百思不得其解的"人生派"与"艺术派"观念之争,在中国特定的社会体制和思维框架内得到了一种有效的解决,得到了一种较为切实的调和。

三 文学的两维功能

文学艺术之于人生的价值功能,在一般的理论描述中被概括为认识作用、教育作用和审美作用。有的《文学概论》著作将后一种称为"美悦作用",通俗一点的表述则是娱乐功能。概念可能会有所不同,但一般逃脱不了这"真善美""老三篇"。在此之外,有的研究者认为文学还有一种"交际功能"。不过这种"交际功能"说过于世俗化地理解了文学与人生的关系,尚未得到理论界的普遍认同。

有关文学对于人生"真善美"三方面的作用,已有各种版本的文学理论专书作反复阐述。应该注意的还有,理论界又从其他方面对文学的人生功能作过许多探索。英国心理主义文学家蔼理斯(Havelock Ellis,1859—1939)被周作人在《蔼理斯的话》一文中称为"我所最佩服的一个思想家",他曾提出过"精神上的体操"说,认为文学不过是人类过剩精力的外射,甚至是诸多被压抑的生理因素和心理因素的释放。这样的观点与弗洛伊德的精神分析学颇多相通之处,后者认为文学艺术的创造都来源于人身过剩的"里比多"。也有人将古希腊亚里士多德的净化说、宣泄说理解为文学功能之一种。

这其实是说文学之于创作者自我人生的意义,以及文学接受过程中对于一些读者的特定心理作用,如果将这些都算作是文学的功能,则文学的功能就太多了,如反映和表达人的模仿和游戏的本能,雅致地发挥或缓释人的情绪,自由地体现人的幻想,如此等等。在上个世纪90年代初,我自己还提出过"情绪的心理证同"的问题:

> 心理的证同有如慰藉,能唤起丰富的审美情感:如果有一部小说以前曾深深感染着自己,偶然翻起它必定唤起更为深厚的情绪;倘若一幅精美的风景画绘写着自己流连忘返过的地方,则必然会对这画产生更为深情的爱慕;一首优美的乐曲不仅能使人百听不厌,而且每次听到都会唤起第一次听到它时的情景记忆,这种记忆因而也显得更加令人动情……[16]

这样去泛泛地理解文学的功能,会导致将文学的各种特性——心理学的,美学的,文艺学的,哲学的,社会学的,历史学的,政治学的,甚至是科学和法学意义上的所有特性,都当作文学的功能。在一定意义上说,特性就是功能的展示,功能就是特性的结果。因此,上述这些方面如果说成文学的功能,也是完全可以的。

在一般的文学理论中人们只习惯于从"真善美""老三篇"出发阐论文学的价值功能,这是从宏观的社会人生维度所作的总结与探讨,而上述"精神的体操"、过剩精力的释放、净化的宣泄以及心理情绪的证同诸说,作为另一番文学功能的认知,是从微观的个别人生维度所作的阐释与推论。文学功能的复杂性要求我们必须从这宏观与微观、社会人生与个别人生相结合的两重维度上加以综合地把握。

这种两维综合的把握仍然通向对于文学功能的多重理解,不过析其要者,则主要在体认人生、延展人生和滋养人生三大方面。

　　文学对于人生的一项基本功能是体认人生。文学对于人生的体认作用与人们运用文学手段体认人生具有某种同构关系,这同“老三篇”中所说的认识作用有着很大差异。“认识作用”着重于知识方面和信息方面,意味着文学可以帮助人们增加历史知识,拓展人生阅历,而“体认人生”则着重于感受、体验和直觉,意味着文学可以帮助人们立体地感知已逝的人生,全息般地体验过往的人生,甚至能在一定意义上对于社会人生历史作感性的还原。这正是除文艺以外的任何意识形式和精神创造都无法具有的功能。说到“认识作用”,文学艺术所起的作用其实非常有限。

　　例如对法国大革命的认识,任何文艺作品提供的信息和知识都不可能有任何一部法国大革命史专著那么全面、透彻,那么翔实、可靠,也就是说,就对法国大革命的认识而言,任何文学作品的认识作用也不可能与专门的史学著作相比。但是,从对那个特定时代特定社会条件下的人生体认的角度而言,则任何有关法国大革命的专著、史书甚至图片册簿之类都无法与雨果的《九三年》、狄更斯的《双城记》相比。这两部小说不仅仅描写了法国大革命的一般进程,不仅仅总结了这次大革命的某些历史经验,不仅仅批判了这场社会变革中的各种理念,而且还刻画了大革命中形形色色的活生生的人物,摹写了各色人等在风雨欲来之际以及处身暴风骤雨之中的复杂心理状态和情绪反应,再现了“风暴”“达到了最猛烈最壮观的程度”(雨果语)的这一时代的微观人生视野和众多想象性细节。这些人物形象,这些心理情绪,这些生动细节,诉诸于读者的难道仅仅是知识性、信息性的“认识”?难道不是还给读者带来了富有历史现实感和人生丰富性的生活体验?难道不是还在一定程度上调动了读者富有现场感的生命感性?这样一种充满着历史感性的刻绘描写,这样一种凭借文字语言对历史事件所进行的保鲜处理,除了文学以外任何意识形式都无能为力。

　　何况,这些文学作品不光是在社会人生和历史人物等方面为读者提供了体验和感受的对象,而且通过雨果、狄更斯这两位伟大作家富有洞察力的观察、深刻的思考和高超的艺术处理,突出地显示了人性的深度及其悲剧性,所具有的是能够直接诉诸人们心灵的震撼力量。两部小说不约而同地用深厚的人道主义良知去稀释、弱化乃至克服革命时代政治立场所带来的壁垒分明,以及政治斗争所带来的僵硬,以普遍而永久的人性光辉烛照乃至掩盖通常为政治历史教科书中所强调的政治觉悟和时代理性,从而让读者不仅体认到历史的真实、丰富与复杂,而且体验到人性关怀的深挚、真诚与恒久。尤其是《九三年》结尾,叛军首领、布列塔尼亲王朗特纳克被围困在图尔格城堡,劫持了三个小孩作人质,要求蓝军司令官戈万放他一条生路。戈万断然拒绝。朗特纳克在绝望中从地道逃出。恰在此时城堡起火,三个孩子很快被大火吞没。孩子"母亲的喊声唤醒他内心的过时的慈悲心",朗特纳克毅然折返,冒着危险救出小孩,他自己则落到共和军手里。共和军首领戈万为朗特纳克关键时候表现出的人道精神深深震撼了,他发现在朗特纳克这个恶魔身上"跳"出了英雄本色,便毅然放走了这位变成了英雄的"恶魔"。戈万的老师,特派代表西穆尔丹不顾共和军官兵的哀求,坚决执行"任何军事领袖如果放走一名捕获的叛军便要处以死刑"的法令,铁面无情地力主将放跑了朗特纳克的戈万送上断头台。可就在戈万人头落地的一刹那间,他自己也开枪自杀了。《双城记》的结尾也是如此感人:曼奈特医生带着女儿露西从伦敦来到巴黎,前来挽救因为家族罪恶被囚禁的查尔斯·达尔内的生命,但恰恰是医生自己在监狱中的一份诅咒让革命者坚定了处决他女儿爱人的决心。眼看一切都无可挽回了,一向玩世不恭的西德尼·卡登律师,露西的另一个追求者,为了实践自己情愿牺牲生命也要成全露西的诺言,决然设法进入监狱,以自己换出了相貌相似的达尔内,并代替他走上断头台,让露西爱着的达尔内回到了她的身边。

两部小说在高潮处都超越了革命与反革命、平民与贵族、复仇者与被复仇者之间的政治界限,让正义的判断建立在人性之美丑和人道之有无的视角上,让善美的人性在充满悲剧感的气氛中扛起正义的旗帜,从而使得作品洋溢着超越于历史和时代的人道主义的伟力，一种不仅诉诸于人们的认知，不仅诉诸于人们的体验，而且更引起人们心灵震撼的伟大力量。

　　阅读这样的作品，读者不仅体味到历史事件的质地感，而且能够清晰地感受到这种力量，它让人感同身受，使人感动至深，令人久久难忘。这样的心灵震撼远不是知识的获得所能达到的快感境界，同样也不是任何非文学的意识形式所能造就的审美效果。

　　在中国，情形也是如此：东周列国争霸、魏蜀吴三国逐鹿的历史知识，可以从各种史书以及各类思想史文化史文献获得，可阅读余邵鱼的《东周列国志》、罗贯中的《三国演义》，就能使广大读者在生活化的情境中如临其境地体认那段远去的历史，并从想象性再现的故事和人物身上咂味永远消逝了的硝烟与血泊、苦难与豪奢、牺牲与背叛、赤诚与奸诈、异行与计谋、恐惧与狂欢。这种立体的感应必须来自于这类文学作品，而不是来自于史著或其他历史文献。认知风云际会的历史时代是这样，认知平凡琐碎的日常生活更是如此。甚至认知人本身也是这样。关于人的意识解剖，弗洛伊德在100年前从一个医生的角度做了举世瞩目的工作，然而他所做的工作还必须与大量的文学现象的解说联系起来，这是因为光用科学的表述只能在理论上"认识"人及其意识，而要真正把握人及其意识的复杂性、丰富性，还必须借助于文学的"体认"。

　　或许有人会问，文学确实能够让人立体地、全面地"体认"历史，在这方面的功能超过任何一种历史专著与历史文献，但是人们为什么要那样去体认诸如法国大革命、列国争雄、三国争霸的历史？作为知识和信息，从史书上获得的岂不是更加准确？作为人生经验和教训，从历史文献上也能读个明明白白，何必一定要作那种立体的、全面的"体认"？一个简单而复杂的回答是，人们对于过往的历史常常并不满足于知识的获得和经验的总结，还需要有血有肉、原味鲜活的故事，需要生命鲜亮、生龙活虎的人物，需要生动细腻、活色生香的情境；正因为这些故事、人物、情境是今天的人们所无法体验的别一种人生，人们才对它们特别感兴趣。因此，文学的人生体认功能其实与文学的人生延伸和补偿功能密切联系在一起。

文学对于人生还普遍地存在着一个平行补偿的现象。台湾著名作家钟肇政曾这样分析过读者的心态:

> 从看的人这边来考察,他希望欣赏到跟自己不一样的人、不一样的人生、不一样的状况,从中领略到人生应该有什么样的生活方式。虽然每个人的生活方式不一样,不过从各种不同的人生——小说里面所呈现出来的——,然后他可以欣赏并从中得到一些所谓心灵的粮食、精神的粮食。[17]

这样的分析大致是准确的,虽然过分强调了某些现象。其实读者未必一定都欣赏跟自己不一样的人,不一样的人生,他们同样欣赏跟自己相类似的人,相近的人生,这样求得一种人生价值的证同。有时这样的证同的重要性一点也不比人生补偿差。

人生是有限的,无论作为个体还是作为族群,人生拥有的时间、空间以及经历、体验都是有限的,并且这种有限性还作为一种虽不十分清晰但大致都能了然的普遍意识几乎伴随着人生的整个过程。问题是,在这过程中,人们的精神追求总是想突破这种有限性,对自己所未曾经历过的过往云烟,对自己尚未抵达的未来人生,甚至是对许多不可能的生命形态和人生形式,都充满着去重现、去幻想的欲望,以此延展自己的人生。这样的延展必须带有虚拟性体验和感受的质感,而非抽象的观念和推证的逻辑所能满足。于是,需要文学艺术责无旁贷地发挥其人生功能。这也是无论人类的科学技术、传播手段如何发达,文学艺术总不会退出人生舞台的重要原因。

人生延展的要求具有两面四向度并进的特点:从人生经验、精神(包括情感)体验两方面产生的延展要求,分别在时间的过去与未来、空间的天地与异域等维度上全面展开,从而构成了文学内涵的巨大丰富性,虽然文学对人生各个项式、各个维度的延展所用的力量不会完全一样。

一般来说，从时间方面来说，文学习惯于"却顾所来径"，对于人类过往的故事、斑斑陈迹的历史会投入较大的关注，相对而言，对未来世界的幻想在力度上和数量上都显得薄弱得多。科学幻想文学和社会幻想文学，尽管是文学门类中非常引人注目的部分，但相对于汗牛充栋的历史小说和历史题材文学来说，几乎可以说是沧海一粟。被称为科幻小说鼻祖的法国作家儒勒·凡尔纳（Jules Verne，1828—1905）不过是19世纪中后期才以其卓越的创造力造成了世界性影响；以幻想的形式对未来社会进行建构或批判的社会幻想文学，如果从英国作家摩尔（Sir Thomas More，1478—1535）的《乌托邦》算起，也不过是在16世纪才开始发达。而历史文学几乎是与人类文学共生共存。这一文学现象充分显示了人作为一种文化动物，对自己历史的一种深深的眷念情绪，也反映着人类文明意识中的一种补偿心理。

　　从空间方面来说，文学习惯于海阔天空，对现实的人类所能看得见却无法抵达的天空或太空，对现实的人类所幻想但无法感受的地府与泽国，会保持持久而浓厚的兴趣，相对而言，对同样也是现实的异域风情和异国情调想象的热忱就差一些。在以幻想为基本构思法的文学作品中，文学家的思维似乎更喜欢上天入地，不但是伟大的科幻小说家凡尔纳通过著名的《月界旅行》和《地底旅行》显露出了这种上天入地的兴趣，其他幻想性作品的作者一般也都愿意将想象的热忱投入未知的海底与地底或是天空和太空。至于斯威夫特的《格列佛历险记》，表面上看似乎是列国风光故事，其实那大人国、小人国并非真的存在于地球之上，作家的想象还是超出了我们的世界，在一个个完全未知的和无法验证的世界里作精神的翱翔。这种情形同样体现在我国古典神话小说《西游记》中。也许一个痴情的索引家和固执的考据家完全可以推证唐僧师徒去往西天佛国所经历的空间的现实指涉：火焰山所在何地，流沙河所指何水，车迟国乃是何邦，朱紫国更在何境。但所有这些现实的比附和指认，全都没有太多的意义，因为作家并不是要在现实空间上刻划故事，而是要在虚拟的幻想空间展示自己的想象，以补偿现实空间对于人的感觉的限制。

上述乌托邦理念的表现既体现着人生经验的一种补偿,也体现着人类精神的补偿愿望。研究者已经注意到,乌托邦本质上是一种社会理想,一般来说,主倡者并不认为它可以实现,至少不可能在其所描绘的完美形态上付诸实现。柏拉图《理想国》(Republic)不过是提出了一种社会参照的摹本,以慰藉人们对于理想生活的企盼心理,从而反映出现实社会人生的重大缺失。摩尔的《乌托邦》(Utopia, 1516),将臆想中的善良人民和所感受到的现实丑恶进行对比,也是借想象表达精神的向往,借精神的向往补偿现实的缺失。自17世纪,随着欧洲航海探险的发展,乌托邦理想人生所处的空间或移到外层空间(例如月球之旅),或移到海底世界(例如很多关于沉入大西洋的大陆文明的传说),甚至是地壳底层的深处。也有的幻想家将乌托邦在时间上加以展开,近代英国小说家威尔斯(H. G. Wells)的《时光机器》(The Time Machine)等科幻小说,以及史德普顿(Olaf Stapledon)的《最初的和最后的一批人》(Last & First Men),都是借时间的因素和科学幻想的体裁表现出乌托邦式的思索,其中的时间距离甚至达到20亿年之远。这无疑也是对人生经验的一种伸延,是对人生经验甚至想象力有限性的一种补偿。

人生的精神延展不仅包含认知方面,还包括情感方面。人类在文明发展过程中孕育了许多方面的情感需要,而人类个体的情感体验总是无法完全覆盖这些情感需要,于是通过文学艺术的补偿功能延伸这些情感体验,填补各种情感空白,这也是文学艺术作品之于各个时期的人们都有长久魅力的一个重要原因。人类需要亲情的呵护,可并不是每一个人在每一个历史阶段都能够有条件体验各种亲情,于是可以通过文学作品延展自己这方面的情感体验,从而间接地但是审美地满足这方面的情感要求。于是一个失去了母爱的读者可能特别钟情于表现母爱的作品,一个到了该有孩子的年龄的读者如果依然膝下无子,则很可能偏爱表现儿童生活的作品。爱情是人人都可能有机会加以体验的情感,也能够给每一个人留下深刻的印象,并很可能影响很多人的一生,但爱情的丰富性却几乎是每一个人都无法领略的,于是爱情的描写成为文学创作和欣赏活动中具有永久性的热点。

人是情感的动物,就总体而言,人的情感需求的丰富性甚至会远远超过人对于物质需求的广泛性,这也正是人作为高级动物的基本素质。人的情感需求的丰富性不仅体现在对诸如爱情、亲情等积极、美好的情感充满着体验和感受的愿望,而且体现在对于一些诸如悲哀、痛苦、孤独、绝望等消极情感也有着体验与感受的兴趣。在现实人生中,每个人对这些消极情感都避犹不及,但这并不妨碍相当多的人都对这些情感保持着某种偏爱。亚里士多德认为这样的消极情感可以"引起怜悯与恐惧",使得人的情感"得到陶冶"与净化[18],德莱登(John Dryden)又认为这些悲剧性的情感可以"改正或消除我们的激情——恐怖和怜悯"[19]。不过无论怎么说,人们都更愿意在欣赏的意义上间接地体验和虚拟性地感受这一类情感,而不可能喜欢在实践的意义上直接地实现这种情感。一个正常的人无论如何也不会企盼着遭受迫害,妻离子散,流落荒野,但在艺术欣赏和文学阅读中又常常会偏爱这一类情境,因此《水浒传》中林冲"风雪山神庙"的场景便能成为屡演不衰、屡看不厌的戏剧题材。人既要体验和感受悲哀、痛苦、孤独和绝望的情绪,又不能让这些情境危及己身安全,便只能接受非直接的方式和虚拟的途径。文学艺术能够为人们提供这种欣赏的文本,能够为人们提供这种间接体验和虚拟性感受的理想情境。在这一意义上,文学艺术恰能最大限度地发挥其之于人生的情感延展和补偿的功能。

在人生的情感体验中,失恋的痛苦是最令人不堪的感受之一,但几乎每一部文学作品所写到的失恋的感伤都能深深地打动读者的心。设想有两部作品或者表现两个场景,一个是热烈的喜庆场面,有如范进中举、皇甫少华奉旨完婚般的热闹,一个是凄惨的悲情场面,有如林黛玉焚稿断痴情、祝英台梁山伯双双化蝶般的凄苦,读者和观众更愿意看哪一部作品、看哪一个场面?答案当然是明显的:后一种作品、后一番场面更受欢迎。其中的审美心理比较复杂,但简而言之,是人们其实都不愿意在现实人生中体验这样的凄惨和悲苦情感,而乐得在虚拟的情境中感受这种情感的凄美作为补偿。

人生的诸多情感,特别是悲剧性的情感,在人们看来都具有一种引人入胜的凄美;人们在现实人生中并没有很多的机会去体验,更重要的是人们对此不想、不希望作直接的体验,于是便指望通过文学艺术去感受,去补偿,去满足这种情感的期待。在这里,人们对这类悲剧性情感既想感受又拒绝直接体验的微妙心态极为关键,这种心态往往是文学发挥其精神和情感补偿功能的重要依据。人们为什么对于文学作品中表现的喜庆的热烈场面不那么热衷,而对于喜剧性场景与情感,在现实人生中都不加拒绝呢? 那是因为,尽管人们同样期待着这样的情感体验,但它们绝不是人们在实际人生中试图拒绝的对象。更多情形下人们期待着这种情感体验的直接发生,文学艺术等载体的虚拟性表现不仅对于一般观众来说没有十分的必要,而且还似乎在这种虚拟化的处理中占了读者和观众人生期待之先。高明的文学家都自觉或不自觉地注意到这样的欣赏习惯,总是尽量避开喜庆的场面而较多地刻画悲情场面。高鹗在续写《红楼梦》时,将宝玉成亲和黛玉焚稿安排在同一时间,可他实写黛玉之死,虚写宝玉之婚,实在是很明智的处理方法。

文学还可以滋养人生。从社会人生的宏观方面说,文学对人生的主要功能便是使人生的余裕得到开发,得到利用,得到滋养。人生需要充实,也需要余裕,没有余裕的人生不是高质量的人生;人生需要劳作,也盼望休息,一个具体的人的休息是睡觉,是聊天,是玩乐,总体人生的休息则是游戏,是文艺的创作与阅读、欣赏。于是人生需要工作,也需要文艺,没有文艺的人生就如同没有余裕,没有畅快的心灵呼吸。无论从创作还是从欣赏角度看,文艺其实都是人类心灵的一种呼吸。生理的呼吸当然重要,离开了生理的呼吸,人类的生命便无法保持;心灵的呼吸也相当重要,没有了心灵的呼吸,那种人生便会显得死板无趣、索然无味、了无生气。

人类文明走过了辉煌的历程。记载着这一辉煌的固然有蜿蜒的中国长城,颓败的古罗马废墟,神奇的玛雅文化乃至三星堆文明,还有悠远的运河,古老的墓园,可是人们认知这一辉煌的主要途径还是各国各时代的文学作品。文明史的种种艰难与辉煌,种种血腥与王道,都生动而丰富地载留在文艺之中。这还不包括上述所有的物质遗存其实无不经过人类文艺思维的妆扮与包装。由此可见,人类的文明内涵其实在大量地展示着精神文明,主要是文学艺术的风采,人生的一般轨迹都离不开文学艺术。文学艺术是人生无法离开的,有了它,人生就得到了圆润的处理,得到了美化,得到了生动的传述。如果没有文学艺术,人类的文明会是以及将会是一副什么样子?或许那些物质遗存还在,但它们可能只会以粗糙的形式和笨拙的样态出现,令人为祖先羞愧而不是为人类骄傲。从这样一个宏观意义上说,文学艺术确实对于总体上的人生起到了一种滋养和美化的作用。

从个体方面说,文学的活动,包括鉴赏和创作,对于自己的人生都是一种精神的和情感的滋补。人生大多情形下是枯燥而苦涩的,需要文学制造的情趣加以滋养。有情趣的文学家可以通过文学创作填补人生的空虚,转换人生的哀伤。诗人纪弦写过一首《烦哀的日子》,表明完全可以用诗排解烦哀,获得生命的情趣:

> 今天是烦哀的日子,
> 你突然做了天国的主人,
> 你说梦有圣洁的颜色,
> 如爱人天蓝的眸子。
> 于是你便去流浪,
> 学一只心爱的季候鸟。
> 涉过了无穷尽的川河,
> 越过了无穷尽的山岭,
> 你终于找到了一片平原,
> 在一片不可知的天蓝之国土。
> 那里是自由的自由,
> 你可以高歌一曲以忘忧。
> 而你将不再做梦——
> "如今的天国是我之所有。"

与诗人一同沉寂在这美丽的想象中,还能被烦哀缠绕不休吗?烦哀是一种心情,诗人这样的畅想无疑可以将心情转换到远离烦哀的艺术情境之中,人生不就可以因这烦哀的解除而显得生趣盎然?

诗人转换情绪的高招一旦使出,甚至能将悲哀的生离死别化解成一缕轻盈的烟影,一行美妙的歌叹。老诗人史紫忱于1993年在阳明山的"独庐"寿终正寝,据其高足李瑞腾介绍,他"以诗绝笔",写下了一首《我歌唱着走了》[20],其中第一题"我通过人桥"的最后一段这样唱道:

> 我只是生命转调
>
> 音键将响起另一高潮
>
> 亲朋友好:
>
> 别误为我雾散云消
>
> 而愁锁眉梢
>
> 要喜喜欢欢替我祝祷
>
> 拜托老伴出招
>
> 打扮花花俏俏
>
> 像当年结婚一把娇
>
> 我在场外放隐形隐声的鞭炮
>
> 然后,我歌唱着走了

临近生命的终点,诗人尚有这样的情致,没有悲伤,只有坦然,没有涕泪,满带微笑,这样去面对死神,真可谓人生的骄傲。如果不是文学的排解,不是诗性的滋养,老诗人如何能够如此通达、如此潇洒!

人生不仅需要生活的情趣和欢笑,也需要灵魂的净化与眼泪。后一方面的精神享受属于人生更高层次的欢悦:心灵的怡悦。能够帮助人们抵达这种心灵的怡悦的,便是文学艺术。大量的文学作品我们之所以喜欢读,大量的戏剧我们之所以喜欢看,主要不是为了取乐,为了热闹,为了博取哈哈一笑,很多情形下正好相反,是为了进入作品所描述的悲苦情境之中,为了那一份心心相通的宁帖与安静,为了一掬同情、怜悯和感动之泪。流泪的感动对于人的心灵确实是一种净化,对于人的精神无疑是一种滋补。人到痛苦的时候会流泪,但不等于流泪都意味着痛苦,因情感的感动而流的泪,就是一种欢畅的宣泄。

在日常人生中,人的感动比较难以发生,只有经过文学艺术的渲染,才能比较集中地激发这种感动,无论这种感动是不是达到催人泪下的效果。文学中令人感动的情形很普遍。我们可以为《惊天动地窦娥冤》的悲惨所感动,也可以为《将相和》中的真诚和大义所感动,可以为梁山伯祝英台的生死相恋而感动,也可以为冯梦龙《警世通言》中俞伯牙钟子期的悲凉相知而感动。平民的悲惨让我们感动,将帅的悲凉也同样让我们感动。《水浒传》中宋江面对被射死的大雁留下英雄泪,感伤不已,读者至此无不动容。《三国演义》第九十一回《祭泸水汉相班师 伐中原武侯上表》,写孔明收服孟获后班师回蜀,孟获率引大小洞主酋长及诸部落送至泸水,时值九月秋天,忽然阴云布合、狂风骤起,土人告说:"自丞相经过之后,夜夜只闻得水边鬼哭神号。自黄昏直至天晓,哭声不绝。瘴烟之内,阴鬼无数。因此作祸,无人敢渡。"因此乃知是士兵和南人的"狂魂怨鬼"作怪,遂于泸水岸上,设香案,铺祭物,列灯四十九盏,扬幡招魂;孔明金冠鹤氅,亲自临祭,令董厥读祭文。祭文写得情真意切,读得荡气回肠,读毕祭文,孔明放声大哭,极其痛切,情动三军,无不下泪。每读及此,读者也会不禁下泪,为杀伐决断的诸葛亮如此深厚的人性,为一军之帅的诸葛亮如此真诚的柔肠,为身经百战的诸葛亮如此深刻的悲伤。

文学艺术中能够让人们感动和流泪的因素很多,不过能够让人感动和流泪的大都是人性中的善。这种人性善的感动,对于人的情感的真纯,无疑是一种极为有益的滋养。

当然,令人感动得流泪,还有其他许多审美的成分,灵魂的通悟、身世之感的共鸣等等。《红楼梦》第四十三回写贾宝玉逃到荒野的水仙庵,里面供的是洛神，见到那洛神虽是泥塑的，却真有"翩若惊鸿，婉若游龙"之态，"荷出绿波，日映朝霞"之姿，便不觉滴下泪来。为什么贾宝玉能看着这原本荒唐的泥塑流泪呢？主要是因为他对于曹子建的《洛神赋》有深切的感受，有强烈的印象，心灵中对之有一种美好的期待。美好的期待同眼前这种斑驳、破败的情景形成了反差，而秋风萧瑟无疑会增加素性忧郁的贾宝玉的感伤。另外，贾宝玉偷偷来到荒郊野外，原本准备为祭奠因他而屈死的金钏儿，看着洛神的模样，唤起对于金钏儿的身世之感，悲从中来，泪水下滴，真乃自然不过。

由贾宝玉见洛神塑像而流泪的情形说开来，可知人的审美感动须有相当的文学素养，有被各种文学素养陶冶而成的感时伤景的文人素质，以及与己身体验密切相关的身世之感。所有这一切都离不开文学的调理，文学的激发。

朱光潜的《文学与人生》从心灵的滋养和休憩的角度概括了文学之于人生的功能，也可以作为我们讨论这个问题的参照：

> 凡是文艺都是根据现实世界而铸成另一超现实的意象世界，所以他一方面是现实人生的反照，一方面也是现实人生的超脱。在让性情怡养在文艺的甘泉时，我们霎时间脱去尘劳，得到精神的解放，心灵如鱼得水地徜徉自乐；或是用另一个比喻来说，在干燥闷热的沙漠里走得很疲劳之后，在清泉里洗一个澡，绿树荫下歇一会儿凉。世界许多人在劳苦里打翻转，在罪孽里打翻转，俗不可耐，苦不可耐，原因只在洗澡歇凉的机会太少。

朱光潜说得既具体生动又宏观抽象，偏重于心灵的享受。而从我们上述分析中可知，文学之于人生的功能，还应包括生动的认知、经验的补偿和情感的滋养等若干方面。

注 释

〔1〕 朱希祖：《白话文的价值》，《新青年》第 6 卷第 4 期。

〔2〕 参见 http://news.eastday.com/epublish/gb/paper148/20030328/class014800023/hwz913517.htm。

〔3〕 冯乃超：《冷静的头脑》，《创造月刊》第 2 卷第 1 期。

〔4〕 冯乃超：《对于所谓"小资产阶级革命文学"底抬头普罗列塔利亚文学应该怎样防卫自己》，《创造月刊》第 2 卷第 6 期。

〔5〕 参见 http://www.people.com.cn/GB/wenyu/223/6659/6660/20011017/583516.html。

〔6〕 http://cul.sina.com.cn/s/2003-02-24/29165.html.

〔7〕 《集外集拾遗补编·绛洞花主小引》，《鲁迅全集》第 8 卷，人民文学出版社 1981 年版。其中所言看见"排满"的革命家概指蔡元培，蔡氏有《石头记索引》，认为"作者持民族主义甚挚，书中本事是吊明之亡，揭清之失"，将《红楼梦》放在政治隐喻上去作读解，谓《红楼梦》书名中的"红"即暗指"朱"，又名《石头记》暗指大明江山基始的石头城，总之都是在隐喻朱明王朝。贾宝玉表述的男人是土做的，女人是水做的，也有政治引申义：土即从"鞑"来，"鞑"的繁写体右上方即是"土"，水与三点水联系，则暗指"汉"，说明作品颂扬的是汉人，贬斥的是外族侵略者。这样的说法确有新意，但一般认为过于牵强。

〔8〕 http://www.booker.com.cn/gb/paper21/7/class002100003/hwz50799.htm.

〔9〕 刘良注《文选》卷四十一。

〔10〕 http://gotobook.myrice.com/xd/linyutang/rensheng/.

〔11〕 http://www.white-collar.net/wx-hsl/wgwx/001.htm.

〔12〕 郭沫若：《论国内的评坛及我对于创作上之态度》，《郭沫若文集》（普及版），上海亚新书店 1935 年版。

〔13〕 郭沫若：《儿童文学之管见》，《文艺论集》，光华书局 1933 年版。

〔14〕 郭沫若：《文艺之社会的使命》，《文艺论集》，光华书局 1933 年版。

〔15〕 （《隋书·文学传序》）〔16〕 拙著《酒神的灵光——文学情绪论》，第 8 页，延边大学出版社 1991 年版。

〔17〕 钟肇政：《台湾文学十讲》，第 174 页，台湾前卫出版社 2000 年 11 月版。

〔18〕 亚里士多德:《诗学》,见伍蠡甫主编《西方文论选》上卷,第 57 页,上海译文出版社 1979 年版。

〔19〕 德莱登:《悲剧批评的基础》,见伍蠡甫主编《西方文论选》下卷,第 309 页,上海译文出版社 1979 年版。

〔20〕 李瑞腾:《编后记》,《我歌唱着走了——史紫忱的诗与诗论》,第 154 页,台湾文学观察杂志社 1994 年版。

第七讲

人生情境与文学情境

文学情境对人生情境的美感提炼

时空感兴:超越人生情境的"留白"

时空感兴:超越人生情境的"时差"

　　情境就是情景和境地。文学情境就是文学作品中表现的特定的或虚拟的人生情景和境地。它与人生情境有着相当密切的联系,一般来说人生情境是文学情境之母,文学情境在一定的条件下体现着人生情境之精华。但两者之间的差异性很大。笼统地说,人生情境呈现出自然的和人文的必然状态,体现着"真"的内涵;文学情境呈现出文学家创造的精神形态,体现着"美"的要求。如果说从文学的起源看其与人生的丰富而复杂的关系,强调的是文学情境与人生情境的联系,那么,从文学创作的特殊性考察其与人生现象的一般性的关系,则强调的是文学情境与人生情境之间的差异。

　　如果要讨论文学与人生之间的差异性,那面对的将是一个非常庞大甚至是有些漫无边际的课题,当将这一题目缩小到"情境"上来以后,便可以从文学情境对人生情境的美感提炼,文学情境与人生情境的逻辑关系等方面展开,将文学与人生的关系解析得具体入微。

一　文学情境对人生情境的美感提炼

马克思在《1844 年经济学—哲学手稿》中提出了一个著名的美学观点:"人按照美的规律来创造"。这里的创造泛指人类的各种生产活动。作为与美的规律联系更为密切的艺术创作活动,更应以美的创造为价值基点。捷克小说家米兰·昆德拉在《生命中不能忍受之轻》这部小说中有一段精彩的议论,正与马克思的这一精彩命题相应和。他说:

> 人的生活就像作曲。各人为美感所导引,把一件件偶发事件(贝多芬的音乐,火车下的死亡)转换为音乐动机,然后,这个动机在各人生活的乐曲中取得一个永恒的位置。[1]

他所说的"贝多芬的音乐"是指主人公托马斯最初与情人特丽莎偶然相会的环境,在捷克的一个小镇的旅馆餐厅里,收音机里正在播放贝多芬的音乐,在这音乐声中特丽莎注意到了孤独的托马斯,她的年轻、热情而浪漫的心为他的孤独连同贝多芬的音乐所深深打动。他所说的"火车下的死亡"是指特丽莎所喜欢的小说《安娜·卡列尼娜》中,主人公安娜与情人最初相遇之时,正好是在火车站,当时的情形是一个人被火车轧死;在小说的结尾,安娜自己也躺倒在火车轮下。按照米兰·昆德拉的解释,安娜本来可以选择其他的死亡方式,但她之所以选择被火车轧死,是因为她最初与渥伦斯基偶然产生爱情的情景——有人被火车轧死的惨剧,在她的意识中已经成为与她的爱和美的记忆紧密相联的人生乐章的"动机","并且在她绝望的时刻,以黑色的美诱惑着她"。于是她只能选择这样一种死亡。作家总结道:"即使在最痛苦的时候,各人总是根据美的法则来编织生活。"由此看来,处在人生情境之中的人们不仅按照美的规律来创造,甚至选择毁灭也会按照美的规律来进行。

目前人们还无法对"美"的概念的内涵和外延作出统一的描述,虽然远在柏拉图时代,"什么是美"就被当作一个经典问题提了出来,并且,在其论著《大希庇阿斯篇》中,柏拉图让他的老师苏格拉底非常智慧地指出这一经典问题与"什么东西是美的"这个一般性问题的严格区别。柏拉图认为美是理式(idea),理式是事物的所有本质特征的总和。这些构成事物"理式"的本质特征包含着客观性的内容,更包含着人们的主观对这种客观性本质特征的认知。这种在主客观结合的意义上认识美的思路一直被当作美学认知的正途。

如果将上述这种哲学内涵很深的美学命题作一种通俗化的理解,有关人的美学的认知可以通过下列关系式推导:人的理式也即人的本质特征是人之所以为人的本质定性,简单地说就是人性,因而人性是美的;同时人的本质定性又必须为人自己所认知,而人对于自身本质特性的认知往往通过人的心理、行为状态,符合人性的心理、行为状态主要体现在人的理性与情感及其外在表达,其中理性的活动往往体现为成果形式然后被认知,而情感的活动才是活生生的人性的生态,因而美更多地体现在人的情感方面。人们常说美是一种感动,这感动即是诉诸于情感方面的人性活动。

对于美能动人,俞伯牙跟着成连学琴的故事颇能说明。据《太平御览》引《乐府解题》,伯牙学琴于成连先生,三年不成,以至于精神寂寞,情志专一,都不能取得较好的效果。成连对他说:"吾师方子春,今在东海中,能移人情。"便与伯牙一起至蓬莱山,留伯牙在此山练琴,说自己去迎迓自己的老师方子春。成连先生去了很多天都不回来,伯牙近望无人,但闻海水洞滑崩澌之声,山林寂寞,群鸟悲号,于是怆然而叹曰:"先生将移我情!"乃援琴而歌,曲终,成连也回来了,其实这正是成连移伯牙情性的一种招数,伯牙遂为天下妙手,其所弹曲名为《水仙操》。这里的移情之说就是借一种特定的情境来感动心灵。清道光年间的黄景星在《悟雪山房琴谱》"琴苑要录"中记载,俞伯牙独处蓬莱山弹唱《水仙操》,其词为:

> 縻洞渭兮流渐漠，
>
> 舟楫逝兮仙不还，
>
> 移情愫兮蓬莱山，
>
> 呜钦伤官兮仙不还。

"移"就是"动"，"移情愫"就是感动人的心情。感动人的心情需要通过各种各样的操作加以实现，虽然许多操作不必都像俞伯牙的老师成连先生那么神秘兮兮的。文学便是能够移人性情、动人情感的一种艺术。文学家动用各种艺术手法使得文学表现富有美的魅力，所追求的也正是这样的效果。清代焦循认为文学表现的高妙之处乃在于："不质直言之而比兴言之，不言理而言情，不务胜人而务感人。"道出了文学"言情感人"的秘密。刘勰在《文心雕龙》的《情采》篇中甚至提出为情而造文，可见文学一般须诉诸于情才能体现出美。

人们解读《诗经》有"情动于中"的说法。《诗大序》有云："情动于中而行于言，言之不足故嗟叹之；嗟叹之不足故永歌之；永歌之不足，不知手之舞之，足之蹈之也。"这就是说，文学创作的美学驱动乃是"情动于中"的必然结果。陆机在《文赋》中非常传神地描述了这种"情动于中"的创作过程："伫中区以玄览，颐情志于典坟。遵四时以叹逝，瞻万物而思纷；悲落叶于劲秋，喜柔条于芳春……慨投篇而援笔，聊宣之乎斯文。"刘勰在《文心雕龙》的《神思》篇中描述过"神用象通，情变所孕"的创作现象，在《体性》篇中描述过"情动而言形，理发而文见"的创作情形，其实都是讲论情感在创作中的关键性作用甚至根本性作用。外国人狄德罗从文学效果的角度也作了这样的论证："没有感情这个品质，任何笔调都不可能打动人心。"[2]

从上述意义上看，我们真可以说情感的感动乃是文学创作之母。如果说这样的定义在理论上尚多有可商榷之处，则用之于文学对人生情境的提炼，应该说是十分对症的。人生情境如果要在一定的文学处理中上升为文学情境,则必须融入相当的情感因素,使之焕发出令人感动、让人产生美感的情绪效果。

在文学作品中,最精练的自然是诗。如果人们仅仅把诗理解成分行排列、局部押韵的文体,则许多所谓打油诗之类的东西完全符合这样的标准,难道它们也都算诗?当然不是,因为它们往往缺少作为诗或文学作品最关键、最根本的东西,那便是情感或足以感动人的因素。有一首流传很广的打油诗,据冯梦龙在《古今笑》一书中记载,乃是唐人张打油的杰作,题为《雪》。这首开创打油诗先河的为很多人所赞叹的"诗"是这样描写雪景的:"江上一笼统,井上黑窟窿。黄狗身上白,白狗身上肿。"这自然是恶劣的游戏之作,根本算不上诗,尽管有古人并不认为这样的诗毫无价值,如明代王骥德在《曲律》的《论俳谐第二十七》中说,这种"张打油"式的诗"以俗为雅,而一语之出,辄令人绝倒",可作为诗它实在是没有一点诗味。这诗味就应是情感或感动人的某种情愫。

有关打油诗因没有情感或感动人的情愫而不能算诗的例子可谓不胜枚举。打油诗一般也很押韵,也有自己的铿锵抑扬,但之所以不能成诗,就是因为没有情感,甚至没有真诚,更谈不上表现美的情愫了。几乎所有称不上诗的打油诗都有这样的特点:没有情感因素甚至没有起码的真诚在其中。没有情感往往导致失去美感,特别是对于诗这样比较精致的文学品类来说,一个不考虑美感的作品简直是不可想象的。

有些民间艺术常常将文学情境同简单的人生情境等同起来,忘记了文学情境的第一要求便是美感,往往还因此自以为高明。在安徽省地方戏曲——安徽琴书[3]中,有一出传统保留曲目《十把穿金扇》,内容讲的是一个姓陶的大官宦人家遭了灭顶之灾,只逃出名唤文斌、文灿的两位公子。这两位公子各带出祖传的五把穿金扇,流浪在外,历尽人间苦难,终于以满腹诗书和倜傥的气度赢得了贵族人家的赏识和富家女儿的青睐,各各金榜题名同时又洞房花烛,十把穿金扇也就完璧归家了。书说陶文灿未遇之时只得讨饭,讨饭也很艰难,正在饥饿难忍之际,来到一个坐馆的教书先生的住处,只听得那乡野穷酸的教书先生正对着东家送来的稀薄的粥愤愤不平,在那里作诗抒发自己内心的痛苦,诗曰:"合米煮成粥一瓯,西风吹来数条沟,远望好似西湖水,只差渔翁下钓钩。"那先生感叹一回,正准备捧起粥瓯喝将起来,陶文灿门外大叫"不通"。先生见是一个叫花子,自然不服,两人便打赌,谁赢了就喝粥。陶文灿批驳先生说:一合米如果煮成一瓯粥,那粥就已经很不薄了。你门朝南,西边并无窗户,哪来西风吹?一瓯粥这么有限的面积,怎好用西湖水比拟?这一番道理那穷酸先生自然拜服,我们也权且承认,不过他改作的诗就令人难堪了:"数米煮成粥一瓯,鼻风吹起两条沟,近看好似团圆镜,照见先生在里头。"说书人说到这里,不免会添油加醋,自鸣得意,以为陶公子这四句诗高明得了不得,符合生活常识所规定的各种逻辑的推证。确实,后来杜撰的这四句诗非常符合当时的人生情境,但是能否成诗?不能,因为那鼻风是无论如何进不得诗的意象,有这一恶俗的表现,再符合人生的真实也难以进入文学的情境。相比之下,穷酸先生的诗虽烂,但所写的"西风"、"西湖水"等毕竟还是诗的意象,还表现了文学的情境,比起陶文灿的那不成诗的东西来倒还真可算是诗。

《十把穿金扇》在江浙皖地区流传甚广,传统越剧水路班子[4]也保留此节目。这样一个俗得不能再俗的故事中自然不会出现什么像样的诗来,更重要的是说书人居然还要讲论诗的道理,那结果便俗得可想而知。在说书先生看来,符合人生情境的才是真诗,殊不知用"鼻风"吹稀饭这样的糗样即使十分符合人物境遇和人生情境,也不能入诗,因为诗要表现的是文学情境,文学情境首要的因素便是美,真实与否倒在其次。

其实不单是穷乡僻壤的说书先生不懂得这个道理,许多文学家也未必明白这个道理。唐代诗人朱庆余有诗《近试上张藉水部》,是说自己给张藉上了一个行卷,不知张水部看后如何评价,能否得到朝中的赏识,以诗代函问曰:

　　洞房昨夜停红烛,

待晓堂前拜舅姑。

妆罢低声问夫婿，

画眉深浅入时无。

　　这首诗自比女子，将张水部比作新郎，非常肉麻低俗，可千百年来却被传为经典，备受推崇，可见文学界根本没有意识到这种比拟的肉麻和低俗。如果将这首诗只是看做新婚夫妇之间的戏谑缠绵，那自不失一种活趣精巧、生动轻灵，问题是当人们选择此诗、诠释此诗乃至于欣赏此诗时，非常清楚此诗的写作背景和诗中的比拟关系，这种比拟关系之肉麻和低俗严重影响了文学的审美情境；于是人生情境中或许能够成立的那种两个男人之间的妇婿之比，进入到文学情境之中就是一种失败，就是一种对美的戏谑与嘲弄。

　　女人可以比拟男人，乐府诗中所吟咏的花木兰的故事，以及《再生缘》中的孟丽君、《梁祝》故事中的祝英台，都能够为历代读者和观众所欣赏，女扮男装作为一种艺术审美现象得到了普遍的接受和认同。但如果反过来，男扮女装就不是这样了。历代文学艺术中存在着不少这样的现象，例如较早的京剧，梅兰芳时代的玩艺儿，还有锡剧等地方剧种中《王老虎抢亲》之类的周文宾的等等都是恶俗艺术的表现，当然要比女扮男装的现象少很多，而且总是受到有识之士的挑剔和责难。鲁迅就曾明确表示过对梅兰芳一类作派的反感和嘲讽，戏剧舞台上周文宾的扭捏作态也让许多人看得极不舒服，而越剧中的女扮男装却越演越红火，以至于有的地方别出心裁让男角进入越剧，效果并不很好，许多观众都无法接受，更无法欣赏。从人生逻辑来分析，女扮男装和男扮女装都是属于非常态的人生演绎，用来阐释一种道理或说明一种人生情境，其效果应该是相当的，因而不应厚此薄彼或扬此抑彼。不过进入到文学欣赏、艺术欣赏和美学欣赏的语境之后，人们从文学情境和审美情境的角度去审视这种非常态的人生情境时，所持的评价态度就截然两样。这是一种复杂的接受心理和欣赏习惯，怎样来分析这种接受心理和欣赏习惯，是一个非常艰难的美学和艺术心理学课题，而可以肯定的是，男扮女装基本上不符合人们的审美认同,女扮男装则可以被广泛地接受;在审美的世界里,男人是非常不自由的,而女性,特别是娇美的年轻女性,才是理想的和自由的对象。台湾朱天文作为一个女作家似乎感到这一点,但不明其所以然,后来从胡兰成的《中国的女人》一书中受到启发:"女人理论上不及男人,男人美感上不及女人。……向来英雄爱色,他是从女人得知美感。"[5]如果反过来,人们试图在男人那里得到美感,岂不是太肉麻了!于是,《战国策》中的《邹忌讽齐王纳谏》篇,让邹忌与徐公两个大男人"比美",作为寓言实在无可厚非,可作为文学描写,也难免堕入到肉麻和低俗的境界。寓言基本上立足于人生情境,说明人生逻辑,而文学作品则须引领读者进入到文学情境,必须贯彻审美法则,即使在比拟的意义上男人的形象也不宜作女性式的"美"化。

总之,人生情境的描写只是对人生逻辑的合法性负责,文学情境的刻画则须对美的规律负责。文学创作应是对人生情境的一种审美提炼,文学欣赏也是在对人生情境的领悟意义上的一种审美提升。

二 时空感兴:超越人生情境的"留白"

文学之美的本质属性也许可以从时空感兴上作出解释。文学艺术表现的美不过是在时空方面分别拉开距离,形成一定的张力,然后再加以克服,以图一种快感的获得。这样的距离说与接受美学上的距离说有很大的不同。从接受的角度说,距离产生美,这似乎比较容易为人所接受;但怎样的一种距离才能产生美,似乎任何美学家都难以说清。人们不可能认为距离越大就越美,如果那样,任何一种美也比不过太阳系以外的星团和黑洞。从文学与人生的关系角度来分析,文学之美来自于文学与人生的某种距离的形成及其克服的运作之中。

文学之美显然不能等同于人生之境,它必须与人生的情境拉开相当的时空距离,使得创作者和接受者立足于人生之境却能对那一种被表现和凸显的美的境界保持一种对象化的姿态;但当创作者和接受者确认了这种美的对象与现实人生之间的距离之后,之所以能够继续认同它,是因为他们能够在这种美的对象中获得人生情境的某种对应或者证同。这两方面的作用才是审美活动的一个完整周期。于是,文学和艺术之美虽然与现实人生情境拉开一定的距离,但终究离不开人生百相;离开了人生百相,文学就成了天马行空的东西,甚至像外星系的星团和黑洞,与人生没有什么关涉性,人们就不会将它当作审美对象加以阅读或接受;因此,一般来说,人们总是倾向于阅读与自己的人生体验有某种亲近之感的作品。

人们在解析文艺之美的时候总是习惯于追溯到远古人类的游戏,其实那些游戏之所以被称为审美的活动,就是因为它们符合这种与人生既拉开时空距离同时又导向对这种距离的克服的游戏规则。例如原始人的围猎舞蹈,其所反映的或许是前几天的事情,也许是这个原始人部落在山上取得颇多斩获的情形,大家兴奋异常,以为是神人助力,于是手之舞之,足之蹈之,庆祝这次丰收并打发因这样的丰收带来的闲暇。这时的欢乐的舞蹈与当时当地围猎的人生现实就拉开了距离,正因为拉开了距离,因为没有了当时现场气氛的紧张甚至残酷,大家才备感兴奋,才觉得非常开心。不过人人都明白这样的兴奋和开心并不仅仅对纪念过去的胜利有意义,他们的狂欢更重要的是为了祈祷来日的顺利,为了树立制服猛兽的信心,为了体尝未来胜利的喜悦,正是这后一方面带着某种功利性的考量使得人们在狂欢中备觉舒畅,备觉美妙。由此看来,一种美感的形成或者完成,必须首先拉开与现实人生的距离,同时又在另一层意义上克服这种距离,让审美快感在复归人生这一特定的路径上得以实现。

这样的审美经验可以推广到任何一个审美对象的鉴赏过程。例如面对一簇美艳的鲜花,人们如果感到震惊,感到恋恋不舍,那是因为发现了此花之美的与众不同,实际上由此花生发了对于平日所见之花的一种距离之感;然而面对这美艳之至甚至叹为观止的鲜花,人们想描摹之、歌颂之,更想攀摘之,甚至想连根移栽于自家庭院,即总是唤起一种让这样的花与自己的现实人生发生某种更紧密的关系的臆想,这就是对于自己心造的距离加以克

服的欲望。传唱于民间许多年的优美歌曲——苏州民歌《茉莉花》表现的正
是这种审美过程：

> 好一朵茉莉花，
> 好一朵茉莉花！
> 满园花开比也比不上她！
> 我有心摘一朵戴，
> 又怕看花的人儿骂。
> ……
> 又怕来年不发芽！

这首歌所引的前半部分便是距离的产生和强调：那一朵被歌颂的"茉莉花"
卓尔不群，满园的鲜花都比不上她，因而她成为审美的特别对象；后半部分
则是对这种距离感的克服，想到占有这朵花，让这朵花直接为自己的人生作
点缀。当然，这样的想法不能付诸实施，一旦付诸实施便成了对美的摧折；
但这种想法的产生，又实在是审美过程中的一个必然环节。总之，面对美丽
的对象譬如鲜花，最终的结果最好只是观赏、描摹、歌唱，其他什么也没有发
生；不过无论怎样，欣赏鲜花之美的过程总须在这种距离的形成与克服努力
中完成。

欣赏一幅画的审美过程也是如此。一幅哪怕是泼墨山水画（当然，必须
是够水准的作品），其审美价值都可能比一张数码照相山景要大，因为山水
画与实际的山景水象拉开了相当的距离；同时，这山水画必须反映中国常见
的青山绿水，甚至须画上一两山间小亭、三两樵夫钓翁，这样给欣赏者以某
种亲近之感。于是，一个艺术作品既须与创作者和观赏者的人生体验拉开
距离，同时又要让这种距离能够在创作者和欣赏者的想象空间里存在着克
服的可能。泼墨山水与现实所见的山山水水诸多相异，但那一两山间小亭
其特别的美处在于提醒人们这是一座与我们的人生很相亲近的山，三两樵

夫钓翁也许能表述着悠久往昔的岁月，但同时也暗示我们它的中国特色、民族风味，以及传统文化中恬淡无为的深意。这些方面的美感都是克服了表现对象与实际人生之间距离的结果。

由上述诸例更可知，审美过程中必须有的对于文艺表现对象与实际人生之间距离的克服，最重要的应是在心理上展开，实际上体现为人生中的主体对于文艺表现中的对象的一种心理认同，是事实上人为拉开的距离为心理认同所弥合了，这样才产生了美感。如果前述"茉莉花"真的从实际动作上消除与对象的距离，那便是肆无忌惮地"摘一朵戴"了，还有什么美？再美的鲜花离开了繁茂的枝叶戴在人的头上，也不可能再焕发出令人称羡的美。再如，如果观赏者对于中国画中亭台人物的认同不是从精神、文化和心理层面进行，而是硬要将自己纳入画中，自己去踩一踩看上去很是精美的凉亭，自己站到那画中的相应位置垂钓一番，还有什么美感可言？

正因为文学艺术所创造的情境与实际人生之间拉开的距离必须通过心理认同的方式加以克服，而不能采用实际的办法进行弥补，所以艺术的夸张才是允许的，也才有可能性和合理性。古代人的诗特喜欢夸张，也敢于夸张，李白《北风行》所吟"燕山雪花大如席，片片吹落轩辕台"之类的便是。这当然是夸张。有人说，经过科学测定，最大的雪花的直径也不过20厘米，"大如席"是十分夸张的。鲁迅在《漫话"漫画"》中有言："'燕山雪花大如席'，是夸张，但燕山究竟有雪花，就含着一点诚实在里面，使我们立刻知道燕山原来有这么冷。如果说'广州雪花大如席'，那可就变成笑话了。"鲁迅在解读这样的诗时，从现实可能性的原则出发论述夸张须有现实根据，说是讲燕山雪花大如席还是有事实依据的，因为燕都确实多雪，而且雪也确实大；如果说别的地方例如广州的什么地方雪花也大如席，那就没有什么根据了。其实这还没有说到这种诗学原理的根子上。只要那个地方可能下雪，以诗人的心境如果确实觉得异常寒冷，雪异常之大，他就说雪花大如席甚至大如帛也未尝不可。谁也不可能给诗人作这样的规定：燕山之地的雪比较大，可以夸张到大如席；齐鲁之间的雪相对可能小一点，则能夸张到大如扇；

苏皖之际的雪更小，或能夸张到大如叶；台湾北部的雪小得可怜，只准夸张到大如鹅毛。如何形容雪花之大，并能够得到读者的审美认同，关键是看诗人如何理解那雪花的意义，而不是按照雪花之大的实际可能性然后再乘以若干倍，以及读者是否能够理解和接受诗人的这种夸张。在这里，读者的理解，也就是心理认同，是十分关键的。《西游记》里的孙悟空一个跟头可以翻十万八千里，这种夸张读者愿意认同，那就无所谓；其实对于处在没有飞机，没有汽车、火车的时代的读者来说，一万八千里与十万八千里没有什么分别。李白的《秋浦歌》吟唱道："白发三千丈，缘愁似个长。不知明镜里，何处得秋霜。"这"三千丈"的夸张较之"大如席"的雪花来更是大胆得离奇，但人们还是愿意接受，因为人们不会想到在实际的空间意义上去确认"白发三千丈"的具体长度，而是在心理上认同了诗人对长长的白发所代表的愁思的刻画。凡是有一定人生体验的读者都能体会到，有时感受到的愁思确实是无穷无尽、绵绵不绝的，三千丈岂是一个一般的虚数而已！

于是，文学艺术之美的实现就在于时空距离处理的这种动态之中：美必须拉开与实际人生的距离，同时又必须在接受者的心理上导向对这种距离的克服，使之反过来确认这样的距离的合理性。有人说艺术之美全在于似与不似之间。齐白石认为："绘画之妙在似与不似之间，太似则媚俗，不似乃欺世。"这诚然是对于美和审美心理过程体味很深的一种心得。但从艺术之美、文学情境与人生情境之间时空距离的形成与克服这样一个特定序列来看，这句精彩的话还是说颠倒了。应该说，文学艺术之美与人生的关系，全在于不似与似之间："不似"乃意味着文学表现与人生现实的距离被拉大或被强调；"似"则表明创作者和接受者同时将文学艺术所表现的对象在比照于人生的意义上得以重新确认，克服了那种人为营构的距离。

明白了文学艺术之美之于人生体验之间时空距离因素的关键性，则不难理解文学情境与人生情境之间的重要差异乃在于时空距离的运作。文学情境之所以能够"移人性情"，能够让人产生远超出于人生之境的美感，常常就在于这种时空距离的运作；是时空距离的运作使得人生之境得到了审美的提升,从而成为审美感动的不二法门。

因此,文学创作的要旨便是在空间感和时间感上拓展人的感兴,开拓人的思维,牵引人的思绪朝更悠远或更久远的方面延展,这样才能将人生情境往文学情境上提升,才能使得人们在一种更加自由的时空感上愉快地完成审美的想象。

古代诗话所传范文正公题词遭一字之改的故事,可以当作这方面的一个例证。严光是汉武帝时名士,因屡次拒绝汉武帝的亲自征召和封赏,实践了《易经》《蛊》篇所言"不事王侯,高尚其事"的德行,遂得历代文士崇仰。从杭州沿着风景优美的富春江溯流而上,在桐庐县境内,至今有严子陵钓台之古迹。明代谢榛的《四溟诗话》卷三提到,范文正公为严子陵祠堂写记,中有"云山苍苍,江水泱泱,先生之德,山高水长"的颂词。在围观者啧啧称赏之际,当地名贤李泰伯认为有一字可改:将"先生之德"的"德"字改为"风"。范仲淹等一听"先生之风",顿觉满纸生辉,连连称妙。这一字之改,暗用"君子之德风,小人之德草"的典故,堪称精妙绝伦,且妙在许多方面。其一是这一"风"字非常有效率,表述的内容因此大为扩展。原拟"先生之德",只是颂赞到了严子陵这位高士的品德、道德,改为"先生之风"后,那"风"自然也包括道德风范,可除此之外还有为人的风骨,处世的风习,行动的风采,言语的风致,形象的风貌,精神的风韵,几乎一个古贤圣人的方方面面都通过这一个字立体地呈现了出来。其二,"德"字入声韵,类促音,读起来比较逼促,不如平声韵的"风"字那么舒徐悠扬。其三,"德"是抽象词,"风"是具体的形象的描述,文学表现宜于采用具体生动的形象,而不宜采用抽象的词语。更重要的是,"风"之为物虽说是形象的,但它并不直接诉诸于我们的视觉,而是通过各种各样的物态显现其风姿,这样,一个"风"字就给人们留下了相当宽阔的想象空间,并同时调动起了人们在这空间自由翱翔的想象热忱。

风是气流的流动,气流的流动并不是导源于一种无形的鼓风机器,而是导源于气压差异或地形差别所形成的某种特定空间,有了这样的空间就有了气流现象,就产生了风。人们的审美思维和审美想象就如同脑域中的空气,它的流动和活跃与否往往取决于脑域之中是否产生了某种空间,有了这样的空间就必然产生思绪和诗情的流动,就必然产生遐想的欲望和想象的热忱。因此,好的文学作品往往总是自觉地或不自觉地致力于人的想象空间的拓展,从而促动人的审美思维和审美想象的流动与活跃。刘禹锡的《秋词》在这方面堪称典范。该诗有云:

> 自古逢秋悲寂寥,
> 我言秋日胜春朝。
> 晴空一鹤排云上,
> 便引诗情到碧霄。

前两句意味了了,不过是对于秋高气爽的情境作了交待和刻画,为后两句作铺垫。后两句不仅是全诗的精华,也堪称那个时代所有诗思的一种结晶。这两句有丰满的形象:晴空,碧霄,云朵,仙鹤,以及仙鹤排空而上的动态和姿势;这些形象组合全部用来构成诗情的空间,激发诗人和读者的想象,而且这想象的空间是那么美好,那么清新,那么优美。

碧霄晴空、白云仙鹤,这一切与普通的人生没有太大的关系,但对于每一个热爱人生的人来说,欣赏这一切不正是一种高质量的、美好的人生体验?哪怕是飘然欲仙的诗情的表现,只要给读者提供了诗性畅想的空间,就能对普通的人生起到审美提升的效用。

一般来说,人生的情境往往喜欢不留空间,而文学艺术的情境则非常讲究这种空间的余留。在现实人生中,人们希望充分利用自己的房间、房屋、庭院和别宅,用各种各样的家具、生活物品、装饰物乃至盆景、植物、山石等等将其填满,以利于利用和休闲的方便,同时也显示自己的富有与充实。人们并不很在意在自己的生活场所激发关于空间的想象力。文学艺术的实践则可以证明,空间的余留甚至营造,不仅是文学艺术情境区别于人生情境的一个基本方法,也是文学艺术情境的创造中颇见功力的关键技法。音乐上的"曲终奏雅",充满着节制和力度的空间回味,是艺术的至高之境,甚至这样的艺术方法也影响到文学中的散文。中国传统国画中的"留白",标志着国画艺术的上乘水平和崇高境界,其目的也是激发人们的审美想象,留待人们的想象去填空那妙不可言的"白",让人们在这种想象中感受到进入艺术情境的欢悦。

文学史上有两首唐诗常处于人们的比较阅读中。一是王维的《渭城曲》:

渭城朝雨浥轻尘,
客舍青青柳色新。
劝君更进一杯酒,
西出阳关无故人。

这是非常经典的送别诗,内中充满着前路渺茫、人生难测的焦虑与伤感,文字空灵而情调优雅,千余年来感动了无数文士才女的心,惹下了多少迁客骚人的泪。由此诗的意境敷衍而成的《阳关三叠》等音乐作品已经成为中国音乐宝库的经典杰作,许多诗人墨客竞相写作"阳关"题材,已足以构成至今人们深入研究和深深回味的"阳关文化"现象。应该说,这是一首不朽的诗作。

但是自从高适的《别董大》出来之后,情形发生了某些微妙的变化,人们开始将高适的这首明显取意于王维的诗与《渭城曲》一比高下:

千里黄云白日曛,
北风吹雁雪纷纷。
莫愁前路无知己,
天下谁人不识君。

人们感兴趣的自然是后两句,高适写到此处一定十分得意,一方面将友人董大写得名振四方、威风遐迩,传达自己的友情更显得真诚深挚,另一方面也对将别的友人有了一个美好的安慰,这似乎才是待友之道和送别之词的"正经"。更重要的是,他借助王维的意境,在此基础上翻新出异,立意超乎王维之上,足以造成令人拍案叫绝的艺术效果。许多人正是这样理解高适诗歌的妙处,确认高诗比王诗来得高明。

王维和高适都是唐代诗人中的出类拔萃者,他们的诗各有千秋,皆宜称赏。不过就此二首,说高诗高于王诗,完全是一种偏颇之论,而且这种偏颇正是来自于不懂得文学情境需要"留白",需要提供一定的想象空间的道理。偏爱高诗者显然主要是从人生情境出发理解"送别"场面和相关情景,觉得天下人都认识,天下人皆能友善地对待乃至接待这位即将远行的董大,这是人生的一大幸事、一大乐事;这样的人生情境,自然是人人向往、人人称羡。然而从文学情境来看,前路充满着"知己",天下所有的人都熟识,于是伴随着的永远是前呼后拥,挤挤挨挨,热热闹闹,没有了空虚,同时也失去了独自徜徉的空间;没有了寂寞,同时也失去了"万里一身孤"的诗趣;没有了零落,同时也失去了自由的体尝。只有完全沉浸在世俗人生的氛围之中,人们才会欣赏这种情境;只要懂得诗并偏向于诗的人,一般不会对这样的情境特别欣赏。于是,从文学情境来说,王维诗刻画出的"西出阳关无故人"的景象虽然令人备感凄凉,但充满着古悠的意趣;虽然声韵悲苦,但葱茏着忧伤的诗意;虽然语气凋零,但洋溢着迷茫的清商。更何况那种友人之间"再无故人"的生死相依、生离死别的情感,比起高适诗中一句轻飘飘的"谁人不识君",好似推卸责任一般的友情表现,不知真诚、深挚多少倍。

王诗与高诗的差异,就是文学情境与人生情境的差异。王诗将阳关以西的巨大空间,连同未来的迷茫、孤零甚至生死未卜的巨大空白,留给了阳关之别的友人和自己,留给了千百年和千百万的读者;人们可以伴随着诗人凄苦哀伤的乐步,去想象,去思量,在想象和思量中咀嚼人生的艰难与无常,那便是一种诗意的领略,一种美学之境的漫步与徜徉。于是,千百年来王维的《渭城曲》被竞相引据,成为诗人表达别情常用的经典。李清照《蝶恋花·

昌乐馆寄姊妹》写道：

> 泪湿罗衣脂粉满，
> 四叠阳关，
> 唱到千千遍。
> 人道山长水又断，
> 潇潇微雨闻孤馆。
>
> 惜别伤离方寸乱，
> 忘了临行，
> 酒盏深和浅，
> 好把音书凭过雁，
> 东莱不似蓬莱远。

有"四叠阳关"，有山长水断，有惜别伤离，有酒盏也有飞雁，这一切不都出典于王维的这首不朽名唱？阳关曲甚至成为一个词牌曲目，苏东坡曾作《阳关曲》并作序确认，认为此曲"本名小秦王，入腔即阳关曲"。总之，王维此一唱，使得"阳关"成为中国传统诗意长期栖居的家园。而高适的《别董大》只有在比较世俗化的意义上才博得人们的赞同和引用。

　　人生重别离，更重别离之后生死茫茫音讯杳然。最令人悲伤同时也最动人的往往是这种"西出阳关"式的别离。由于这样的别离充满不确定的因素，充满着人生的孤独感和飘零感，充满着前路的迷茫和生命的"留白"，因而同时也充满着浓郁的诗意。《红楼梦》写到后四十回出现了许多离别的场面，最感人也最富有诗意的倒不是贾宝玉与薛宝钗等人的告别——尽管薛宝钗等人已经隐约感到此一番似乎生离死别，贾宝玉也连连说"我自己也知道该走了"、"走了，走了！不用胡闹了，完了事了！"等充满谶意的话，但因为"外面"尚有人等着，而且此去俱知有明确目的，所以"留白"不是十分明显，情绪的感染力并不很强。倒是第一百二十回写到考完试失落了的贾宝玉似真似幻地告别贾政的描写,非常富有诗意:贾政在差毕回家的路上,官船行到陵驿地方,那天乍寒下雪,泊在一个清静去处。贾政在船中写家书,正写到宝玉——

> 抬头忽见船头上微微的雪影里面一个人,光着头,赤着脚,身上披着一领大红猩猩毡的斗篷,向贾政倒身下拜。贾政尚未认清,急忙出船,欲待扶住问他是谁。那人已拜了四拜,站起来打了个问讯。贾政才要还揖,迎面一看,不是别人,却是宝玉。贾政吃一大惊,忙问道:"可是宝玉么?"那人只不言语,似喜似悲。贾政又问:"你若是宝玉,如何这样打扮,跑到这里?"宝玉未及回言,只见舡头上来了两人,一僧一道,夹住宝玉说道:"俗缘已毕,还不快走。"说着,三个人飘然登岸而去。贾政不顾地滑,疾忙来赶。见那三人在前,那里赶得上。只听见他们三人口中不知是那个作歌曰:
>
> 我所居兮,青埂之峰。我所游兮,鸿蒙太空。谁与我游兮,吾谁与从。渺渺茫茫兮,归彼大荒。
>
> 贾政一面听着,一面赶去,人早已不见,"只见白茫茫一片旷野"。

这一片"旷野"就是作家高鹗的"留白"。当然令人难以忘怀的、带有诗意的"留白"还有不少,包括宝玉此后的人生着落到底怎样,他与那一僧一道缔结了什么因缘,宝玉此番见父亲何以"似喜似悲",更重要的是,连那光着头、赤着脚、披着大红猩猩毡斗篷的人是否就是宝玉,这一点也没有确认。这些"留白"尽管都不难用推论和想象加以填补,但它们毕竟是作者交付给读者,让读者进行诗性领略的内容,能够激活读者的文学思绪,并在作者设定的悲剧气氛中伸展着这样的思绪。

平常人生中也同样充满着故事,包括郑重其事的离别;在人生情境下的离别之类的故事之所以不能产生文学情境下类似情节的审美感动力,是因为其中缺少内容的"留白",同时缺少浓郁的忧伤的情绪氛围。如果在现实生活中展演着一个这样的故事：两个友人不知何因面临着离别,也不知道即将远行的一个会萍踪何方,只见他们彼此默默地举杯痛饮,飒飒的秋风吹散了他们斑白的头发,远处飘来萨克斯管忽连忽续的忧伤的旋律,像是缠绵的《回家》,又像是悱恻的《红河谷》。这在普通人看来就进入了文学的情境,因为那些个"不知"具备了时空的"留白",能够激发人们的时空感兴;那秋风吹来的音乐声又造成了浓郁的悲剧情调的渲染。于是,人生情境要想提升到文学的情境,就必须要有激发人们时空感兴的"留白",同时伴有相应的情绪渲染。

悲剧感是文学最擅长于表现的情感,也是最能打动人和感染人的情绪;文学在表现悲剧情绪的时候总要借助"留白"之类的空间处理技法,这样既能够将普通的人生情境提升到文学的情境,又能够调动起读者的审美想象,使之参与到悲剧性的情境领略之中。

三 时空感兴：超越人生情境的"时差"

文学表现中的空间"留白"往往可以与世事的"时差"结合在一起,那样体现出来的文学情境将格外上乘。刘禹锡《怀古》诗曰："旧时王谢堂前燕,飞入寻常百姓家。"这已经是千秋传颂的好句,其中充满着人世沧桑的感叹,诗人运用的便是"时差"法：凸显文学表现之"现在时"与缅怀和感叹的"过去时"之间无可挽回的时间差异,这样留出引人想象的余地,以便寄托思古之幽情。但有人对这两句诗并不满意,说是改为"王谢堂前燕,今飞百姓家"更有气格。这当然毫无道理,因为刘禹锡的《怀古》诗本是七言,如何随便更为五言？不过明代谢榛在《四溟诗话》中说可以改为"王谢豪华春草里,堂前燕子落谁家？"而且自我检讨"此非奇语,只是讲得不细"。我倒是觉得此改很妙,将刘诗所传达的感旧伤怀的情感表现得更加浓烈,因为他用了一个问号,将"寻常百姓家"改成了不能确定的"谁家",这"谁家"既可能指"寻常百姓家"，那就完成了刘禹锡原诗的那一层悲凉和凄恻；也可能指别的大姓人家，例如唐代的李家、宋代的赵家，那就增添了历史的沧桑意味甚至反讽意味；还可能是谁家也没有落，连燕子也没有了，那不是更加空茫虚无，更加令人怅恨无已？总之，这样一改，使得诗句在时间上既保持了"时差"的效果，又在空间上造成了"留白"的效果，时空两维的余留更能激发读者的想象力，太多方面的不确定性更强化了诗句的艺术感染力。稍嫌不足的是，谢榛的改句直用"豪华春草"，虽能反衬王谢家族败落的景象，可到底不够含蓄。

人生处在时间之中。属于人生的每一日每一时都在不停地消逝，而且消逝了的时间永远无法唤回。于是，每一个人的人生积累，其实不过是那些无法唤回的消逝了的时间痕迹的汇集，甚至只是这些消逝了的时间被岁月风干后的渣滓的堆砌。每一个人都不会愿意让自己的生命历程只是以一种淡淡的痕迹出现，也不会十分甘心自己的人生积累就那样白白地让岁月去风干，于是便常常用感叹的声腔，用怅惘的调值，带着神往的笑靥甚至忏悔的泪水，去湿润那些行将风干的残片，去唤醒那些开始淡化的记忆。由于这样的努力不可避免地要与当下的人生拉开时间的距离，而且充满着不得不然的深沉和无可奈何的忧伤，一般来说都能够顺理成章地体现出文学情境之美。

哪怕是一个普通人对于过往人生的回忆，也往往因客观上的时间距离和主观上的情感因素的作用而显得富有情趣，富有诗意；许多人走上文学创作的道路，都常常是因为往事的记忆激动着自己的心犀。巴金曾经说，当自己在写过了《灭亡》、《新生》等小说之后，忽然感到创作的源泉和灵感完全枯竭了，一度处在写作的困境之中。有一天，他似乎看到了自己大哥的背影，大哥的出现唤起了他大量的童年回忆，于是他就像"挖开了记忆的坟墓"，将自己曾经的旧家庭的生活如泉涌一般抒写出来，这就是中国现代文学史上的杰作《激流三部曲》(《家》、《春》、《秋》)。台湾乡土文学家钟肇政也是如此，他最初创作了一篇写自己婚姻生活的作品，获得刊用，以后就努力写作，但屡写屡败，成了"退稿专家"，直到他从自己的乡土回忆中挖掘出《鲁冰花》

的故事,才真正走出了创作的路数,为社会、为文坛、为读者所接纳。林海音的《城南旧事》打动了多少人,其最感人的因素不正是作家童年人生的记忆?陈映真早期的作品,也是来自"易感的青少年时代"留下的烙印,在《我的弟弟康雄》、《故乡》、《死者》、《祖父与伞》等作品中表现的"贫困的哀愁、困辱和苦闷"中,在一派"苍白惨绿的色调"中,凸现的正是青少年时代家道中落及"由沦落而来的灰黯的记忆,以及因之而来的挫折、败北和困辱的情绪"。[6]朱天文的代表作品也是《童年往事》和《外婆家的暑假》等带着亲切的童年记忆的文字。没有一个作家不曾写过自己的童年和少年,从创作的根柢上说,相当多的作家之所以写作,往往正是童年或青少年的人生往事深深感动着自己,激励着自己,催促着自己奋笔疾书。陈映真在为《曲扭的镜子》写自序时指出,自己少年时代曾按时到教会聚会、祈祷、读经,"离开教会多年,蓦然回首,才惊异地发现,自己的小说评论中,竟然有不可忽视的部分涉及自己对教会的思考和苦闷"。[7]这说明,作家自己根本没有意识到,少年时代的记忆无时不在左右着自己的写作,那几乎就是他创作生命的原动力。

以上所举的文学作品多为小说,其实在浩如星海的散文作品中更是如此。作家每写散文,除了余秋雨那种别出心裁的所谓文化散文,以及各种各样原算不上散文的学术随笔、读书笔记以及"小语"、杂文之类的而外,一般的文学散文,总是缠绕着童年的梦忆和往事的回味;随便打开一本文学散文集,人们都能发现作家们其实谁也无法逃脱昔年往月人生经历的执著乃至执拗的纠缠。

文学作品表现的昔年往月的人生情境,之所以能够感动作家自己同时也能较普遍地感动读者,是因为这样的人生回忆拉开了与现实的时间距离,这种时间距离提醒着每一个人:逝去的人生永无挽回的可能;从而唤起人们对于往事悠悠、日月匆匆的怅惘感兴,于是自然地产生了认同,产生了美感。运用时间的距离将人生情境升华到文学情境,也就是在文学构思的意义上与人生现实打"时间差",或者制造和开发"时差",这是文学创作的常见手法。

"时差"的开发和运用所以能使文学移人性情、感动读者,如前所说,是因为时间距离的拓展能强化某种人生体验的悲剧感,让时间的流逝这种任何人都只能徒叹奈何的现象表现于较为一般的人生体验,从而唤起人们的情感认同。既然是任何人都无可奈何,则任何人都会唤起这样的认同,审美的普遍性因此便得到了凸显。古人早已明瞭这一点,虽然他们并不能明确说出其中的道理。《世说新语》记载:"谢公问诸子弟:'《毛诗》何句最佳?'玄曰:'昔我往矣,杨柳依依。今我来思,雨雪霏霏。'"被晋代名贤称为《诗经》中最佳诗句的这几句乃出自《诗·小雅·采薇》,其实从人生经验方面说它表现的故事相当一般,不过是一般的离乡背井,比贺知章《回乡偶书》中所写的"少小离家老大归,乡音无改鬓毛衰。儿童相见不相识,笑问客从何处来"的感叹要普通得多。谁没有离开家乡的经历? 只不过离开的时间长短有别。"少小离家老大归",相隔的时间比较长,而"杨柳依依"时的"昔我往矣"到"雨雪霏霏"的"今我来思",也不过几个寒暑的间隔,即经历了一场打败"狎狁"的战争,而且从诗中所表现的势如破竹的战斗场景也可知,离家的时间并不是十分长久,这样的经验应该说并不特别引人注目。但诗人——凡是感叹这种离家赋归情形的诗人,都强调离家之前和赋归之时的情景之异,从而强化了时间的距离感,唤起人们对于逝去的年月作徒劳的悲悼。这种对于逝去的岁月的悲悼同抒情主人公"我心伤悲"的凄楚相映成趣,使得看似平常的离乡经历通过情感的夸张呈现出巨大的情绪落差:原是"杨柳依依"的春风得意,现在变成"雨雪霏霏"的悲冷落寞,时间的距离在情感的夸张中被扩大,人生的悲苦情境在这种时间距离的处理中得到了有效的渲染。

对岁月流逝的感慨,常常就是这样与萧瑟、落寞的心情联系在一起,才显得特别动人,特别富有诗意。感叹岁月的流逝,孔夫子有著名的"逝者如斯,不舍昼夜",但人们一般不将这一名言当作诗句和文学情境加以引用或引述,而是当作一条真理和一则经典名句,因为孔夫子的感叹中并不特别显现出人生悲剧感所特有的感染力,而且它表现的是"当下"的情境,没有拉开足以移人性情的时间距离。

人们乐于引用的感叹岁月流逝的诗句除了上述《采薇》中的那几行经典外，还有典出晋代大司马桓温的"木犹如此，人何以堪"的千古感叹，仍然是充满着萧瑟、落寞和悲凉。刘义庆在《世说新语·言语》中曾有描述：

> 桓公北征，经金城，见前为琅邪（太守）时种柳，皆已十围，慨然曰"木犹如此，人何以堪！"攀枝执条，泫然流泪。

说的是晋太和四年（公元369年），桓温统帅军队北伐，大军途经金城，这正是他37年前任琅邪太守之地。看着自己当年手植的柳树已经大到十围之数，苍凉之感便油然而生，"人何以堪"的万千感慨伴和着人生迟暮之叹成了千百年来人们反复咀嚼的经典意趣。百余年后，南北朝诗人庾信基于此一番感叹写作《枯树赋》，将桓温大司马百多年前的心情抒写得更加悲凉："昔年种柳，依依江南。今逢摇落，凄怆江潭。树犹如此，人何以堪！"

一般都将这首感叹之作理解成感时变之快，其实从"今日摇落"这一关键句可知，这是诗人心情衰颓的表现和悲叹。树木都"摇落"、凋零了，"人何以堪"？显然更加易于偏枯、衰朽。正是这样一种悲凉的感叹，唤起人无限的同情：因为每一个人都会深有同感，志趣再高远、能力再伟大的人也不可能不正视岁月的流逝。当人们对于岁月流逝的悲哀和无可奈何被唤醒之后，任何关于岁月无常的诗性夸张都能够得到认同；虽然时间的距离明显被夸大了，可人生的沧桑感会让每一个读者认同这样的时间距离。

及至南宋，词人辛弃疾在其名作《水龙吟·登建康赏心亭》中又重温这样的苍凉与悲伤："可惜流年，忧愁风雨，树犹如此。倩何人唤取，红巾翠袖，英雄泪。""豪放派"词人从"可惜流年"的"忧愁风雨"中窥见了"英雄泪"，"婉约派"词人则从"人何以堪"的悲凉情境中揭示出人生的摇落。姜白石在《长亭怨慢》（中吕宫）的小序中直言："桓大司马云：'昔年种柳，依依汉南。今看摇落，凄怆江潭。树犹如此，人何以堪？'此语予深爱之。"——他没有强调所引诗乃庚信《枯树赋》之发挥性文本。不过他在这首词中,以更为隐晦的笔法表达了树木与人情的联系:"远浦萦回,暮帆零乱向何许?阅人多矣,谁得似长亭树?树若有情时,不会得青青如此!"如果说从桓温到庚信采用的是正喻手法,将树木的荣枯与人生易老按照某种正比例方式进行比附,则姜夔采取的是反比喻策略,将人情的迟暮、落寞与"青青如此"的长亭树作反向比对,以树木的无情来反衬人的伤情。

用无情的树木反衬人物的伤情,这样的笔法在归有光的《项脊轩志》中也有明显的表现。作者以简约而有力的笔触描写项脊轩这个百年老屋的韵致,包括"三五之夜,明月半墙,桂影斑驳,风移影动,珊珊可爱"的情景,更主要的是充满情感地忆述自己和与这座老屋相关的已逝亲人的音容笑貌,这些亲人已然作古,但老屋尚在,特别是庭前的树木尚异常茂盛——"庭有枇杷树,吾妻死之年所手植也,今已亭亭如盖矣"。这样的反向比对,既在一种悠久的时间距离上突出了岁月之沧桑、人生之无常,又从情绪上反衬了作者情感的悲苦和心境的苍凉。

这样的文学情境在叙事性文学中常常被采用,往往是小说家渲染怅惘、忧伤情绪,感叹人生悲凉的常用手段。金庸《倚天屠龙记》中《百岁寿宴摧肝肠》一章,叙说到张三丰为解张无忌身上的玄冥神掌寒毒,带他到少林寺,旧地重游,回忆起八十余年前师父觉远大师挑一对铁水桶,带郭襄同自己逃出少林的往事,但见五峰依旧、碑林依旧,想到觉远、郭襄诸人早已不在人间,不免感慨万千,恍若隔世。这样的情绪渲染在小说创作中非常普通,因为各路小说家都已了解,岁月悠悠的"时差"能够有效地激发起人们的沧桑感、悲剧感和摇落、怆然之感。

这种种感触在陈子昂的《登幽州台歌》中得到的是另一番表现。梁实秋在一篇读书札记中提到,一友人读此作,认为这首脍炙人口的千古绝唱最关键的乃是一个"独"字:

前不见古人,

后不见来者。

念天地之悠悠，

独怆然而涕下。

　　梁实秋所说的那个友人认为，陈子昂最厌恶建安之后诗风的浮华，"古人既已远不可见，无法相会相谈，而当今之世，只有自己一人……晚一辈的诗人，也多半走向新浮华派"，这就是他登幽州之台，不见古人与来者，"独"怆然涕下的原因。梁实秋对友人的这一解释有所保留，认为陈子昂纵有杜审言"恨不见古人"的恃才傲物，"但何至于前不见古人呢？"[8]梁氏此问似无太多道理，"前不见古人"其实就是"恨不见古人"，按其友人之说，建安以前的风骨人物在陈子昂看来正是"已远不可见"。而且这位友人刘中和先生将此歌最重要的字理解为渲染孤寂的"独"，也算是把握到了诗歌的神髓。问题是解诗者太拘泥于陈子昂的人生情境，——对于陈子昂这样的诗人来说，他对于当时文坛的感受其实就是他所处的人生情境。无论是梁实秋还是刘中和，都似乎要将此歌所表现的情境与作者人生情境中的所思所感——对上号，这才放心，才觉得有根有据。其实完全不必。诗歌表现的文学情境与作者自身的人生情境可能会有相当的联系，但人们的理解如果过于拘泥，往往会既失诗作内涵之要旨，又难免不附会历史事实。

　　只要设想一下便能明白，如果陈子昂的这一诗歌只是表现陈子昂自己的人生情境，它何以能千百年来引起历代读者那么多的共鸣？任何一篇文学作品在写作之时显然都不同程度地反映着作者的人生，是作者人生情境的一种投影，但一旦作品已经成形，这种人生情境的投影便已成为文学情境，必然与作者的人生情境拉开了相当的距离；虚构性的文学如小说之类是这样，即使非虚构性的散文表现也是如此（几乎可以说没有任何一篇散文在事实的记叙方面完全是生活实际的实录，丝毫没有加工、组织、整理和渲染），至于诗歌，如《登幽州台歌》之类，是诗人情绪的表达而非人生境地的写实，虚构性自不在话下，哪能循着作者情绪的表达试图去坐实作者的人生情境？陈子昂即使真的如梁实秋友人所说因在现实的人生情境中感受到"前不及古人后不见来者"，也不至于将这种感受完全借登幽州台写诗作歌之时和盘托出。他登上幽州古台，固然有相当多的人生感受需要进行文学表述，但在进入文学情境之中的时候，他的思绪必然超越现实的人生情境，必然拉开与人生体验的距离，一切思古之幽情，各种前路之焦虑，都会奔涌而至，且联翩于脑际。至少，他的这番歌吟尚包括屈原《远游》的意绪和情致："惟天地之无穷兮，哀人生之长勤；往者余弗及兮，来者余弗闻。"这种古意悠悠的"太息"显然给陈子昂以莫大的启发，相信还有许多诗性修养强化了诗人"人生天地间"的孤独怆然的感兴。后人又怎能将《登幽州台歌》的文学情境与陈子昂本人的人生情境及其相应的感触作简单比附呢？

这首歌诗的动人心魄之处不仅在于超越了诗人的人生情境，汇聚了古往今来关于天地悠悠、孤独怆然的诗性感叹，更在于它在时间概念上开辟了十分空灵的空间，从而拉大了与人生情境的距离。"前不见古人"，是旷古的时间回溯，"后不见来者"，是渺远的时间延宕，当前所见只能是"天地之悠悠"，同时又是时间的飘忽不定、不可捉摸，所有这样的时间界定都使诗歌表现的文学情境远远疏离了作者当时的人生情境；这样，读者真正理解它或大致走近它的惟一途径，便是领悟作者所沉浸的同时也是作者希求表达的诗性感叹，而不是弄清作者叹息的具体人生内容。

这首歌除了在时间距离意义上的"时差"处理外，还同时采用大幅度的空间"留白"的诗法，使得诗歌在时空交错、时空混沌的状态中更疏离了任何人生情境，并笼罩着一层似真似幻的朦胧与苍茫。诗歌的"前不见古人"、"后不见来者"也未尝不可理解为方位关系，"天地之悠悠"更可以视为空间的无际无涯，于是整首诗的文学情境又可以说是在一个莫大的难以把捉的未知空间展开的。不可捉摸的时间与难以把捉的空间强化了人生的虚渺感和孤独感，印证了人生的无奈和无助，一如《古诗十九首》之三所吟："人生天地间，忽如远行客。"于是只有"独怆然而涕下"了。

人们在用"时差"处理的方法超越人生情境而进入文学情境的时候，早已掌握了夸大人生情境与文学情境"时差"的奥妙,并常常乐此不疲地加以运用,所取得的文学成果甚至在各民族的文学历史上都相当可观。

在中国,"山中方一日,世上已千年"的传说,典型地体现了先民从"时差"的角度试图超越人生情境而企求在文学情境中获得自由的审美心性。据南朝梁代新安太守任昉著《述异记》卷上所载:"信安郡石室山,晋时王质伐木,至见童子数人,棋而歌,质因听之。童子以一物与质,如枣核,质含之不觉饥。俄顷,童子谓曰:'何不去',质起,视斧柯烂尽,既归,无复时人。"说的是晋朝伐木人王质到信安郡(今浙江省衢州一带)的石室山伐木,看到几位童子对弈、歌唱,王质便在一旁赏听。有童子递给他一个东西,像是枣核,王质将它含在嘴里便不觉饥渴。过了一会儿,童子提醒他应该回家了,王质这才发现这不大一会儿的工夫,伐木斧的木柄已腐烂而尽。回到家时,当年认识的人都已经没有了。郦道元《水经注》则更是言之凿凿,说是事情发生在"晋中朝时",王质在山中所见为"童子四人"且"弹琴而歌",当王质在仙童提醒下回到家时,"计已数百年"。无论是千年还是数百年,这篇传说安排了人类可能进入的两个不同的时空,一是现实人生,一是仙境仙地,两者之间像"相对论"所演绎的那样存在着不同的时间秩序;一个现实的人误入仙境仙地,便进入到另一种时间秩序之中,再返回原来的人生情境,则巨大的"时差"就被凸显出来。

发生在烂柯山的"时差"虽然有些荒诞不经,不过随着科学技术的发展也并非完全没有可能,据说宇宙飞船如能接近光速,也就是说进入到所谓的宇宙速度,时间就会变慢,类似的"时差"真会出现。接近光速的宇宙飞船说花费差不多56年的时间就能够绕着我们现在所知道的宇宙范围转一圈,而地球时间则需要数百亿年。不过无论这类"时差"是否真的存在以及如何发生,展现在神异传说之中的这种"时差"确实很容易将人们带入绚丽多姿的哲学的和文学的情境。人们可以从这种时间和空间的相对性中体悟到某种深刻的人生哲学思想,这种思想的精微化与深彻化甚至可能通达爱因斯坦"相对论"的哲学层面,甚至也可以通达宗教层面。佛家经典《华严经》在《寿量品》中有这样的说法：

> 此娑婆世界，释迦牟尼佛刹一劫，于极乐世界阿弥陀佛刹，为一日
> 一夜；极乐世界一劫，于袈裟幢世界金刚坚佛刹，为一日一夜；袈裟幢世
> 界一劫，于不退转音声轮世界善胜光明莲华开敷佛刹，为一日一夜；不
> 退转音声轮世界一劫，于离垢世界法幢佛刹，为一日一夜；离垢世界一
> 劫，于善灯世界师子佛刹，为一日一夜；……

仅以此推算，若以五百年为一劫，则娑婆世界的五百年不过相当于善灯世界
师子佛刹这一崇高世界的 180000 的五次方分之一天而已。如此巨大的时
间差，令人难以想象。

当然人们念念不忘的主要是这番传说所带来的文学情境，它让人感叹
人生之短暂无常，感叹世事之疾变沧桑，感叹精神还乡的艰难，感叹一种永
难摆脱的异乡人的孤独和寂寞。唐代诗人刘禹锡《酬乐天扬州初逢席上见
赠》吟诵道："巴山楚水凄凉地，二十三年弃置身。怀旧空吟闻笛赋，到乡翻
似烂柯人。沉舟侧畔千帆过，病树前头万木春。今日听君歌一曲，暂凭杯酒
长精神。"运用烂柯之典，表达出了比"百年多病独登台"还要忧伤和愁苦的
落寞情怀。同是在这一经典传说中，朱熹则体味到了超脱人间纷争、向往宁
静悠闲的诗绪。他在《游烂柯山》中吟道："局上闲争战，人间任是非。空教
采樵客，柯烂不知归。"抒写了一种清通超越的名士情怀。

这种超脱世俗纷争、向往宁静悠闲的情绪其实在陶渊明的《桃花源诗并
记》中有着更为卓越的表现，重要的是，陶渊明创造了另一个关于"时差"的
经典传说：晋太元中，一位以捕鱼为业的武陵人缘溪而行，忽逢一处桃花林，
林尽水穷，便得一山，山有小口，舍舟独身进去之后，但见豁然开朗另一世
界。在这里，男女衣着，悉如外人，黄发垂髫，并怡然自乐，原来是避秦乱的
古人来此绝境后繁衍的一个"与外人间隔"的小社会，他们"不知有汉，无论
魏晋"，对于外界的纷乱与沧桑，唯有"叹惋"而已。其实"叹惋"的还有诗人

自己,桃花源内的世界与外面的世界不仅空间迥异,而且时代不一,这样的时空距离,怎不令人太息不已!有趣的是,他在所记中让人们重寻旧径,却"遂迷不复得路",使得这样的时空差异越发显得扑朔迷离、恍惚无常,那如醉如梦的时空感兴,与烂柯山的传说庶可媲美。

"山中方一日,世上已千年"的"时差"构思法,在许多民族的神话传说中都相通。这似乎可以说明,人类的文学创作思路都比较趋近,都知道引进"时差"处理法可以有效地将人生情境提升到文学情境。

被誉为"美国文学之父"的华盛顿·欧文(Washington Irving)在其名作《里普·范·温克尔》(Rip Van Winkle)中就以迷人的笔触叙写了烂柯山传奇的美洲版,虽然那个叫里普·范·温克尔的美国人误入仙境后在仙人山谷看到了更多更稀奇的玩艺,包括造成人间轰轰雷鸣的九柱戏的游戏,但他还是在倏忽之间忘乎所以,及至回到故乡,已经若干年过去,美国的政治格局也已发生了巨大的变化,尽管并没有达到"无复时人"的惨境,但也有"不知有汉,无论魏晋"的苍凉。这部小说自1912年搬上银幕(中国译成《睡谷传奇》)以来,在世界范围内形成很大影响,成为一个世界性的经典。

日本也有类似的故事,只不过发生故事的空间不再是山中,而是龙宫。但"时差"处理的思路仍然相似。这个故事就是《龙宫传奇》,说的是:很久很久以前,有一个心地善良的年轻渔夫,叫做浦岛太郎。有一天到海边去捕鱼,发现一群顽皮的小孩子正在拿着木棒和石头打着一只可怜的大海龟。浦岛太郎用钱向他们买下这只海龟把它放回海里。那只大海龟为了报恩,就主动背浦岛太郎去龙宫游玩,连美丽的龙王公主也来接待浦岛太郎。从此以后,他每天吃着山珍海味,穿着华丽的衣裳,舒舒服服的在宫里住了下来。就这样快快活活过了三年,浦岛太郎要求回家。他又坐在海龟的背上,回到想念已久的故乡。但是村子的景象和以前已经完全不同,而且再也找不到一个熟人,原来已经过去了三百年。这虽不是烂柯的悲剧,却有亡乡亡家的痛苦,给人的苍凉感、沧桑感同样深切。于是到20世纪乃至21世纪的台湾,一个叫朱天心的小说家对此还念念不忘,写下了《从前从前有个浦岛太郎》这样的名作,刻画特定时期恐怖的岁月留痕。朱天心似乎特别喜欢用"从前从前"这样的叠语,《想我眷村的兄弟们》一作也说"从前从前",这成了她的口头禅。是有意取代"很久很久以前"这样的俗套话,还是为了别出心裁地强调故事年代的久远?反正,这位女作家特别懂得"时差"之于文学情境营造的重要性。或许浦岛太郎式的传奇在年轻的文学家看来确实悲怆感人,同样是朱家女儿的"文坛姊妹花"的另一枝——朱天文,在一篇怀念张爱玲和胡兰成的文章中特意提到她妹妹的这篇小说,以及浦岛太郎传说中充满忧伤的结局。

　　无论从作者还是读者的角度看,时空感兴都是文学审美的一个可靠的途径。时空距离的合理安排,包括空间意义上的"留白"法和时间意义上的"时差"法,皆是使一般的人生情境上升到文学情境的可靠方法。不过,文学现象是复杂的,有的文学家甚至有的文学派别,并不十分主张人生情境与文学情境的分离,而是主张将二者合一,如欧洲19世纪末20世纪初兴起的自然主义思潮,包括以"私小说"为代表的日本自然主义文学思潮,就持有类似的主张。不过,它们是在比较先锋的意义上立意于对美的消解,因而尽管有其合理的成分,尤其理论的和文学的价值,但并不适用于崇仰美、欣赏和追求文学之美的一般读者。

注 释

〔1〕《生命中不能忍受之轻》,第79页,台湾时报出版公司1995年版。

〔2〕《文艺理论译丛》1958年第1辑,第149页。

〔3〕 也叫"淮北琴书"、"泗州琴书"。流行于安徽省淮河、涡河两岸及合肥等城市。一般认为是由鲁西南传入泗县后与当地老凤阳歌等小调结合而成,与山东琴书、徐州琴书有一定的渊源关系。一至数人演唱,伴奏乐器有扬琴、坠胡、三弦、琵琶、檀板。曲调有慢板(四句牌子)、悲调(苦条子)、流水、垛子、凤阳歌、流水连句(包括大连句、小连句、贯口连句)。传统曲目有《说唐》、《反唐》等长篇,《水漫蓝桥》、《十把穿金扇》等中篇作品。

〔4〕 杭嘉湖一带的越剧水路班子往往以嘉兴为中心,为集散地。

〔5〕 朱天文:《自序:花忆前身——记胡兰成八书》,第 75 页,台湾麦田出版股份有限公司 1996 年版。

〔6〕 陈映真:《试论陈映真》,《鞭子和提灯》,第 4 页,台湾人间出版社 1988 年版。

〔7〕 陈映真:《一面严重歪扭的镜子》,《鞭子和提灯》,第 37 页,台湾人间出版社 1988 年版。

〔8〕 梁实秋:《"登幽州台歌"》,《梁实秋札记》,第 161—162 页,台湾时报文化出版公司 1978 年 10 月初版。

第八讲

作家的人生体验与文学创作

奇闻轶事:人生体验的丰富性

"前25年":人生体验的深刻性

各种乖谬的认知

文学的虚与实

文学的魅力诚然在于对人生情境的超越与克服,与此同时展示出不同于凡俗的美,但是这绝不等于文学可以独立于文学家的人生之外。诚如上一讲所说,文学情境既在于与人生情境拉开一定的时空距离,又在于克服这种距离的努力之中,这正是文学脱离不了文学家人生的一个原理。文学与人生的关系,应该具体到文学作品的创作与作家人生体验的关系加以讨论。在这一方面历来就有许多文学理论家乃至一些不怎么懂得文学理论的好事者非常感兴趣,涌现出了不少真知灼见,不过更多的往往是谬误。

一 奇闻轶事:人生体验的丰富性

有关文学家的人生体验与文学创作之间的密切甚至微妙的联系,好事者传播了或者说编出了许多煞有介事的故事,包括一些文学家稀奇古怪或特立独行的传说。例如,德国诗人席勒(Johann Christoph Friedrich Von Schiller,1759—1805)如何有一种怪癖,即习惯于将腐烂的苹果放在写字台的抽屉里,一边闻着那臭苹果不断散发出来的腐烂味一边进行文学创作,据说这对于刺激他的灵感有奇效。诗友歌德(Joharln Wolfgang von Goethe,1749—1832)有一回来拜访他,差点没被烂苹果的恶臭熏倒。还有写《基度山恩仇记》的大仲马,如何恪守自己的规矩,坚持用蓝纸写小说,用黄纸写诗,用玫瑰色的稿纸给杂志写稿,又是如何喜欢半躺在沙发上,用枕头垫着手腕才能进行构思和创作。而与之形成鲜明对比的是美国小说家海明威,他习惯于站着写作,而且总是用一只脚站着,认为这种姿势能让自己处于一种紧张状态,迫使自己尽可能精炼地表达文学构思和人物对话。据说英国作家法勒也是如此,一辈子都是站着写作。还不仅是这些,据更杰出的法国小说家小仲马说,大仲马一到深夜就会大吃大喝,不知是否有意,反正这样他就吃饱了撑得无法入睡,只好不停地写作,因而成为世界上最高产的作家之一。还说有一些作家为了躲避名声的鹊起不得不使出损招。列夫·托尔斯泰因《战争与和平》风靡文坛,访客和崇拜者蜂拥而至,为了能够安心写作,便让人对外散布托尔斯泰去世的消息,终于使自己安静下来,写出了一部传世之作《复活》,这才舒了口气让自己也在世人面前"复活"。也有人说冯玉祥读书相当刻苦,曾在当士兵时,为能晚上读书,又不影响他人睡觉,就找来个大木箱,开个口子,把头伸进去,借微弱的灯光看书。更有说他担任旅长时,驻军常德,规定自己每日早晨学英语两小时,并坚持执行。学习时,关上大门,并在门外悬一块牌子,上书"冯玉样死了",以示坚拒别人打扰;待学习完毕,又将门牌换成"冯玉祥活了"。此一传言,如系杜撰,一定是受到托尔斯泰的启发。为了节省时间,还有更妙的办法:法国大作家维克多·雨果还曾有这样的烦恼,为了避开日益繁忙的社交活动而专心创作,便毅然将自己的头发和胡须分别剃去一半。这样的一副令人恐惧的滑稽相自然不适合出席各种聚会,来访的客人见了也十分不舒服,于是他为自己赢得了安静。

这些琐琐碎碎、似幻似真的故事确实无不连接文学家的人生与文学创作这两端,但它们所表述的不过是名人的奇闻轶事,所说明的作家人生与其文学成就之间的联系是那么肤浅、那么流俗,对于阐述文学与人生的理论关系没有多少实际意义。世界上从古到今文学家不计其数,他们的人生之丰富多彩更是难以尽述,用这样的琐碎和特别的事例解释文学与人生的关系,不仅会流于肤浅、俗气,而且会让人对于文学与人生这种深层关系产生一种误解,好像是只要如此特立独行甚至行为怪异,文学的灵感和文学的技能就随之产生。

因此,解析文学与人生的关系,并不是只要有了作家人生和文学创作两方面的有趣例证就能够完成。这些例证必须非常有效力地论证文学与人生的深刻而复杂的联系。作家的人生与其文学创作的关系其深刻性和复杂性,往往不是名人轶事所能够阐述清楚的,它往往深彻到作家的生命记忆甚至人类族群的集体无意识层次。

这就是说,即使是那些能说明作家的人生体验与其某一具体创作发生直接联系的故事,也同样不能很好地阐述文学与人生的深层关系。

在上述一类的作家奇闻轶事中,故事的主角常常有大仲马,另外还有两位法国杰出的文学家福楼拜和莫泊桑。这些故事总是让福楼拜很称职地扮演莫泊桑的老师的角色。强调文学必须与人生体验发生异乎寻常之关系的人言之凿凿,说福楼拜如何让甘愿拜倒在他门下的莫泊桑只管去观察一个看门人的特点,一而再、再而三地观察出那个看门人与别的人甚至别的看门人有什么不同;还有人说一位诚心拜师学习写作的人却因为初次登门没有答得上他一共走了多少级台阶而受到作家导师的迎头训斥。这种拘泥于细节的艺术人生观对文学与人生体验之间关系的理解,如果不是故弄玄虚,就是含有太多的误解。文学与作家的人生体验确实存在着很紧密的联系,但不一定非得如此琐碎,如此诡秘,如此锱铢必较,如此让文学家自己看来都战战兢兢,好像一举手一投足都必须非常符合"文学"法则。

文学创作当然需要人生经验作为基础,作为资源,作为素材,但人生经验也不过仅仅就是文学的基础、资源、素材而已，要经过各种各样的情感发酵、思想提炼甚至生命体悟、潜意识过滤等等处理过程，才可能成为文学表现的对象和内容。因此任何有意为之或刻意为之的人生体验，离文学表现的直接内容都还有相当的距离，那种"急用先学，立竿见影"式的人生体验对于成熟的和感人的文学形态而言并没有很大价值。只有那些不知文学为何物的人才会把人生实践的临时的、琐碎的体验当做文学创作的有效经验加以对待或者加以运用。

台湾《东森新闻报》网站于2003年7月6日发布消息，说有一少女名小洁者顶着"文艺女青年"的名号下海卖淫，自称是为了"找寻写作灵感"云云。另说由四格漫画改编成电视剧的《涩女郎》一炮打响以后，成了炙手可热人物的原作者朱德庸也坦承，自己的创作灵感是从"偷窥"中得来的，平日除了仔细观察生活中每个人的一举一动，穿什么、做什么都要纪录，甚至还因此添购了一套设备齐全的望远镜器材用于窥视。据说也有自称文学青年者行窃被抓，并向警方辩称自己是为了体验小偷的生活与心理而偷窃的。国外还曾传有人因为要写狱中生活而不惜自投罗网自求囚禁，如此等等。这样的事情想来并不完全虚诬，当事人的如此坦率也算是"精诚可嘉"，但如果认为这样的举动就是文学创作灵感和内涵的保证，则是大谬不然。正像一个作家描写死亡并非一定得去死他一回，作家们去描写小偷、妓女、囚犯的生活与心理，大可以通过逻辑性的人生况味和间接性的文化、文学积淀去进行，重要的是写出人生逻辑的合理发展和情感体验的真实可靠，而不在乎现场感的细节如何逼真。问题的关键是，既然没有这样的人生经验，为什么一定要刻意搜求这样的人生经验再去写作？一个文学家的写作应该是一个自然地、水到渠成地呈现自己人生经验及相关感受的行为，或者在理论上将这种呈现的愿望表述为创作冲动；没有这样的人生积累，没有这样的呈现的资本和愿望，也即没有这样的创作冲动，其实也就等于没有创作的理由。当一个人不惜用名誉乃至生命为代价去做一件根本就没有理由去做的事情的时候，除了值得同情和怜悯之外还能得到崇敬和感佩吗？

作家的人生体验与文学创作的联系是深刻的、复杂的,一定的人生经验特别是富厚的人生积累是作家文学创作的基本资源,这往往能决定一个作家最基本的文学创作内容;一定的人生经历和人生境况也可能成为作家文学价值观念的基本依据,也往往可以决定一个作家的基本价值倾向和流派特性;一定的人生趣味及其养成的审美趣味常常成为作家诉诸于文学表现的风格。法国文学家布封(Buffon)在他的不朽名著《论风格》中提出了一个著名观点:"风格即人"。其实就文学风格来说,它更是作家人生的一种直接的体现。

二 "前 25 年":人生体验的深刻性

将文学定位在与作家的时时刻刻的人生体验都有密切关系的说法,其实可能是对文学创作心理比较陌生的体现,同时也是对文学与人生关系理解得最为简单的表现。一些杰出作家在这方面已经醒悟到,作家的人生体验与其文学创作直接发生关系的部分可能相当少,而且这种关系并不应该像上述故事中所说的那样是一种刻意安排的结果。

被誉为"二十世纪小说家中最会、也最专注于说故事"的英国小说家格雷安·葛林(Graham Greene),其四本小说《喜剧演员》、《布莱登棒棒糖》、《爱情的尽头》和《沉静的美国人》,在中国大陆影响不是很大,但在台湾受到过热烈的欢迎,拥有很大的读者面。在《喜剧演员》一作中更有一个精彩的观点引起了朱天文等台湾作家的极大兴趣,说是作家的前 20 年的人生就能涵盖他的全部经验。爱尔兰作家乔伊斯(Joyce)则说是前 25 年。此年龄过后的作家便只有观察世界,他写作的最大的冲动和最感动人的人生底蕴只是存在于这 20 年或 25 年的体验中。这样的说法是否绝对化了一些,似可以探讨,不过他确实说出了文学历史的一种比较普遍的现象。几乎所有作家最重要最感人的作品,其创作素材,其人生观察,其生命感兴,都差不多是从人生的青少年时代积累而成,少数作家依然对中年及中年以后的人生体验保持着良好的表达愿望，但大致都不能比反映青少年时代生活积累的作品更加卓越，更加感人。《红楼梦》成为中国文学的伟大经典，是曹雪芹披阅十载、终其天年都未能完成的杰作，可其中所写的也只是作家少年生活的记忆。对于千千万万、世世代代的读者来说，体现为贾宝玉经历的十几年大观园人生也就意味着作家曹雪芹一生经验的全部。托尔斯泰最优秀的杰作《复活》，所根据的也是自己青少年时代的人生经验，以及由这种经验激发出来的灵感与冲动。几乎大多数作家的杰作其基本灵感和创作冲动都形成于各自青少年时代的人生体验。由于人在青少年时代的心理比较单纯、稚嫩，受到相应的刺激后容易形成深刻的印象，甚至成为一种心灵的郁积，成为一种"情意综"或曰"情结"，因而作家在青少年时代的人生体验，总比他成年以后的人生经历印象更为强烈。这种强烈而深刻的人生印象，在作家此后的人生经历中会不断被强化、被深层化，对他们的创作心理构成沉重的压迫，或者构成汹涌的迸发欲，从而会执拗地出现在他们终其一生的创作活动中，像幽灵一样排遣不开，摆脱不了。大多数研究鲁迅创作的人都不会否认，鲁迅作品包括杂文中的愤激、冷峻和尖厉，与他童年时代家道中落、饱经世态炎凉和人情冷暖的人生体验密切相关，而陀思妥耶夫斯基小说对人性的严厉审判也与其在西伯利亚荒原所留下的一系列阴冷、恐怖的记忆联在一起。

这种关于最初 20 年或 25 年人生体验及其与作家创作心理和文学成就的关系的理解，也可以说明这样一种文学的历史现象：大多数感人至深的文学作品都与作家童年的忧伤和青春的躁动密切相关，那种表现中年的沉寂和老年的空虚的作品，如果不与少年的孤独和青年的激情联系在一起，便会显得贫乏无味、了无生趣。因此，从某种意义上说，文学的对象和内容自然属意于人生的青少年时代。

著名作家白先勇 2000 年初春在香港城市大学演讲，盛况空前，听众们或将演讲场所围堵得水泄不通，或者通过电视收看实况。白先勇在演讲中感触最深的还是与他童年的生活积累和少年的人生体验密切相关的那些个经典之作，如《寂寞的十七岁》、《玉卿嫂》等等。一位主持人兼评论家当场分析说,这部分作品之所以受到青少年的喜爱,是因为它们写出了年轻人切身的问题,如他们面对代沟的苦恼及对爱情的执著等,从而深得他们的共鸣。[1]这样的说法可以当得起隔靴挠痒之评。如果说白先勇在20—30年乃至近40年前就已经能够"写出"21世纪年轻人的"切身的问题"以及"苦恼"、"执著"之类,那他不成了神仙一般的人?从另一个角度说,一个现代作家描写其青少年时代人生积累的作品,如果写得生动感人,仍然受到这个时代年轻人的喜爱,其原因又何尝不在于触及了当下青年的这些个切身问题?这样的诘问似乎有些吊诡,不过这种吊诡是评论家总结的荒唐性所引发出来的。其实问题并不复杂,白先勇的这些作品因为表现出了他如葛林所说的"前20年"的人生积累,这样的人生积累乃成了长期刺激着他、感动着他、催促着他进行审美表现和艺术呈现的生命要素;他书写了这样的人生积累,同时更表现了他自己的感动,奉献出了他的生命体悟,因而不仅会赢得过去的时代的欢呼,也会赢得现时代读者的欣赏。白先勇在这次演讲中也已经说明了这样的问题:创作就必须忠于自己的感觉,"你必先要自己觉得感动,才能感动别人"。他确实是让青少年时代的这些人生积累深深感动了,然后写出来再去感动别人。其实,在受到这些作品感动的人群中,未必都是被"写出了""切身问题"的"年轻人"。一部真正经典的文学作品一般不应是只属于年轻人或特殊年龄段的人群。

台湾作家东方白写出了台湾文学史上篇幅最长的"大河小说",150万字的《浪淘沙》。也许有人会认为这样的"历史小说"只要努力搜集资料,然后根据其掌握的历史发展脉络拉伸、敷衍开来,就可以成功。但读过作家的自传体作品《真与美》,就能知道即使是写历史小说,对人生体验的要求也并非那么简单。此作的附题是《诗的回忆》,东方白用自传式的体裁写自我成长的人生经历,向读者展露自己曲折的心路历程。表面上看《浪淘沙》展现的是波澜壮阔的历史,其实在历史的演绎中倾注着作者对于人生的体认,并且体现着作者顽强的人生意志和充足的生命热量;在《浪淘沙》的写作过程中,作者甚至多次面临生存意志低迷的危险,然后凭借自己的意志力走出了危机。《浪淘沙》凭借东方白对于人生特别是人生艰辛的痛切体验，凭借作者对历史人物生命意志和悲凉情感的深刻理解，而写得相当生动甚至颇富神采。这就是说，任何真诚的文学作品，无论其题材是否涉及到作家自己的人生内容，都无法避免与自己的人生体验发生比较密切的关系；如果不将自己的人生体验及深彻的感受带进文学表现之中，即使是写历史人物也写不出生命的鲜活和情感的灵异，那样的文学作品必然会惨不忍睹。

同样，如果一个作家不是调动自己由青少年时代积淀而成的人生经验，以及这种人生经验中最感动自己同时也最缠绕自己的感受、体悟或者"情意综"，而是临时安排与写作题材直接相关的生活体验，现场获得某种经验，再将这些从未经过情绪酿造、审美过滤和思想发酵的经验生搬硬套地用到作品之中，结果只是完成了一套人生体验与文学写作的实验而已，很难取得写作的成功。

被称为"佛化文学"创作者的女作家梁寒衣，曾经被人发现隐居在台湾新店的荒山里，住一个破旧公寓，出入之径则被断壁残垣和乱丛杂草所包围。作家住处悬吊一盏古色斑斓的油灯，自己则腰束绀青带，高拢青丝，中插一柄檀木发钗，房内的榻榻米上摆着一座花型烛台。原来她正在构思一篇描写古代生活的小说，这样打扮，这般装饰，这处环境，比较容易让她进入到古代人物的内心，感受当时的时空背景。这样的创作态度相当严肃，虽然也相当浪漫，还是相当值得赞赏。应该赞赏的倒不是她为了创作古代题材的小说而刻意体验古风古味、古色古香的生活，而是她通过这种方式感受古人在特定生活状况下的情调和心理，使得自己在写作过程中不至于太隔膜，同时能从这样的生活情境中激发某种对于古人古事的灵感，使得自己的创作具有历史的和生活的灵性。如果一个作家指望靠这样预设的人生情境体验古人的生活，然后以此为写作的基本内容，那他不是过于幼稚就是过于草率地对待古人生活题材的创作。

三 各种乖谬的认知

在人生体验与文学创作的关系问题上,许多人都存在着各种乖谬的认知。不懂得文学的人误以为,既然文学创作都是人生的写照,与作家特别的人生体验联在一起,则从作品中就应该能准确无误地寻找到作家生活的轨迹,甚至能够确证作家人生的一般事迹。有一个故事这样说:因为在著名小说《基督山伯爵》中,大仲马将法国的伊夫堡描写成囚禁爱德蒙·邓蒂斯和他的难友法利亚长老的监狱,该书畅销以后,引得无数好奇的读者纷纷来到这座阴惨惨的古堡参观,古堡的看守人也煞有介事地向来访者绘声绘色地介绍那两间当年囚禁邓蒂斯和法利亚的囚室,人们的好奇心因而得到了满足,看守人也愉快地拿到了相当的小费。一天,一位衣着体面的绅士来到这里,看守人照例为他作言之凿凿的介绍,那位绅士好奇地问道:"那么说,你是认识爱德蒙·邓蒂斯的喽?""是的,先生,这孩子真够可怜的,您也知道,世道对他太不公正了,所以,有时候,我就多给他一点食品,或者偷偷地给他一小杯酒。""您真是一位好人。"那位绅士带着微笑说,一边把一枚金币和一张名片放在看守人手里,一边从容离去。看守人拿着名片一看,上面用漂亮的花体字印着:亚历山大·大仲马。

不必嘲笑那肯定很尴尬了的看守人,生活中的许多人都是这样,他们乐于循着作家所描写的内容,在现实世界里去追寻、去发现一切可以确证作家描写之真实的现象,很多像前述看守人一样的导游公司经理和导游小姐也乐得在相关景点中敷衍、延伸出与文学作品有联系的内容以吊足这些人的胃口。有意思的是,作家们往往还特别会利用人们的这般猎奇心理,而将自己虚构的故事置于人们所熟知的空间加以展现,特别是法国作家。雨果的《巴黎圣母院》将美丽的吉卜赛女郎艾丝梅拉达和丑陋却善良的"钟楼怪人"卡西莫多的神奇而曲折的爱情安排在圣母院演示;巴黎的"大饭店"(Grand Hotel)也为戏剧家和小说家竞相选为展现离奇故事的场所;巴士底监狱也是小说家们百写不厌的地方。这些都会激发起读者和旅游者莫大的兴趣。现在有关巴黎旅游介绍的小册子,一般都会把雨果的小说以及根据其小说改编的电影《钟楼怪人》或《钟楼怪侠》提出来作招引。人们走到这些地方都会想起那些文学作品,并怀着好奇想象着作品中的某个人物曾经在哪个角落做着些什么有趣的事情。殊不知作家体验的人生并不可能原模原样地搬进文学作品,作家所描写的故事发生的地点,如果对应到生活中的真实场景,也只是向现实世界假借的结果,读者信以为真一般是因为不了解文学创作的这一原理。台湾小说家钟肇政曾经宣扬过他的"骗人"说:

> 我常常说小说家都是骗人的,我写很多故事,很多书,大家不妨认为这是骗子在骗人。不过骗子在骗人比傻瓜做给傻瓜看的,还聊胜一筹,至少我在创作的时候,我希望我笔下写出来的东西能够使你相信,使你认同,使你不怀疑,如果你怀疑的话,那么我的小说就根本不必写了。[2]

在分析和厘定作家现实的人生体验与文学表现之间的关系问题上,这样的"骗人"说还是有相当道理的。

从读者这一方面看,知道文学描写的内容是虚构的,但愿意相信其真,这是一种幸福的感觉,也是文学阅读的理想之境。这里的关键词是"知道虚构"和"愿意相信",两方面相辅相成,缺一不可。如果只是知道一篇小说、一部戏剧的内容都来自于虚构,并不相信其中可能的真实性,这在阅读和欣赏心理上便形成了排斥,对于作品就缺少认同的诚意,一般来说就难以完成作品的欣赏。如果像前面所举的例子所述,对于小说中的情节甚至故事场景太愿意相信其真实性,就是不相信其虚构和假设,这就没有理解文学家的人生体验与文学表现之间的正常关系,结果造成了可悲的文学迷信。在这方面,《红楼梦》中贾宝玉的悟性显得非常之高。该书第四十三回写宝玉"不了情暂撮土为香",他乘着家里人在热闹着喝酒看戏,偷偷带着茗烟来到荒野的河边,见到水仙庙,便准备借此拜祭死去的金钏。茗烟当然不知道他的心思,问他往日最讨厌这水仙庵的,今日如何会来敬香,宝玉答道:

> 我素日因恨俗人不知原故,混供神混盖庙,这都是当日有钱的老公们和那些有钱的愚妇们听见有个神,就盖起庙来供着,也不知那神是何人,因听些野史小说,便信真了。比如这水仙庵里面因供的是洛神,故名水仙庵,殊不知古来并没有个洛神,那原是曹子建的谎话,谁知这起愚人就塑了像供着。今儿却合我的心事,故借他一用。

这对于人生体验与文学创造的分寸把握得便非常之好。他知道水仙和洛神都是曹植虚构出来的,俗人和愚妇们则不知道虚构的道理,不仅信以为真,而且盖庙庵祭供,可谓迷信之至;但宝玉同时又觉得水仙虽出于杜撰,也未尝不可用来寄托自己对于金钏的怀念、歉疚和哀悼之情,于是又很愿意相信这水仙庵能够达诚申信,故而虔敬如仪。

如果说对作家人生体验与文学创作关系的上述误解,包括将文学等同于人生甚至神化文学创造物的迷信现象,都主要发生在一般读者身上,则下面一种关于即时性的人生体验就能直接作用于文学创作的误解,则多出自于文学家自身。有的人确实相信,临时的和刻意安排的人生体验,对于文学创作能够很有效用。他们不知道直接的、临时的文学经验由于没有经过作家情感的发酵,没有经过作家生命之火的冶炼,没有经过岁月的淘洗和过滤,是无法成为高质量的文学描写对象和文学表现内容的;勉强用它来充任文学资源,所创作出来的作品也不会有很强的艺术感动力和生命力。有些作家常常试图离开自己的人生积累而进入创作状态,特别是离开自己对于社会人生的最初最生动的体验,进入到"现实性"创作之中,甚至是为了创作才去临时"体验生活",这样的创作也可以完成,但有多少感动人甚至感动自己的地方,是否能成为比较经久的力作和佳作,都很值得怀疑。现代中国文学史上曾经有过不少关于这个命题的正反两方面的例证。著名作家巴金一开始创作小说《灭亡》、《新生》等作品,表现那个时代的热血青年对黑暗社会作无政府主义式的反抗,以及围绕着反抗斗争展开的个人恩怨和爱情纠葛,但总觉得越写越不得劲,以至于感到创作资源枯竭,创作之路似已到头。据作家本人回忆,就在他为再写什么而陷入苦恼的关头,他的哥哥——小说《家》里大哥觉新的原型恰好来到他身边。大哥的到来像是帮他"挖开了记忆的坟墓",使他想起了大哥的人生遭际,想起了故家的各种人物和故事,想起了自己的童年和少年生活,想起了长期感动着他或是纠缠着他的那个特定时代和特定空间的恩恩怨怨、生生死死、林林总总的往事。当他描写这些往事的时候,他才真正在文学创作的境界中找到了自我,同时那些往事中深深感动他自己的情节也很容易感动别人、感动读者,于是《激流》(《家》)使他一举奠定了在文学历史上的崇高地位,连同以后的续集《春》、《秋》组成的《激流三部曲》,成为现代中国文学的经典之作。与此形成对照的是,现代著名小说家茅盾,很少用自己青少年时代的生活体验作为小说的题材,而是热衷于表现最直接的社会生活,热衷于通过调查研究、资料分析和现实体验来搜集文学素材,并以此为内容进行写作。这样写出来的作品如《子夜》等,虽然一度拥有比较高的政治地位,但很少能激发出感动读者甚至感动他自己的审美力量,因此艺术价值不是很大。20世纪90年代初,中国一些学者为编选《二十世纪中国文学大师文库》,发起评选这个世纪艺术成就最高的一百位文学大师,结果茅盾名落孙山,引起舆论大哗,特别是一些茅盾研究的学者对组织者大加挞伐,酿成一场文坛风波。从文学与人生的关系这一特定角度考察,茅盾确实算不上一个能够为现代汉语文学提供可靠经验的大文学家,评选者虽然做法有些无聊,但未将茅盾评上似无大错。不过茅盾在中国文学评价系统中地位历来崇高,仅次于鲁迅、郭沫若,以至于研究茅盾的人也能够轻松得道且"鸡犬升天"。在这种非学术的气氛中,茅盾被摒除在"大师"之外,当然会被视为大逆不道的举动。

其实,茅盾的这种现学现卖式的"体验生活"然后创作的路子,在中国以前的文学运作中可以说非常流行:一个政治运动来了,就动员作家诗人去写相应的作品,或者配合宣传的需要,或者进行正面的表现;作家如果对这样的相关政治活动以及民众生活不太了解,就会被要求打起背包到工农兵群众中去"同吃同住同劳动",尽量熟悉有关的人群及他们的人生,这样的做法叫做"体验生活"。也许这类政治运作并非没有意义,临时让文学家"体验生活"也并非没有作用,但通过这样的方式所硬性获得的人生经验是否适合于文学创作,是否能成功地转变为文学的有效资源,都还是一个问题。

当然,并不是所有的文学创作都必须倚重于作家那种与生命感知深刻地联系在一起的人生积累,有些文学创作可以通过间接的人生经验,如幻想,如阅读,或者幻想加阅读,再经过相当的艺术处理而完成。这样的创作现象也有不少成功的例证。世界闻名的美国推理小说家范达因(本名维勒·亨廷顿·莱特,Willard Huntington Wright,1888—1939),原是艺术杂志《巧置》(The Smart Set)的总编,是在纽约文学、美术、音乐圈内比较活跃的一位评论家,由于患比较严重的疾病,进行了为期两年的疗养,在此期间,经过医生同意,他不停地阅读侦探小说,据说读了有两千本。阅读过程中他积累了知识,产生了灵感,培养起了精密的构思能力和丰富的学识涵养,以此投入写作,终于成为一个成功的推理小说家,而且他的创作使得原本较为低级的侦探文学提升为高水平的文学作品。

不过这些通过幻想、推理和阅读等间接人生经验而创作的作品,包括范达因式的小说,往往是文学中的特殊品类,如通俗文学家族中的侦探小说、武侠小说、科学幻想小说、宫闱秘事小说乃至言情小说等,这些作品之所以被目为与一般的文学创作有所区别的品类,除了它们的创作目标基本上与市场行情有关而外,最主要的是作家在写作中不必调动自己最深刻最痛切的人生积累和生命体验,不必将与生俱来的人生体验的深秘非常坦诚地揭示出来,甚至不必将自己的真性情流露于创作之中,因而可以带着某种超然的游戏心态设计和处理作品中的情节和人物。

四　文学的虚与实

　　人生体验与文学创作的关系最终会牵扯到文学的真实性问题。既然文学与人生的体验有着密切而复杂的联系,文学的真实性的认知就也应该有着同等程度的复杂性。

　　人们的欣赏心理常常是这样:赏景尚虚,读书崇实。当我们置身于空气清新、优美如画的黄山,会对山上丛密的树影,对岩头奇异的山石,甚至对数峰环拥着的晴空白云,产生某种虚幻的想象,想象着那树影的婆娑掩映着无数生灵的悸动,奇石的造型演绎着远古时代无人知晓的故事,白云的变幻让人觉得脚底的大地正在浮动、上升。如果在台湾的东海岸站在礁溪的林美山上看太平洋近岸的龟山岛,那山岛的造型浑如巨型海龟翘首出水,旁若无人地向远处凝望,神态毕现,令人神往。如果游览湖南名胜张家界和浙江古地雁荡山,导游还会特地安排晚间观赏奇异山石造型的节目,那时一派夜幕笼罩着山里世界,高远的天光将山涧巨石的轮廓勾勒得生动可喜,或如人形,或如动物,或如人形与动物构成的童话故事,有时真是惟妙惟肖,趣味无限。总之,观赏自然景物,人们所重的往往是这一类虚幻之感,是恍恍惚惚、扑朔迷离、似是而非、如入仙境的感觉,它能唤起人们对于造化之鬼斧神工和大自然气象万千的赞叹;如果观赏自然景象一览无余,实实在在,丝毫不能激发人们的想象力,就会显得全无内涵、索然无味。

　　可读文学作品就不一样,很多人愿意将作家所描绘的场景、所叙述的事件、所表现的人物及其行径当作真实的或是曾有过的事实,即愿意以求实的心态进入文学阅读。特别是对叙事类作品的阅读,如果真正读进去了,则人们主要的欣赏心态不外乎这两方面:一是欣赏和关注作品中的人物的命运和情节的发展,一是欣赏和品味作家处理人物和事件的技巧与诀窍。多数人这两方面的心态会同时具备,不过也有不少的读者为叙事性文学作品所吸引,往往典型地体现着前一种心态;有时这种认同作品的真实性一如认同现实人生的观念,在较为愚昧的人群中甚至会造成文学迷信。据说原始民族对什么是现实人生的真实,什么是文学艺术的再现就根本分辨不清:

> 有一次,一位欧洲艺术家在一个非洲村落画了一张牛的素描,那儿的居民悲叹道:"如果你把它们带走,我们将靠什么生活?"[3]

将文学作品中的人物和情节等同于人生真实的读者与这种初民的愚昧是两码事,不过如果过分沉溺于文学作品的情节和人物命运之中不能自持,甚至试图在其中寻绎现实人生的真实性对应,至少是缺乏文学阅读的理性调节能力。

少数具有研究癖好、创作习惯和游戏心性的人会比较偏向于后一种心态。古人早已有了这样的自觉,认为对于读者切切不能将其注意力引向后一方面,最好是让读者完全忘我地进入作品的情境之中。因此,孟子在《万章》上篇指出:"说《诗》者,不以文害辞,不以辞害志。"他所担心的正是读书人不能沉心潜入《诗经》的观念世界和文学境界,而只是琢磨其表述的文辞妙处。在中国古典文学理论中,人们对于可能发生的"以文害意"的阅读现象都有着共同的警惕,实际上认同的是上述第一方面的阅读心态。当人们醉心于文学阅读并为作品中的人物命运和故事情节所深深吸引的时候,人们就会对这些付出自己的情感认同和心理认同,就在内心深处宁愿相信其有、相信其真。这固然对于文学作品是一大好事,但同时也可能会置作家于玩火者的地位:对于有些得不到读者认同和理解的部分,人们可能会用"不真实"、"虚假"来横加指责。

如果说,钟肇政关于小说都是骗人的说法,是对于小说家虚构自由和权利的一种强调,那么郁达夫多次引用法国作家阿那托尔·法朗士(1884—1920,原名阿那托尔·弗朗索瓦·蒂波,Anatole Francois Thi-bault)的观点,表述文学作品都是作家的自叙传的著名论断,就是对作品中内含作家人生体验的必然性的强调,两种观点其实都没有正面涉及文学的真实性问题。虽然文学创作中一般都含有作家一定的人生体验成分,但这种人生体验成分在作品中表现到何等浓度才算是体现了真实,乃是一个颇为繁难的理论问题。如果跳脱传统现实主义的理论框架,疏离凡俗庸常的真实性考量,就能明白所谓文学表现的真实性其实无法用人生的真实观加以衡量。英国唯美主义文学家王尔德(Oscar Wilde)认为,文学艺术的目的和价值都在于对"美而不真"的事物的讲述[4],这就是说,文学作品的判断标准应该是看其美不美,而不是真不真实。在传统现实主义的理论框架中曾经出现过所谓文学的真实与人生的真实这样两个命题,认为有相当多的文学现象虽然不一定符合人生的真实,但却是文学和艺术真实的体现。这样的命题对于克服文学真实性的简单化认知比较有效,可观念仍有局限:囿于以求真的价值尺度衡量文学的思路。人们固然可以在区别于人生真实的意义上看取文学的真实,不过这两种真实虽有交叉,毕竟是各成体系的两股轨道,很难彼此参照。

在对待文学的真实性问题上,文学家自身往往处于非常矛盾的境地。一方面有些作家试图让人相信自己所写的内容都是真实的披露,甚至盼望读者和评论家予以确认,在确认的基础上加以认同;另一方面有些文学家则矢口否认自己的创作与自己的人生体验有什么真实性的联系,同时阐述类似于钟肇政的骗人观。不过,在承认写作内容的真实性时,作家们一般采用避实就虚的策略,承认自己的观念情感甚至人生感触与作品中表现的人物和内容有联系,与此同时也就否定了作品情节、人物动作与作家个人的行径之间的实际联系。法国文学家福楼拜有一个豪迈的名言:"包法利夫人就是我!"作为一个男性作家,福楼拜当然不可能就是爱玛,爱玛的行为当然不可能是作家的行为,她的语言也不会是作家的语言;这样的话实际上就是宣布了他的小说杰作《包法利夫人》(又译《波娃丽夫人》)中备受人们质疑和诘难的主人公,体现了他自己的真实的人生感受,甚至体现了他自己印象深刻的人生经验。福楼拜这种挺身而出将自己与颇有争议的主人公"等同"起来,以捍卫人物乃至作品的真实性的行为,已经成了世界文学史上的经典宣言。让—皮埃尔·热奈(Jean-Pierre Jeunet)2001 年推出了自己导演的喜剧片《阿梅莉·普兰的快乐生活》,对于主人公的真实性和正当性,热奈也模仿着福楼拜的话义正辞严地说"阿梅莉·普兰就是我"。当年郭沫若创作话剧剧本《蔡文姬》,写抛下匈奴儿女、为继承父亲遗志毅然回归汉廷的蔡文姬的故事,也学着同样的话说"蔡文姬就是我,——是照着我写的"。钱钟书去世不久,杨绛写了《记钱钟书与〈围城〉》的纪念文字,其中也这样说:

> 法国十九世纪小说《包法利夫人》的作者福娄拜曾说:"包法利夫人,就是我。"那么,钱钟书照样可说:"方鸿渐,就是我。"

福楼拜和郭沫若说他们所塑造的这些个人物等于他们自己并不会引起什么歧义,人们不会真将他们当成包法利夫人和蔡文姬。不过钱钟书之于方鸿渐就不一样了,他们是同一性别,又有着类似的人生背景,本来人们就臆测方鸿渐差不多等同于钱钟书,仿照福楼拜的话这样一宣布,那岂不是更加鼓励和印证了这样的臆测? 一般来说,当人们怀疑作品中人物的真实性时,作家会以言之凿凿的例证甚至包括自我的体验来为之辩护,但倘若人们不再怀疑作品情节和人物的真实性,而且进而将这种真实性与作者本人的人生经验挂起钩来的时候,作家及其追随者这时想到的就不再是捍卫人物的真实性,而是捍卫作家自己的尊严和优雅。杨绛就是这么做的,她说完了方鸿渐就是钱钟书的话以后,用了很长的篇幅说明,《围城》描写的生活与人物同钱钟书的实际人生体验之间,虽有相当的联系,但更多的却是差异。她用归谬法写道,《围城》里说方鸿渐的家乡,出名的行业是打铁、磨豆腐,名产是泥娃娃,有人读到这里,不禁得意地大哼一声说:"这不是无锡吗? 钱钟书不是无锡人吗? 他不也留过洋吗? 不也在上海住过吗? 不也在内地教过书吗?"这下就很可能坐定方鸿渐就是钱钟书。于是有一位专爱考据的先生,竟然推断出钱钟书的学位也靠不住,方鸿渐所持的文凭乃是莫须有的"克莱顿大学"所"颁"。按照作家自己家乡的风物人情描写人物故园的景象习俗,这对于每个作家来说都是比较自然的选择,由此就让人物和作家画上等号,显然说不过去。而人物的文凭不真，就因此类推钱钟书的文凭也有问题，这更是毫无道理。不过，确实有一段时间，网络上议论过钱钟书的学位问题，倒不是这位爱考据的先生在那里自说自话。

杨绛辩说方鸿渐实际上是钱钟书的两个亲戚的合体，方鸿渐的父亲方豚翁有二三分像钱钟书的父亲，更有四五分像他的叔父；苏文纨小姐也是个复合体，她的相貌是经过美化了的钱的一个同学。杨绛说有些情节也与他们的人生经历很相像，如方鸿渐一行五人由上海到三闾大学旅途上的一段，确实当年钱钟书他们是五个人一起到湖南；这五个人杨说全都认识，可以说没有一人和小说里的这几个相似。当年她也确曾和钱钟书乘法国邮船阿多士□（Athos □）号回国，甲板上的情景和《围城》里写的很像，包括法国警官和犹太女人调情，以及中国留学生打麻将等等；鲍小姐却纯是虚构。如此等等，啰啰嗦嗦，无非是竭力拉开钱钟书与作品中的人物方鸿渐之间的距离，使他自处于安全的、尊严的和优雅的地位。

其实不必花这么大的力气说明方鸿渐并非钱钟书，因为读者虽然很想弄清楚作品中的人物与作者之间究竟属于什么样的关系，但如果作者及其家属不作说明，一般也不会幼稚到将人物与作家等同起来；哪怕钱钟书真的像福楼拜那样公开宣称："方鸿渐就是我！"读者都会明白作者的意思，无非是说方鸿渐的某种人生感受或感想是来自于作者，而方鸿渐的作为大部分其实与作者没什么关系，因而也不必由作者来对他的荒唐和尴尬负责。不要说钱钟书从来没有将《围城》表述为自己的自叙传，便是那些将创作宣布为自叙传的作家，其真正的意思也还是让读者明白作品中的主人公表达了自己的某种情感体验而已，并不是要让他们将自己与人物划上等号。在中国现代小说家中，郁达夫可以说是鼓吹自叙传说最积极的人，但他也明确反对人们"以读《五柳先生传》的心情，享读我的作品"，因为"并不是主人公的一举一动，完完全全是我自己的过去生活"。[5]

郁达夫说的这番话与他素来乐于鼓吹的自叙传说联系起来，表明他心目中有两个自叙传概念：一是作为一般创作的自叙传，只是代表观念和情感的"自叙",而不是、至少不完全是人生经验的自叙;二是《五柳先生传》式的自叙传,那是"一举一动"都"完完全全"是自己过去的生活。前一种自叙传可以说许多作家都愿意承认,而且往往是一个文学家真诚地袒露自己作品的真实性以及文学真实观的可靠途径。一位华人作家获得国际性文学大奖后不久,"美国之音"(VOA)记者初晓在瑞典首都斯德哥尔摩电视采访这位非常幸运的法籍中国人。当问到他获奖的两本小说是否都是自传性写作时,那位作家回答说:"自传不自传未必,但是有相当多自己亲身的经历,反映在作品之中。这两本书很难说是完的自传,我也不想把它称为是传记,把传记、自传进入文学,进入小说创作。但是我可以说,这两本书有很大的部分是自言自语。……很多都来自亲身的经历。经过小说还有很多必要的加工、想像。但是都有一个基础。我认为真实的感受是一个基础,否则就很容易堕入胡编乱造。脱离真实是文学的一个大忌,就是信口胡说。"

这样来解释作家的人生体验与文学创作之真实性的关系,不仅相当坦诚,而且很有说服力。要知道说这番话的是一个一门心思追求现代主义观念和创作手法的先锋派作家,他能如此重视文学表现的真实性,并且将自己的人生经历披露出来作为支持这种真实性的代价,应该说难能可贵。不过他表述的作品中体现的真实主要并不是人生经历的真实,而是他的"自言自语"的思想成分,是他的"真实的感受",这一点与郁达夫完全相通。

当代著名女作家林白,是属于那种不惜将自己"身体的真实"诉诸于写作的无所畏惧的一类,不过当有人说她创作的《玻璃虫》很像是她一段真实的生活经历时,她相当肯定地指出:"《玻璃虫》是一部虚构的回忆录,既有我真实的生活经历,又有大量虚构的内容,如果使人看上去像是真的,那可以认为是我的叙述力量的成功。""虚构的回忆录"这一概念显然是林白的发明,同时也切中了文学"自叙传"说的要害:作为文学作品,任何哪怕是被作家称为"自叙传"的东西都不可能是真正的自传,因为文学离不开虚构,连特别强调真实的"报告文学"都允许相当的虚构成分,何况小说这种以想象和虚构为基础的体裁文类。林白的访问者当时断言"卫慧她们"是把小说写成了自己的生活,这显然是误解了卫慧这些女作家的意思,或者就是中了她们自我策划、自我宣传以及商业包装的圈套。任何人的创作都不可能是真实的自传。

说到这里,应该指出郁达夫所理解的《五柳先生传》式的完全体现作者"真实"人生经验的自传并不真正存在。任何自传体文学都只能是程度不同的"虚构的回忆录"。懂得文学原理和懂得文学创作实情的人应该放弃从作家人生经验的真实性角度去判断文学的真实性如何,并且将文学真实性的理解置于作家情感体验和生活感受的意义上;对于作品中的情节,应该毫不犹豫地考虑到文学与虚构、与想象无法脱钩的先天性联系。杨绛对于文学创作中的人生经验与文学想象之间的必然联系也毫不怀疑,同时她作了这样精到的比喻:

> 创作的一个重要成分是想象,经验好比黑暗里点上的火,想象是这个火所发的光;没有火就没有光,但光照所及,远远超过火点儿的大小。[6]

虽然那些写实性比较强的文学作品并非想象的光亮一定会超过经验之火,但人们确实很难发现不发生一点光泽的火。任何人生经验一旦进入到文学记叙甚至一旦被意识到将要进入文学记叙的时候,它就不可能是真实的,通常就已带上了某种被感受的主观成分。《生命中不能忍受之轻》可以说是20世纪最后一部杰出的有着世界性影响的小说,捷克作家米兰·昆德拉在这部对中国人90年代的创作及文学思维有着深刻影响的名著中,通过女画家萨宾娜表达了这样的观点:"生活在真实之中,既不对我们自己也不对别人撒谎,只有远离人群才有可能。在有人睁眼盯住我们做什么的时候,在我们迫不得已只能让那只眼睛盯着的时候,我们不可能有真实的举动。有一个公众,脑子里留有一个公众,就意味着生活在谎言之中。"[7]因此,米兰·昆德拉在另一个场合指出,不要把那些"虚假的"、"杜撰的"、"违背生活真实"的概念用来当作"小说味"的代名词,"人类的生活确切地说,就是用这种方式构成的"。[8]他的这番话显然包含着如下两层意思:一是不应该用真实与否的标准来衡量小说,即是说所谓的"小说味"其关键也不在于虚假、杜撰和不真实;二是如果要谈论虚假、杜撰和不真实,那不仅仅是小说的专利,其实人生本来就是这样。这样的见解粗听起来有些令人惊悚,而细一分析就会觉得特别精彩。无数的历史情形都能支持这个精辟的见解。人们早已发现,有些历史人物的日记相当不可靠,原因是他在写日记时就想到将来要拿出去发表,只要脑子里有了这种公之于众的念头,那就意味着某种谎言的不可避免。

必须从文学真实性的角度破除那种纯粹写实以及在人生经验层面上完全真实的理论神话。徐志摩谈到郁达夫的写实功夫时曾这样说:

达夫真是妙人。A. Bennett 以写实精确称,闻其父死时,彼从容自若,持纸笔旁立,记其家人哭泣之况,达夫颇相仿佛。[9]

郁达夫是否真是这样的妙人,值得怀疑,这位血脉里充满激情的小说家要是能够那么冷静,就不会写出《沉沦》这样充满愤激和忧伤情绪的作品;至于那位班那特,如果真的有这样的行径,那么一定是一个冷血的、怪异的以及缺少情感乃至道德良心的小说家,这样的小说家能够写出动人的小说作品来,那才是怪事。

一般的文学创作离不开一定的人生体验。人生体验的有效性原则表明,文学创作最需要的是那种深彻到作家生命记忆和原初感动的人生经验的积累,这是文学作品之所以感人、且感人的魅力之所以恒久的重要原因;任何一种预设的、有目的的、急功近利的生活体验都无益于文学品质的上升和文学效果的强化。依靠阅读、幻想和推理而获得的间接的人生经验,如果成为创作的主要材料,则这样的作品往往走的是比较符合通俗文学的创作理路。正像人生经验的真实不能决定文学的真实性一样,文学的真实性也主要不是体现在人生实际经验方面,而是体现在作家感受和情感体验的真实性上。

注　释

〔1〕　参见 http://www.cityu.edu.hk/puo/linkage/02-2000/c000204.htm。

〔2〕　钟肇政:《台湾文学十讲》,第 171 页,台湾前卫出版社 2000 年 11 月版。

〔3〕　E. H. Gombrich:《艺术的故事》,第 40 页,台湾联经出版事业公司 1997 年三版。

〔4〕　王尔德:《谎言的衰朽》,见伍蠡甫主编《西方文论选》下卷,上海译文出版社 1985 年版。

〔5〕　郁达夫:《〈茫茫夜〉发表之后》,《时事新报·学灯》1922 年 6 月 22 日。

〔6〕　杨绛:《事实——故事——真实》,《文学评论》1980 年第 3 期,第 17 页。

〔7〕　米兰·昆德拉:《生命中不能忍受之轻》,第 147 页,台湾时报文化出版企业股份有限公司 2001 年 7 月三版。

〔8〕　同上书,第 79 页。

〔9〕　徐志摩:《通信》(致成仿吾),《创造周报》第 4 号。

第九讲

人生气度与文学表现

文学中的人生气度

风格论中的人生气度

人生观念、人生气度与文学风貌

　　文学作品与作家人生体验之间有着紧密而复杂的联系,这种联系的复杂性首先在于:文学表现的真实性与人生体验的真实性不是简单的对等关系,甚至,如果说人生的经验价值主要通过真实性的尺度加以观察,则文学创作往往最不宜用这样的真实性进行评价。但这并不意味着文学作品中就不存在任何真实的人生信息。一方面,一个作家或诗人虽然未必奉真实性为圭臬,有时甚至可以像钟肇政那样宣扬小说"骗人"观,但谁也无法脱离自己的人生体验、单凭云里雾里的想象进入完全"自由"的创作状态;事实上也没有人会否认自己的创作与自己人生体验的某种程度的真实联系,更多的作家一般来说总是乐于表述作品中的人物、情节和灵感在自己人生实际经验中的某种对应,哪怕自信如钱钟书、杨绛这样的文学家,也按捺不住这样的表述愿望,以承认或确认文学表现之于人生经验的某种有限的真实性联系。有的作家甚至以自己真实的名字作为叙述主体出现在作品中,有的则稍作变换但仍然向读者明确暗示作品中的人物就是自己,例如郁达夫小说中的人物就经常被叫做于质夫。文学家们一直处在这样的观念悬置状态:既害怕读者将作品中的人物和情节坐实在他们自己身上,又担心读者看不出作品中人物的某些特征和情节的某些因素与作者自己人生经验的对应。过于详密和肯定的自叙传理解会使作家产生一种不安全感,似乎人生的私密在全无技法掩饰的情形下都暴露在大庭广众中,由此代价换回的印象不过是创作技法的贫乏;漠视作家人生经验在作品中的存在又会使他们觉得自己的真诚没有被充分认知,而且多多少少都会存在的自我书写自我表现的愿望并未得到酣畅的体现。相比之下,更多的作家恐怕还是会觉得创作的真诚和自我表述的痛快淋漓更为重要,于是一般不会放弃承认或确认文学表现与自我人生之真实联系的机会。大多数作家的创作经验谈和作品补述都常常是这种真实联系的承认甚至彰显。

另一方面,作家在创作中哪怕有意掩藏自己的人生,也无法人为地割断文学构思和相关表现与人生体验之间的必然联系,人生体验的各种信息都会程度不同地、或隐或显地显现在作品之中。这些人生信息包括作者的社会地位、生活方式、价值立场,当然还包括兴趣爱好等等。有时候,作者可能并不愿意在作品中透露自己这些方面的人生信息,但他的文学构思和文学表现会毫不留情地出卖他,使得他的许多人生信息都难以逃脱明眼读者的搜寻与凝视。这是文学与作者人生相交织和相交错的复杂情形,也是文学作为艺术创造物颇为迷人的一种现象。如果说作家的人生体验和人生经验对于文学创作的影响,体现了人生"硬件"之于文学的关系,则分析文学作品中的其他各种人生信息,即如作家的人生气度、人生方式和人生价值观念等等,便是解析人生"软件"之于文学的关系。

文学作品都是一定的作家、诗人人生体验、人生经验和人生感受的表现。这些体验、经验和感受大多为作家和诗人所自觉,但也有许多非常隐秘的成分,为他们自己所浑然不觉,却往往会在创作过程中自然流露出来。从事文学创作的人以及热衷于文学事业的人不一定是人生经验最丰富的人,但无疑应是人生感触最充沛的人,而且往往还应是人生体验最深彻的人;他们自己也许并不能清晰地觉察到这种感触的充沛与体验的深彻,不过这些因素必然或隐或显地体现于作品之中,成为读者和评论家易于感受的种种人生信息。在作品阅读中,人们除了把握和了解作家乐于承认的人生体验,或虽讳言但其实相当明显的人生经验,还应注重这些人生信息的搜求和分析,包括其中所包含的作家的人生气度、人生境况、人生诉求以及人生价值观念。这些人生信息构成可谓非常复杂,其中有些因素为作者所认知,有些却为他们自己所忽略;有些因素为他们所乐于宣扬,有些则令他们讳莫如深;当然有些因素对于理解这些作家乃至其所处的时代社会有着重要的意义,有些则可以说无足轻重。从某种意义上说,文学作品的人生信息越是丰富,文学作品的品质就越高,其所体现出来的作家素质也就越高。

一　文学中的人生气度

在文学作品所能体现的人生信息中,作家的人生气度是非常醒目同时也是非常复杂的内容。所谓人生气度,是指通过各种人生途径体现出来的人的精神气质和性格、风度。文学作品体现的人生气度可以泛指一般人正常的、普遍的、永恒的精神品质和人格风范,梁实秋在 20 世纪 20 年代后期提出的"人性"概念与之颇相仿佛:人性是"固定的和普遍的",是"常态的"和纯正的。[1]其实人性有着更为复杂和更为深邃的内容,因此从文学表现的角度说,仍以表述为人生气度为妥,这不过是在人类普泛性意义上所体现的宏观的人生气度。在相对中观的意义上看,一定历史时期的文学作品总会带有那个时期的文学家所感受和体验的时代精神,这就是那个时代的人生气度在作品中的普泛性体现,例如人们从盛唐的有关作品中读出浪漫宏大、波澜壮阔的所谓"盛唐气象",从晚唐时代哀婉幽逸的诗歌中概括出晚唐诗风等等,就是那相应的历史时期文学家所表现的普遍的人生气度的展示。一定地域的文学作品总能体现出一定的地方色彩,这地方色彩正是那一方水土、那一方风俗的呈现,也未始不可以说就是那一方人生气度的表现。当然,文学作品中的人生气度还可以而且应该体现在作家和诗人的性格特性方面,这从文学的角度看具有风格论的色彩,可从人生的角度看则是微观意义上的人生气度的显露。

如果将文学中反映的人生气度分别在宏观、中观和微观的意义上展开分析,则似乎接近于对文学中的人性表现、时代精神和地方色彩的体现以及文学风格的凸现的考察,而这许多问题都是文学理论和文学批评中习见常闻的命题;如果说文学的时代精神和地方色彩这些命题分别都已经在文学的政治历史批评和文化批评方面得到了比较透彻的解析,则剩下来的人性表现和文学风格等命题则更包含着非常复杂和非常深邃的内涵。从文学与人生关系的层面论述人生气度,则可以避开那么复杂而深邃的理论解析,将人生气度的文学表现处理成一个轻松而新鲜的话题。

整个 20 世纪,对文学的人性表现鼓吹最力的当然是梁实秋。他认为"文学之精髓在其对于人性之描写":

> 人生是宽广的,人性是复杂的,我们对于人生的经验是无穷的,我们对于人性的了解是无究极的,因为文学的泉源永远不竭,文学的内容形式是长久的变化。伟大之文学家能深悉人生的奥妙,能彻悟人生之最最基本的所在,所以文学作品之是否伟大,要看它所表现的人性是否深刻真实。[2]

他甚至认为人生的表现其实就可以理解成人性的表现,——既然写实主义是按照人生的本来面目进行写作的,那么,"好的写实作品,永远是人性的描写,虽然取材或限于一时一地之现象,而其内涵的意义必为普遍的人性之描写"。[3]

一般认为梁实秋如此推崇和鼓吹文学中的人性因素是受了美国人文主

义理论家欧文·白璧德(Irving Babbitt)学说的影响,其实不然。白璧德虽然在他的人文主义理论中重视人性,但仅仅将人性当作他论述的几个重要命题之一;更重要的是白璧德并不认为人性是文学表现的理想对象或当然对象。他反复阐述人生的状态呈现出三种境界,一是动物性状态,二是人性状态,三是神性状态;人类的理性运作就是要克服动物性状态,改善人性状态,而皈依神性状态。因此,文学的理想对象应该是带有宗教情怀的神性,而不是尚与动物性有千丝万缕联系的人性。

梁实秋对人性论的强调,主要是出于对鲁迅等在"革命文学"时期大肆倡言的"文学的阶级性"观点的强烈反拨。文学阶级性的强调并非从人生出发而是从政治立场出发看取文学问题,故而所得出结论的偏激和片面自然不言而喻;而梁实秋的人性论基本上是用来回应阶级论的,当然难入中和持平之境。

人类社会从某种政治角度来分析,自然充满着阶级、阶级矛盾和阶级斗争,文学也不妨反映这样的阶级分层、阶级矛盾和阶级斗争。文学家也可能有时甚至必然地从某一阶级的立场出发进行创作,将人生的表现归结为阶级立场的显露,不过这一般只局限于特定的文学题材和特定的历史时期以及特别的作家诗人的创作,不宜作普泛化的理解。在"阶级"论空前高涨的20世纪20年代,鲁迅等倡导"革命文学"和"普罗文学"[4],便竭力将文学的阶级性强调到无所不在的程度。鲁迅的观点是,人的一切习性,只要是文学可以描述的,就可能都带有阶级性。譬如人生苦难的体验,不同阶级的人就很难沟通,诚如他在与梁实秋论争的《"硬译"与"文学的阶级性"》一文中所指出的:"穷人决无开交易所折本的懊恼,煤油大王哪会知道北京捡煤渣老婆子身受的酸辛";谈到人生情趣:"饥区的灾民,大约总不去种兰花,像阔人的老太爷一样";甚至爱情也有阶级性:"贾府上的焦大,也不爱林妹妹的"。即使生理现象,鲁迅也觉得可能含有阶级性的成分,于是在《文学和出汗》中略带谐谑地说道:"譬如出汗罢,……该可以算得较为'永久不变的人性'了。然而,'弱不禁风'的小姐出的是香汗,'蠢笨如牛'的工人出的是臭汗。"

这些观点所揭示的具体现象可能都存在,但作为一种文学理论或一种普遍的道理,显然过于偏激,经不住事实的检验和逻辑的推敲。不同阶级的人体验辛酸苦乐的内容自有不同,但一定的辛酸苦乐总是与一定的条件和原因相联系,这样的逻辑关系却并不因阶级的差异而发生变化。穷人虽然没有开交易所折本的懊恼,但他花上几块钱去买彩票,屡次不中照样烦恼:都是因投机不成而染上的烦恼,这之间只有程度的不同而无本质的区别;巨贾大亨中自有不少是因继承大笔祖产而既富且贵者,不过白手起家甚至数起数落者也不乏其例,后一种人如果成了油矿主,怎见得一定不知道捡煤渣的老婆子的酸辛?不仅"饥区的灾民"不会去种植兰花,"阔人的老太爷"如果正好整天在忍受某种病痛的折磨,他也不会去种兰花,原因都是一样,没有那份闲心和条件;焦大如果当年轻若干岁,不爱林妹妹才怪,只怕是自愧难当、知难而退,只好将爱埋在心底。至于香汗与臭汗之辨,实在更为简单:那小姐如果不搽香粉护肤霜之类,很可能带有狐臭,流出的汗可能比工人更臭。鲁迅列举的所有这些例子都可能存在,但都不具有普遍性意义。最普遍的人生现象是,人在追求中遭受挫折就必然懊恼,在贫穷时就会遭遇苦难,在悠闲而有情趣的时候会做一些消遣的事情,遇到年轻貌美的异性总会心生爱意,如此等等,这些都并不会因阶级的不同而发生改变。

有人曾回忆说,鲁迅在 30 年代还曾给青年人讲过类似的故事说明阶级性之普遍存在。说是一对从没见过世面的农人夫妇畅想皇帝皇后的生活情形,每天挑水的农夫估计,皇帝一定会用金扁担来挑水吃,农妇设想那享福的皇后娘娘,每天清晨醒来,如果觉得饿,一定会叫那些宫女们:"大姐,拿一个柿饼来吃吃。"如果鲁迅真说过这样的故事,那这些故事只能说明农人夫妇的愚笨,根本不能说明任何与人的阶级性有关的问题;聪慧如鲁迅也绝对不会将他那时所同情的"无产阶级"设想得如此愚昧不堪。事实上,农民出身的人一旦有了条件,往往比世代富贵的贵族更会享乐,任何社会中几乎所有的暴发户都在享乐方面远远超过世家子弟和破落户。道理如同"饱暖思淫欲,饥寒起盗心",这是人性中常有的"惰性"使然,与阶级性没多大关系。

　　想到皇帝会像他一样每天挑水的农夫,如果刻画在文学作品中,倒是憨厚得可爱,不过这样的文学无论如何算不上阶级的文学,这个农夫的形象也代表不了任何阶级。如果说这个农夫为文学带来了怎样的人生信息,那绝不是阶级性或人性的启示,而是人生气度的匮乏:他缺少想象力,缺少正常的风度,精神气质较为猥琐,语言、行为所体现出来的性格相当懦弱。前文所述的如果依然属实,即穷人没有投资挫折的懊恼,大亨不知道穷人的酸辛,灾民没有欣赏兰花的心性,焦大不爱林妹妹等等,都不过说明这些人缺少正常的人生气度,或者秉持着相当特异的人生气度。这一切固然与阶级出身无关,但用梁实秋的“人性论”来衡量也并不合适。这些事例所展示的人物行为如果说不是怪异之类,那就属于特立独行,概括为特别的人生气度的呈现,要比理解为阶级性的决定或人性的表现更加确切。人生气度实际上是梁实秋所说的“普遍的人性”的一种富有个性化的体现。而人性是一个更加复杂和更加繁难的命题,甚至人的动物习性、生理习性都包含在内,如孔子所言“食色,性也”,也是人性内涵的应有之义,因而人性的概念实在不适宜于运用到文学批评、文学鉴赏方面,当然更不适宜于言说文学与人生的关系。

　　梁实秋在《浪漫的与古典的》一文中已经意识到,人性的素质与人生的表现并不是同一层面的人生现象。他认为“人性的质素”可以相对于“人生的态度”,说是“物质的状态是变动的,人生的态度是歧异的;但人性的质素是普遍的,文学的品位是固定的”。[5]其实文学直接表现的往往不是那种普遍的、固定的人性质素,而是处于丰富的歧异状态的人生气度。不同的人生态度对于文学创作和文学欣赏的影响迥然不同,这既不是鲁迅等强调的阶级性在起作用,也不是梁实秋所说的普遍和固定的人性的显露,而是人性折射到人生层面的各种气度的呈现。因此,检讨文学与人生的关系,既须摆脱阶级论的束缚,也要跳脱人性论的框架,在人生气度的呈现这样一种信息层面展开。

　　文学无论在创作还是在欣赏过程中都与人性有关,不过这并不是文学的特性;人类的任何创造性的思维和精神性的活动无不体现为人性的表现。

因此人性问题可以说广泛牵涉到人生活动的每一个方面，在学理上也关涉到几乎所有的领域，对它的讨论在文学理论的话题上并不能充分展开，文学与人生的探讨可以而且应该跳脱人性这样一个生硬的、有时不免还会显得特别严肃的命题。

更何况，梁实秋所谓人性是普遍的、确定的这一判断在学理上和逻辑上都大有可商榷之处，理论上先就难以立住阵脚，何能贸然运用于批评实践？关于人性之本，历来的说法都很有轩轾，不仅颇多参差，甚至南辕北辙。孟子持著名的"性善论"，谓"恻隐之心，人皆有之；羞恶之心，人皆有之；恭敬之心，人皆有之；是非之心，人皆有之。恻隐之心，仁也；羞恶之心，义也；恭敬之心，礼也；是非之心，智也。仁义礼智，非由外铄我也，我固有之也，弗思耳矣"。既然仁义礼智都是人人心中固有之物，人性当然是本乎善良的。孟子还从《诗经》和孔子的言论中找到了这种性本善良的依据，说是《诗经》中的"天生蒸民，有物有则。民之秉彝，好是懿德"，正是说明初民生而秉持好的"懿德"。孔子曰："为此诗者，其知道乎！故有物必有则；民之秉彝也，故好是懿德。"对这首诗的解读似乎也支持了孟子的论说。确实，从每个人幼时的记忆即能分析出，包括恻隐之心在内的善良品德，确有与生俱来之感。而荀子在《性恶篇第二十三》中则直接驳斥孟子的性善论，认为"人之性恶，其善者伪也"，其实就是说孟子鼓吹的乃是伪道。他的解说似乎也有道理："今人之性，生而有好利焉，顺是，故争夺生而辞让亡焉；生而有疾恶焉，顺是，故残贼生而忠信亡焉；生而有耳目之欲，有好声色焉，顺是，故淫乱生而礼义文理亡焉。"很难否认这一点，长期的社会人生现象确乎符合荀子之所揭示。

一方面力主性善，一方面直陈性恶，两论针锋相对，各各皆有道理，原因何在？在于两论都仅仅是从一个侧面触及到人性问题，没有从综合的意义上追询人性的根本。荀子所言性恶，立足于人性的物质基础及其所包含的必有意义；孟子所言性善，实际上解释了人性在精神层面的最初、最基本的活动。当基于物质性去展示人性的诉求时，人的攻击本能、占有本能自然会得到凸显；而当基于精神品质去展示人性的倾向时，则人性向上提升的本能,也即人脱离于兽性的希求同样会得到呈现。文学如果要表现这些人性的内容,就不可能也不应该拘泥于哪一个侧面然后固定不变,而是要追寻其在具体人生现象中鲜明的投射和丰富的呈现,这便是文学中必然表现的人生气度。善良的人性需通过富有个性的人生现象予以承载,造成审美意义上的某种感动;恶劣的人性需通过具体的人生现象予以揭露,造成道德意义上的批判与否定。这些承载和揭露便是人生信息的传达,而这些感动、批判和否定则是人生气度的表现。文学最大和最直接的效用就是表现这样的人生气度。

否定文学中的人性因素固然会使文学走向僵硬的政治化的迷途,但将文学理解为人性的表现,甚至是普遍的固定不变的人性的表现,如梁实秋所设想的那样,每一个人的基本人性都没什么两样:"他们都感到生老病死的无常,他们都有爱的要求,他们都有怜悯与恐怖的情绪,他们都有伦常的观念,他们都企求身心的愉快。"而"文学就是表现这最基本的人性的艺术"。[6]如果文学只是连续不断地表现人性当中的这些基本要素,那读起来一定相当枯燥、相当乏味。这些人性因素实际上只是文学之所以感动人、之所以令人产生快感的心理依据和生理依据,远不是文学表现的直接内容和文学描写的直接对象;文学的审美描写须以在此人性基础上焕发出来的人生的精彩和生命的辉煌为对象,或者相反,文学的艺术表现须以在此人性基础上衍生出来的人生的庸凡和生命的晦暗为内容。无论是人性折射的人生精彩或是庸凡,无论是人性投影的生命辉煌或是晦暗,都是一定人生气度的展示。

二 风格论中的人生气度

人性都是相通的,但人性折射或投影出来的人生气度却各不相同,这就形成了文学批评中经常会提到的风格。文学风格其实就是文学表现中的人生气度的个性化展示。只有对文学表现作人生气度的把握,才有可能通往对文学风格的深刻认知,而且这样的认知有助于克服阶级论的狭隘和人性论的空疏。

人无论原来的出身如何,人性究竟是善是恶,处在一定的人生境况下,必然体验着一定的人生气度。《孟子·尽心上》说:"居移气,养移体,大哉居乎!"说的就是这个道理。人生的境况对于人生气度的养成至关重要,这就叫"大哉居乎";而人生气度,即孟子所谓"气"与"体"的文学体现,便是文学理论中十分强调的风格。这样的人生气度及其文学风格的体现,一般来说与作者的阶级出身没有直接的关系,也并非其人性善恶的直接写照。正因如此,贫苦农民出身、学养相当粗滥的朱元璋,据说就能写出这样的气吞山河的诗篇:

> 天为帐幕地为毯,
> 日月星辰伴我眠,
> 夜间不敢长伸腿,
> 恐把山河一脚穿。

诗并不高明,"长伸腿"、"一脚穿"之类更是俚俗不堪,不过其中确实有一股豪迈狂放之气,足以令许多豪放诗作黯然失色。这样的诗是其他诗人"作"不来的,因为一般的诗人很难获得他这样的一种天不怕、地不怕的精神气概和盖天铺地、踏破山河的人生经验。对天地日月全无敬畏之心,对山河星汉敢于侧目睥睨,这种人生气度岂是"阶级"立场和"普遍"人性所能决定得了的!

据说朱元璋还写过这样充满杀气的诗:"杀尽天下百万兵,腰间宝刀血犹腥。"同是草莽英雄的黄巢也喜欢吟诵这样的"杀气"诗:"待到秋来九月八,我花开后百花杀;冲天香阵透长安,满城尽带黄金甲。"有人说洪秀全还曾有过"手握乾坤杀伐权"之"吟"——用这个字显然太纤巧了。性喜杀人、嗜血成性,自然不符合人性,至少不符合人性的常态,于是从人性的表现这一梁实秋式的角度看,这些诗全不能成立。但是它们确实存在,而且一代一代留存了下来,时不时地为人们所欣赏。人们欣赏的当然不是其中传达出的嗜杀习性,而是由此表现出的一种豪迈、阳刚的人生气度。

如果诗人的人生境况不能构成这样的豪迈狂放和杀伐决断的人生气度,即使他位极人臣、权倾一时,也不可能写出如此风格的诗篇。"四人帮"横行时期,江青素有野心,但她就无法获得朱元璋式的睥睨日月山河的宏大超卓气概。其所咏的一首"名诗"表达了她所体验的这样的人生气度:"江上有奇峰,锁在云雾中,平日看不见,偶尔露峥嵘。""江上奇峰"无疑是自喻,这位李姓女子原艺名"蓝苹",后为超越昔日之我,更名为"青",意含"青出于蓝而胜于蓝"之典故;改姓为江,正符唐代诗人钱起《湘灵鼓瑟》诗中"曲终人不见,江上数峰青"之意境。江青这首诗写得颇有风格,更符合她自己的人生气度。她感到压抑,因为长期以来虽然地位崇高可一直没有掌握到实权,于是感受像锁在云雾中一般,平日看不见;她期望一飞冲天,露出峥嵘面目,但又没有十分的把握,故加偶尔二字。短短的四行诗,可以说是千回百转、惟妙惟肖,有志望和野心,也有疑虑和懊恼,还有怨愤和不平,这正是江青人生气度的风格化的写照。

将江青的诗风与朱元璋等人的诗风作一比较,不难看出阶级论和人性论的分析对于文学风格的解释都力不能逮。这两位都是从平民飞升到人生极巅的人物,"阶级"感受及其变异的感觉应该所差无几;他们都是有问鼎志望的非凡之辈,人性感兴方面也很相通。但他们的诗风差异如此之大,显然并不全是文化修养不同和时代气氛不同所致,重要的是殊异的人生体验、人生情境养成了各别的人生气度,人生气度的不同自然导致诗歌风格的差异。

朱元璋所处的特定的人生情境和所经历的特定的人生体验,造就了他特定的人生气度,这种人生气度在他的诗作中展示出豪迈狂放的风格和个性。文化程度和诗学修养皆不算高明的朱元璋却因这样的风格和个性弥补了文学造诣的不足,这是人生气度充实乃至助益文学创作的典型例证。应该说朱元璋作为一个皇帝诗人还是相当努力的,他并不完全倚重于自己的人生经验和体验而老气横秋地老生常谈,有时还汲取别人的文学营养来强自己的人生气度,当然他所汲取的对象一般是能表现出他所认同的人生气度者。他有诗咏日出道:"东头日出光始出,逐尽残星并残月。蓦然一转飞中天,万国山河皆照着。"此诗仍体现着朱元璋的人生气度和风格特征,较之前引诗歌,俚俗与狂放照旧,不过已经融进了宋太祖赵匡胤的诗意和诗趣。据陈岩肖《庚溪诗话》记载,赵匡胤尝有《咏月》诗,诗中有"未离海底千山暗,才到天中万国明"[7]句,朱元璋的后一句显然吸收了赵诗的构思。《庚溪诗话》上卷又记:赵匡胤尚未发迹时,咏有《初日诗》:"太阳初出光赫赫,千山万山如火发。一轮顷刻上天衢,逐退群星与残月。"有人则记为:"欲出未出光邋遢,千山万山如火发。须臾走向天上来,赶却残星赶却月。"猜测后记为赵匡胤原诗,陈氏诗话所记为文臣润色之稿,不过反不如原作粗犷飞扬,即减弱了赵匡胤粗犷狂放的人生气度。朱元璋在其《咏日》中截取赵匡胤《初日诗》的意蕴和语汇痕迹相当明显,他之所以这样截取,也还是因为赵氏的人生气度与自己颇相投合。

说到人生气度的粗犷狂放,人们自然会想起汉高祖刘邦,他的《大风歌》豪气万丈、慷慨悲凉:

> 大风起兮云飞扬,
> 威加海内兮归故乡,
> 安得猛士兮守四方!

那一番古朴而不俚俗、浑厚而不混浊、苍凉而见悲壮的情怀,以及金戈铁马之后却居安思危的胸襟,远非赵匡胤、朱元璋的诗章所能望其项背。这同样是刘邦作为开天辟地的王者特定的人生经验的凝结,以及作为马上治天下的君主特定人生气度的表现。汉代另一位杰出君主武帝刘彻写有《秋风辞》,中有"秋风起兮白云飞,草木黄落兮雁南归"之吟,明显受到高祖皇帝《大风歌》的影响,但多了些清秀澄明,少了些浑朴豪气,盖因为汉武帝乃是守业之君,坐享宇内清平,这样的人生情境养成的人生气度自然就净朗平绶、井然有序,诗歌风格也便有类似的呈现。明代人谢榛在《四溟诗话》中看出"汉武读书,故有沿袭。汉高不读书,多出己意",实在很有见地,不过只是说对了一半,重要的还在于汉武的人生气度与汉高的人生气度颇为轩轾,因而汉武必须靠读书将息自己的诗性气质,汉高却不必。汉武读诗自然会选取开国霸主的遗作,一方面固然有祖宗亲情能唤起内心天然的亲切感,更重要的是通过读《大风歌》体验先祖的人生气度,可惜的是人生经验可以借鉴,人生气度却无法从文字中直接传递,因此他的诗尽管明学汉高,却无法显现其磅礴的气势和雄浑的风格。后来的君主也常常试图像汉武那样学习《大风歌》的风格气魄,但几乎无一成功。唐太宗李世民《咏风》则云:"萧条起关塞,摇扬下蓬瀛。拂林花乱彩,响谷鸟分声。披云罗影散,泛水织文生。劳歌大风曲,威加四海清。"有人读罢此诗,居然赞美说那么苍劲,那么沉雄,阳刚气十足,境界粗犷而寥廓。这样的谀评完全不通。诗中吟有"拂林花乱彩,响谷鸟分声",怎能算是粗犷而廖廓?而以"披云罗影散,泛水织文生"之纤巧细腻,何来阳刚之气?李世民倒是很想阳刚一番的,于是引用汉高祖的《大风歌》之典作结语,然而"劳歌大风曲"中一个拘谨得过分的"劳"字,足以将《大风歌》的磅礴大气消解得零零落落,"威加四海清"中一个轻盈得莫名其妙的"清"字,也庶几能将《大风歌》的浑厚雄风冲洗得灰白黯淡。可见,缺乏相应的人生气度,指望通过生吞活剥前人的诗语表现出相应的风格,必然导致"画虎不成反类犬"的结局。

不同诗人所处人生情境的各别必然导致人生气度的不同,人生气度的不同必然导致文学风格的差异,而且这样的差异也不是通过学习和模仿所能弥补。如果说这是文学与人生关系的一个基本原理,则循此基本原理可以解开文学史上各种诗人佚事和诗话的一些谜团。例如非常著名的"推敲"故事,至此应该有个结论。

唐代诗人贾岛是与孟郊齐名的"苦吟派"诗人,自谓"两句三年得,一吟双泪流",可见追求字面表达之精切的功夫,比那种"吟安一个字,捻断数茎须"的刻苦更有过之而无不及。这位因家道贫寒落发为僧的无本和尚写有

《题李凝幽居》诗,诗曰:

> 闲居少邻并,草径入荒园。
>
> 鸟宿池边树,僧敲月下门。
>
> 过桥分野色,移石动云根。
>
> 暂去还来此,幽期不负言。

不过这诗中的"僧敲月下门"之"敲"字老是让他觉得尚未"吟安",因为还有一个"推"字可选。《唐诗纪事》卷四十叙述:贾岛到京师赴举,骑在驴身上还在苦吟这一句的"推"、"敲"二字,甚至用手比划着作推、敲之势,沉吟苦思之中,不觉冲撞了大尹韩愈的马车。韩愈知道这位年轻诗人是为了吟这样的诗句而冒犯自己,全然不怪,而且还纡尊降贵与贾岛"并辔论诗久之",结果以教训的口吻告诉年轻人:"敲字佳矣。"这一诗事历代传为美谈,同时也成为一个教训,即韩愈用字如何比贾岛高明:夜间过幽居,当然用"敲"字合适,敲的行为显得文雅、有礼节,更重要的是,鸟都已宿眠,月下池边树,这样的静寂环境,这样安宁的画面,一有敲门之声的介入,就造成了静中之动、画外之音的效果,如此等等。

如果韩愈真是作如此之想,那么他是从自己的人生体验出发在那里"作诗",反映的是他自己的人生气度:优雅、得体、诗情画意。考虑到这首诗的作者是贾岛而不是韩愈,从诗歌及其用字中寻找诗人的人生信息,析示诗人的人生气度,得出的结论只能是:那"敲"应该改成"推",韩愈错了。

有人已经作过这样的考察,说是唐代严律,僧人夜间不许出门,贾岛夜访李凝幽居,岂能大摇大摆咚咚敲门? 一定是约好时间推门而入。更有人说这是犯律诗僧的幽会之作,哪里敢公然敲门,只好偷偷地推门进去。这样的推解,特别是幽会之说,基本上没有道理,属于典型的望文生义,一看有"幽期"之约,有"不负"之许,还有那幽居主人名李凝,"凝脂"之"凝"等等,似乎必有桃色浪漫无疑。其实这里的"幽期"不过是相约隐居的日子,可以理解成李凝原与贾岛有约,在此幽居共同修行一段时间,值贾岛之来,李凝尚未隐此。不过更有可能是并无此事,只是李凝有一幽居之所,约贾岛题诗,贾岛觉得此地十分幽静,曾许有朝一日会来此共隐,因而诗题为"题"而非"记"之类。至于李凝,《唐诗纪事》卷四十作李款,《唐才子传》卷五作李余,显非女子。幽会之说,不仅未免过于拘泥,而且让诗人越发显得形容猥琐,颇类鸡鸣狗盗,如果是这样,恐怕也不敢在韩愈这位陌生的大官面前显摆。更何况,幽会之人来去匆匆、前瞻后顾、左防右觑,哪里会顾得上"过桥分野色,移石动云根"的诗境花景?

　　应该从诗人的人生情境以及由此养成的人生气度来推定这个"推"字。诗歌的写作有时确实表现了诗人的某一个经历、某一次邂逅或某一段往事,不过更多的时候只是吟诵一种人生感受和人生气度,未必一定坐实到诗人具体的经历和故事。人们热衷于讨论的这首诗或许会与贾岛的人生经历中的某一个甚至是浪漫的故事有关,但将它理解成一个虚拟的情境更好,这就是对于"幽居"之境的向往。整首诗都为了表现和凸显一个世外孤境般的"幽"字。作为一个僧人,贾岛的人生气度显然要比达官贵人的韩愈更懂得"幽"的意思,这"幽"与"隐"紧密相连,幽隐之所的门,至少在贾岛的人生经验中,只能用一个"推"来应付。首先是僧人如果索居"幽隐"之处,设施必然简陋,尤其是门禁,几乎可以取消。唐代一位真正的僧人释显万有《庵中自题》一诗,这样形容自己的幽居:"万松岭上一间屋,老僧半间云半间。云自三更去行雨,归来方羡老僧闲。"——这老僧所住的那间屋看来是没有门的。是的,出家之人,身无长物,要门做甚? 贾岛如果习惯于这样的生活起居环境,应该不会琢磨着如何"敲"月下之门,甚至连推也用不着。当然像显万和尚那样可能也过于简陋了,有些孤寺还是有门的,不过那门也只是为了稍挡狼狐豸狗,以防侵扰自己的清静,于是往往是用柴草树枝编制而成,这便是王维《送别》诗中的"柴扉"了:

　　　　山中相送罢,

日暮掩柴扉。

春草明年绿，

王孙归不归？

送客回来，天色已晚，隐居的诗人便将"柴扉""掩"上，不用锁，也不上闩；这样的门，才显出悠闲，显出清静，显出归隐的意趣。连陶渊明归隐所用的门也是这种"柴扉"，他在《癸卯岁始春怀古田舍》其二中写道：

……

日入相与归，

壶浆劳近邻。

长吟掩柴门，

聊为陇亩民。

还不是十分荒漠的住处，不仅有邻居，而且近邻还与他同出同入。即使在这种情况下，也还是柴门一掩，毫无防范。好像"柴扉"成了归隐者的专用之门，柴扉或柴门一掩，才见出隐居者的恬淡无为、潇洒自如的风神姿态。

真正的"柴扉"显然是没法去"敲"的，尽管宋人叶绍翁有《游园不值》诗，吟出了"小扣柴扉久不开"，这里所能"扣"的"柴扉"当非真正的柴扉，而是借这个古雅隐逸的意象指花园主人住处的幽雅和清静。不适合"敲"而只需一掩一推的"柴扉"应该比较符合贾岛这样的出家人使用，而且更符合他所追求的幽静情境，于是在贾岛吟来，只有"推"字才能真正体现出他的人生气度。

由此可见，"推敲"不仅仅是"炼字"的问题，而是体现出了诗人人生信息自然流露的差异现象，正像汉高祖、唐太宗、宋太祖、明太祖的诗，其风格的殊异反映的则是他们人生气度的不同。如同人的气质与各人的人生体验密切相联并决定于后者，诗人的人生气度也与诗人特定的人生体验联系在一起,并且对诗人创作的风格特征起相当明显的决定作用。

三 人生观念、人生气度与文学风貌

文学所表现的人生气度除了与文学家的人生体验密切相关而外,与文学家的人生观念也有相当密切的关系。尽管人们的人生观念,特别是后天读书修养得来的,往往并不能轻易地转化为人的特定气质,但当文学家有意将它诉诸于文学表现时,它在创作中就能够有效地作用于情节的构思、情景的设置和情感的倾向,从而体现出与这种人生观念相统一的人生气度,进而也使得作品呈现出与这种人生气度相接近的文学风貌。

重要的是,这种人生观念必须较为独特。每个人都有各自的人生观念,但并非任何一种人生观念都能够通过文学创作表现出特定的人生气度,过于大众化、普泛化,缺少个性的人生观念即使诉诸于文学表现,也不可能形成比较特别的文学风貌。那些显得比较平庸的文学作品往往就是因为作者缺乏比较富有个性的人生观念,风貌特异的作品往往并不是因为文学描写方式的独特,而主要还是其中体现的人生观念以及相应的人生气度不同凡响。

本来,人生观念就可以直接进入文学表现,因而也能够直接决定文学作品的基本风貌,可为什么还要将人生气度这样一个中间环节引入论题进行讨论呢? 一般来说,径直运用人生观念进入文学创作的作品不会是相当成功的作品,因为那样的作品很容易演变成观念的图解,甚至成为宣传某种观念的标语口号或箴言式的东西。通常所看到的教谕诗、宗教文学以及宣传某种主义、鼓动革命的作品等等,多数属于这一类。文学作品不是宣传品或布道书,不应将人生观念和思想通过形象化的譬喻方式灌输给读者,那样即使能让某些读者受到某些启发和教益,也终不能唤起读者的美感与感动,而能唤起美感与感动才是文学应有的与正常的功能。人生观念不容易酿成令人感动的美的魅力,如果这种人生观念在一个人格化的个体那里体现为某种人生气度,那种包含着个人气质、独特意志和人格倾向的人生气度就会体现出特别的审美感动力,而且这种审美感动力完全可能超越人生观念的辐射力,成为读者普遍共享的对象。也就是说,许多读者可能并不认同某种人生观念,但一个表现这种人生观念的作品由于渲染的是由此观念产生的人生气度,人们就可能忽略对这种人生观念的不认同而为那种人生气度所深深吸引,或者深深感动。这是一种相当普遍也相当有趣的文学阅读和文学鉴赏现象。不是基督徒的读者无妨欣赏法国作家雨果的《悲惨世界》,从冉阿让这位完美的基督精神的化身身上领略无限忍让、无私牺牲和自我救赎的美德,那是一种崇高的人生气度,尽管它来自于一般的基督教教义,是基督徒理想的人生观念的体现。现在的许多读者都不再认同遥远的革命之声和反抗的号角,但是各个国家各个历史时期表现革命和反抗意识的文学作品,常常因为凝结着作者在那种特定观念下表现出来的独特的人生气度,包含着顽强的意志力、坚定不移的信仰和义无反顾的牺牲精神,也还是能感动在不同历史条件下,对于革命观念持有各种不同见解的读者。也正因如此,一个对于性爱秉持着非常严肃的态度的读者,完全可能欣赏类似于米兰·昆德拉《生命中不能忍受之轻》这样的作品,尽管这样的作品将性爱处理得相当随便,但这个作品不是直接在兜售也不是为了兜售这种性爱观念,它是通过主人公托马斯等人在特定的人生环境中生命之"轻"的展现,刻画出他们人生气度中的压抑、苦闷、无聊和荒诞成分,虽然这样的人生气度确实有性爱自由的人生观念作支撑,而有着这许多内涵的人生气度又确实能够引起许多人的同情,无论他对性爱持什么样的价值观。

于是,通过文学中人生气度这一重要信息的揭示,便能够成功地解释这样一个令人迷惑的文学鉴赏现象:为什么人生观念各不相同的读者可以欣赏同一个或同一类作品,表现这一种人生观念的作品可以为持有另一种人生观念的读者所欣赏。读者比较注重接受也比较容易接受的乃是作品中表现出来的人生气度,这种人生气度使得文学作品与作者的人生观念表现之间构成了间接关系。真正懂得文学和文学创作的人都应该知道,为了使作品不至于成为某种人生观念的传声筒,这种间接关系是多么难得!文学创作家由此也应有相当的自觉:尽管文学创作少不了相当的人生观念,但人生观念的好坏、对错与文学作品的成败并不构成必然联系。重要的是要通过某种人生气度的锤炼使得这种人生观念以间接的方式进入作品,这样才能使之成为审美的对象而不是说教的文本,这样才能使作品具有文学的风貌而不是宣传品或布道书。

中国现代文学在这方面教训颇多。现代文学家从一开始就认定文学对于人生是一项很切要的工作,倡导"为人生的文学",通过文学作品直接表述对于人生的思考,而且使这种表述显得过于直白。这样一种"直上加直"的文学架构,其结果只能是消解文学的因素,使文学变成"非文学"。罗家伦在"五四"时期发表过小说《是爱情还是苦痛》,非常直白地叙说一个青年知识分子的人生苦恼:自由恋爱不能实现,父母之命媒妁之言的婚姻没法拒绝,承受着这样的婚姻却又难忘怀自由的爱情,享受着自由的爱情又受到良心的谴责,因为被迫结婚的另一方也是无辜的羔羊。处在这恋爱与婚姻之间,主人公问作者,作者问读者:这"是爱情还是苦痛"? 答案是十分清楚的,但新文学家们就是要将这清楚不过的人生问题加以质直的表现,以申述具有时代特征的人生观念,作为这一观念载体的人物则非常单薄,感受也非常肤浅,谈不上任何人生气度,也不足以表现作者的人生气度,这样的文学作品就差不多成了态度软弱的控诉书和语气缓和的宣言书。差不多同时发表的俞平伯的《花匠》也算是一篇小说,叙述一个人看着一个花匠在剪裁花木,就上前询问,长得好端端的花木,为什么要这样削剪它们? 那花匠不以为意地回答说:花木哪能任它成长,要按一定的规矩和造型规约它们,就必须按时修剪。那个发问者便大为不然,认为植物的生长如同人的个性,让它自由自在那该多好,修剪它等于是扼杀个性。这篇小说就是表述了这样的人生观念和价值观念,文学的成分极少,就那观念还有点价值,所以 1929 年俞平伯在《教育论》中坦诚地说道:

十年前我有一篇小说《花匠》，想起来就要出汗，更别提拿来看了，却有一点意见至今不曾改的，就是对于该花匠的不敬。我们走进他的作坊，充满着龙头，凤尾，屏风，洋伞之流，只见匠，不见花，真真够了够了。我们理想中的花儿匠却并不如此，日常的工作只是杀杀虫，浇浇水，直上固好，横斜亦佳，都由它们去；直等到花枝戳破纸窗方才去寻把剪刀，直到树梢扫到屋角方才去寻斧柯虽或者已太晚，寻来之后，东边去一尺，西边去几寸，也就算修饰过了。

他表述的意思非常清楚，那小说根本不像小说，不是艺术品，唯独里面传达的人生价值观念有些用处。这作品的价值就不过是表述了这种人生观念。

为了炒热"人生观念"的时代主题，"五四"知识分子还通过各种社会运作造成"人生究竟是什么"的热点问题，然后围绕着所谓的"人生究竟"进行"问题文学"的创作。谢冰心、王统照、叶绍钧、庐隐都是在这种文学时潮中崭露头角的新文学家，其中以冰心最为热心，成就也最为突出。

冰心这方面的代表作品是《超人》。这篇小说的主人公叫何彬，他本是一个冷心肠的青年，消极对待人生，也不喜欢带一点生气的东西，更从不与人交往；住在他楼下的 12 岁男孩禄儿摔坏了腿成夜呻吟不止，他掏钱为禄儿治病，也不过是为了免除被他叫闹，绝不是为了可怜那孩子。他总是认为："世界是虚空的，人生是无意识的。人和人，和宇宙，和万物的聚合，都不过如同演剧一般：上了台是父子母女，亲密的了不得；下了台，摘下假面具，便各自散了。哭一场也是这么一回事，笑一场也是这么一回事，与其互相牵连，不如互相遗弃；而且尼采说得好，爱和怜悯都是恶……"不过治好了伤痛的禄儿对他的感谢，唤起了他的人生真情，使他常常想起慈爱的母亲、天上的繁星、院子里的花，特别是母亲的慈爱。母爱的歌颂是冰心对"人生究竟"的基本回答，是冰心人生观念的集中体现；冰心就是要借何彬这个冷心肠的青年心情变热的过程，表达自己的这种人生观念。果然，何彬为母爱的热情融化了："世界上的母亲和母亲都是好朋友，世界上的儿子和儿子也都是好朋友,都是互相牵连,不是互相遗弃的。"

冰心的母爱感念特别真挚,她将这样的感念转化为特别的人生气度表现于作品之中,使得作品中呈现的母爱情境总是特别感人。例如,小说这样写何彬在梦中忆念童年时代享受母爱的情形:

> 风大了,那壁厢放起光明。繁星历乱的飞舞进来。星光中间,缓缓的走进一个白衣的妇女,右手撩着裙子,左手按着额前。走近了,清香随将过来;渐渐的俯下身来看着,静穆不动的看着,——目光里充满了爱。
>
> 神经一时都麻木了!起来罢,不能,这是摇篮里,呀!母亲,——慈爱的母亲。
>
> 母亲呵!我要起来坐在你的怀里,你抱我起来坐在你的怀里。
>
> 母亲呵!我们只是互相牵连,永远不互相遗弃。
>
> 渐渐的向后退了,目光仍旧充满了爱。模糊了,星落如雨,横飞着都聚到屋角的黑影上。——"母亲呵,别走,别走!……"

当年许多人,甚至包括化名冬芬的《小说月报》主编沈雁冰,都说被感动得流下了热泪。是的,体验过深深的母爱但又失去母亲的人看了这样的梦境描写谁不为之动容!小说家在这里用以感动人的恰恰不是母爱救世的人生观念,而是自己倾注在这观念中的对母亲和母爱无限依恋的人生气度。纵观这篇小说,作家所要表达的主要是母爱救世的人生观念,耽溺于母性的人生气度倒在其次,因而充满着说教意味,人物形象十分单薄,其观念转变也相当牵强,总体上不能算成功的作品。

比较起来,王统照更加属于直书人生观念的新文学家,而且他更加不善于调动相关的人生气度去"中和"生硬的人生观念的表述。王统照的人生观念与冰心大同小异,他觉得挽救人生的不二法门是美与爱。在《微笑》等小说中他将美的力量作了令人难以置信却又令人难以忘怀的夸大。《微笑》写一个不良青年阿根入狱以后本来对人生充满着消极的观念,不过有一天在放风的时候,远远看到一个女犯人脸上漾出一种很美的微笑,那微笑传达出一种博爱的信息,给了阿根以很大的震撼,他从此洗心革面,出狱后成了一个有些知识的工人。而那个能够发出美丽的微笑以拯救堕落的灵魂的女犯人,本来并不是充满爱心的人,只是因为感动于基督教会扶危济困的义举,领悟到上帝的仁爱之博大,才焕发出那么美丽和善良的精神。爱是美的源泉,美是善的动力,这就是王统照的人生观念,也是他对于人生问题的基本回答;他将这样的观念直接交付于文学表现,并没有致力于刻画女犯人或阿根的人格力量,没有在他们身上寄托和表现自己特定的人生气度,因而没有多少艺术感染力。这篇作品在构思上明显受到美国小说家欧·亨利的《警察与赞美诗》的影响,后一篇小说中刻画的转变人物索比是因为听到教堂中的赞美诗,灵魂猛然发生奇妙的变化,惊恐地醒悟到自己已经坠入了深渊,一股强烈的改过冲动鼓舞着他去洗心革面,迎战坎坷的人生。在欧·亨利的笔下,索比不仅仅是改变了观念,赞美诗庄重而甜美的音调已经在他的内心深处引发了一场革命,他深深地忏悔、深深地自责,自新已经变成了他的一种生命要求,一种感人的气度。欧·亨利的小说不仅以高明而具有反讽意味的结尾的突转——本来千方百计寻求将自己送入监狱的索比正想改过自新时,警察逮捕了他,让他失去了自新的机会——拉开了与王统照《微笑》的距离,而且它注重人生气度与生命要求的描写,也是其比后者感人的原因。

人生观念可以诉诸文学的表现,但最好通过相应的人生气度进行表现,使得这种表现包含着深切的生命体验和精神感动。一种普泛性比较强的人生观念可能并不能够特别激发或调动起人们的人生气度,而一种独立而特异的人生观念会深深影响文学家的个人气质和艺术风度,这样的人生气度诉诸文学表现,即能使文学作品绽放出作家个性化人生的特殊光彩,显现出富有特别格调的文学风貌。

或许通过徐志摩、林徽音、凌叔华等人的文学创作比较能够说明人生观念、人生气度与文学风貌的这种关系。他们是 20 世纪 20 年代崭露头角且风格特异的文学家,都隶属于一个习惯上称之为"新月派"的文人团体,该团体有着比较一致的人生观念,即"我们都信仰'思想自由',我们都主张'言论出版自由',我们都保持'容忍'的态度(除了'不容忍'的态度是我们不能容忍以外),我们都喜欢稳健的合乎理性的学说"[8]。这种自由的强调,容忍的倡导和稳健、理性的坚持,可以概括为属于绅士文化的范畴。[9]新月派理论家梁实秋在《新月月刊》上发表《绅士》一文,概括"新月派"文人相近的"根本精神和态度"便是这种绅士气度,且说"绅士永远是我们待人接物的最高榜样"。[10]徐志摩在私下里极愿意以"西式绅士"自许,1931 年 3 月 19 日与陆小曼通信,便直截了当地表述了这个意思:"我又是好面子,要做西式绅士的。"当周氏兄弟与陈西滢等围绕着"女师大风潮"展开无休止的论战时,徐志摩强烈呼吁他们"结束闲话,结束废话",同时严厉地指出了论战的双方(当然,他明白他只能对陈西滢有所影响)已远远有悖于绅士之道:"这不仅是绅士不绅士的问题,这是像受教育人不像的问题。"他指责包括好友陈西滢在内的骂战双方都有着"不十分上流的根性",也就是说他们绅士气度的严重缺乏。[11]直至十年以后,胡适还敦请陈西滢就枉责鲁迅的汉文学史研究抄袭盐谷温之事向鲁迅公开道歉,言"此是 gentleman 的臭架子,值得摆的"。[12]

　　绅士气度所体现的人生观念有许多特别的内容,最关键的则是,正如一些文化学者所概括的那样,"把人生看作是一项体育运动"[13],即重在参与和体验,不强调目的与结果,尽量体现出"洒脱的漫不经心的","热心的彬彬有礼的"、"善于思考的满不在乎的"乃至"圆滑的风雅的"[14]等气度。这样的人生观念由于与相应的人生气度密切联系在一起,故而特别适宜于文学表现,而且表现起来也特别能见风格。徐志摩、林徽音的诗歌一般都有轻盈、潇洒,躲避沉重和黏着的风格,这种风格正来自于"洒脱的漫不经心的"绅士气度,而这种绅士气度又导源于不讲究目的与结果的"绅士派"文人的人生观念。徐志摩经常表现的意象有"雪花的快乐",有轻松的"云游",有"沙扬娜拉"式的甜蜜的忧愁,这些都是洒脱、轻盈的风格的体现,是相关人生气度的文学展现。当他想象着"我就像是一朵云,一朵/纯白的,纯白的云,一点/不见分量,阳光抱着我,/我就是光,轻灵的一球,/往远处飞,往更远的飞……"于是"什么累赘,一切的烦愁,/恩情,痛苦,怨,全都远了"(《爱的灵感》),这时他的人生、他的气度、他的风格便是一个整体的轻盈和潇洒,是对于沉重、黏着的坚定的拒绝。在《一只燕子》中,诗人解释"轻快"就是"不黏着":"一只燕子掠水面过,/像天河里一朵流星;/'这是轻快,'她对他说:/'我爱颗不黏着的心'。"正因为有着这颗不黏着的心,诗人才可能这样向他十分钟情的母校告别:

> 轻轻的我走了,
> 正如我轻轻的来;
> 我轻轻的招手,
> 作别西天的云彩。

既然康河的波光在心头荡漾,在康河的柔波里,诗人都甘心做一条水草,可见他对这一片河岸、这一条河道,是何等地富有情感,但这情感贵在"不黏着",既然离别,吹响的就应该是"悄悄"的笙箫:"悄悄的我走了,/正如我悄悄的来;/我挥一挥衣袖,/不带走一片云彩。"——连一片云彩也不带走,那是何等洒脱的气度,是何等轻盈的风格!这一切都与绅士文人的人生贵在过程体验的观念有关。于是带着同样的人生观念,带着同样的人生气度,带着同样的轻盈、洒脱和不黏着的风格,诗人在歌咏最美好的感情甚至恋情的时候也十分别致,——他觉得一切都当作《偶然》更好:

> 我是天空里的一片云,
> 偶尔投影在你的波心!
> 你不必讶异,
> 更无须欢喜!

在转瞬间消灭了踪影。

你我相逢在黑夜的海上，
你有你的，我有我的方向。
你记得也好，
最好你忘掉，
在这交会时互放的光亮！

对于一般的诗人而言，天上的一片云投影在池塘的波心就是一种美丽的机缘，黑夜的海上不期而遇更是一种千载一时的邂逅，这样的偶然得来不易，怎能轻易忘掉，怎能不惊喜万分、孜孜以求？可以说许多诗人会以十分"黏着"的态度对待这样的"偶然"，因为人们一般比较多地接受了目的论的人生观念，人们习惯于表达对结果矢志以求的坚韧不拔的意志和坚定执著的气度。现代社会普遍的教育一般都是在培养这一方面的人生观念，现代人也多养成相应的人生气度，这就使得徐志摩式的轻盈、洒脱和不黏着的诗风获得了凸显。

在新月派文学中，徐志摩的这种诗风却并不突兀。林徽音作为一个女诗人同样具有如此歌吟的悟性与才情，诗作中同样充满这样的洒脱和轻盈。她的一首《莲灯》这样描写莲灯的灿烂与幻灭：

……
单是那光一闪花一朵——
像一叶轻舸驶出了江河——
宛转它漂随命运的波涌
等候那阵阵风向远处推送。
算做一次过客在宇宙里，
认识这玲珑的生从容的死，/

这飘忽的途程也就是个——

也就是个美丽美丽的梦。

与徐志摩的诗比较起来,有着更浓郁的感伤气息;但注重在宇宙里做一次过客的飘忽的过程,而对死的结局有着从容的忽略,正是再现了这一派诗人特有的人生气度和人生观念。

带着这样的人生气度和人生观念,凌叔华在小说创作上也体现出相当特异的风格,从而强化了新月派"绅士文学"的风貌。这位才女作家在这方面最典型的作品当然是《酒后》。小说叙写一个教授之家请客过后的情形:丈夫永璋和夫人彩苕都有了相当的酒意,永璋乘着酒兴在对自己漂亮而有才华的夫人大加赞美,彩苕则神情不属地看着客厅另一端醉卧在沙发上的朋友。永璋高兴,忽然提出要送夫人礼物;彩苕被缠不过,便提出要求,竟然是要求允许她去吻一吻那位醉中的朋友。永璋初觉有些怪异,但当彩苕说没有任何别的意思,就是有吻一吻那朋友的想法时,也就勉强应允了。彩苕强抑住内心的慌乱,走到那位朋友面前,看了看,忽然转身扑向自己的丈夫,说到了他面前忽然又不想 Kiss 他了。乍看起来这似乎是一篇没有任何意义的无聊的作品,其实包含着这派文人一贯的人生气度,折射着他们独特的人生观念,那就是只注重情绪形成的过程,并不注重行为发生的结果;那一种拿得起也放得下、随着兴致所之的自由飘洒,似可与《世说新语》中"王子猷居山阴"的魏晋风度相媲美。该书《任诞第二十三》记载:"王子猷居山阴,夜大雪,眠觉,开室,命酌酒,四望皎然。因起彷徨,咏左思《招隐》诗。忽忆戴安道。时戴在剡,即便夜乘小船就之。经宿方至,造门不前而返。人问其故,王曰:'吾本乘兴而行,兴尽而返,何必见戴。'"——好一个"乘兴而行,兴尽而返",正是重体验轻目的、重过程轻结果的人生观念的表述,有此观念,其文学描写中才尽显人物的"任诞"气度,于是人生观念、人生气度和文学表现共显精彩。

当然,人生观念的独特并不意味着鼓励怪异,人生气度的潇洒也并不等同于不计后果。人生毕竟比文学描写和审美表现严峻得多,严肃得多,也严厉得多。人首先得对人生负责,争取到相当的人生条件,才能有余裕挥洒别致、自由的人生气度,才能进入精彩地、诗意地、风格化地营构文学风貌的过程之中。

注 释

〔1〕 梁实秋:《浪漫的与古典的》,见《鲁迅与梁实秋论战文选》,第 4 页,台湾天地图书有限公司 1978 年版。

〔2〕 梁实秋:《现代文学论》,《梁实秋论文学》,第 340 页,台湾时报出版公司 1978 年版。

〔3〕 同上书,第 356 页。

〔4〕 "普罗文学"是"普洛列塔利亚文学"的简称,即为"无产阶级文学";普洛列塔利亚,是 Proletarian(无产阶级的)的音译。

〔5〕 梁实秋:《浪漫的与古典的》,《鲁迅与梁实秋论战文选》,第 6 页,台湾天地图书有限公司 1978 年版。

〔6〕 梁实秋:《文学是有阶级性的吗?》,同上书,第 54 页。

〔7〕 《后山诗话》记作"未离海底千山黑"。

〔8〕 见《新月月刊》第 2 卷第 6—7 期合刊《敬告读者》。

〔9〕 参见拙著《新月派的绅士风情》,江苏文艺出版社 1995 年版。

〔10〕 梁实秋:《绅士》,《新月月刊》第 1 卷第 8 期。

〔11〕 徐志摩:《结束闲话,结束废话!》,《晨报副刊》1926 年 2 月 3 日。

〔12〕 胡适致苏雪林(1936 年),见《胡适来往书信选》中册,中华书局 1986 年版。

〔13〕 〔英〕丽月塔:《绅士道与武士道》,第 145 页,浙江人民出版社 1990 年版。

〔14〕 同上书,第 130 页。

第十讲

人生体验与文学意象

普泛性的文学意象

文学意象的翻新与创造

　　文学是人生的表现，也是想象的产物；文学是丰富人生的提纯与集萃，也是审美想象的凝结与发挥。文学家将人生感受与人生印象相结合，将生命意义的体悟与生命现象的观察相结合，形成对于客观世界的主观把握，反映在文学表达的基本单位上，便是意象。一般的文学理论认为，文学是通过语言塑造形象、反映人生的艺术，殊不知既是通过作家和诗人主观"塑造"的形象，就不可能不包含着作家的主观意念，不可能不体现着诗人的主体意识，因而所有用于文学表现的形象其实都可以表述为"意象"。

　　文学可以自由地描写和表现任何人生现象，但并非所有的人生现象、所有的客观形象都有机会成为文学的意象，为文学家所关注、所认同、所表现。有些文学意象可能只是在少数作家的偶然创作中信手拈来地加以运用，因而不能引起读者和文学史家的重视，往往会像暗开在料峭春风中的不知名的小花一样被迅速遗忘。有些文学意象可能出自某些作家和诗人的精心营构,但由于人生体验的殊隔、审美认知的差异,得不到更多作家和诗人的响应,也得不到读者的欣赏和接受,其结果便会相当凄凉,或许它的产生便意味着它的死亡。进入到现代主义时代,诗人们调动起自己的每一根神经在千奇百怪的大千世界搜寻、组装、拼接各种特异冷僻的意象,并将这些意象漫无逻辑地堆砌起来,不仅大大疏离了读者的人生经验,超越了读者审美认知的范围,导致他们难以欣赏和接受,而且还使繁密而陌生的意象像一堵严实的墙壁构成了阅读的障碍。人们常常讥讽现代诗歌读的人甚至不如写的人多,虽然有些夸张,但症结确实就在这里。

文学意象是人生体验与审美认知的结合体。因此,由于人生体验的接近和审美认知的相共,每一个时代每一个种群的文学都会锻造出较为稳定的、具有比较广泛而持久的美学效率的意象来。通过这种成熟而富有深厚美学魅力的意象解读,便可以对一定时代的人生状貌、审美趋尚、文化心态作更加深入、更加有效和更加生动的体悟,而且,更可以由意象的解读,推演作家的人生体验,对某些作品的合理含义进行历史的和审美的阐释。

意象本来是指人类处在原始浑沌意识之中,超越自然世界物象本真或结构质量的限制,对于某些自然物象进行概略的理解和粗犷的想象而形成的,反映着人的情感意向、生命原力和审美趋向的艺术形象,譬如原始社会各个族群拥有的图腾,大多是具有这种性质的复合意象。中国的龙凤是典型的意象艺术的结晶,龙、凤的原型显然是自然界的巨蛇丽鸟,原始人按照自己的美的想象和对力量、神圣的理解,将自己的崇拜、礼赞甚至恐惧复合其中,创造出了这对从未存在于自然世界可又从未离开过社会人生的"动物"。

在文学与人生关系的意义上论述的意象,不仅仅指原始意象思维中的产物。现代思维科学把人的思维分为三个层次,即抽象思维(理性的"线形"思维)、形象思维(感性的"面形"思维)、意象思维(悟性的立体思维),有人认为,意象是悟性的(隐性),因此意象思维是原始的、低级的,没有形象思维、抽象思维那么"进化"。这样的分析非常精彩、非常有条理,同时也非常武断、非常机械。凭什么说意象思维不需要感性而只需要悟性?谁能保证意象的和理性的成分？更重要的是,说意象思维比较原始和低级,是依据什么样的历史文本而下的结论？《老子》第一章说:"道可道,非常道。名可名,非常名。无名天地之始;有名万物之母。故常无,欲以观其妙;常有,欲以观其徼。此两者,同出而异名,同谓之玄。玄之又玄,众妙之门。"以及第四十二章谓"道生一,一生二,二生三,三生万物。万物负阴而抱阳,冲气以为和"。按照上述思维分类法,不知是抽象思维还是意象思维,论其年代之久远恐怕只能算比较原始的意象思维,然而其中理性成分或抽象意念难道比任何一个现代的高级的思维成果少？

因此,完全可以不必理睬刻板得莫名其妙的思维学理论,只须将意象理解为文学艺术所表现的,赋有比较稳定的思想意识内涵的形象,就能够弄清文学艺术表现的形象与自然历史和社会人生呈现出来的客观物象之间的联系与区别,就能够说清文学意象的形成与历史人生运作之间的复杂关系。

一　普泛性的文学意象

文学意象的价值有大小之分,一般来说,成为民族图腾或具有超时代意义,为人类社会所共同接受并长期运用的意象可以说是宏大意象,其所具有的深厚的文化意义往往超越了文学欣赏的范畴。在文学意义上谈论的往往是具有普泛形态的意象,即这种意象在一定的社会人生中能够得到广泛认同并在文学创作中被广为运用;它虽然不能成为图腾,但却足以构成传统,体现着一定社会历史条件下文学创造的基本积累,体现着一定社会历史条件下人生状貌的宝贵信息。

中国古代文学积累了大量的普泛意象,它们与浩瀚的文化典籍共生共存,构成了后人领略和重温中华文明的最为动人的信息带,也成为古代文学中最有诗意、最富于古雅魅力的表现——其古雅的魅力来自于它们天生赋有的古代人生辉煌、苍凉、忧伤的信息。

对中国历史文化和文学有一般了解的读者,只要一接触诸如"易水"、

"风萧萧"、"大风"之类的词语,绝对不会只想到甚至有时全然不会想到河北某个乡下的易河之水,深秋之时刮起的阵阵风暴以及卷起的团团扬尘,首先想起的一定是从漫长的历史回流过去直至悠远的战国时代的那个"易水",水边慷慨悲歌的燕赵之士,特别是那个叫响了两千多年的英雄荆轲;想起的一定是汉高祖刘邦还乡之时的八面威风和四方忧郁,那样一种既慷慨又悲凉的王者情怀。当这么多久远而厚重的历史信息裹挟着这些意象进入欣赏者的脑域,欣赏者唤起的便自然会是历史人生的感兴和有关作品诗性之美的感叹。意象的效用就是如此,它能从人生内涵与审美内涵两方面调动人们的历史怀想与审美想象,使得文学欣赏成为一种全面的、立体的文化陶冶。

据《史记》卷八十六《荆轲传》记载:秦国在灭了赵国后,兵临燕国城下,燕国情势十分危急。荆轲受燕太子丹的重托,决定去秦国刺杀秦王,出发之时,"太子及宾客知其事者,皆白衣冠以送之"。送至易水河畔,行走到"祖泽",终要告别,于是,"高渐离击筑,荆轲和而歌,为变徵之声,士皆泪涕泣。又前而为歌曰:风萧萧兮易水寒,壮士一去兮不复还"。从此,"风萧萧"就成了风声鹤唳、慷慨悲壮的稳定意象,"易水"也成了壮士一去永不回头的英雄之地的代称;两千多年来,这样的意象已发育成为慷慨赴死的牺牲精神和行侠复国的复仇意识的代名词,已经成为中华民族悲壮之美的象征。如果将"意"与"象"分开,则这两个意象的"意"早就超过了"象",压倒了"象",甚至取代了"象"。"风萧萧"作为"象"其实就是风声呼呼而已,任何地方任何时节甚至很多时候都会听到呼呼作响的风声,但那些呼呼风声全无固定的意义和特定的美感,只有与上古时代这个悲壮的英雄故事连在一起、与这首被称为千古燕赵悲歌的诗作连在一起的"风萧萧",才具有这种特定的意思和特殊的美感。这便是"风萧萧"意象与一般风声形象之间的区别。当然,悲歌中的"风萧萧"也成了固定结构,不能改作"风呼呼"之类。不过,历尽千古的阅读,相信已经很少人会将"风萧萧"直接联想为"风呼呼",甚至联想到风声,正常的和直接的联想必然是悠远的人生、肃杀的季节、悲壮的送别、惨烈的牺牲,这些联想几乎让人忘却了"风萧萧"的本意,甚至觉得弄清了原本之

"象"反而没有多大意思。

"易水"意象也是如此,它唤起的首先是任侠当先的英雄故事,是一去不返的悲壮和轻寒袭人的苍凉,而不是那个曾经叫做易水的河流。这个意象对于世世代代的读者来说,重要的当然是所代表所象征的"意"而不是那个具体地点的"象"。据新华社 2002 年 12 月 30 日报道,多年来,历史学家多数认为"易水"在河北易县,不过经过中国社会科学院历史研究所研究员曲英杰等专家的考证,认为荆轲别燕太子丹的具体地方应在安新县白洋淀附近。曲英杰认为,易水分南、北、中三条,而南易水发源于太行山区,经保定安新县的安州流入白洋淀;在战国时这里正是燕国和赵国的分界线,有"燕南赵北"之称。燕太子丹送别荆轲在明、清两代的《安州志》上也有明确记载,写的是"三官庙前,旧有秋风台,在城北易水旁,即燕丹送荆轲之处"。在安新县还发现了古秋风台遗址以及刻有"古秋风台"字样的石碑,石碑的背面详细介绍了荆轲别燕太子丹的经过。如此等等,言之凿凿,自然很能说明问题。不过这样的考证对于专家和当地的旅游业者来说颇有价值,对于一般读者却意义不大,因为读者从"易水"意象中感受的主要是悲壮慷慨的生离死别这一"意",至于具体的"象"在何处、何等模样,并不需要十分关心。

一种具有普泛性意义的意象的形成过程,其实就是原始文本成为一定社会一定民族经典作品的过程。随着这首燕赵悲歌成为中华文学的经典,易水意象也便成为一种不言而喻的象征,一种英雄伟气的赞美,一种以壮行色的鼓励,一种英武豪气的凭吊。唐初诗人骆宾王《于易水送人》完全用"易水寒"的典故表达了壮行之意:"此地别燕丹,壮士发冲冠。昔时人已没,今日水犹寒。"多少年来不知多少诗人咏"风萧萧"而思千古幽情,吟"易水寒"而流泣血之泪。直到现代,作家们取"易水寒"或"易水"为名者屡见不鲜,作品中出现的人物也常用此名,更不用说以荆轲刺秦王为素材的作品,总是每每以"易水寒"或"风萧萧"作为主题意象。台湾校园民歌的兴盛期,一曲《易水寒》拨动了多少人的心——"纵然一去不归,你那高亢歌声依旧",靳铁章以现代人的情愫缅怀远古的英雄,以现代人的热忱去阐解往古人物的壮举,充满着古雅的崇敬和超时代的感动。

经典的意象来自于经典的作品,包括经典的民间神话和传说。中国传统文学中多的是月亮意象,而且月亮意象的"意"颇多复合性。月亮之"象"对于人类来说一直是一个谜,直至天体科学揭示了它本是一个冰冷的没有生命的星体,上面充满着岩石和火山灰;长期以来人们观察它,但不能科学地认识它,于是赋予它很多迷离的想象和人生的体验,产生了很多月亮意象。中国古人本来也具有揭示月亮本象之特质与构造的愿望和努力,《淮南子·天文训》认为:"积阴之寒气为水,水气之精者为月。"虽然不符合现代科学的结论——月球上面现在看来并没有水,但却表现了古人对于月亮之清纯、之明洁、之冷凛的复合感觉,故而民间长期将月亮称为"太阴",与太阳相对,从而又从宏观天体方面成全了中国古代的"阴阳"哲学。对月球的这种理解和想象,凝结着古人在地球上的自然思考、人生体验和环境感受,并成为表达自身幻想力和审美感觉的基础。

于是月亮之"象"被华族祖先赋予了寒冷和寂寞的"意"。这样的意象世界谁堪当之?——忍受如此寒冷和寂寞,仿佛可供一位罪人承受一种刑罚,不过享受如此的净洁与高雅,又似乎能受万众的羡慕与崇拜;这个既应当受难同时更应该炫耀的人选确实难以寻找,尤其是对于神话中没有受难的圣母的东方人来说。于是我们的祖先创造了一个美丽的高贵女子犯禁潜逃的故事,这就是嫦娥奔月。《淮南子·览冥训》记载:"羿请不死之药于西王母,嫦娥窃以奔月。"汉代高诱注释得比较详细:"嫦娥,羿妻。羿请不死之药于西王母,未及服之,嫦娥盗食之,得仙,奔入月中,为月精。"张衡《灵宪》叙说得更为神奇:"羿请不死之药于西王母,嫦娥窃之以奔月。遂托身于月,是为蟾蜍。"不过将嫦娥处理成蟾蜍,未免有些残忍,不知是不是作者的某种"道"学气在作怪,似乎犯禁的美女终究不得好报。唐代段成式在《酉阳杂俎·天咫》中则综合前说,记载了月宫中的另一些成员:"旧言月中有桂,有蟾蜍。故异书言桂高五百丈,下有一人常砍之。树创即合。人姓吴刚,西河人,当仙有过,谪令伐树。"果然,连居住在广寒宫里的次要人物吴刚,也需具有两方面的条件:待罪之身,但必须是仙人。

　　月亮意象在神话传说和民间文学的不断创造中臻于完善,又在诗人们的不断歌吟中臻于凄美。诗仙李白的《把酒问月》中有"白兔捣药秋复春,嫦娥孤栖与谁邻。今人不见古时月,今月曾经照古人"之咏,不仅感慨嫦娥的孤凄,而且大兴古今之叹,将无可奈何的沧桑之感,人生渺茫、世变难测的悲郁情怀寄托于月宫之思。"今人不见古时月,今月曾经照古人"一句所表达的无奈和凄凉显然深深打动了张若虚的诗心,后者在《春江花月夜》中反复吟唱道:"江畔何人初见月?江月何年初照人?人生代代无穷已,江月年年望相似;不知江月待何人,但见长江送流水。"一唱三叹,将人生的感伤和怀古的幽情以复沓回环的方式绕着江畔明月抒写出来,使月华之美又承担了如此沉重如此深邃的意蕴。

　　面对着广寒宫的清冷和孤寂,李商隐在《嫦娥》诗中推测:"嫦娥应悔偷灵药,碧海青天夜夜心。"虽然还包含着对月宫之美的歌颂,不过这"碧海青天"毕竟让人亲近不得,诗意中有所回避。刘克庄的《清平乐·五月十五夜玩月》则对嫦娥们所待的月宫心存向往,极力美化:

　　　　风高浪快,
　　　　万里骑蟾背。
　　　　曾识姮娥真体态,
　　　　素面原无粉黛。
　　　　身游银阙珠宫,
　　　　俯看积气濛濛。
　　　　醉里偶摇桂树。
　　　　人间唤作凉风。

何等真纯的世界! 连嫦娥也不施粉黛,以纯真的体态自由自在。这个世界真纯而不繁复,仙人们在银阙珠宫中漫游,在积气濛濛中飘然如梦,高贵而优雅,美丽而逍遥,尤其是乘醉轻摇月宫中那棵著名的桂树,人间便会刮起阵阵惬意的凉风。仙尘无隔,天人合一,此等美好至境,似乎只有在令人神往的月宫才能体现。

在中国文学传统中,月亮意象的复合性体现在神话意味与情绪意味的交叉融合,两者都反映了古人将特定的人生体验投向万众瞩目的月亮,赋予月亮复杂的意蕴和特殊的美感。神话意味中的月亮意象以中国的月亮神——美丽的嫦娥的传说为核心,招引出了包括李白、李商隐在内的无数诗人天才的吟咏;情绪意味中的月亮意象则早在《诗经》里就有了歌唱,它反映了初民对月亮之于人生意义的理解。《诗经·陈风》中的《月出》这样描写"月出"赋予人间生活的价值:

> 月出皓兮,佼人浏兮,舒忧受兮。劳心慅兮。
>
> 月出照兮,佼人懰兮,舒窈纠兮。劳心悄兮。
>
> 月出皎兮,佼人燎兮,舒夭绍兮。劳心惨兮。

大意是说,月亮出来了,是那么皎洁明亮!照得那俏丽娇美的美人,身段苗条而神情温柔。不过这只不过增加了"我"心中的骚动、哀愁和烦恼。为什么? 当然是月下美人,求之不得。《诗序》说这首诗是"刺好色",讽刺王者"在位不好德,而悦美色焉"。连理学家朱熹对此过于迂腐的说法都不加认同,认为"此亦男女相悦而相念之辞",显得确实开通多了;不过显然还不够准确,关键是没有强调"劳心慅兮"、"劳心悄兮"、"劳心惨兮"这些主题词。应该说这是一首感叹爱而不得之苦恼的诗。至于为什么不能相爱,或许是两情相悦,但未得亲许,只能在月光下隔窗相望,不能近前表达,于是徒生苦恼;或者是一厢情愿,月下美人并不曾响应吟诗男子的爱,于是月下遥看,彼女越美,内心越是痛苦。更大的可能是,洁白的月亮出来,让诗人联想到了并不在眼前的那个美丽的女子,她的种种娇态和柔情似水,分隔既久,不能得通款曲,于是怅望明月,恼恨无已。月华之升令人联想起分别已久的恋人,古代的人生规则、交通和通讯条件等决定了,每一种思念都不可能是甜蜜的,而只能是充满苦涩和烦恼,于是月亮意象常常与烦恼的情绪联在一起。这就是说,从《诗经》开始,月亮意象的情绪意味就不是欢悦而是忧愁,这是中国古代人生体验的一大结晶,也是中国古代文学表现得较为密集的意象内涵。

当然,月亮意象表现的愁思情绪未必都因爱而不得生成,其他的愁思,例如乡愁与客愁,也会在他乡明月的映照下凸现出来。李白那最为脍炙人口的诗篇《静夜思》,"床前明月光,疑是地上霜,举头望明月,低头思故乡",表现的就是乡愁,是明月意象凝结的愁思。《古诗十九首》中有"明月何皎皎,照我罗床帷。忧愁不能寐,揽衣起徘徊。客行虽云乐,不如早旋归。出户独彷徨,愁思当告谁。引领还入房,泪下沾裳衣",仍是乡愁的表达。本来诗人还感受到"客行"之"乐",就是因为他乡明月的"皎皎"之态,惹得他出门彷徨、"愁思"无告。可见,明媚的月亮是触动人乡愁思归的情感意象。

明月引起的愁思也常常是楼头思妇的情绪。每当明月朗照,夜若白昼,一个被夫婿抛别的良家妇女,惦记着或流落天涯,或强被远征,甚或杳然亡故的良人,怎能安然入睡? 或因关山重隔,或因烽火连天,或因阴阳殊路,音讯难通,相思难寄,幸有月照九州,只好将满腹的思念和满腔的愁思交付明月,期待着明月无所不及的光华能够将这种思念和愁思捎向自己的亲人,或者将郁积既久的怀想寄托给能洞穿阴阳的月光。曹植有诗《七哀》,诗中有句"明月照高楼,流光正徘徊。上有愁思妇,悲叹有余哀",所哀叹者乃是夫君已离别十年多,思妇自己则成了"孤妾"而常常"独栖"。李白《子夜吴歌》歌咏的思妇尚且不在楼头苦思,而在月光下辛苦地一边劳作一边思念和祈祷:"长安一片月,万户捣衣声。秋风吹不尽,总是玉关情。何日平胡虏,良人罢远征。"如果说诗情豪放的李白写起思妇怨女的月下愁苦来尚欠哀伤悲怨的惨苦,那么李清照这方面的表现可谓相当典型。在《行香子》一词中,这位天性哀伤婉约的女词人这样表达明月夜的凄凉景象:

　　天与秋光,转转情伤,探金英知近重阳。薄衣初试,绿蚁新尝,渐一番风,一番雨,一番凉。　　黄昏院落,凄凄惶惶,酒醒时往事愁肠。那堪永夜,明月空床。闻砧声捣,蛩声细,漏声长。

　　这首词以女词人自己的人生体验清楚地表明了明月意象与思妇愁怨的关系:明月意味着难以捱过的"永夜",明月照亮了寂寞的"空床",明月让人夜不成寐,只好听蛩声与漏声消此永夜的寂寞、空虚与惆怅。

　　明月照亮了空床,提醒着思妇怨女永夜难熬。在诗人张九龄那里,明月笼罩的"永夜"被表述为"遥夜",不过同样是思妇怨女愁绪万端的寄托。这首经常被引用的《望月怀远》开首两句特别受欢迎:"海上生明月,天涯共此时"。后边往往被现代的写手或主持人接续为:在这"举国欢庆"或"普天同庆"的日子里——一般是中秋节或元宵节的日子,将这一表现愁苦和哀怨的句子完全理解反了,误以为这两句诗就是唐人乃至华人的"欢乐颂"。几乎有华人舞文弄墨的地方每年到这个时候都会出现这样的笑话。这典型地说明不少现代人不懂得古代诗歌,不懂得古人的诗歌意象所特有的涵义,如果知道这首诗紧接着的是"情人怨遥夜,竟夕起相思",或者知道明月的意象一般是哀愁和愁怨的表达,就不会出这样的笑话了。

　　明月意象除了表达思妇怨女的愁怨,也可以表达男人愁怨的相思或亲情之思,六朝时代谢庄(希逸)写有《月赋》,如同楼头思妇怀念远征的良人一样,男人见明月而怀远方的美人:"美人迈兮音尘阙,隔千里兮共明月。"白居易善于借明月表达亲情之思,其《自河南经乱,关内阻饥,兄弟离散,各在一处。因望月有感,聊书所怀,寄上浮梁大兄,于潜七兄,乌江十五兄,兼示符离及下邽弟妹》,从题目便可看出,手足之思完全是望月有感,因为这明月才可能让不在一处的兄弟姊妹有"共此一时"的同感:"共看明月应垂泪,一夜乡心五处同。"

　　作为文学意象的明月所能表达的愁绪是相当广泛的,包括人生无奈的愁苦与闷思,都可以交付明月加以表现。白居易的《城上对月,期友人不至》

诗中写道:在"迢迢夜"中,"明月满西楼","照水烟波白,照人肌发秋",如此情形下,除非是酩酊大醉,否则"不醉即须愁"。这里的愁就比较抽象,可用人生之愁加以概括。张若虚的《春江花月夜》堪称咏月诗中的千古绝唱,所表达的也是人生之愁绪。当明月与潮水一起涌上的时候,诗人联想到的是似水流年,逝者如斯:"江畔何人初见月?江月何年初照人?"一种沧桑和苍茫之感,引起了感旧伤怀的诗人无限的愁绪,真个是月是人非,月照人愁:"人生代代无穷已,江月年年望相似;不知江月待何人,但见长江送流水。白云一片去悠悠,青枫浦上不胜愁。谁家今夜扁舟子?何处相思明月楼?"这愁苦与相思当然不限于"谁家"和"何处",按照诗人的感受,大可以理解为"各家"和"到处"。

将明月意象在人生愁苦的意义上处理得相当深沉的,是苏东坡的《水调歌头》。宋代文学批评家胡仔《苕溪渔隐丛话·后集》中称:"中秋词,自东坡《水调歌头》一出,余词尽废。"评价之高固然有些绝对,对于词作的把握也不无偏颇,因为此词与其说是"中秋词",不如说是明月词:通篇都围绕着明月而展开想象,表达的也都是明月意象所必具的愁绪与怅恨。开篇便是明月:"明月几时有?把酒问青天。不知天上宫阙,今夕是何年。"诗人分明由明月的圆满联想了人间的缺憾,于是对月反问:"不应有恨,何事长向别时圆?"不过,尽管是明月提醒了人生分离的痛苦,但这一切又不是明月所能负责,而是人生状态的必然。诗人将人生的无奈与明月的规律联系起来,表现出深刻的人生感悟:"人有悲欢离合,月有阴晴圆缺,此时古难全。"感悟中充盈着无限的悲怆和愁苦。诗人更深刻的感悟在于,正像借酒消愁愁更愁一样,借月消愁也枉然,只好还是在无奈中自我解脱,哪怕抛出个虚妄的祝愿:"但愿人长久,千里共婵娟。"

如果反问一句,有没有人偏偏用"明月"表现欢乐美好的情绪?例如王安石那句"春风又绿江南岸,明月何时照我还",如果是处在人生实践的过程之中吟出,即当他真的是走在还江南的路上,天空朗照着一轮明月,不正好可以对月抒发自己的欢快心情吗?当然可以,面对明月,各个人在实际人生中的体验不一样,情绪也应该各异,断没有规定人生体验非常愉悦的时候却一定要对月赋诗强说愁。问题是,一旦将明月当作意象使用,而且意在表现情感,则人们应该而且必然会唤起愁怨的情绪感兴:明月之美就在于它传达了古代中国人的愁怨情绪。类似于"明月"以及前述"易水"、"风萧萧"等普泛性的文学意象,在长期的文学经典化过程中,在人们不断的认同和重复运用中,其意旨已经相当稳定,如果有人试图别出心裁另加新解,往往就冒犯了人们的欣赏习惯,破坏了人们的阅读期待,毁坏了约定俗成的意象格局,实际上就违反了文学意象之美的创造与接受的一般规律。这样的意象美学原理甚至一些文学大家也并不清楚,他们往往用人生的一些个别性的经验或偶然性的枝节来推翻某些文学意象的普泛性意义,并且自以为得计。明代小说家冯梦龙便有此失。

冯梦龙在《警世通言》第三卷叙说了"王安石三难苏学士"的故事。说是任满湖州刺史的苏东坡回京,造访恩师王安石府第,适荆公外出,家人知道东坡学士是主人爱生,便让进书房任由其便。苏东坡见有一方素笺,叠作两摺——

取而观之,原来是两句未完的诗稿,认得荆公笔迹,题是《咏菊》。东坡笑道:"士别三日,换眼相待。昔年我曾在京为官时,此老下笔数千言,不由思索。三年后也就不同了。正是江淹才尽,两句诗不曾终韵。"念了一遍,"呀,原来连这两句诗都是乱道。"这两句诗怎么样写?"西风昨夜过园林,吹落黄花满地金。"东坡为何说这两句诗是乱道? 一年四季,风各有名:春天为和风,夏天为薰风,秋天为金风,冬天为朔风。和、薰、金、朔四样风配着四时。这诗首句说西风,西方属金,金风乃秋令也。那金风一起,梧叶飘黄,群芳零落。第二句说:"吹落黄花满地金,"黄花即菊花。此花开于深秋,其性属火,敢与秋霜鏖战,最能耐久,随你老来焦干枯烂,并不落瓣。说个"吹落黄花满地金",岂不是错误了? 兴之所发,不能自已,举笔舐墨,依韵续诗二句:"秋花不比春花落,说与诗人仔细吟。"

苏才子写毕自去,荆公回来一看,知道是苏东坡恃才妄改,决定教训他一番,于是密奏天子,将苏轼左迁黄州任团练副使。苏东坡虽然心中不服,明知荆公为改诗触犯,公报私仇,但也奈何不得,只好去上任。到了黄州以后,暮见此地菊花果然在秋风中纷纷落瓣,知是自己唐突,深佩荆公见多识广,便主动到京中向恩师认错。这样的故事应该来自于水平不高的诗话或民间传说,单是将王安石所写的诗"吹落黄花遍地金"拟得如此之滥俗不堪,便可见编者档次之低。不过冯梦龙似乎十分认同这则故事里引出的教训,竟用这样的四句诗概括其说话的主旨:"海鳌曾欺井内蛙,大鹏张翅绕天涯。强中更有强中手,莫向人前满自夸。"那意思是要吸取苏东坡的教训,不能那样自以为是。

其实这故事里的苏东坡没有错,错的是故事中的王安石以及说故事的冯梦龙。也许湖北黄岗这个地方的菊花到秋天真会落瓣,甚至不排除王安石私家花园里由于特殊的水土条件和温湿度,菊花一到秋风之起也纷纷落英,但这些个别的人生见闻怎能与诗界约定俗成的黄花意象相提并论? 以古代人的人生体验为基础,在诗人们长期的艺术共识中,许多花种都已经得到了意象化的定义,如梅花象征高洁、清秀、淡雅、素朴,兰芷象征名贵、孤芳、清高,牡丹象征富丽,荷花象征出污泥而不染,等等。菊花,也就是黄花,象征着傲霜斗寒、誓死不凋的坚强品格,在诗的国度那花瓣就是不能掉。故事中的苏东坡提醒王安石"秋花不比春花落",说的就是文学意象的这一规则;王安石用琐碎的日常人生的经验和偶然现象,只能吓唬住故事中的苏东坡,只能折服不懂得文学意象法的冯梦龙,却无法推翻多少年来诗歌界和文学界普遍认同的黄花意象:宁死枝头不落瓣的菊花。杜甫《云安九日》吟咏菊花:"寒花开已尽,菊蕊独盈枝。"盈盈枝头,当然不是花瓣纷纷下落的样子。另一位唐代诗人吴履垒在《菊花》诗中更明确地歌颂道:"粲粲黄金裙,亭亭白玉肤。极知时好异,似与岁寒俱。堕地良不忍,抱技宁自枯。"不忍堕地，宁可抱枝自枯，这才是菊花的真精神、真品格，也是黄花意象的精义之所在。与王安石、苏东坡同朝的诗人们对黄花意象的精义可以说已深深领悟，朱淑贞《菊花》诗步吴履垒诗意歌咏道：

> 土花能白又能红，
> 晚节犹能爱此工。
> 宁可抱香枝头老，
> 不随黄叶舞秋风。

宋元之际诗人郑所南《自题画菊》也如此吟诵："花开不并百花丛，独立疏篱趣未穷。宁可枝头抱香死，何曾吹落北风中。"

　　故事中的王安石也许不知道，在他之前，菊花在诗人们左一个"宁可"右一个"宁可"的吟咏中已成了普泛性的意象，在他以后的诗人更是如此；也只有故事中的苏东坡才会那么轻率地认错，不明白琐碎、偶然的人生经验并不足以否定约定俗成的文学意象。也许，历史上的王安石既然饱读诗书，完全可以用屈原在《离骚》中的"朝饮木兰之坠露兮，夕餐秋菊之落英"训斥苏东坡：明明秋菊是可以"落英"的。然而也未必。屈原的"落英"未必是落瓣之意，"落"可以解释为"摇落"，唐代任希古《和东观群贤七夕临泛昆明池》中有"秋风始摇落，秋水正澄鲜"句。"摇落"虽然有些衰摧的模样，但与落瓣是两回事。其实高洁的屈原怎么可能将落在地上的花瓣扫起来当晚餐呢？他是要摘取摇落秋日枝头的菊花充饥，正如收取木兰花叶上的露珠解渴一样——坠滴到地面上的露珠无法"朝饮"，掉落在地面上的花瓣也不能"夕餐"。

　　文学创作和文学欣赏尽管需要足够的人生经验作基础，但并非像有些人想象的那样如履薄冰，生怕哪一个边边角角的人生经验没有体会得到，会闹出上文中苏东坡式的笑话来。文学意象一旦取得了普泛性的意义，就获得了约定俗成的意味，任何个别、偶然的人生体验都不能否定和推翻。这是文学的意象法则，也是文学欣赏的一个通则。

二 文学意象的翻新与创造

　　并不是所有的文学创作都得沿袭具有普泛意义的意象进行创作,也并不是所有的文学意象都可能获得普泛性意义。文学是人生的写照,特别是一定时代一定人生环境下特定心态的表现,因而文学创作也必然鼓励个性化的意象。只是个性化的意象一般来说不能与普泛性意象相对立,除非是较为偏激的现代主义先锋文学家,他们的某种反叛性会通过涂改、消解乃至反其道运用一些普泛性意象加以显现,例如将太阳写成黑色的或写得相当寒冷,将庄严的牺牲和复仇写得嘻嘻哈哈一点正经没有。这是先锋派的秘密,也是反叛者的权力。

　　文学意象的产生既然与人生体验密切相关,故而不同的人生经验、不同的人生环境便有可能生成不同的意象内涵。正因为如此,中国文学艺术的传统意象与西方文学艺术的传统意象在意义内涵上就有比较大的差异。例如中国传统文学意象中,劳动充满着艰辛和痛苦,但在西方文艺表达的意象中,劳动常常充满着希望和幸福感,赛林格的《麦田的守望者》等作品就注重这种劳动气氛的营造,托尔斯泰的《安娜·卡列尼娜》中也有类似的表现,其中的重要人物列文看到农家年轻夫妇在劳动时充满和洽充满幸福的场景,不禁感慨系之。这可能与欧洲人生活在相当肥沃和富饶的土地上有关,这在传统的农耕社会是非常重要的;中国古人从贫瘠荒凉的黄土地发祥,几乎每一分收获都要付出相当艰辛的努力,劳动的负担对于我们的祖先来说过于沉重,于是劳动意象中就不会包含多少希望和幸福的意蕴。也许由于人生环境各异的原因,西方文艺常常包含着对黑夜的歌颂,即将黑夜处理成美好的意象。莎士比亚让人们看到"仲夏夜之梦"是如何美妙,德国文学家诺瓦利斯(Novalis,1772—1801)和伊朗现代诗人巴哈尔(M. T. Mohammad Taghi Baha'er,1886—1951)都写过《夜颂》,许多音乐家谱写过各种各样的夜曲,英国诗人济慈甚至告诉人们,即使是鸟儿的叫声,也是夜莺在黑夜里的歌唱最美妙动听。徐志摩在《济慈的〈夜莺歌〉》一文中写道:"除非你亲耳听过,你不容易相信树林里有一类发痴的鸟,天晚了才开口唱,在黑暗里倾吐他的妙乐,愈唱愈有劲,往往直唱到天亮,连真的心血都跟着歌声从她的血管里呕出;除非你亲自咀嚼过,你也不易相信一个 23 岁的青年有一天早饭后坐在一株李树底下迅笔的写,不到三小时写成了一首八段 80 行的长歌,这歌里的音乐与夜莺的歌声一样的不可理解,同是宇宙间一个奇迹,即使有哪一天大英帝国破裂成无可记认的断片时,《夜莺歌》依旧保有他无比的价值:万万里外的星亘古的亮着,树林里的夜莺到时候就来唱着,济慈的夜莺歌永远在人类的记忆里存着。"这样的评说中尽管有溢美的赞颂,可也包含着一个中国诗人对于西方诗歌的某种惊奇的感受:那专门在黑夜里泣血歌唱的"发痴的鸟"竟可以等同于"宇宙间一个奇迹"。东方的鲁迅尽管也写过《夜颂》,不过那是充满怨愤情感的杂文,不是真正的颂歌。西方人之所以对于黑夜有如此美好的亲近感,可能是因为他们地处较高纬度,一年中有一大部分时间内夜晚十分短暂,夏季真正属于黑夜的时间也许只有四五个小时,在更北的地方如圣彼德堡,甚至有白夜现象,这使得爱在夏夜活动的人们越发感觉到夜的可贵。相比之下,东方的基本感受则是长夜漫漫,而且夜晚的世界往往不是给辛苦劳作的人们去享受的天地。

这些当然只是对某些现象的一种臆测,比较可靠的结论须待文化人类学者的悉心考察。如果文化人类学者在比较不同民族的文化差异时引进文学艺术传统意象的考量,至少会将论题展开得更加有趣。

不过更应该令文化学者以及美学家感兴趣的是,中外文学中有些比较生僻的意象居然相通。比方说"青鸟"意象,中外文学家所用都不多,但居然表现的意义内涵相当接近,都是代表幸福之音的信使。《山海经》郭璞注提到这种鸟,虽然未称青鸟而称"青雕",但显然就是这一文学意象的始祖。《穆天子传》卷二中说到穆天子赞赏的神鸟"爰有白鹤青雕"。隋代诗人薛道衡在她的《豫章行》中借助传统神话歌吟出了青鸟意象:"愿作王母三青鸟,飞去飞来传消息。"当然是传送的好消息。唐代诗人李商隐在吟诵出"相见时难别亦难,东风无力百花残","春蚕到死丝方尽,蜡炬成灰泪始干"这些千古名句的《无题》中,也放飞了这一种吉祥之鸟:"晓镜但愁云鬓改,夜吟应觉月光寒。蓬莱此去无多路,青鸟殷勤为探看。"这青鸟仍然是功能通神、为人们报传蓬莱佳音的吉祥物。南唐中主李璟有《浣溪沙》一首,以悲伤的语调慨叹青鸟之不至:

> 手卷真珠上玉钩,依前春恨锁重楼。风里落花谁是主?思悠悠。
> 青鸟不传云外信,丁香空结雨中愁。回首绿波三楚暮,接天流。

这些诗词中的"青鸟"不仅是统一的意象,也是统一的身份:能够传达神旨仙意的吉祥之鸟。

居然在欧洲也有这样的"青鸟"意象。比利时作家、象征主义戏剧创始人莫里斯·梅特林克写了一部童话剧本《青鸟》,凭此获得了诺贝尔文学奖。后来他的妻子乔治特·莱勃伦克为少年儿童阅读之便,又根据原作加工改写成一部童话。作品中说,远古时候,砍柴人的儿女——吉琪和美琪,在圣诞节前做了一个梦,梦见一位名叫蓓丽吕的仙女委托他俩去寻找一只青鸟,说她的小女儿病得很厉害,只有这只神鸟才能使她痊愈,使她得到幸福。砍柴人的两个儿女于是在猫、狗和各种东西(糖、面包、水火)的精灵陪伴下进入另一个世界,在光神的指引下去寻找这只青鸟。他们在回忆之乡、夜之宫、幸福之宫、坟地和未来王国里,在光神的庙宇里,历尽了千辛万苦,但青鸟总是得而复失,最终还是没有找到。他们只好空手而归。早晨醒来,邻居柏林考脱太太为她的病孩来索讨圣诞礼物,吉琪只好把自己心爱的鸽子送给她。不料,这时鸽子变青了,成为一只"青鸟",邻居家的女孩病也好了。

郑振铎先生在所著《文学大纲》的"19世纪荷兰与比利时文学"一篇中,特别推荐这部《青鸟》,他说:"《青鸟》写两个孩子要找寻青鸟,在记忆之土,在将来之国,在夜宫中,在森林中,到处地找,却没有找到。后来他们醒了,邻居的孩子生病,要他们养的鸟玩。他们训治了它,这鸟却真的变成青鸟了。但当他们把它放出来玩时,鸟又飞得不见了。青鸟乃是幸福的象征,只有从自己牺牲中才能得到。但幸福是非永久可以在握的,所以青鸟不久即飞去了。"这样的领悟实在很见真谛。苏雪林早年写过一篇《梅脱灵克的〈青鸟〉》予以推介,文章首先对《青鸟》作了崇高的评价:"所谓'比利时的莎士比亚'摩利斯·梅脱灵克(Maurice Maeterinck)于 1909 年出版了一本剧本叫做《青鸟》(L'oiseaubien),这是一本有世界价值而又千古不朽的大杰作。"接着介绍说:"这本戏剧出版以后,立刻轰动一时,在我国有五十几个团体排演它,莫斯科戏院便演了三百多次,在伦敦纽约各大都市一演总是接连二三百次,上至大总统,下至理发匠,白发的老翁,活泼的儿童,一肚子学问的学者,蠢无知识的乡下佬和灶下婢,老老少少,男男女女,没有一个不喜欢《青鸟》这本戏。这只美丽奇怪的青鸟,飞到一处,那地方的人民,便立刻传染一种富于流行性的热病。哈,竟可以叫做'青鸟狂'。"〔1〕

两位先辈都对这一作品进行了热情的解读与推介,但都没有论述其在文学意象的创造上与有关中国古典诗词的异曲同工。这或许是比较文学研究者的任务。无论如何,体验着不同的人生的文学家竟会对这样一个不常用的文学意象有如此惊人的不谋而合,这是比较文学话题中的一个迷人而富有挑战性的问题。

分属中外文学又是处于不同时代的作品,能够产生这种意象契合的现象实属罕见。便是在中国文学历史上,不同时代能够有这种意象契合现象的也不是很多。许多一度被歌咏过的意象都没能成为具有固定意义的普泛性意象,当人生发生某种变化的时候,有关意象的内涵也就随之发生变化,这样就不可能发育成为普泛性的意象,往往只能成为时代性或个性色彩比较浓厚的意象。例如"沧海"意象,在曹操的《观沧海》一诗中,宏观、博大的气势乃是其基本意蕴:"日月之行,若出其中;星汉灿烂,若出其里。"如此浩大的气魄到李白《行路难》所吟"长风破浪会有时,直挂云帆济沧海",尚有一些余韵,可到了清代诗人陈遇清的《金牛偃月》诗中,"沧海涌出水晶毯,碧嶂平临玉海秋",就变得纤巧精致,几乎没有了沧海的宏大气度。这说明"沧海"这一意象并没有形成普泛性效用,文学家们在表现这一意象时基本上根据自己的人生体验加以调节,各人的人生气度直接作用于对这一意象内蕴的改造。而由于"沧海"意象没有在文学历史的运作中得到普泛化确认,任何人按照自己的人生体验去理解沧海并赋予它新的情感意蕴,都是可能的,也是允许的。于是,著名将领和杰出诗人丘逢甲大量的诗作都用沧海表达对于故乡台湾的忆恋、感激、关爱与担忧。如其《对月书感》第一写道:"明月出沧海,我家沧海东。独怜今夜见,犹与故乡同。丧乱山河改,流亡邑里空。相思只垂泪,顾影惊归鸿。"这首诗明写明月(依旧是愁思的对象),暗咏故乡,"沧海"意象就是唤起对于故乡台湾的怀念与想象。

有一学者这样分析丘逢甲诗中的"沧海"意象:"'沧海'与一般泛称的'海',除了一同具有广大开阔、深沉神秘的特质外,'沧'字更多了寒冷与深青色的意含;前者为温度,后者为颜色,都能勾起感官的实际体验;而大海的深青色一方面属于颜色心理学上的冷色系,可加强'寒冷'的意含,一方面也有唤起忧郁感觉的心理效果。而所有这些意含,都在诗里汇聚为丘逢甲心中对台湾的种种感受;所以,每当诗中出现'沧海'的意象时,往往便成为'台湾'的暗喻或暗指台湾,而多少沧桑旧事,也隐藏其中,透出深刻而复杂的情绪与深沉开阔、风云悲壮的心境。"[2]这样的分析从"沧海"的意象本义及其引申义入手,很有说服力。

意象的营造既然基于人生体验,则古今人生体验悬殊甚大,文学意象的意蕴变迁必然巨大。那些本来就缺少普泛性意义的意象自不必说,具有现代人生经验的现代文学家自然会按照自己的人生体验对它们进行改铸和重造;即使是在历史上已经具有普泛性意义,其意蕴几乎被固定了的文学意象,到了现代文学表现中,也照样会遭到改铸,甚至于遭到颠覆。像"易水"和"风萧萧"这样至今仍能唤起现代读者和文学家相关幽情的传统意象已经少之又少,表现愁苦的"明月"意象,以及表达深挚的友谊和别情的"白云"意象,由于远离了现代人的生活,已经被现代文学家和现代读者所淡忘。有些古典意象还遭遇到了颠覆性的革命,即原来的意蕴完全被抽空,然后又被现代文学家赋予了相反的意思。例如王安石"春风又绿江南岸"之"绿",充满着勃勃生机和向往之意,历来被视为颜色意象的经典之用,可到了现代诗人卞之琳的《雨同我》中,那"绿"的意蕴全没了生机和向往的意趣,而是相反,充满着晦暗、灰冷和烦愁的意念:"我的忧愁随草绿天涯。"这当然是现代文学家的现代人生体验与古人拉开了很大距离的结果,也是现代人的人生境遇改变了审美趣味的结果。

现代人的人生环境、人生境遇甚至人生观念都与古人有了相当大的区别,这就意味着古人营造和认同的文学意象已经远远不能满足现代人的文学表达需要,哪怕是一些酷爱古典意象的现代文学家,有时也不得不在沿用传统意象的时候对之进行改造,充实进现代人生体验的内涵,从而赋予古老文学意象以现代的阐释。现代诗人戴望舒在这方面有出色的表现。他的代表诗作是那首脍炙人口的《雨巷》:

> 撑着油纸伞,独自
> 彷徨在悠长、悠长
> 又寂寥的雨巷
> 我希望逢着
> 一个丁香一样地
> 结着愁怨的姑娘
>
> 她是有
> 丁香一样的颜色
> 丁香一样的芬芳
> 丁香一样的忧愁
> 在雨中哀怨
> 哀怨又彷徨

她彷徨在这寂寥的雨巷

撑着油纸伞

像我一样

像我一样地

默默彳亍着

寒漠、凄清，又惆怅

她默默地走近

走近，又投出

太息一般的眼光

她飘过

像梦一般地

像梦一般地凄婉迷茫

像梦中飘过

一枝丁香地

我身旁飘过这女郎

她静默地远了、远了

到了颓圮的篱墙

走尽这雨巷

在雨的哀曲里

消了她的颜色

散了她的芬芳

消散了，甚至她的

太息般的眼光

丁香般的惆怅

> 撑着油纸伞,独自
>
> 彷徨在悠长、悠长
>
> 又寂寥的雨巷
>
> 我希望飘过
>
> 一个丁香一样地
>
> 结着愁怨的姑娘

这首诗的关键意象是丁香,所体现的核心情感是愁怨。钟情于晚唐诗风的诗人直接取用了古代诗歌中的"丁香"意象,那意象的意旨正是愁怨。李商隐的《代赠》之一首先将丁香的"愁怨"意旨通过诗作推出:"楼上黄昏欲望休,玉梯横绝月如钩。芭蕉不展丁香结,同向春风各自愁。"南唐中主李璟《浣溪沙》则有"青鸟不传云外信,丁香空结雨中愁"之咏。这两位大诗人出色的吟唱已足以将丁香的愁怨意旨引向普泛性认同。其实丁香原与愁怨没有关系,据奚密所写的《丁香》[3]介绍:丁香又叫丁子香,其名来自它的形状,英文名 clove,来自拉丁文 clavus 和法文 clou,亦即"钉子"的意思,和中文不谋而合。日文称丁香为"丁子",想必与中文有关。中国早在汉代就有丁香,大概最初来自南洋,后来在中国的云南和两广也偶能见到。古代中国将丁香区分为雌雄两种。公丁香是花蕾,即一般所谓的丁香。母丁香是果实,较公丁香大,又称"鸡舌香"。宋代词人颜博文曾作《鸡舌香赋》,说它"偶嚼而有味,以奇功而见录"。东汉应劭的《汉官仪》曾记载汉桓帝时,侍中刁存年老口臭,皇帝赐给鸡舌香,让他含在嘴里去味。他起初以为皇帝是赐他毒药,回到家里才发现原来是香口的鸡舌香。东汉以后,臣子觐见皇帝时口含丁香已成宫廷的规矩,为的是"欲其奏事对答,其气芬芳"。唐代诗人刘禹锡的《早春对雪奉澧州元郎中》也有"昨日同含鸡舌香"句,即一起早朝之记。不过"鸡舌香"虽然香口管用,但不如丁香那么雅。丁香与雨中愁怨相联,是因其花惨白细碎,笼罩于雨中,却如一股怨愁之气迷迷蒙蒙。

戴望舒顺承了古人的丁香和雨中愁怨意象思维,但没有简单照搬,而是以现代人的情怀赋予丁香和愁怨以美好的想象,想象为一个如梦似幻的姑娘,她有着丁香一样的颜色、芬芳乃至太息、忧愁、惆怅和凄婉迷茫,这一切凝结在像雨中仙子一样飘过雨巷的姑娘身上,就成了美好、浪漫的象征,成了诗人期盼的对象:他希望迎面"逢着",或希望身边"飘过"这样一位像丁香一样结着愁怨的姑娘。古人借丁香写怨愁,是为了排解,为了宣泄,而雨巷诗人戴望舒借助丁香这一愁怨的意象,是为了期盼,为了遭逢和濡染,用意完全不一样。丁香和着愁怨在现代诗人的笔下获得了肯定性的情感认同,显示出现代人对忧郁美甚至病态美的特别欣赏,对愁怨有一种特别亲和的感觉。这是现代人的审美观念在起作用。不过,让人更觉惆怅的是,这丁香一样的姑娘并没有真的出现,一切都发生在诗人的梦幻和期盼之中,也就是说一切都没有发生;连这样一种愁怨都不能浪漫地降临,可见诗人如何地"冷漠、凄清"!是的,冷漠、凄清才是诗人真正承受的情感,是诗人急于宣泄和希图排解的情感;只要摆脱"冷漠、凄清"蛇一般的纠缠,即使愁怨的莅临又算得了什么?与"冷漠、凄清"这种蛇一般可怕的情绪相比,"愁怨"不就是丁香一样的姑娘?

基于现代人的人生感受和审美情趣,戴望舒对古人的"丁香"意象作了现代性的处理。这样的处理尚以承认古人的意念为前提,因而没有凸显出现代人的反叛意味。现代人的意象反叛意味可以从"黄昏"的文学处理中充分感受。

古人对于黄昏一般抱有美好、浪漫之想,许多诗人愿意将黄昏理解为充满迷离色彩的时刻,这是因为古人生活相当拘谨,白天大庭广众之下备受礼度约束,夜晚则不宜外出活动,只有黄昏这介乎于白日与黑夜的短暂时刻,青年男女们能够有点稍微自由的空间,至少可以产生一种期盼。更何况惯于审美的文人在朦朦胧胧、似幻似真的黄昏气氛中更容易找到诗情画意。于是,宋代诗人朱淑贞在《生查子·元夕》中这样美化黄昏的时刻与气氛:"去年元夜时,夜市灯如昼。月上柳梢头,人约黄昏后。今年元夜时,月与灯依旧,不见去年人,泪满青衫袖。"有说这首纤巧婉约的作品出自欧阳修,可由于它风格清丽,读者有理由将它理解为出自女词人纤纤玉手之下。欧阳修的词确实常注意描写黄昏之美,但似乎并不如此词清丽灵动,虽然时时婉约有致,但毕竟不脱男性的深蕴沉滞。其作《少年游》有"谢家池上,江淹浦畔,吟魄与离魂,那堪疏雨滴黄昏,更特地、忆王孙"之咏,那"忆王孙",便是典型的男人气度与胸襟;这样的情绪笼罩下,"疏雨滴黄昏"的美便显得浑厚而深沉。他写黄昏之美,都充满风雨感兴,这也是深蕴沉滞的男性气度的流露。其《蝶恋花·庭院深深深几许》即有"雨横风狂三月暮,门掩黄昏,无计留春住"之唱,比"疏雨滴黄昏"更见男性气质。不过,他始终认为黄昏是美好的时刻,另一首《蝶恋花》写道:"河畔青芜堤上柳,为问新愁,何事年年有?独立小桥风满袖,平林新月人归后。"这"新月人归后"刚刚是黄昏过后的时刻,人归之前看来有人应约,一起度过了短暂而美好的黄昏,黄昏过后,便复又独自赋新愁。北宋诗人林逋将黄昏写得更加美不胜收,同时也妙不可言:"疏影横斜水清浅,暗香浮动月黄昏。"没有黄昏之月,那暗香疏影的梅花便失去了所有的光泽和灵魂。

李清照有时与欧阳修一样,将凄苦悲郁之美诉诸黄昏,有的是"梧桐更兼细雨,到黄昏、点点滴滴。这次第,怎一个愁字了得"(《声声慢》)之类的悲叹,不过也有《醉花阴》中"东篱把酒黄昏后,有暗香盈袖"的美好心情托付与黄昏。即使是些凄苦的黄昏,也带着阴郁之美的意趣,一如陆游《咏梅》词中"已是黄昏独自愁,更著风和雨"的美好而忧郁的感兴。其实,将黄昏当作美好且略带忧郁的意象,恐怕在唐代李商隐的《登乐游原》中就已经相当明显了:"向晚意不适,驱车登古原。夕阳无限好,只是近黄昏。"这首诗根本没有说黄昏之可怕,相反,可以推论为暗示黄昏之可爱:夕阳固然无限好,但黄昏就要来了,黄昏也同样美好,并且将要覆盖这夕阳之美。如果说这样的理解理由并不充分,即按常说将夕阳之美好当作最高境界加以赞颂,那么,黄昏也受到夕阳余晖的照拂,仍有美好的韵致,只不过不如夕阳那样辉煌,于是带一点黯然神伤。

然而在现代人的人生体验中,黄昏是充满着晦暗,充满着疑虑的意象,现代人的情感经验和人生修养中有着古人所不常体验的无所适从、无地彷徨的感受,这些都非常适合于黄昏意象。于是从鲁迅开始,现代中国作家就善于将黄昏当作疑虑的时刻,当作彷徨和苦闷的象征,在这样的时刻,已经没有了任何美好与希冀,有的是空虚、荒寞和绝望。鲁迅的散文诗集《野草》是这种空虚、荒寞和绝望情绪的集中体现者,也正是在这些作品中,笼罩着无可逃避的黄昏意象。《影的告别》最为典型,那个独立彷徨的影子这样表述:"我不愿彷徨于明暗之间,我不如在黑暗里沉没。""然而我终于彷徨于明暗之间,我不知道是黄昏还是黎明。我姑且举灰黑的手装作喝干一杯酒,我将在不知道时候的时候独自远行。""呜乎呜乎,倘若黄昏,黑夜自然会来沉没我,否则我要被白天消失,如果现是黎明。"黄昏最适合这种彷徨于明暗之间的"影"的存在,黄昏不过是半明半暗不明不暗的一个古怪的时空,黄昏适合表达一切阴郁的彷徨和晦暗的犹疑。然而那影子还不就此满足,它似乎诅咒和否定一切希望的影子,不愿彷徨于明暗之间,宁愿彷徨于"无地",宁愿选择通往绝望的路。《野草》中的《希望》并没有否定希望,不过这没有否定的希望一定不产生于黄昏时分,因为只有在黄昏时分才可以"用这希望的盾","抗拒那空虚中的暗夜的袭来",不过"盾后面也依然是空虚中的暗夜",笼罩在"黄昏"意象之上的永远是空虚的暗夜。诗剧《过客》的时间定位在"或一日的黄昏",黄昏气氛下的过客显得更加忧郁而疑虑:"从我还能记得的时候起,我就在这么走,要走到一个地方去,这地方就在前面。"他不知道自己从哪里来,也不知道前面会是什么,甚至于不知道自己为什么要走,而只知道自己必须走。这样的一种没有希望、没有归宿感、没有动机和目标的行为与心态,非常适合在黄昏时分展开。黄昏时分小女孩梦想的野百合野蔷薇都淹没在沉沉的暮霭之中,唯有坟地里疙疙瘩瘩的土馒头依稀可见,坟地里的灌木丛野蒿秸更显得鬼影憧憧。这就是现代作家意象中的"黄昏",它与各种否定性的情感和不确定的疑虑紧密相联。

20世纪30年代,一位青年作家沉溺于"画梦",用自己的笔写出了不少梦幻的忧郁,被授予《大公报》文艺奖。这位"画梦"的诗人叫何其芳,他写过散文《黄昏》，果然是梦幻一般的笔调，但表现的全是孤独、疑虑、晦暗的情感。在他的笔下，组成"黄昏"意象的是"马蹄声，孤独又忧郁地自远至近，洒落在沉默的街上如白色的小花朵"，他"疑惑"一辆马车"是载着黄昏，沿途散下它阴暗的影子"；当它消失的时候，"街上愈荒凉"，"暮色下垂而合闭，柔和地，如从银灰的归翅间坠落一些慵倦于我心上"。这时候，他确信"狂奔的猛兽寻找着壮士的刀，美丽的飞鸟寻找着牢笼，青春不羁之心寻找着毒色的眼睛"，——世间的一切秩序完全颠倒，疯狂正造访着黄昏的每一个角落。作为"黄昏的猎人"，他不知道往哪里走，只能听脚底下发出的"凄异的长叹"。

这种现代人所体验的不确定的疑虑，在20世纪40年代女诗人陈敬容的笔下也有明确的表现。她的诗歌《黄昏，我在你的边上》这样对语"黄昏"："白日待要走去又不走去，/黑夜待要来临又没来临，/吊在你的朦朦胧胧，你的半明半暗之间，/我，和一排排发呆的屋脊。"黄昏带来了屋脊上的感受，无所适从、无地彷徨，充满着疑虑的苦闷。于是，黄昏在她看来就不再是舒适的感受，《雨后》中表述的"雨后的黄昏的天空"，像一个"烦热的躯体在那儿沐浴"。诗人纪弦的《黄昏》诗同样表现了这样的怅惘和不确定：

> 又是黄昏时分了。
> 妻去买米，剩我独自守着
> 多云的窗。
>
> 兵营里的洋号，
> 吹的是五月的悲凉。
>
> 想着沉重的日子。
> 想着那些伤怀的，使人流泪
> 的远方。

唉,这破碎了的……

　　你教我唱些什么,和以什么

　　调子唱歌!

一切都是伤怀,都是破碎,都是无可皈依的感叹和不知如何面对人生的迷
茫。

　　现代文学家已经由古代文学经验中体会出文学意象的巨大表现力,因
而极善于从现代人生体验出发营造适合于现代情感和思维表现的文学意
象。这些意象不仅运用于诗歌中,在富有表现力的小说里也经常出现。鲁
迅的《伤逝》就是这样一篇富有表现力的作品,而其中的表现力往往全得之
于意象的别致与刺激。

　　小说中的涓生和子君是一对勇敢地自由结合的青年,但他们同居以后
彼此之间相当隔膜,以至于在生计的压迫下又感受到对方其实已成了人生
的累赘,特别是涓生,向往着冲着苏生的前路独自奋飞、孤身前往。表现他
这种独自奋飞和孤身前往欲望的是他头脑中反复出现的这样一种意象群:

　　　　我看见怒涛中的渔夫,战壕中的兵士,摩托车中的贵人,洋场上的
　　投机家,深山密林中的豪杰,讲台上的教授,昏夜的运动者和深夜的偷
　　儿……

这些意象组合在一起,便是他人生的希冀,是他理想的人生状态。这些渔
夫、兵士、贵人、投机家、豪杰、教授、运动者和偷儿等形象所体现的意蕴是什
么? 是冒险,他们都是各种行业各种状态下的冒险者,那贵人也是"摩托车
中的贵人",也处在冒险状态。涓生盼望着冒险、轰轰烈烈,但轰轰烈烈的冒
险需要一无牵挂,需要解脱于家庭和爱情的缧绁。

　　子君终于在这种气氛中离去,没有留下一句话。涓生应该觉得轻松了

许多,然而同时领受的也还是一派迷茫、渺无目标,甚至是空虚和绝望,于是:

> 我的心也沉静下来,觉得在沉重的迫压中,渐渐隐约地现出脱走的路径:深山大泽,洋场,电灯下的盛筵;壕沟,最黑最黑的深夜,利刃的一击,毫无声响的脚步……

这一意象群表达的正是迷茫、空虚和绝望,当然也有一些诱惑,如"电灯下的盛筵"。在这样的情境和心境中,涓生显然不可能真正走上苏生的奋斗的前路,于是他对前路的感觉便"像一条灰白的长蛇,自己蜿蜒地向我奔来";他等着,等着,看看临近,却忽然觉得已经消失在黑暗里。

现代人生体验给文学家的教训总是负面的和消极的居多,这是现代文明的兴起给人类精神领域带来的特殊的"礼物"。机械文明、电子文明和信息文明让人们享受到了物质文化的巨大飞跃,但同时造成了人对于自身价值的怀疑,对于人生荒诞感的加剧,对于人类前途的担忧,以及对于世界命运的焦虑。这样的人生体验是古代文明状态下所不可能产生的,因而现代文学意象多数不可能沿用古代文学的传统,必须从现代人生的深刻体验中炼滤、铸造。可惜并不是所有的现代中国文学家都能够像鲁迅这样充满着意象创造和意象表现的能力甚至自觉,于是他们倾向于从西方现代文学的新经典中寻找现代意象传统。

现代作家轻易地找到了托马斯·艾略特,这位将现代文明描绘成一派荒原的诗人深深地启发了他的遥远的东方同行,后者毫不犹豫地将他创造的"荒原"意象运用于自己的国度,运用于自己魂牵梦绕的故土和家园。人们注意到艾略特对现代都市文明的描写:

> Unreal City,　　　　　　　　　　　　并无实体的城,
> Under the brown fog of a winter dawn,　　在冬日破晓的黄雾下,

A crowd flowed over London Bridge,	一群人鱼贯地流过伦敦桥,
so many,	人数是那么多,
I had not thought death had	我没想到死亡毁坏了
undone so many.	这许多人。
Sighs, short and infrequent,	叹息, 短促而稀少,
were exhaled,	吐了出来,
And each man fixed his eyes	人人的眼睛都盯住在
before his feet.	自己的脚前。

  赵萝蕤对《荒原》的翻译也许并不很诗意,但绝对比其他译者高明,特别是她将"I had not thought death had undone so many"翻译成"我没想到死亡毁坏了这许多人",的确比其他人译为"我没想到死神竟报销了那么多人"或"没有想到死亡毁灭了这么多"更为贴切:不是那些人都死亡了、毁灭了,而是那些人都被死亡毁了。何其芳写过一首诗,题为《古城》,诗中对于古城的描写就充满着这种"荒原"式的死灭和荒凉:"地壳早已僵死了,/仅存几条微颤的动脉,/间或,远远的铁轨的震动。""逃啊,逃到更荒凉的城中,/黄昏上废圮的城堞远望,/更加局促于这北方的天地。"其他如戴望舒的《乐园鸟》和《流浪人的夜歌》,都抒写了这种死寂和荒芜的景象,尤其是后一首,诗人唱着:"此地是黑暗的占领,/恐怖在统治着人群,/幽夜茫茫地不明。"也是一派荒原的惨境。

  艾略特《荒原》中有这样一段令人毛骨悚然的描写,但在诗人写来却像说的是很平凡的家长里短:"我"在人丛中叫住了一个叫 Stetson 的人,问他:"去年你种在你花园里的尸首,/它发芽了吗?今年会开花吗?/还是忽来严霜捣坏了它的花床?/叫这狗熊星走远吧,它是人们的朋友,/不然它会用它的爪子再把它挖掘出来!"这显然与法国象征主义先驱者波德莱尔的《恶之花》意识相通,将死尸等"恶"现象当作美丽对象来歌咏。虽然这样的意象并未直接为中国现代诗人拿来大肆应用,但毕竟启发了他们的现代诗思,鼓舞着他们勇敢地选择死亡、坟墓、骷髅作表现意象。具有现代主义倾向的诗人王独清、徐志摩、闻一多、冯乃超等在这方面都有引人注目的表现。

不过从西方诗人那里借鉴、"拿来"的意象有效地增强了现代中国文学的表现力,但永远无法显示出中国现代人在意象创造方面的魄力和气派。中国的文学家为此深深地痛苦、焦虑,希望能够以自己独特的人生体验,提炼和创造出独特的文学意象,赢得较为普泛性的认同乃至将影响延伸到世界文坛。关键还在于中国文学家对属于自己的人生体验得是否深刻并保持着新鲜的原味,这是普泛而伟大的文学意象创造的基本保证。在这方面中国现代文学家不是没有机会,也不是没有可能,顾城在 1979 年创造的"黑眼睛"意象就已经响亮地叩击了世界文坛的大门:

> 黑夜给了我黑色的眼睛,
> 我却用它寻找光明。

这首题为《一代人》的短诗感动了远不止一代人,也让置身于中国以外的读者为之慨叹、动容甚至流泪。因为它毫无依傍地传达了那特殊年代特殊环境下一代人的人生体验,那么凝练,又是那么深刻,那么充满着吊诡的意味,同时又特别真实。

总而言之,从意象的创造这一角度而言,人生体验的独特性十分关键,文学意象的表达说到底是人生经验之花最灿烂最亮丽的开放。

注　释

〔1〕　载《真美善》杂志 1929 年"女作家专号"。

〔2〕　丁旭辉:《由"沧海"及相关意象看丘逢甲内渡后的心境与梦想》,《汉学研究》第 21 卷第 1 期,2003 年 6 月,第 377 页。

〔3〕　载《联合文学》总第 228 期。

第十一讲

文学之于人生的道德力量

文学中的道德批判力量

文学中的道德感动力量

如果说"文学与人生"是一个既轻松又沉重的话题,那么它的最沉重的部分出现了。文学中的道德问题,文学的道德教化功能问题,以及文学在社会风化过程中的责任问题,如此等等,一直是文学与人生关系的讨论最为严肃的话题。从正面说,严肃不苟的文学家以及社会责任感比较强烈的批评家倡导文学的道德教化功能,从负面说,道貌岸然的道德家和社会舆论会指责文学在诲淫诲盗、毒害青少年方面可能造成的失误,以及应该负起的责任。望子成龙的父母经常带着格外的警惕,教导和敦促自己的孩子该看哪些文学作品,同时警策他们不该看哪些作品;青年人稍有不良状况,教育者总会想到从是否阅读了不德作品和书刊这一方面作检讨。另一方面,一些偏激的先锋文学家则矢口否认文学可能的道德因素以及道德责任,甚至千方百计为非道德乃至反道德的文学作辩护。这都是些非常严肃和沉重的问题,有时严重到文学难以承受。

不可忽略的是,在任何历史时期,任何社会条件之下,对文学道德功能的强调从来都不是在正常的理论和学术意义上展开的,往往夹带着政治的强权,宗教的示威,或者是世俗的要挟,这些外在于文学的力量会将文学挤逼到十分尴尬、窘迫乃至可怜、无助的境地。于是,如果一个时代文学道德因素的强调成为一种强势话语,那么这个时代的文学生活和文学运作往往就不是很正常,各种非文学性因素对文学的干预往往就比较严重。从根本上缺乏自信和气魄的统治者会对文学的道德性提出比较明确甚至比较苛刻的要求,这样的情形下文学创作的气氛就不可能宽松,文学创作的成就也不可能很大。这样的推断相信能够被古今中外的历史作无数次证明。

因此,文学中的道德因素即使是合理的、必要的,也只应该成为文学内部的考量,不宜以其他任何外力进行强调乃至胁迫;这同时也要求文学理论妥当地调适文学中道德因素的合理配置,理性地认定文学在社会人生道德建设中应处的地位。任何精神产品都会包含相当的道德因素,其在社会人生中所起的作用也必然体现出一定的道德功能。何况文学不仅讲求真与美,而且也要求善的品格,善的品格中不言而喻包含着道德成分。关键是,文学表现的道德与社会所倡导和人生一般遵循的道德是否完全一样,文学所具有的道德功能是否与道德家们所设想和要求的相一致。

一 文学中的道德批判力量

片面地强调文学道德性的人往往把文学中的道德因素描述得道貌岸然、洪钟大吕,似乎文学的接受者都须沐身整冠、正襟危坐;偏激地否定文学应有道德承担的人又往往把文学中的道德内容理解成青面獠牙、洪水猛兽,似乎一旦允许文学写作中有这些内容的掺和,文学将立即变得面目可憎、惨不忍睹。这些观察和观点所形成的差错,都源于没有准确地认识文学中的道德因素的合理含量和合理力量。文学作为人类一种艺术创作的作品,含有一定的道德内涵不仅是不可避免的,而且对于文学自身也并非没有益处;

文学中的道德因素,有时候在有些文学家的笔下并不比其他因素更无足轻重。作家在一种可以被称为"心中的道德律"的道德情感支配下进行创作,使得作品在人生表现中呈现出道德批判的力量,呈现出人性善的艺术风范。古往今来,这样的作品并不罕见,而且它们的文学史地位和审美价值都达到了相当高的层次。这样的文学史实能说明什么? 它正可以说明文学创作和文学阅读实际上不过是人生活动的一部分,正像人生离不开道德的调节一样,文学创作和文学欣赏也离不开道德因素的参与。

通过文学作品表现的道德力量拷问和荡涤人们的心灵,同试图利用文学作品进行道德说教,这是两种完全不同的文学现象,出自于两种完全不同的文学观念,其所收到的效果也截然两样。热衷于道德说教的人们有一个基本的文学价值观,那就是文学本身其实无关紧要,要紧的是文学所负载的道德内容及其教化功能。本着这样的价值观,他们可以无视文学作品的审美意义乃至人性内涵,甚至为了强调作品中的道德内涵不惜扭曲原作、篡改原意,从而造成以德伤文、以道掠美的文化悲剧。

这样的文化悲剧在中国上演的历史可谓相当悠久。《诗经·陈风》中的《月出》,连朱熹也认为表现的是男女相约相念的情怀,可《诗序》作者偏偏说这首诗是道德批判之作,刺王者"在位不好德,而悦美色焉"。"关关雎鸠,在河之洲,窈窕淑女,君子好逑……"明明是一首格调清新、情绪优雅的爱情诗,《诗序》作者却一定要抹杀其中可能的爱情成分,说是表述了一种很特别的道德——"《关雎》,后妃之德也",是文王的后妃们为了显示自己的后宫之德,作此诗表明"乐得贤女以配君子",好端端的一首卿卿我我的爱情诗眼睁睁地被说成了肉麻、滑稽的道德宣言。在这个问题上朱熹同样有所保留,于《诗集传》中一半肯定确有后妃之德的歌颂,但一半又确认有爱情表达的内容,说是此诗为宫中人所作,君子指文王,淑女指文王之后"太姒";王后有美好之德,君王有好德之道,两两琴瑟相和,遂成关雎之美。朱熹的理解虽然仍离不开道德家读解诗作的套式,但毕竟承认了其中的男女相悦相爱的情愫,可以说还没有十分迂腐。《诗序》作者则眼看着两情相悦的场景却有意视而不见甚至指鹿为马,碍于诗中毕竟有明目张胆的"淑女",而且还"窈窕",没法往以德治国的"大道"上作过远的引申,可还是出人意料地来个"以德治宫",让深处后宫的后妃们也来施展她们的道德功夫,尽管这功夫实在让文王在千秋万代的子孙面前有点尴尬。

朱熹夫子已经是非常注重道德的大儒了,可《诗序》作者比他还要"道德"得多,可以说是一个为了道德的阐扬不惜肆意践踏《诗经》原作之清新美好的偏执的道德家。这是怎样的一个人呢?可以说还是个谜。《诗序》有两种,一是《大序》,列于《关雎》篇之前,不但论述《关雎》的主旨,提出了非常道德非常腐朽但影响又非常之大的"后妃之德"说,而且也兼论《诗经》思想艺术之一般;另一是《小序》,列在各单篇之前,提示各篇主旨。有人说《序》的首句是大毛公(毛亨,六国时鲁人,一说是河间人)作,次句以下是小毛公(毛苌,西汉赵人)后作,也有人说《大序》是孔子的学生子夏所作,《小序》是子夏、大毛公合作;宋儒程颐则干脆说《大序》是孔子亲作,《小序》是当时的国史官所作。程氏此说以及以上各说很不可靠,原因是孔子从不讳言男女性爱,也不会迂腐到将道德解释泛滥到如此程度。他的学生想来也不会迂腐得过于离谱。从朱熹以后,一个比较接近的说法是,《诗序》作者为卫宏,后汉人,字敬仲。这样的说法主要是认同了范晔《后汉书·儒林列传》的说法,说是:"谢曼卿善《毛诗》,乃为其训。宏从曼卿受学,因作《毛诗序》,善得风雅之旨,于今传于世。"从朱熹直到清代的姚际恒、崔述、魏源、皮锡瑞等,都倾向于这种卫宏作《诗序》之说。这样的说法之所以有相当的可信程度,是因为卫宏并非诗人,也非杰出的文艺家,而是一个精通经学和理学的汉儒,代表作是《汉旧仪》(又称《汉官旧仪》)之类;想来让这样的人解读诗经,不处处归向道德和礼制才怪。不过章太炎在《经学略说》中明确表示不同意这样的意见,他的理由是:后汉的郑玄(字康成)判断《小序》发端句,子夏作,其下则后人所益,或毛公作也",没有提到卫宏作《诗序》一事。

然卫宏先康成仅百年,如《小序》果为宏作,康成不容不知。由今思之,殆宏别为《毛诗序》,不与此同,而不传于后。或宏撰次诗序于每篇之首,亦通谓之作耳。

问题是,如果章太炎的猜测成立,卫宏另外写了《毛诗序》,哪怕就是"不传于后",也不至于到了仅百年后的经学家郑玄那里就一无所闻。其实历史的事情可能相当复杂,历史人物相隔愈近,他们之间的关系就可能越是复杂,超乎平常推理的因素就可能越多。郑玄不提卫宏之《诗序》,原因可能就是这么复杂,超乎后人的平常推理,这样的现象似乎也不足以拿来证明现在所见的《诗序》的作者不是卫宏。

从春秋战国下延至秦汉,中国思想文化的基本走向是趋于单一、封闭和保守,汉儒的重礼制、尊儒学远胜于前。从道德风教的意义上理解《诗经》,是汉代的传统。汉初的《鲁诗》传者对《关雎》的解释就是:"康王晏朝,《关雎》作讽",认为是为讽周康王耽于后宫之乐、不思早朝而作;《韩诗》也操此之说,但把责任推到后妃身上,说是她们没有督促好君王按时起驾,让他沉迷于后宫,这是刺后妃们的失德。于是由此奠定了《关雎》表达后妃之德的道德论基础。卫宏作为后汉人沿袭此说、强化此说并将此说朝着更加道德华的方向推衍,不仅颇为可能,而且也顺理成章。

《诗经》之"邶风"《雄雉》章中有"百尔君子,不知德行"句,显露出诗歌要教化德行的道德化倾向。卫宏等道德家却不满足于只将有限的这几首诗歌当作道德教化的文本,发誓要将所有的《诗经》作品都看作是对"百尔君子,不知德行"的讽喻和劝谕,从而陷入了乐此不疲、越陷越深的道德论泥淖之中,完全失去了对于诗美的其他感觉。

再如《周南·卷耳》:

采采卷耳,不盈顷筐。嗟我怀人,寘彼周行。
陟彼崔嵬,我马虺隤。我姑酌彼金罍,维以不永怀。
陟彼高岗,我马玄黄。我姑酌彼兕觥,维以不永伤。

　　陟彼砠矣，我马瘏矣，我仆痡矣，云何吁矣！

　　这显然是一首典型的夫妇念远之诗，也有可能是《诗经》中为数较少的剧体诗。一般将此诗解释为思妇之诗，蒋伯潜、蒋祖怡在《经与经学》中按照第一章的语气，认为以下三章乃是这位思妇完全在替远人设想，连用六个"我"字，都不是指采卷耳的"她"，而是指在周行的"他"，并说不写她如何怀念远人，而写远人的奔波，陟履高山、仆马皆病；不劝她自己稍纾远念，偏替远人设想，"且喝些酒吧，不要常常怀念、永远悲伤了吧！"还说最末一句尤其是传神之笔，"为什么又在那儿长吁短叹了呢?"连用六个"我"字，何等亲热？连写三章，何等体贴？这真是一首绝妙好词。这样的解释本身很传神，很富有诗意，也相当合理，不过这样的合理性多少还是建立在主观推论的基础之上。当然解读古代典籍少不了主观推论，其实既然是主观推论，则不妨更放开一点，也顺当一点。此诗第一章固然是思妇怀远：她去采卷耳，但劳动时心不在焉，因为在怀念"周行"的那个人。不过接着的下面两章，与其说是思妇替远人设想，还不如说是诗歌作者代双方设想，采用了虚拟对话的戏剧体式表达了双方的思念："我马""虺隤"且"玄黄"的"我"是周行的男人在那里自述，也是对远方思妇的告白，后面"酌彼金罍"和"酌彼兕觥"的"我"则又是思妇自述，一个"彼"字明明白白，乃是为他斟上一杯酒，祷告让他不要老是放心不下她。最后一章则是那倒霉的远人回应首章的思妇之思，他到达一险阻之地，马已经病得不行，人也病倒了，"我还有什么可哀叹的呢?"一幕很凄凉的悲剧落下了帷幕，一首动人的恋念之歌画上了句号。然而就是对这样一首恋念的哀曲，卫宏等所写的《诗序》却坚持要往政治道德方面去粘连，说："《卷耳》，后妃之志也，又当辅佐君子，求贤审官。"朱熹在《诗集传》中也跟着说这是"后妃因君子不在而思念之"。看来重视文学道德的儒者有了一种思维定势，凡是有男女之思的全都给诗歌中的主人公大幅度提高身份，让他们变成君王和后妃，同时让他们真挚的爱情思念变成道貌岸然恶心兮兮的后妃与君王的扭捏作态或打情骂俏，要不就是以你侬我侬的肉麻方式譬喻政务,好像王者的所有政绩都要看他所配的一大群后妃在后宫甚至在枕席之间伺奉的表现。这听起来好像是对先王之道的亵渎,然而迂夫子们从道德角度解读《诗经》结果给人的印象就是如此。这《卷耳》既然朱熹承认是男女思念,为什么要扣到君子和后妃身上?完全是道德解读的思维定势害了他。其实君王不在,后妃思念他,于情理上完全不通,那君王到哪里去那么长时间,将一群后妃抛别在寂寞的后宫?如果他不是忘家治水的大禹,如果他不是被掳掠到赵匡胤那里的南唐皇帝,怎可能这么长时间"不在"以令后妃思念?至于《诗序》之说,简直是奇谈怪论!诗中有什么"求贤审官"的吁求?将那君子比作在荒凉危险的山道上艰难行走的远人,孤独凄凉,马病人倒,怎符合成王之道和辅政之德?更重要的是,中国自古以来就谨防妇人干政,认为这是国是衰颓的表征,怎么会堂而皇之赞赏后妃们去"辅佐君子",而且直接参与"求贤审官"?那样一来成何体统!如果说将《关雎》理解为后妃之德,主要的德行局限在后宫事务,多少还说得过去,而将这首诗理解为"后妃之志",且这个"志"是在于干预政务,那不仅太离谱,也太不德!以无所不在的道德感阅读和解释文学作品,最后竟然导致如此不厚道不道德的结果,不仅以德害文,以德害诗,而且以德害德,这是迂腐的汉儒做梦也没有想到的,也是他们从道德出发恣意曲解《诗经》的一种恶报。

文学作品中包含的正常的道德因素,不是靠道学家引申、曲解甚至强词夺理"发掘出来",而应该是作品自然流露出来,具有一种道德感动力量和道德批判力量。《诗经》中这样的作品也还不少,诸如讽刺不劳而获者"彼君子兮,不素餐兮"的《伐檀》,还有《相鼠》,那么痛快淋漓地针砭和讽刺无耻无礼无德之人:

相鼠有皮,人而无仪!人而无仪,不死何为?
相鼠有齿,人而无止!人而无止,不死何俟?
相鼠有体,人而无礼,人而无礼!胡不遄死?

真是嬉笑怒骂,淋漓尽致! 任何社会都不乏这样的无耻之人,特别是没有相应的资历,没有公认的德行,没有相当的才具,却因为各种关系而公然登上高位,并且一旦登上高位后还煞有介事自鸣得意,绝无如临深渊如履薄冰之虔敬,这样的人即是"无仪",即是"无止",即是"无礼"! 这样无耻之尤的人在各地都时或可见。有人自身连大学入学考试都没有通过,当然也就从未受过任何学位教育,也未能获得过任何学位,但却可以恬不知耻地评审别人的学位资格,甚至评审大学的学位授予权;有人自己抄袭自己,却堂而皇之地拿出自我克隆的成果申报奖励;有人连"有案可稽"的成语都不会用,完全不懂"稽"字的意思和词性,给人家刊物题词时公然写上"有稽可查"的妙文。这样的人不会有任何羞耻之心,这样的无耻之徒也绝对不会知道"不死何为"、"不死何俟"的诅咒,确需靠文学的道德批判力量揭露之,声讨之,以图让他们知羞知耻;实在连文学的道德批判都不能触动,那也就只能问他们:"何不遄死?"

文学需要有相当的道德批判力量,因为社会上历来都存在着上述无耻之徒;文学的道德批判力量主要应该针对的对象甚至还不是这些全无羞耻之心的该死之徒,而是更普遍地存在着的势利之人。而且势利之人多出在读书人中间,古人慨叹:"仗义半从屠狗辈,负心多是读书人。"此之谓也。在文人和读书人中间,可以说势利之心人皆有之,这种势利之心不触犯任何法律,甚至也惹不到任何舆论的关注,正像韩非子《扁鹊见蔡桓公》中所说,差不多是"疾在腠理,汤熨之所及也",这里的"汤熨"便可以由文学来承担。文学能够以道德批判的力量对普遍存在于读书人以及其他人身上的道德的缺点和人性的弱点予以讽喻、予以劝诫,虽然效果未必有法律的惩戒和舆论的声讨那么奏效,但久而久之必能移人性情、铸人气质,警示人们何以健全自己的人格,何以养成受人尊敬的品格,从而帮助人们克服道德的缺陷和人性的弱点。因此,不应该只是绝望地看到"负心多是读书人",也应该相信"腹有诗书气自华"的现象。腹有诗书之所以气能"自华",是因为文学作品中的审美因素陶冶着人们的情操,文学作品中的真切生动的人生表现让人们对人生环境、人生道路和人生际遇有着特别敏锐的洞察力,文学作品中的道德内涵导引着人们向善的方面趋近、努力,对于腐恶能知规避,对于道德的陷阱能够憬然而惧。这样的文学接受,使得人从真善美的各个方面得到丰富的滋养,人的精神气质、人的人格风范就能够得到很大的改善。

文学具有相当的道德批判力量,这样的文学作品对人的道德修养影响可能会非常之大。世俗社会总是偏爱于金钱,它几乎时时刻刻都在告诉天真未凿的青少年,人生如何离不开金钱,没有或缺少金钱的人生将是怎样的凄凉和悲惨。这是遍存于社会每一个角落的人生的真实。这样的人生现实给予人们特别是青少年人群的教训是什么?一般来说是金钱万能。或许通过正常的教育可以纠正这种危险的观念——一旦真的确立了金钱万能的观念,一个人的气质就可能不断散发出孜孜矻矻的铜臭味,就无法让气"自华"起来——不过除了文学艺术教育外,一般的教育课程不会让人们学会以审美的眼光看待金钱。文学艺术是通过审美教育让人们正确认识金钱的唯一途径,特别是文学作品,所渲染的往往都是金钱对人类心灵的毒害,金钱对人的灵魂的扭曲,金钱对人的美好情感的践踏,虽然这样的观点不一定代表真理,但它有利于人们养成相对于金钱的傲然品格,有利于让人们形成对于金钱的全面、理性而深刻的认知。

在现实人生中,金钱的诱惑几乎每个人都无法抵御,正因如此,金钱常常成为人们不德宵小行为的推动力,而良好的品德、高尚的风范又常常与对金钱诱惑的克服密切相关。似乎只有到了当代商业题材的文学书写中,特别是到了反映商场风云的电视剧中,金钱才获得了比较多的价值认同;但即便如此,金钱的认同也一定是与道德的认同紧密联系在一起,也就是说,很富有道德感的商人或家族最终会以道德与金钱合一的力量击败商场上的对手,后者往往是为了捞取金钱丧心病狂甚至丧尽天良的角色。而在传统的文学表现中,金钱与美德所构成的似乎永远是悖谬关系。圣人关于"为富,不仁矣"的警策在中国文化传统中逐渐演绎成一种规律,叫做"为富不仁"。从民间文学到庙堂制艺,几乎所有充满精彩的人物及其人生描写都可能有贫寒在其中,所有富有戏剧性的命运转折都是贫穷的好人获得好报,作恶的富人遭到报应,所有兄弟相阋、姻缘波折的故事基本上都是贫富悬殊,为富者不仁使然,"嫌贫爱富"成为文学抨击得最集中的恶德,也成了文学和戏剧中最常见的情节纽结。最流行当然也最受民众欢迎的通俗戏曲,如《五女拜寿》、《珍珠塔》等,其主题都是对于"嫌贫爱富"恶德的谴责和嘲讽。

在中国文学传统所表现的人生价值观念中,金钱对道德的排斥或者道德对金钱的否定几乎形成了一种稳定的思维结构,以至于许多文学作品一涉及到这两方面的命题就将它们安排在难以调和的冲突之中。冯梦龙的《警世通言》在《杜十娘怒沉百宝箱》中描写了一个在残酷的人生现实中"做梦"的名姬杜十娘的梦想:她知道自己出身低贱、满身污垢,随郎君李甲南归,必不容于李家上下,遂将风尘数年的私蓄不下万金,暗藏于百宝箱中,试图作为"润色郎君之装",使之归见父母时,"或怜妾有心,收佐中馈,得终委托,生死无憾"。谁知李甲惑于浮议,见钱眼开,受浮浪子弟孙富的挑唆,萌生中道遗弃之念,居然以千金将十娘易手,使得十娘一片真心惨被辜负,双目四顾,命运茫茫,当众尽将箱中珠宝抛撒江中,然后携匣跃入江流,魂归离恨。杜十娘的悲剧根源在于,她不知道在中国传统的社会价值体系中,其纵有万金之资携将李家,也不可能获得道德上的宽宥,受到接纳;在李氏父母那里,在封建家长那里,在传统的社会秩序中,金钱与道德的价值彼此绝缘,难于交换。杜十娘得遇孙富之变,大庭广众之下怒斥贪心贼子负心郎,然后纵身一跃赴黄泉,正是她人生辉煌的展示,也是她人格完成的体现,其生命价值要比窝窝囊囊地屈居于李府偏室,战战兢兢地行走于上下人中有意义得多。

在中国传统文化中闪耀着异样光辉的人物,多少都带有重道德精神而轻金钱富贵的品质。孔子在这方面显得大义凛然、气势磅礴:"不义而富且贵,于我如浮云。"有了仁义,有了道德,虽然贫穷也能自得其乐:"饭疏食饮水,曲肱而枕之,乐亦在其中矣。"或许正是受了这样的一种人生气度和人生观念的影响,诗仙李白在他那豪气万丈的《将进酒》中,写下了风神潇洒、心气傲然的诗句:"天生我材必有用,千金散尽还复来。""钟鼓馔玉不足贵,但愿长醉不用醒。"那种睥睨金钱、傲视富贵的高尚气质展示的正是千古人生的精彩气派。一般在人们的印象中,李白是谪仙一样的人,不像观念上非常入世的杜甫等,他的诗作中道德成分应该比较少,殊不知诸如《将进酒》这样放达狂恣的诗章,其包含的道德内涵甚至教化因素仍然非常鲜明:吁求人们尽情享受人生的自由,"人生得意须尽欢",不要拘谨于金钱之间,孜孜于富贵梦中。远离金钱富贵,意味着道德净化和气质高雅的某种可能,这是李白的人生表现和文学表达给予人们的道德教训。

对于金钱的贪婪是中外文学一致讽刺和鞭挞的负面道德。虽然那种贪婪未必就妨碍了社会,未必就侵害了别人的利益,但从中国的《儒林外史》到法国的《人间喜剧》,都对守财奴的形象作出了辛辣的道德讽刺和美学批判。人们对《儒林外史》第六回一开头描写的严监生临死之前的情景总是印象非常深刻:

> 话说严监生临死之时,伸著两个指头,总不肯断气,几个侄儿和些家人,都来讧乱著问;有说为两个人的,有说为两件事的,有说为两处田地的,纷纷不一,却只管摇头不是。赵氏分开众人,走上前道:"老爷!只有我能知道你的心事。你是为那盏灯里点的是两茎灯草,不放心,恐费了油;我如今挑掉一茎就是了。"说罢,忙走去挑掉一茎;众人看严监生时,点一点头,把手垂下,登时就没了气。

这是非常生动也非常精彩的一笔,但放在严监生身上显得并不公平,因为严监生真还是个有情有义有责任感的人。老大严贡生与己不合,但他吃了官司逃逸之时,是严监生主动为他花钱平息了事态;他看到前妻遗留下的遗产,便供在灵前桌上,大哭一场,而且将余留的钱还分出不少给两位舅爷;他自己饮食少进、骨瘦如柴之际,也舍不得银子吃人参;他表述说省钱是为了幼小的孩子日后的成长。作者在这篇小说中,原并没有将严监生写成守财奴,不知在其临死之前怎么忽然来此一笔,造成了不仔细的读者对他人品的误解。老作家欧小牧[1]曾写过《严监生》一文,对这个严监生的议论就显得更其辛辣了:

> 从前有个有钱人,临死立下遗嘱,叫人把纸票裱在棺板盖底面,说是死而有知,还是要眼睛看得见钱,有理有理!
>
> 钱,钱,钱,养命之源,钱也者,不可须臾离也!有它时快活自在,无它时寸步难移。而况生不带来,死不带去,任你家财万贯,终须空手见阎王;又有一般苦处,找起来千难万难,用起来一容二易,同我们会少离多,兀的不爱煞人也么哥![2]

这议论完全没有错,甚至很精彩,但全部扣在"严监生"的题目上,颇不公平:严监生岂是将纸钱裱在棺材板盖底下的那一类守财奴?显然,吴敬梓在道德上对严监生并无谴责的意思,但对于严监生过分看重金钱,甚至到奄奄一息的时候尚不能释怀的患得患失心理,对这种庸凡、猥琐的人生态度,乃持有美学上的否定和婉讽。

盼望死亡以后仍然满眼金钱的守财奴在法国伟大的文学家巴尔扎克的笔下更加惟妙惟肖,他所写的《欧也妮·葛朗台》所刻画的葛朗台老头便是典型的守财奴,为了金钱不惜将一个人最后的道德感——对于妻子和女儿的爱都抛诸一旁。葛朗台的弟弟因破产而自杀,其侄子查理来到索漠城投奔他这个伯父。其女欧也妮为了帮助堂哥查理,把她私下积攒的钱给了查理。这如同剜了葛朗台老头的心头肉,他立即把亲生女儿软禁起来,每天只给清水面包,连取暖的火也不给。他的妻子抗争不过,身体越来越差。不过如果妻子死了,女儿欧也妮就会依法继承母亲的遗产,葛朗台老头就须对女儿报告财产数目,与女儿分产,"那简直是抹自己的脖子!"葛朗台为了确保到死都能抓着几百万家产的大权,只好向女儿讨好卖乖,巴结她,奉承她,只要她不分走自己的财产。欧也妮既痛恨又可怜自己的父亲,在分遗产问题上向他让了步,葛朗台终于利用女儿的感情占了便宜,保全了财产,正如他自己所说,这就像是"给了我生路,我有了命啦"。是的,金钱就是他的生命,至于一切亲情和爱情,在金钱面前都算不了什么。一个人如此看待金钱,如此对待感情,可以想见他内心的道德感已经荒芜到何种地步,他的人生又是如何的卑琐而可怜。

巴尔札克上过私立寄宿学校,住过贫民窟,经营过印刷厂并在破产后负债累累。他长期亲身体验金钱对人生的摧残和人性的戕害,特别是对人的道德的挑战,于是当他拿起笔来展现"人间喜剧"时,总是以深刻的洞察力和严肃的正义感对于重金钱轻道德的社会现象和人生态度进行痛快淋漓的道德批判。他所描写的人对于金钱的贪婪追求,总是以道德的沦丧作为前提和代价,于是金钱成为一个人违背道德的最根本性的动力,无论这样的人是葛朗台老头还是像欧也妮这样的年轻姑娘。《艺术哲学》的作者,法国文学批评家泰纳(Taine),在其《巴尔札克论》的结语中指出:巴尔札克"体会到金钱是近代生活的伟大原动力"。

> 他计算作品中人物的财产,说明起源、增值与用途,比较收入与支出,将预算插入小说中,且蔚成习惯。此外,也展示各种投机、理财、收买、拍卖、契约、商业上的冒险、工业上的发明以及投机商筹措资金等情形。而且描写讼棍、见证人与银行家。随时随地都插入民法与汇票。他甚至使实业看起来像一首诗。将可媲美古代英雄们争斗的壮烈战争,这回换成绕着遗产继承与嫁妆的问题打转,创造出相仿于士兵的法律家、以法典取代兵工厂。如此一来,在他的笔下累积了巨金。他所管理的财产膨胀,合并近邻的财产,扩大成惊人的容积,然后溢出,呈现奢侈与权力的百态。读者有种滑落到黄金海洋的感觉。[3]

泰纳敏锐地发现,在博学多闻的巴尔札克眼中,"这个世界是什么样的世界?以什么样的力量在推动世界?"是"热情与利欲",其实也就是道德情感和金钱诱惑的交替作为。

在表现道德情感与金钱诱惑的角力方面,被称为《人间喜剧》中最杰出一部的《高老头》,正好可以视为《欧也妮·葛朗台》的一个镜像:都是父女之间的关系,《欧也妮·葛朗台》中的女儿处在被盘剥的位置,父亲是盘剥者,而《高老头》中父亲则处在被盘剥的位置,女儿是盘剥者;都是表现金钱的罪恶和非道德性,《欧也妮·葛朗台》中的金钱追逐者是一个疯狂的守财奴,而《高老头》中的金钱追逐者是变态的挥霍狂。《高老头》中可怜的高里奥老头出身寒微,在法国大革命期间因充当粮食承包商而发了一笔财。他十分疼爱自己的两个女儿,尽量让她们过奢侈的生活,并以巨额陪嫁使她们分别成为伯爵夫人和纽沁根夫人。但高老头的疼爱换来的却是被女儿们赶到贫贱的伏盖公寓过一种十分贫寒的生活。与此同时,两个女儿却继续不断榨取父亲的钱财,以供自己的挥金如土。当可怜的高老头被吸干最后一滴血而病死在公寓阁楼时,两个女儿正为在鲍赛昂夫人的舞会上大出风头而洋洋得意,完全将老人忘于脑后。每一个被金钱所迷醉的人都是道德的叛逆者,至少是人间道德的冷感症者,这是《欧也妮·葛朗台》和《高老头》这两部小说,乃至巴尔札克小说的基本命题,也是巴尔札克作品的道德批判特性的呈现。

特别是在写《高老头》时,巴尔札克的道德情感非常强烈。据说有一位朋友去他家看他,惊恐地发现巴尔札克正从椅子上滑倒到地上,面色苍白,如罹大病,赶紧大声叫嚷着请医生。巴尔札克艰难地制止了他的朋友,告诉他说:"我没有病,不要惊动医生。刚才是因为写到高老头死了,心里十分难受,就一下子瘫倒在地。"朋友看到他案头的稿纸上果然留下了泪水的痕迹,也就不由得不信了。

由此可见,巴尔札克不仅是一个作家,更是一个伟大的道德家:他通过自己的创作强烈地表现了对金钱社会的憎恨以及对人情世界的渴望。但他所面临的人间却充满着金钱炸弹留下来的重重弹坑,或在都市,或在乡村,或在巴黎,或在外省,或在银行家的餐桌,或在贫民窟的阁楼,或在贵妇人丰满的酥胸上,或在投机者隐秘的欲望里,正是这无处不在的弹坑将良心的坦途和道德的平台装点得伤痕累累,构成了一出又一出的人间喜剧。同样伟大的雨果在巴尔札克的葬词中说:"巴尔札克笔直地奔向目标,抓住了现代社会进行肉搏。他从各方面揪过来一些东西,有虚像,有希望,有呼喊,有假面具。他发掘内心,解剖激情。他探索人、灵魂、心、脏腑、头脑和各个人的深渊。巴尔札克由于他自由的天赋和强壮的本性,由于他具有我们时代的聪明才智,身经革命,更看出了什么是人类的末日,也更了解什么是天意,于是面带微笑,泰然自若,进行了令人生畏的研究,但仍然游刃有余。他的这种研究不像莫里哀那样陷入忧郁,也不像卢梭那样愤世嫉俗。"原因非常简单,伟大的巴尔札克在进行这样的研究,在投入这样的写作时,从没有离开过强烈的道德批判的情感,从没有离开过对于人间世的道德责任。

日常人生中很少有人将金钱与道德如此直接、紧张地对立起来,但在文学中这却是一个中外皆有、古今相通的思想纽结,这也是文学对人生进行思想观念提炼的结果,是文学反映人生的某些本质方面的集中体现。古今中外的文学家几乎都总结出了金钱与道德之间的这种对立关系,并且都从道德情感出发对于金钱进行批判和诅咒,有时候,他们通过对金钱的批判达到对人性道德的审问和激发,其思路和手法甚至会惊人地相似。读过俄国作家陀思妥耶夫斯基的《白痴》,谁也不会忘记女主人公娜斯塔西亚,当着那么多伪善的贵族、势利的拜金者往火炉里一把一把扔钞票的情景,那对于阅读者和在场的人都有同样震撼力的举动,显示出一个被侮辱与被损害的女性对许多人奉若神明的金钱的轻蔑与审判,从而焕发出人性尊严的光芒和道德伸张的意气。这样的场景与中国明代冯梦龙《杜十娘怒沉百宝箱》中的瓜州古渡头杜十娘抛撒珠宝的经典描写非常相近,虽然杜十娘是毁财宝于水,而娜斯塔西亚是葬金钱于火,但都是通过一个被侮辱与被损害的女子当着那些堂堂须眉毁坏令他们目瞪口呆的金钱财宝,从而使得垂涎于金钱美色的他们良心上受到痛苦的折磨,道德上受到深刻的谴责,灵魂上受到严厉的拷问,——是的,灵魂的拷问,以道德的力量和人性的本真拷问那些被金钱腐蚀了、异化了甚至摧毁了的灵魂,并从这些被铜臭严重污染和锈蚀了的灵魂中拷问出隐藏在深处的清白。这样的道德批判力量,只有直接针砭灵魂深处的文学能够具有。

陀思妥耶夫斯基是从人的灵魂深处进行道德拷问的高手,他的作品总是坚定不移地剖析人的灵魂中的善与恶,将善的张扬与恶的鞭挞结合在一起,而他笔下的善恶往往都与对于金钱的欲望相关。他青年时代曾进入彼得堡军事工程学校学习。严酷的兵营生活、森严的等级制度和没完没了的军事训练,都使他深深体验到痛苦;另外,他那时候非常穷迫,而其他学生多是出身豪门富户的纨绔子弟,他们穿戴讲究、挥金如土,像陀思妥耶夫斯基这样贫穷的学生,就只能遭受他们的嘲弄和轻蔑,只好孤独地躲在旁边,观察他们富而不仁的种种丑态和劣迹。从他的处女作《穷人》开始,陀思妥耶夫斯基就善于揭示穷人品德的高尚与善良,灵魂与情感的纯洁与真诚,而那些有钱人或追逐钱财的人则灵魂卑污、道德沦丧。长篇小说《被侮辱与被损害的》、《死屋手记》都是揭示下层贫苦人优良品德的杰作,而《卡拉马佐夫兄弟》等则描写了无耻、卑鄙的卡拉马佐夫家族的道德堕落。这些作品无论从作家立意还是从文学效果来看,都是透过金钱关系对人物进行灵魂拷问和道德审判的杰作。

二 文学中的道德感动力量

道德是人生精华的重要结晶,也是维系人生秩序的主要规范;与人生密切相联的文学不仅不可能与道德隔绝甚至疏离,而且其良好的审美效果往往还需要道德因素予以助益。如果说热衷于道德批判的文学重点不在于助益作品的审美效果,则另一种注重和追求文学的道德感动力量的作品则主要体现这一方面的艺术功能。作家在一种道德感动的心灵状态下创作,并试图以同样的道德力量感动读者,同时结果也确实是以他所期望的道德感动力吸引住了读者,使他们的灵魂得到洗涤。这样的作品在文学史上为数更多,其文学史地位和审美价值也往往达到很高的层次。

如果说立足于道德批判的文学着眼于人性恶的针砭,那么,倾向于道德感动的文学则着眼于人性善的激发。当人性善被某种道德的感动激发出来,那种力量就不单是善,而且还包含着美。在日常生活中,因道德感动而产生美感的情形也会经常发生,例如两个误会的朋友在一种特定的机缘下尽释前嫌,相拥而泣,达成和解,这无论是在他们自己还是在别人看来都有一种美的情感在流动;再如一个犯有过错的人在痛切地忏悔,情之深笃,泪流满面,也很能赢得人们的感动,激发起一种美的情感。这样的美的情感其实是道德作用下灵魂被善良所触动和洗涤的感觉,是日常郁积的释放与宣泄的结果,是一种被亚里士多德称为"卡塔西斯"的心理净化效果的体现。

现实人生中的这种道德感动现象,只能说明道德感动转化为一种美感具有某种可能性,其实既不会十分常见,也不会非常热烈。但到了文学表现中就不一样了,许多文学家致力于人生中道德情感的开掘,用文学的笔法营造巨大的道德冲击力以打动读者,使得读者内心中掀起强烈的情感回应,从而产生久远的文学感动力。尤其是那些对人性之善美具有相当信心的传统现实主义文学家,他们在激发和调动人性中善美因素方面所表现出来的巨大热忱,是对人性之善和美抱相对悲观态度的现代主义文学家所不能理解的,当然也可能是后者所不屑为的;但从 19 世纪的欧洲文学到 20 世纪美国的先锋性文学发展过程中,最能够打动人且让读者久久难忘的,往往还是那些具有道德感动力的作品,如雨果、狄更斯的小说。

伟大的法国作家雨果所著的《悲惨世界》和《九三年》都是具有巨大道德感动力的作品,作者在小说中矢志营造这种道德感动力的意识也相当明显,有时甚至还显得特别执拗,通过人物形象表现出来的善良及道德自我完善的意志力不仅超出了常人的水准,而且超出了常人的想象。《悲惨世界》中的主人公冉阿让似乎生来就是一个为道德献身的圣徒,而感化他的卞福汝神父似乎生来就是一个道德的化身,他异乎寻常的行善举动似乎不需要任何理由和原因,这使得本是堕落的苦役犯的冉阿让灵魂受到了极大的震动,从此他的人格变得非常之高尚。他不仅在救助芳汀、抚养遗孤等方面显示出博大无际的人道主义爱心,而且面对凶残的匪帮,以及像机器一样冷酷地执行所谓法律的警官沙威,也以极宽厚的仁厚之心对待之,使他们都分别受到彻底的感化。冉阿让在雨果的笔下似乎成了一个带有道德自虐倾向的信徒,对于一切威胁自己的人物和力量他都能够以德报怨。警官沙威一直怀疑当了市长的冉阿让是一个逃犯,于是暗地里对他进行调查,当他觉得证据不足,主动向冉阿让请求处分时,冉阿让不仅没有报复他的意思,反而对他勖勉有加,最后还向他坦白了自己的前科,并且心甘情愿地让这位尽职的下属把自己带去审判。这种道德完人才有的善良和仁厚彻底击溃了沙威的冷漠无情,沙威在这种博大的仁爱和无懈可击的道德感化中自觉无地自容,从而选择了自我毁灭。

《悲惨世界》和《九三年》中的主要人物都是以道德完善的追求表现出道德自虐的倾向,这使得雨果的小说在满腔热忱表现道德之善美的同时也让道德形成了一种压迫良心的力量,这样的力量又反过来使得良心的觉醒者感受着无边的压力,终于走向毁灭。《悲惨世界》中沙威的自杀就是这种善良的压力造成的,同样承受这种道德压迫最后选择牺牲自己的还有《九三年》中的共和派领袖西穆尔丹。在九三年这场有关革命的悲剧展演到最后,雨果作为一个道德的圣人几乎为所有的英雄都作了人性之善的讴歌:出身于贵族的共和派指挥官戈万,相信革命的绝对性并且身体力行,然而他更醒悟到一种更高的绝对性:"在革命的绝对性之上,是人性的绝对性。"这种醒悟得自于他的敌人同时也是他叔祖的德·朗特纳克侯爵,后者在战斗中失败,本来完全可以逃得无影无踪,不过为了三个非亲非故的孩子的性命,他放弃了自由,"自愿地、主动地、甘心地离开了森林、黑暗、安全、自由,勇敢地返回可怕的危险之中",束手就擒。等待他的结果当然是断头台。朗特纳克侯爵在他自己的生命与别人的生命中作出了牺牲自己的选择,这一壮丽的抉择震醒了戈万的灵魂和人性,他走进监狱,脱下指挥官的斗篷,将它披在侯爵身上,让侯爵装扮成自己离开,自己则代替了侯爵,勇敢地像侯爵一样选择了放弃自己的生命。对戈万的审判富有戏剧性,三个审判者中最先表决的两个分别投了判处死刑和宣告无罪的相反票,最后决定权落到了戈万曾经救过命的领导人,也是戈万的朋友、老师西穆尔丹手上。西穆尔丹义无反顾地投下了神圣、庄严的一票:"死刑!"不过伴随着处死戈万的铡刀声,戈万的头颅滚进了筐里,这时,西穆尔丹掏出了腰间的一把枪,对着自己胸前扣响了扳机。

朗特纳克—戈万—西穆尔丹构成了一个人道主义道德光辉的连环套,每一个人都被前一个人的善良道德所感动、所震撼、所压迫,从而作出了牺牲自己生命的决定。不仅是他们这几个,在审判戈万时一位审判者,在处决戈万时一位士兵,都恳切地表示愿意以自己的生命换取指挥官高贵的生存。在这些道德的完人和巨人的心目中,善良远远贵于存在,道德远远高于生命,道德的承诺是灵魂最耀眼的辉煌,生命的价值不过是道德的实现。

作家雨果过于相信乃至沉溺于道德的感化及其对灵魂的升华作用,在将道德推向人生最高境界的同时倾向于忽略人生最有价值的东西——生命。如果说《九三年》中的连环套式的牺牲有着尊重、珍惜和保护别人生命的充分理由和合理动力,那么,《悲惨世界》中往往缺少这样的理由和动力。在雨果看来,像冉阿让那样为了道德的完善处处寻求牺牲自己的机会,这才是正常的人道主义者的思路,殊不知人道主义最重要的原则是对生命的尊重而不是对道德的尊重。特别是沙威警官,他在冉阿让的完善道德映照下感到自己的无情冷漠,因此而自责、羞愧,这都相当正常,但作家让他就此沉潭自杀,就显得有些轻率,显示出尊重道德甚于尊重生命的迂腐心态。不过,只有将道德的力量推崇到高于生命的程度,其打动人心的效果才更加显著,其造成的艺术感动才更深刻。

也正是在这个意义上,狄更斯的《双城记》同样焕发出令人震撼和感动的道德力量。特别是青年西德尼·卡尔顿为了自己所爱的人家庭幸福,为了成全自己的情敌,为了完善自己的道德献身精神,竟然打通各种关节,将长相酷似自己的查尔斯·达尔内从死囚牢中替换出来,自己代替他走上了断头台。这种到监狱中乔装换出真正的囚犯,自己代替对方坐牢和死亡的举动,与雨果《九三年》中的戈万的行为何其相似。这样的相似决非偶然,是因为雨果和狄更斯都在道德完美、人性至善的意义上展开美好的想象,构思离奇的情节,而这种离奇的想象其极至就是以自己的牺牲换取别人的生存,将待决的死囚替换出来而自己走上断头台,不过是这种离奇想象的直接演示而已。相信这样的想象会深深感动作家自己,于是他们乐此不疲,甚至不惜重复,不惜冒犯真实性的现实主义原则。在他们看来,有了这样崇高而伟大的道德标举,生命的价值都可以弃之不顾,何况情节与细节的真实性!只要道德的完美和人性的至善感动了自己也感动了别人,文学的最高目标便已达到,其他的一切都不过是细枝末节。

于是,雨果和狄更斯都重视描写将道德看得比生命更重要的典型情节,都乐于表现为了道德完善而走向道德自虐的心理,而且最终都以生命的自戕来完善一个个道德形象。这些人性祭坛上神圣的庙祝,人生疆场上伟岸的英雄,道德圣殿里善良的祭司,复杂世事中品德高贵的超人,他们本来就有着非同寻常的道德情感、超乎一般的善良意志、震撼人心的献身精神,意味着对一般道德水准的强烈对照,意味着对富有宗教内涵的高尚道德的无限趋近,以及对任何世俗化道德的坚定拒绝;而对于处在一般人生状态和正常道德能力下的读者来说,就意味着是一种巨大的震撼、冲击、感召和触动。于是,这样的文学描写可能疏离了人生,但却能以巨大的善美之力给人造成深刻的感动,令人久久难以忘怀。

正是由于雨果、狄更斯对于道德及其感动力和感化力的推崇远远超乎于普通人生的价值水准和逻辑范围,有人认为他们鼓吹的是"抽象的道德理念",有人则认为他们所持的是童话般的人道主义臆想。前一种说法有欠公允,无论是冉阿让还是戈万、西穆尔丹抑或是卡尔顿的道德表现,尽管体现出超常的意志力和非凡的牺牲精神,但都是以活生生的生命为代价,以感同身受的痛苦体验与面临死亡和绝望的生命感受为内容,读者从中不仅体察到道德的完美和人性的升华,更能体味出在一种道德梦幻中的生命的张扬,在人生的河床中人格之花的最灿烂的绽放,这一切美好和生动绝非理念的力度所能抵达,这一切艺术的描绘远非抽象的说教所能完成。确实,这些理想的人物表现出作家的一种瑰丽而迷离的道德梦幻,可以被理解成普通人生彼岸的道德之光,但那耀眼的光芒烛照着人生的幽暗,为悲惨而迷茫的人生导航,使美好情操的笙箫在孤独的人生旅程中不断吹响,使充满罪恶和灾难的人生产生道德狂欢的回响。一个个完美的生命在道德的热焰中毁灭,一曲曲人性的赞歌在这毁灭中涅槃而起,它以动人的旋律铺展开道德的盛宴,让一切能够感动和应该得到感动的灵魂酌起一杯杯人生的苦酒含泪痛饮,忧伤的心田从此永无宁日。这就是这一类文学道德感动力量发挥的基本路径。

不过他们通过小说营构的又确实是一种道德乌托邦,是一种带着浓重的宗教情怀的人道主义臆想;当他们完全沉陷在宗教式的道德情怀之中,那不顾一切的宗教狂热就会燃起生命的虔恪,烧毁日常人生的链接,在至高无上的善良中显现出人生逻辑的荒芜与空疏。特别是在雨果的《悲惨世界》中,宗教式的道德狂热几乎让作者忘却了生命意识的关怀。在介绍到道德化身卞福汝主教时,小说写道,一个谋财害命的死囚即将行刑,没有神甫愿意为他祈祷,卞福汝主教立刻跑到监狱去,与死囚在一起,叫他的名字,搀着他的手,和他谈话。他在他的身旁整整过了一天一夜,饮食睡眠全忘了。他为那囚犯的灵魂向上帝祈祷,也祈求那囚犯拯救他自己的灵魂。他和他谈着最善的亦即最简单的真理。他简直就像他的父亲、兄长、朋友,而不是一个主教。那个人原是要悲痛绝望而死的,死本来对他好像是个万丈深渊,他站在那阴惨的边缘上,一面战栗,一面又心胆俱裂地向后退却,卞福汝主教却使他见到了一线光明。第二天,狱卒来提这不幸的人了,主教仍在他身旁。他跟着他走。他披上紫披肩,颈上悬着主教的十字架,和那被缚在绳索中的临难人并肩站在大众的面前。他和他一同上囚车,一同上断头台。那个受刑的人,昨天是那样愁惨,那样垂头丧气,现在却舒展兴奋起来了。他觉得他的灵魂得了救,他期待着上帝。主教拥抱了他,当刀子将要落下时,他说:"人所杀的人,上帝使他复活;弟兄们所驱逐的人得重见天父。祈祷,信仰,到生命里去。天父就在前面。"——帮助畏惧死亡的囚犯正视死亡,使他的灵魂得到安宁,这固然是有价值的善举,但让一个凶残的囚犯如此得到解脱,而不是让他忏悔自己的罪恶,认识到自己对于别人生命的剥夺应该以自己的生命予以偿付的道理,这样的道德感动相对忽略了对另一个无辜生命的尊重,实际上是宗教式的偏至冲淡了对生命普遍价值的认知。

在道德感动的表现方面,西欧文学的成功与欠缺都在于将道德和人性放在宗教意义上进行考量。这样的考量在中国文学中很少出现。其实,道德感动在中国传统文学中历来没有突出的表现,其重要原因是,中国文化传统中将道德视为人们应当尊崇的行为规范,对于道德不可能从宗教意义上进行阐解和摹写,自然,道德也就不可能被古代文人从人生的规范中特别抽取出来并加以强调,加以格外的美化,加以特别富有感动力的表现。中国古代文学作品即使在描写到类似于雨果小说中的情节时,也常以中国古代道德规范中的"义气"进行日常化的处理;对于道德感动的艺术效果,文学家向来并不十分在意。

在中国传统戏曲中,《秦香莲》或《铡美案》的故事屡演不衰,其中黑心郎陈世美派家将韩琪追杀前来开封府告状的秦香莲和孩子,但韩迫于良心不忍动手,如果回去又难复命,无奈之下只得自杀。这同样是闪烁着道德光辉的英雄悲剧,但旧戏曲也只是当作秦香莲告状过程中的一个普通情节而已,并没有对韩琪的壮行善举着墨很多,观众等着的也还是铡美高潮,于韩琪的道德完成并不十分留意。不致力于在道德感动的意义上展示文学的艺术和美学魅力,乃是中国文学的通例。这样的通例在重头作品《三国演义》和《水浒传》中更为习见。

《三国演义》第五十回《诸葛亮智算华容 关云长义释曹操》有情节酷似雨果《九三年》戈万义释朗特纳克的故事,说的是曹操被刘备等打得大败,只带数十骑逃走于华容道上,偏偏诸葛亮早已算定其必败走此道,早布置关云长领兵在此守候。关公见曹操狼狈至此,不忍加害:

云长是个义重如山之人，想起当日曹操许多恩义，与后来五关斩将之事，如何不动心？又见曹军惶惶，皆欲垂泪，一发心中不忍。于是把马头勒回，谓众军曰："四散摆开。"这个分明是放曹操的意思。操见云长回马，便和众将一齐冲将过去。云长回身时，曹操已与众将过去了。云长大喝一声，众军皆下马，哭拜于地。云长愈加不忍。正犹豫间，张辽纵马而至。云长见了，又动故旧之情，长叹一声，并皆放去。后人有诗曰："曹瞒兵败走华容，正与关公狭路逢。只为当初恩义重，放开金锁走蛟龙。"

　　这不是一件小事，曹操此去，可不比朗特纳克的只身逃命，他必然会重振魏军，成为蜀汉恢复汉室、统一中原的最大障碍，事关整个金戈铁马的霸业，事关所有人的生死存亡。然而作品的处理却轻描淡写——孔明欲斩云长，刘玄德说："昔吾三人结义时，誓同生死。今云长虽犯法，不忍违却前盟。望权记过，容将功赎罪。"孔明方才饶了，关云长也随之放下心来。这么一个徇私义而犯军律的惊天大事，作品不仅没有像《九三年》描写的那样，写刘备出于公律斩杀关公，又为关公的义气所感深觉愧对兄弟而引颈自刎，而且其中的每个人都以平常不过的义气之念轻率处之，包括诸葛亮也是如此拿得起放得下。这样简单的艺术处理，正说明作者无意渲染这其中的道德因素，只是将故事中的义气关系理解得稀松平常，无意加以令人感动的宣扬。

　　《三国演义》中孔明挥泪斩马谡的情节也很富有道德感动力，不过在罗贯中写来，其意却不在道德感动，而重在对失误的追悔不及。失掉街亭之后，孔明化解了一系列危机，开始指斥马谡："汝自幼饱读兵书，熟谙战法。吾累次丁宁告戒：街亭是吾根本。汝以全家之命，领此重任。汝若早听王平之言，岂有此祸？今败军折将，失地陷城，皆汝之过也！若不明正军律，何以服众？汝今犯法，休得怨吾。汝死之后，汝之家小，吾按月给与禄粮，汝不必挂心。"叱左右推出斩之。马谡自愿领罪，请求诸葛亮善待他的儿子："丞相视某如子，某以丞相为父。某之死罪，实已难逃；愿丞相思舜帝殛鲧用禹之义,某虽死亦无恨于九泉!"言讫大哭。诸葛亮挥泪说:"吾与汝义同兄弟,汝之子即吾之子也,不必多嘱。"左右推出马谡于辕门之外。见到马谡的首级,诸葛亮复又大哭不已。蒋琬问曰:"今幼常得罪,既正军法,丞相何故哭耶?"孔明曰:"吾非为马谡而哭。吾想先帝在白帝城临危之时,曾嘱吾曰:'马谡言过其实,不可大用。'今果应此言。乃深恨己之不明,追思先帝之言,因此痛哭耳!"大小将士,无不流涕。如果说诸葛亮与马谡的对话中还充满着情谊和人性的感动,这样的感动也就是通过"挥泪"一笔带过;倒是回想起刘备的告诫,觉察到自己的失误,诸葛亮不禁"大哭不已",大小将士也随之流涕。可见作家写作的重点不在道德感动力的激发。

以上两个典型场面,一是用义气冲淡了责任,一是用责任冲淡了义气,从两个方面都能说明,"义气"在中国古代文化观念中不过是一种非常普通的道德范畴:任何重大的责任都可以用它来化解,因为它是人人必须尊重的原则;任何责任也可以喝令它暂时让路,因为它本来是那样的普通,不值得为此害道。《三国演义》虽同中国许多传统小说一样,是特别讲究义气的作品,但从不以义气的道德感动为文学目标。更加重义气、以义气为主线构筑全篇的《水浒传》也是如此,哪怕恩重如山,也不在道德感动的意义上加以渲染,只是在平常义气上予以泰然处之。鲁智深为救不相识的金老父女拳打镇关西,出了人命,逃出生天,巧遇金老,金老一家自然视若重生父母,但鲁智深却视如平常,只是说"不须生受,洒家便要去","不消多事,随分便好","却也难得你这片心","何足挂齿"等等极简单的话,似乎只是帮人家扛了一回行李,丝毫未受什么损失一般。这不单单是鲁智深自己施恩不图报答,也体现了作者施耐庵的人生操守:将恩义之类视若平常,未加着意渲染,因此书中一桩又一桩惊天动地感人肺腑的恩情义气,都是这样平淡写出,从不致力于甚至也不在意于催人泪下的道德感动情形的营造。

《水浒传》等传统文学作品相对缺少道德感动的情致,除了作者日常化地看待恩义等道德因素而外,还与那个时代的人文观念中对人性的漠视有关。前述雨果、狄更斯的作品之所以能激发起长久的道德感动力量,是因为他们所臆想的道德完善都包含着丰满而极致的人道主义和人性善的内容，人道主义和人性的光芒深深地牵动起每个时代每种人生中的生命意识，由此产生普遍的情感认同。中国传统文化中人性的认同常常为礼义的张扬所冲淡甚至取代，于是由礼义主导的道德内涵中人性的因素往往得不到有效的彰显，而没有相当的人性认同所支撑的道德便比较接近于观念理性，相对疏离于生命感受，很难形成深入人心的感动。

一些经典的文学故事经常证明着这样的现象，作者为了突出礼义的道德内容，常常罔顾人性的感受，甚至在对人性挑战的意义上逞一时的义气之快。《水浒传》中的武松为报兄仇诛杀潘金莲，手段便被渲染得相当血腥：潘金莲"见势不好，却待要叫"，"被武松脑揪倒来，两只脚踏住他两只胳膊，扯开胸脯衣裳。说时迟，那时快，把尖刀去胸前只一剜，口里衔着刀，双手去挖开胸脯，抠出心肝五脏，供养在灵前；胳察一刀便割下那妇人头来，血流满地"。如果说这样的描写虽然血腥，可还未超出快意恩仇的范围，则他血洗鸳鸯楼的快意，却于人性上显得非常残忍。他被张都监陷害，在遣送的路上先杀死了两个不怀好意的公人和前来帮忙结果他的蒋门神的两个徒弟，然后来到都监府寻仇。先是在后花园墙外的马院遭遇一位后槽，那后槽对他很是配合，告诉他张都监们的行踪，还表示："小人说谎就害疔疮！"可武松道："怎地却饶你不得！"手起一刀杀了他；接着是遇见两个女使，那两个女使正口里喃喃呐呐地抱怨张都监和两个客人吃酒吃到很迟的时候犹不罢休，"武松却倚了朴刀，掣出腰里那口带血刀来，把门一推，呀地推开门，抢入来，先把一个女使髻角儿揪住，一刀杀了。那一个却待要走，两只脚一似钉住了的，再要叫时，口里又似哑了的，端的是惊得呆了。——休道是两个丫环，便是说话的见了也惊得口里半舌不展！武松手起一刀，也杀了"；杀死张都监、张团练和蒋门神以及当日参与害他的两个亲随以后，又去杀死了都监夫人；"前番那个唱曲儿的养娘玉兰引着两个小的，把灯照见夫人被杀在地下，方才叫得一声'苦也！'武松握着朴刀向玉兰心窝里搠着。两个小的亦被武松搠死。一朴刀一个结果了，走出中堂，把闩拴了前门，又入来，寻着两三个妇女,也都搠死了在地下"。这一场仇杀中,作者清清楚楚写到的被杀者计19人,除了张都监、张团练和蒋门神这些首恶者,以及直接参与迫害武松的两个公人、蒋门神的两个徒弟和张都监的两个亲随外,其余十人都不应是武松杀戮的对象,尤其是那些侍女和小孩,对复仇的武松可以说既没有前仇,也不构成威胁,更未参与迫害;作者让武松如此滥杀,早已超出了道德恩仇的意义,而只是一种杀人的快意和快意的杀人,正如武松自己心中所想的:"一不做,二不休! 杀了一百个也只一死!"至于有无必要滥杀那么多人,早已不作考虑。这样的报仇虽含有道德的因素,但其中的正义性已不十分突出,又为那近十名冤死的灵魂所冲淡,对于武松报仇的正义的认同已经为对于冤死者的人性的怜恤所取代,道德的感动因此远遁。

快意恩仇式的滥杀现象在古典小说中普遍存在,《三国演义》中的张飞基本上也和《水浒传》中的李逵相似,一有机会总是大砍大杀、杀人过瘾;《西游记》中孙悟空、猪八戒等虽然杀的一般都是妖精,但也是杀起来情不自禁的那一路,幸好时常有唐僧的紧箍咒管束住孙悟空,多少起了一些制约作用。现代小说家一般不会纵容人物的这种无节制的滥杀行为,不过比较多地会借鉴古典小说这种快意恩仇的方式以调动读者和人物的道德情感。台湾著名小说家吴浊流在长篇小说《亚细亚的孤儿》中塑造过一个教师的形象,他是主人公胡太明的朋友和同事,在日据时代这位老师和他的同胞一样忍受着日本人的欺侮,那种怨愤积之既久,就形成了一种寻求爆发的怒火。在一次教务会议上,日本人又在侮辱台湾人,这位朋友拍案而起,站起来当面狠狠教训了狂傲的日本教育当局,全场鸦雀无声,日人无以应对,这位朋友则泰然走出会场,自动辞职。台湾当代小说家陈映真对这一场面印象极深,说"这一场描写是《亚细亚的孤儿》中几个慑人心魄的部分之一。他给予人们深刻的感动,是不能见于时下第二代在台湾的小说作家的作品中的"。[4]这样的深刻印象一直保持在陈映真的头脑中,当他创作《夜行货车》时,将这样的情节作了淋漓尽致的发挥:美国马拉穆国际公司在台湾的老板摩根索在一次聚餐中,借着酒意再次把脸凑向漂亮的女秘书,他一直垂涎三尺的刘小玲,说着粗鲁的脏话以及侮辱中国的话。刘小玲的脸僵硬地往后退着,声明"我并不以为美国是个天堂"。作为一般管理者和刘小玲男友的詹奕宏则毅然站了出来,以辞职表示抗议,并要求摩根索道歉。临离开时,他向在场的同胞宣布:"我,……再也不要龟龟琐琐地过日子!"他昂然走出餐厅后,刘小玲也站起来,提起触地的长裙,追着詹奕宏跑出餐厅。这种痛快淋漓的民族道德的宣泄,所借助的正是传统小说快意恩仇的表现路数,又由于很有节制,没有出现放纵不羁的行为冲淡道德的力量,因而读起来还是颇让人感动。

现实人生中普遍充满着危机感和利害关系,这使得一些比较平常的人情之美反而显露出某种道德感动的力量。这在美国小说家欧·亨利(O. Henry, 1862—1910)的作品中得到了集中表现。这位原名为威廉·西德尼·波特(William Sydney Porter)的杰出作家发现,"贫贱夫妇百事哀"的生活中,本来很平常的相濡以沫的人情关怀,在充满着尔虞我诈的人生环境中,却能显示出一种特别的道德美。这就是《麦琪的礼物》这篇名作的写作基础。小说中的吉姆和德拉是一对贫贱而富有情调的夫妻,德拉有着一头漂亮的秀发,在节日来临之际,她毅然卖掉了头发而用得来的 20 美元为丈夫买了一条朴素的白金表链,上面还镂刻着花纹。她觉得这作为节日礼物送给吉姆实在是再合适不过了,因为吉姆那唯一值钱的金表正需要这样的表链相配,有了这样的表链,无论在任何场合,吉姆都可以毫无愧色地掏出他的金表看时间了。然而当她兴冲冲地将表链送给吉姆时,吉姆却只有呆呆地看着她,——他卖掉了金表,为她买了一个很漂亮很精致的发卡,准备用来佩饰妻子那一头值得骄傲的秀发。这是一个令人扼腕的尴尬场景,也是一个在真情相拥中迸发出灿烂的道德火花的感人场面。小说家以轻喜剧的笔触描写了一个人生的小悲剧,让人们在苦恼而尴尬的笑中为小人物的真情和善良而感动。

欧·亨利注意到现实人生对道德善良实行反讽的普遍性,在《麦琪的礼物》这样的小说中让人物自己的行为否定了自己真情的效用,造成了一种苦涩的反讽。在另一篇名作《警察与赞美诗》中,作家却引入了外力造成或完成这样的道德反讽。索比是一个渴望到监狱里逃避人生坎坷的不良青年,他故意在警察面前用各种方法捣乱,想如愿以偿地让警察把他抓进监狱,但都未成功。不过在教堂的赞美诗感召下他开始意识到自己的荒唐和罪过,灵魂猛然间出现了奇妙的变化。他立刻惊恐地醒悟到自己已经坠入了深渊,堕落的岁月、可耻的欲念、悲观失望、才穷智竭、动机卑鄙——这一切构成了他的全部生活。他的道德之心苏醒了,他的良心重获发现,一股迅急而强烈的改过自新的冲动鼓舞着他去迎战坎坷的人生:

> 他要把自己拖出泥淖,他要征服那一度驾驭自己的恶魔。时间尚不晚,他还算年轻,他要再现当年的雄心壮志,并坚定不移地去实现它。管风琴的庄重而甜美音调已经在他的内心深处引起了一场革命。明天,他要去繁华的商业区找事干。有个皮货进口商一度让他当司机,明天找到他,接下这份差事。他愿意做个煊赫一时的人物。他要……

恰在此时,警察找到了他,让他结束了道德自新的梦想,回到了现实,走向了监狱。这是典型的欧·亨利式的结尾,这样的结尾总是对美好的道德和善良愿望给予一种令人痛心的反讽。

欧·亨利其实也不希望这样的反讽结尾总是重复出现,于是他写出了类似《最后一片藤叶》这样的作品,将结尾处理成一种悲怆的、深沉的,甚至是令人感动得流泪的道德完成。天真可爱的年轻姑娘珍妮染病在床,失去了活下去的希望,觉得自己的生命正在一点一滴地流逝,待到秋后紫藤树上的叶片凋尽的时候就会死亡。藤叶一片一片凋落,珍妮生命的终点也似乎一步一步地在逼近。不过那树叶终究没有完全掉光,珍妮能够看到的一片总是带着生命的葱郁领受着她的注视。在这片充满生机的藤叶的鼓舞下,珍妮获得了重生的勇气和希望,她终于战胜了疾病。与此同时,她才明白那片不凋落的藤叶是住在楼下的落魄画家贝尔曼先生的杰作,这片假藤叶救活了珍妮的命,却耗尽了老画家的心血和生命。一个艺术家为鼓舞年轻人活下去而倾注了自己的全部才艺、心力和人生热情,最后凝结成那一片比真藤叶要"真"百倍千倍的假藤叶,以自己倒下去的代价换取了年轻生命的存活。贝尔曼伟大的献身精神和美好的道德情操非常令人感动。不过人们阅读这一作品不可能完全沉溺于感动的心情之中,而必须分心思考作家在小说中表现的艺术辩证法和生命哲学:贝尔曼用自己的生命凝铸成的藤叶就不仅仅是一件艺术品或者一幅画了,而是带有强烈生命信息的一个对象物,这样它才能以乱真的力度打动珍妮本来心如止水的灵魂,唤起她生命的希望和冲动;也只有坚定地相信了这片藤叶,珍妮才能真正燃起生命的烈火,才能通过艺术获得老画家赐予她的生命。这样的分析是读者认同小说情节的保证,如果没有这样的分析和认知,读者很难相信这一美妙童话般的故事的真实性;而当通过这样的分析理解了这故事的真谛以后,道德的感动已经被理性的悟解所冲淡。

欧·亨利的小说获得了巨大成功,但也付出了沉重的代价。为了获得道德感动的艺术效果,他不得不像写《最后一片藤叶》这样,将作品所表现的意义放在首位,将作品的情节构造和人物心理活动的刻画都放在服从意义表现的需要上。如此突出意义,是对创作的一种伤害,因为这会使得文学创作脱离人生的逻辑框架乃至道德框架,成为一种不自然的创造性书写。朱西宁曾有一篇小说,题为《蜂鸦大战》,写过往岁月里的一种记忆,巨大的蜜蜂群与群鸟展开生死相搏,场面可谓惊心动魄而又扑朔迷离,情节煞是精彩,故事引人入胜,但在小说一开始和最后,都分别用新闻体讲述台儿庄大战,有"台儿庄之敌已尽陷于我包围圈内",中方军队"奋勇抵抗,反复肉搏",毙敌四万多,大运河一度为浮尸堵塞云云。这当然是为了凸显写蜂鸦大战的意义。不过这是一个作家处理有关人生题材不够自信的表现,因为不够自信才忙着突出其中的意义。欧·亨利对道德感动的人生题材似乎也失去了足够的自信,因而他必须通过有关意义的凸显,例如那片藤叶(它的出现实在令人悬心)的意义的强调,来证明自己对这类题材的处理完全师出有名。

如果是这样,那就说明在欧·亨利看来,道德感动的人生题材在他那个时代,在他那个写作环境中,出现在小说中已经相当勉强,需要赋予外在的意义才能够成立。

　　道德感动的文学在走向现代人生的旅途中,一开始就面临着许多艰难与困境。欧·亨利于19世纪末美国社会转型时代的写作,就充分表现出了这样的艰难、尴尬的困境。从历史发展的道德进程来说,令人感动的道德力量及其艺术表现,不属于现代人生,因而也不属于现代文学。

注 释

〔1〕 欧小牧,云南省剑川县人,白族,1913年生。1930年代初开始发表小说、诗、杂文。1947年出版长篇小说《包局长歪传》,1949年出版杂文集《待旦集》,1950年出版《盗士集》。

〔2〕《盗士集·儒林外史论赞》,昆明战斗出版社1950年2月初版。

〔3〕 龙瑛宗:《名叫巴尔札克的男人》,原载《台湾艺术》第2卷第4期,1941年4月1日。

〔4〕 陈映真:《孤儿的历史,历史的孤儿——试评〈亚细亚的孤儿〉》,《鞭子和提灯》,第48页,台湾人间出版社1988年4月版。

文学道德与人生道德

走向低俗的人生道德认同

文学内外的道德轩轾

现代文学比较适宜于道德批判而不擅长于道德感动,这标志着现代人通过文学将道德引向理念的深入。无论现代人如何看低人生中的道德内涵,如何轻视文学中的道德命题,文学道德与人生道德的关系都是他们必须面对的问题。人生的历史和文学的历史都可以支持这样的推论:越是传统化的人生越需要道德的支撑,越是现代化的人生似乎越是要疏离道德的轨道;但是疏离道德轨道并不意味着没有道德价值的评判,只是这种道德价值内涵与现实人生的道德标准发生了一定的分化;因此,越是传统化的文学其道德因素越是与人生的道德标准相接近,而越是现代化的文学其道德概念与人生道德相距越远。

一 走向低俗的人生道德认同

在古代,文学寻找道德作为自己的价值支柱,道德也寻求文学的样式作为自我表达的形态,于是文学与道德一拍即合,这样的情形下文学道德势必与人生一般道德相同或相类。金克木在《天竺诗文》序言中指出,在古代印度,不仅大史诗《摩诃婆罗多》中充满了含有道德教训的诗句,而且许多宣扬宗教以及政治等等的书也采用诗歌形式。那时盛产的格言诗多是为了便于传诵和记忆的歌诀,古印度人喜欢以诗体阐发道德教训。

在中国传统文学的框架中,许多文学作品都将普通的人生道德当作文学作品应该理所当然加以宣扬的道德,其中关键原因是文学家对普通人生的道德、习以为常的道德观念持有绝对的认同,于是在文学作品中自觉地甚至心无旁骛地进行道德展示,从而使文学作品中的道德观念与普通人生的道德倾向高度一致。这样的作品由于带有明显的道德说教或劝世箴言的色彩,往往都呈现出相对陈俗的面目。一般而言,习惯上被认为是通俗文学或民间文学的作品总较多地体现出这样的面目。

明代冯梦龙的《警世通言》、《醒世恒言》、《喻世明言》和凌濛初的《初刻拍案惊奇》、《二刻拍案惊奇》,俗称"三言二拍",是古代市民文学的经典作品。收集在这些小说集中的短篇作品,其通俗性和市民化特征除了体现在小说情节和生活场景的描写方面外,更体现在惩恶扬善的世俗化道德意识的呈现方面。几乎每一篇小说都围绕着世俗化的道德认同展开情节、刻画人物、安排结局,很多情形下作者还用诗词或议论点明作品的道德宣教主旨。《警世通言》第一卷《俞伯牙摔琴谢知音》即在叙述了一个感人的故事之后,卷末题诗:"势利交怀势利心,斯文谁复念知音!"对世俗人生中常有的势利现象进行了道德劝箴和批判。冯梦龙作为一个明代文学家并非十分迂腐,在《警世通言》第二十九卷《宿香亭张浩遇莺莺》中还带着某种欣赏的语调叙述张浩与李莺才子佳人私订终身的故事,其基本立场越过了腐朽的世俗道德,对于人情大作肯定:"生非草木岂无情。"肯定了闺中小姐敢于为自己的爱情、婚姻和幸福努力抗争的正当性。这样的道德价值观对于他那个时代来说已经相当难得。但他更多的作品则是认同于世俗的人生道德,对于淫奔之事往往都心怀警策与谴责。《警世通言》第二十八卷《白娘子永镇雷峰塔》讲述的是一个家喻户晓的神话故事,不过冯梦龙的讲述与民间传说和旧戏曲的演绎颇多不同,这倒并非将主人公许仙的名字改成了许宣之类,主要是将那个在人们印象中有情有义的白娘子写得凶悍残暴,对许宣动辄骂"你这杀才",还多次威胁道:"我如今实对你说,若听我言语喜喜欢欢,万事皆休;若生外心,教你满城皆为血水,人人手攀洪浪,脚踏浑波,皆死于非命。"或者告诫说:"你若和我好意,佛眼相看;若不好时,带累一城百姓受苦,都死于非命!"这是一个恶狠狠的妖怪,与那个善良体贴、温柔敦厚,甚至为救许仙冒死盗仙草的白娘娘判若两人。当然,这位白蛇化成的女子终究没有作恶,在被法海禅师收住的时候说得尚属坦诚:"禅师,我是一条大蟒蛇。因为风雨大作,来到西湖上安身,同青青一处。不想遇着许仙,春心荡漾,按捺不住,一时冒犯天条,却不曾杀生害命。望禅师慈悲则个!"而且还想到为小青求情:"青青是西湖内第三桥下潭内千年成气的青鱼。一时遇着,拖他为伴。他不曾得一日欢娱,并望禅师怜悯!"这样一个并未作恶且心存良善的白娘子,为什么到了冯梦龙的笔下要异乎寻常地显露她乖戾、凶悍的一面? 那是因为冯梦龙要在故事中贯彻"身端无怪扰,色淫惹邪迷"的道德思想,尽量让许宣与白娘子之间的关系显示出是一种孽情与恶缘。这种分明是对民间传说中的白娘子形象有所扭曲的笔法,全是为了突出这样的道德说教:"奉劝世人休爱色,爱色之人被色迷。心正自然邪不扰,身端怎有恶来欺?"这时他已完全忘记了"生非草木岂无情"的文学性情,向庸凡俗常陈词滥调的人生道德缴械投降。

凌濛初的小说写作路数与冯梦龙相似,其道德立场及所显示出来的世俗化和市民化倾向也颇相类。他经常在叙述故事的同时通过议论惩恶扬善、阐理布道,从而使得作品笼罩在世俗气很浓的道德说教氛围之中。《初刻拍案惊奇》第二十卷《李克让竟达空函 刘元普双生贵子》,在展开故事之前,就是一大篇道德阐析:

"只有锦上添花,那得雪中送炭?"只这两句话,道尽世人情态。比如一边有财有势,那趋财慕势的多只向一边去。这便是俗语叫做"一帆风",又叫做"鹁鸽子旺边飞"。若是财利交关,自不必说。至于婚姻大事,儿女亲情,有贪得富的,便是王公贵戚,自甘与团头作对;有嫌着贫的,便是世家巨族,不得与甲长联亲。自道有了一分势要,两贯浮财,便不把人看在眼里。况有那身在青云之上,拔人于淤泥之中,重捐己资,曲全婚配。恁般样人,实是从前寡见,近世罕闻。冥冥之中,天公自然照察。元来那"夫妻"二字,极是郑重,极宜斟酌,报应极是昭彰,世人决不可戏而不戏,胡作乱为。

如此啰啰嗦嗦,说明了三层道德规范:一是不能有嫌贫爱富的势利心,二是善恶到头终有报,三是夫妻之道宜郑重。这些道德规范都是非常一般、非常浅俗也非常陈腐的那一类,完全用不着如此反反复复、慢条斯理地说教,更无须用那些不着边际的故事来证明。不过作者似乎很乐于也很精于此道,小说结尾承认,他根据《空缄记》所写的这则故事,其目的就是"奉劝世人为善"。"善有善报,恶有恶报",这也是世俗道德观念中最浅显、最一般的信条,凌氏也似乎最乐此不疲。第十一卷《恶船家计赚假尸银　狠仆人误投真命状》一开始照样不厌其烦、洋洋洒洒地展开这样的说教,先引四句诗:"杳杳冥冥地,非非是是天。害人终自害,狠计总徒然。"然后议论道:"话说杀人偿命,是人世间最大的事,非同小可。所以是真难假,是假难真。真的时节,纵然有钱可以通神,目下脱逃宪网,到底天理不容,无心之中,自然败露;假的时节,纵然严刑拷掠,诬伏莫伸,到底有个辩白的日子。假若误出误入,那有罪的老死牖下,无罪的却命绝于图圄、刀锯之间,难道头顶上这个老翁是没有眼睛的么?"如此等等,一派陈词滥调,接着则是并不很精彩的一套善恶报应故事。

"三言二拍"主要是根据民间故事和历史传说敷衍而成的拟话本小说,从立意到构思都保留着民间文学的浓重色彩。民间文学虽然比文人创作更显得色彩斑斓、光怪陆离,但往往都流于惩恶扬善、阐释果报,其思想内涵都在于为世俗道德张目。台湾的民间文学和传说常常行诸现代传媒如电视，不过借现代艺术表现手段表现的一般都是这种低俗、陈旧的道德。2003 年由民视等媒体陆续播放的由"八只脚传播有限公司"制作的"水玲珑"系列电视剧，如《鬼邮差》等等，演绎的全是怨鬼索命、天神显灵之类，这些鬼怪故事所展示的场景却往往又是现代人生甚至是当下人生。这些作品表现的尽管算是现代题材，却因为它们的主旨局限在简单的惩恶扬善和善恶果报层次，仍然显示出与古代民间文学一脉相承的写作思路，因而尚未脱弃旧文学的基本格局。

民间文学和传说的道德因素很浓，特别是道德说教意味往往过于强烈，这不仅会导致相关作品失去文学的美感，而且会使得一般人生中的寻常道德在文学表现中则显得十分庸俗肉麻。元代郭居敬所编《二十四孝》，是民间道德说教的经典文本，许多故事在《太平御览》和刘向的《孝子传》中收录，不过郭居敬作了改编，其中的大部分故事便因过于强调孝道及果报，缺少文学魅力，显示出庸俗和肉麻的品味，成为"五四"以后现代中国知识界批判的对象。鲁迅在《二十四孝图》一文中对这种鼓吹孝道的典籍作了如此犀利的讽刺：

> 我还依稀记得，我幼小时候实未尝蓄意忤逆，对于父母，倒是极愿意孝顺的。不过年幼无知，只用了私见来解释"孝顺"的做法，以为无非是"听话"，"从命"，以及长大之后，给年老的父母好好地吃饭罢了。自从得了这一本孝子的教科书以后，才知道并不然，而且还要难到几十几百倍。……"哭竹生笋"就可疑，怕我的精诚未必会这样感动天地。但是哭不出笋来，还不过抛脸而已，到"卧冰求鲤"，可就有性命之虞了。我乡的天气是温和的，严冬中，水面也只结一层薄冰，即使孩子的重量怎样小，躺上去，也一定哗喇一声，冰破落水，鲤鱼还不及游过来。自然，必须不顾性命，这才孝感神明，会有出乎意料之外的奇迹，但那时我还小，实在不明白这些。

鲁迅所提到的"哭竹生笋"是二十四个孝道故事中的一则,言"晋孟宗,少丧父。母老,病笃,冬日思笋煮羹食。宗无计可得,乃往竹林中,抱竹而泣。孝感天地,须臾,地裂,出笋数茎,持归作羹奉母。食毕,病愈。""卧冰求鲤"是其中的另一则,说的是"晋王祥,字休征。早丧母,继母朱氏不慈。父前数谮之,由是失爱于父母。尝欲食生鱼,时天寒冰冻,祥解衣卧冰求之。冰忽自解,双鲤跃出,持归供母。"鲁迅以幽默诙谐的笔调讽刺了传统孝道的荒诞和作茧自缚,所说的道理很有启发性:孝道本来应该在自然的人生状态下以仁义之心行之,似这般鼓吹行孝之道,是将日常人生的道德推向了令人生畏的险境,恐怕反而不利于这种道德的推广。

经过多次破旧立新的革命,中国的孝道思想已经处在边缘的道德地位,一些宗教人士和道德家开始致力于传统孝道的弘扬,有关"二十四孝"的各种普及读物竞相出版。台湾画家江南子为了让人们体悟中国古代社会重视孝道的精神,还重绘"二十四孝图",以倡导"百善孝为先"的观念。这是都是在实用的人生道德建设中所做的事情,未必适合于文学艺术的表现规律。

"二十四孝"故事中的有些传奇本来是文学表现的好材料,例如"卖身葬父"中的董永和仙女的故事,但将这个美妙的传说与孝感仙姝的俗套结合在一起,就显得并不浪漫。最不能忍受的是将肉麻当作有趣的"戏彩娱亲",说是周代有老莱子者,至孝,行年七十,奉事父母亲,从不称老。为了逗年迈父母开心,七十老翁的老莱子常著五色斑斓之衣,装婴儿游戏于父母身边。一次取水上堂,竟然假装跌卧在地,学婴儿啼哭,以使双亲开口大笑云云。这样的描写很富有戏剧性,也很见创意,但一想到那穿着大花衣服学孩子啼哭的是一个 70 岁的老翁,怎不肉麻兮兮,令人啼笑皆非!

二 文学内外的道德轩轾

道德家和民间文学家将道德宣扬视为作品的第一要务,有时候会置审美情操于不顾。其实这样的思路未必完全符合古代文学家的正宗的道德意识。与现代作家相比较,古代文学家十分注重道德与文学的联系,不过同时也并不把道德视为文学表现的必具内容。曾巩在致欧阳修的信中提出"蓄道德而能文章者"说,并赞颂欧阳修"道德文章,固所谓数百年而有者也",其中的道德概指文学家的修养而不是文学内容。曾巩认为没有足够的道德修养就不可以写出精彩的文章,因为"人之行,有情善而迹非,有意奸而外淑,有善恶相悬而不可以实指,有实大于名,有名侈于实。犹之用人,非蓄道德者恶能辨之不惑,议之不徇?"[1]原来他认为道德达不到一定积累的人,对于人生现象中的许多善恶是非都难以辨清,写出文章来自然难臻于上乘。这样的观点与其说是对文学中道德内涵的强调,毋宁说是以既联系又区别的辩证观点,解释了文学中的道德内涵与处在实际人生中的文学家的道德修养之间的复杂关系,其实也暗示了文学表现的道德内涵同人生现实中的道德操守可以分开:"蓄道德"不是为了让文章中直接表现这样的道德,而是让文学家在写文章时能够利用所蓄的道德更好地判断善恶曲直,体现出道德的批判力。文学家自身秉持的道德操守和道德观念与在文学作品中体现出的道德评判和道德倾向当然可能有所轩轾。这种轩轾现象至少在曹雪芹创作《红楼梦》的时候便已相当明显。《红楼梦》以赞赏、同情的笔调描写了贾宝玉对于大家庭的道德叛逆,包括思想方面的欣赏和追求异端,厌恶仕途经济之学,包括人格方面的黏恋大观园的温馨和姊妹间的亲和,烦腻与外界禄蠹的应和酬酢,当然更包括在婚姻恋爱上的独立追求。这些道德叛逆的内容都已经成为文学阅读中普遍认同的价值,甚至成为这部伟大作品精神魅力的集中体现,是这部书一片片金色书页中闪放出的最灿烂最耀眼的光芒。不过读者在欣赏和赞美作品中所诗意地表现的这些道德理念时,大多已浑然不觉这样的道德观念只有在《红楼梦》中才显得那么富有魅力,在文学作品的表现中才显得那么引人入胜;而如果置诸普通的人生之中,所有这样的道德观念和行为方式都会显得既不合情也不合理,也确实没有什么魅力,让人缺少认同的兴趣,甚至会遭到谴责、耻笑;因为人生奉行的道德一般带有维护社会秩序和规范的某种实用性特质,而文学创作中所表现的道德则可能体现的是一种情感的、审美的和个性化的特质。

尤其是像《红楼梦》这样一部饱浸着作家个人生命体验的汁液和家族痛史的泪水的作品,其道德思考和表现已经较多地游离了一般的人生规范和社会秩序,成为一种"个人化"、"自由化",更重要的是审美化了的观念空间,与一般人生中所习惯于奉行的道德概念当然会有所参差,甚至相互对立。作者曹雪芹也意识到这一点,在写作这部作品时他分明困惑和游离于普通人生一般道德与他所创造的艺术世界审美道德之间,有时候附和世俗道德说几句作家自己或贾宝玉这个人物自我忏悔甚至自我谴责的话,更多的时候则是沉溺于文学世界的道德反叛的快意和道德自由的激动之中,让作品中所表现的道德与普通人生尊奉的道德拉开了相当的距离。《红楼梦》整部作品刻画的就是作者少年生活中体验的道德叛逆的作派及其魅力,然而作者在一开始的写作中仍不忘从一般人生道德的规范出发对作品中刻画的种种叛逆行径进行道德忏悔,自述其创作初衷乃是为了——

> 欲将已往所赖天恩祖德,锦衣纨裤之时,饫甘餍肥之日,背父兄教育之恩,负师友规谈之德,以至今日一技无成,半生潦倒之罪,编述一集,以告天下人……

偶有闲笔,作者还会调整自己的道德立场,附和世俗人生的价值理念,对贾宝玉的叛逆性格进行传统小说惯有的批评和说教。第三回写到贾宝玉出场的情形,作者"引"了"后人"两首《西江月》词,对贾宝玉的叛逆性格半是反讽半是谴责:

> 无故寻愁觅恨,有时似傻如狂。纵然生得好皮囊,腹内原来草莽。潦倒不通世务,愚顽怕读文章。行为偏僻性乖张,哪管世人诽谤!

富贵不知乐业,贫穷难耐凄凉。可怜辜负好韶光,于国于家无望。天下无能第一,古今不肖无双。寄言纨绔与膏粱:莫效此儿形状!

不排除这其中有些反语,如"哪管世人诽谤",其实隐含着对贾宝玉叛逆性格的赞美和欣赏;"天下无能第一,古今不肖无双",如此过甚其词,也显然带有反语意味,即在对贾宝玉形象的否定之中隐约带着某种肯定和赞美。贾宝玉这一形象带有相当的作者自叙传成分,其叛逆的性格和不俗的作派,包括对女性世界特殊的亲切感,都凝结着作者的道德认同和审美认同,同时也获得了多少年来亿万读者的认同与欣赏。作者上述对其有所指责和批判的文字,非常明显地是游离了小说构画的艺术世界,叙述者暂时地以"三言二拍"中的"说话人"身份"说话"的结果。"说话人"一向比较注重道德发言,而且其道德立场基本上在世俗化和市井化方面。这样,普通人生极愿意接受的这种世俗化或市井化的道德与《红楼梦》这样的文学作品所诗意地渲染的道德就发生了分离。

这种人生道德与文学道德的分离现象其实早在古希腊时代就被人们发现了。亚里士多德在他的《诗学》中即已提出:"衡量诗和衡量社会道德正确与否,标准不一样。"[2]确实如此。贾宝玉成天不想学正统的仕途经济之类的学问,乐于在姊妹堆里混,甚至乐此不疲地帮着丫环画眉熬胭脂,作为人生道德评判的对象,显然属于不肖种子、无能之辈,但在《红楼梦》作品中,正是他的这种行径让人们从那个霉腐衰败、陈俗幽暗的红楼世界中看到了一种新鲜和别致,看到了一种纯真的和唯美的天性的闪光,看到了令人神往的情致之美和精神之美,于是看到了在文学中显得相当洵美的道德。中国古代文学一向以赞赏的笔墨描画诸如司马相如携卓文君私奔以及文君当垆的故事,《西厢记》中张生与崔莺莺私订终身的故事,甚至包括嫦娥偷灵药飞升月宫的故事,这些故事差不多已经积淀为中国文学的经典性母题,由此演绎出了各种文学艺术文体的作品。其实从世俗的人生道德出发,尤其是在中国古代文化的道德语境中,这些故事所渲染的私奔、私情、背叛乃至偷盗等等,都是堪称不齿的行为。如果这样的行为出现在实际人生之中,所产生的道德反应通常就是被辱骂、唾弃、嘲笑和谴责。但是即使在传统和正统的中国文学中,文学家们却也可以容忍这些非道德的情感产生和发展,并鼓励这种情感在想象的世界里获得更加广阔的自由,同时带着他们美丽的祝颂和真诚的赞誉。这些正是文学道德(也就是亚里士多德所说的"诗的道德")与一般人生道德相分离的典型例证。

被称为"中世纪最伟大的意大利经院哲学家"的圣托马斯·阿奎那对亚里士多德一向非常推崇,他同样也认同了亚里士多德关于诗的道德与社会道德加以分离的学说,说是"对于一个艺术品和一个道德的情况,我们所采取的态度是不同的。在前一场合,我们要体味一种特殊的目的;在后一场合,我们面对整个人生的一般的目的"[3]。包括文学在内的艺术品所要体现的"特殊的目的"无非是美学的目的,与"整个人生的一般的目的",也就是维持人生秩序的目的自有很大的不同。"整个人生的一般的目的"也就是人生的法则,要求人们承认秩序、维护秩序,按照秩序的要求界定善与道德的内涵,因而较多地强调忠诚、忠贞,循规蹈矩,遵从古训,听命于王政家规等等,而文学的、艺术的和审美的法则则鼓励人们从自己的性情出发,在对既定秩序有所叛逆有所反抗中激发出某种自由的意志火花。文学和美往往都是自由的象征,于是所有人生道德所强调的内容都可能不是文学道德表现的必然对象,甚至经常是这样,文学表现的道德往往都与人生首倡的道德完全相反。一般来说,普通人生中的忠诚者总是值得赞美的,但在文学和艺术表现中,值得赞美的往往不是顺服式的忠诚,而是叛逆的反抗。古典戏曲作为最贴近民间文化的文学样式,往往较多地涉及忠诚之类的道德命题,其中最值得称道的忠诚可能是《赵氏孤儿》。这部杂剧根据春秋时期一出报仇雪恨的悲剧写成。说的是大奸臣屠岸贾唆使晋景公将有功之臣赵朔家族满门抄斩,赵朔之妻庄姬公主则单独逃入王宫。景公不忍加害公主,但在屠岸贾的计谋下,定要杀死公主所怀的赵氏后裔,以斩草除根。为了保住赵家一门忠烈余留下来的唯一根系,赵家门客公孙杵臼与程婴紧急商讨救孤,程婴以自己新生的儿子替代赵氏孤儿受死，抚养赵氏孤儿15年，让他明白了自己的身世，然后起兵讨伐逆贼，诛杀屠岸贾等，报了深仇，雪了大恨。这首忠诚的赞歌与其说是忠诚之德感人，还不如说是人物的正义感和牺牲精神感人。如果纯粹是为了忠于赵家，程婴献出了自己刚出生的婴儿，不仅难以感人，还会让人觉得残忍，只有将程婴和公孙杵臼的牺牲同善良的正义感、对于无助孤儿的仁爱之心联系起来，而不是与对故主的忠诚联系起来，作品才可能产生令人感动的情感力量。因此，在文学作品中，忠诚作为道德感动的因素往往是靠不住的。明代戏剧家李玉撰写的传奇《一捧雪》倒真是表现了一个忠诚的故事，奸相严嵩为了稀世珍宝迫害莫怀古，并要将其斩首，为了表示忠诚，莫怀古的家人莫成代主受刑。鲁迅在《电影的教训》一文中曾经对这出戏加以讽刺，嘲弄这个为了忠诚的名分献出自己生命的"忠仆，义士，好人"。

在普通人生中，循规蹈矩和忠贞不二都是值得称道的美德，不过如果表现于文学作品之中，情形就会两样。人们打开一部小说，或者观看一部电视剧，最喜欢看且觉得充满审美感受的当然是具有叛逆色彩的性格和反抗意味的情节；如果这些作品从头至尾展演的都是一个公务员如何循规蹈矩、兢兢业业地工作，一个妇人如何规行距步、目不斜视地对待所有欣赏她的目光，然后将他们放在一起加以赞美和讴歌，那么一定味同嚼蜡，让人们很难感受到美的艺术气氛。从文学和艺术表现的美感来说，一个为自己的情感敢于离经叛道甚至行为出轨的女人，显然要比一个恪守妇道、嫁狗随狗甚至絮絮叨叨夸说自己的家庭如何幸福的妇人更有夺目的光彩；安娜·卡列尼娜和波瓦丽妇人只有出现在文学作品中才值得同情、值得赞赏，出现在实际人生之中，变成了读者们的邻家女士，则一定会遭到来自绝大多数人的谴责和嘲讽。确实，人生的道德认同与进入文学世界中的道德认同显然有不可否认的差距。在普通人生中，有不少优秀的女人，为了家庭为了孩子或者为了某种个人声誉，而甘愿维持与一个窝囊不堪、庸俗透顶的男人的婚姻关系，直到终老，这样的道德韧性会受到不少人的认同，甚至会被认为这样就表现出了一种难得的牺牲精神;不过如果将这样的性格和行为置诸于文学描写,那就会显得非常俗气,不仅唤不起任何道德的美感,还会让读者感受到一种情感的压抑和精神的无聊,因为从审美本质上来说,这种世俗的道德本来是不美的,它压抑人性,束缚情感的自由。美的性格永远属于敢爱敢恨的人,充满诗意的行为也往往是指敢于本着自己的真情感,在充满荆棘的人生中开辟出自己的幸福路径。

注 释

〔1〕《曾巩集》卷十六《寄欧阳舍人书》,启功等主编,北京国际文化出版公司 1997年版,第 97 页。

〔2〕亚里士多德:《诗学》,见伍蠡甫主编《西方文论选》上卷,第 81 页,上海译文出版社 1979 年版。

〔3〕阿奎那:《神学大全》,同上书,第 153 页。

第十三讲

文学中人生道德的维度与向度

现代语境下的道德变异

文学表现的道德层次问题

文学:道德的人性向度

　　前面所讲的文学道德实际上是文学所反映和所强调的道德,它显然与我们平常讲的文学法则和文学规矩并不是一回事。

　　现在我想讲一讲文学创作和文学阅读以及文学研究对于人生道德的层次要求。为什么反复讨论文学与人生的道德问题?回答是很容易的,因为这个问题对于文学界和理论界困扰最大。怎样解决这样的困扰?回答也相当明确,最好认清现代人类社会的道德走向,分清文学所要求的人生道德的层次。

　　人生道德是一个包含着许多不确定性因素的概念,它有时间性的维度,还有层次性的向度。时间性维度表现在,现代语境下的道德意识和道德观念进入到文学描写中显然会与传统的道德因素的表现大不一样。然而正像人类社会到任何时候都会有道德力量的介入且也离不开道德力量的介入,文学无论"现代"到何种程度也自会有道德的因素掺入其中,文学既然需要对人生作出判断和批判,就离不开道德判断和道德批判。不过这样的判断和批判必须融进时代维度的考量。人生道德的层次性向度揭示了另一个比较艰深的问题:什么样的道德层次才是适合于文学并应该被文学所表现的?

一 现代语境下的道德变异

现代人生多鼓励人格的独立和自由,多赞赏个性的解放与发展,对于个人性的生命体验普遍持有尊重态度,对于个人化的道德思考也同样予以尊重;特别是在文学艺术等精神创造领域,这种个人化的体验与思考更加会得到鼓励。于是现代文学艺术中的道德观念将会比以往任何时候都更加多元,更加复杂,更加疏离了人生的轨道,因而也更加丰富。无论是从道德批判还是道德感动角度看,现代时间性维度对于道德判断的影响都是无法回避的一个非常现实的问题。

在现代文学更普遍的描写中,道德的力量已经在社会意识和政治意识的包围中被无可挽回地削弱了,道德批判的热忱伴随着社会批判的热潮在文学中不断上涨,道德的感动则已经被一种现代文明中无所不在的道德反讽所取代。在现代文学作品中,似乎任何真情都失去了存在的依据,任何善良的道德表现都必须经过严肃的思想甄别,然后归结为一种现代的觉悟或者人生的洞察,其道德感动的力量照例被视为无足轻重。鲁迅的《伤逝》含有现代小说中为数不多的道德忏悔文字,特别是子君离开吉兆胡同以及死亡的消息传来以后,涓生发自内心的道德自谴相当强烈,甚至希望在地狱的"孽风和毒焰"中"拥抱子君,乞她宽容,或者使她快意";不过作者并没有在人性的层面展开这样的道德忏悔,而是在充满现代意识思辨的自觉中自谴自责,想到的是:"我不应该将真实说给子君,我们相爱过,我应该永久奉献她我的说谎。如果真实可以宝贵,这在子君就不该是一个沉重的空虚。谎语当然也是一个空虚，然而临末，至多也不过这样地沉重。"这"真实"就是不再相爱，为在人生的长途上相互牵扯感到疲累不堪。他后悔"没有负着虚伪的重担的勇气，却将真实的重担卸给她了"。这样的忏悔中确实有道德成分，但它远不能单独构成感动人的力量，因为涓生作为现代精神的寻求者和探索者，他的沉重的思想负担和孤独、苦闷、绝望的心理状态更加令人同情，这同情中所滋生的感动便能冲淡甚至淹没对于子君的道德认同。

现代主义兴起之后，文学已经基本上失去了对人的真情感动的表现兴趣，常常用现代哲学的深邃的洞察力，用现代心理学的可怕的穿透力，以及现代美学无处不在的巨大的反讽力，将一切道德的真诚放在宇宙秩序中予以蔑视，放在阴暗的心理乃至动物本能上予以猥亵，放在苛刻怪异的现代之美的意象群中予以妖魔化。人的真情被如此这般地处理之后，道德的感动就不可能真正产生，至少在文学中是如此。这种真情的否定早在现代主义大规模勃兴之前就已经出现，失去安全感的现代人无处不在的人生紧张和利益危机，决定了他们一旦出现在文学作品中就常常成为真情的叛徒，虽然有些通常号称现实主义的作品并不回避富有道德感动力的真情的表现。在这方面，曹禺的著名戏剧作品《雷雨》具有相当的典型性。《雷雨》第二场写道，30年前被当时的地主少爷周朴园离弃的鲁侍萍，为与女儿会面，鬼使神差般地又来到了周家。当她发现周朴园尽管已经移家异地，且又过了这么多年，但还是将房间的陈设按照侍萍当年习惯的格局加以布置，表明他怀念传闻已经死去的侍萍之心和道德忏悔之意还相当真诚。这样的真诚能够维持30年之久实属不易，于是历尽屈辱饱经磨难怀恨甚深的鲁侍萍也不由得有些感动。当周朴园还没有认出她来，跟她说起当年"死去"的侍萍时，鲁侍萍告诉周朴园，那个梅家姑娘并没有死成，她被好心人救起来了，而且就在离此不远的地方。她试探他，告诉他那个没死成的姑娘后来嫁了两个人，——

　　　　鲁　嗯，都是很下等的人。她遇人都很不如意，老爷想帮一帮她么？

朴　好,你先下去。让我想一想。

鲁　老爷,没有事了?(望着朴园,眼泪要涌出)老爷,您那雨衣,我怎么说?

侍萍显然动了真情,因为她发现了周朴园也还是一个有真情有忏悔心的人。不过当周朴园弄清了她的真实身份后,这样的真情立即遭到了嘲弄:

朴　(忽然严厉地)你来干什么?

鲁　不是我要来的。

朴　谁指使你来的?

鲁　(悲愤)命! 不公平的命指使我来的。

朴　(冷冷地)三十年的工夫你还是找到这儿来了。

现代人生充满着的紧张关系、利害关系立即宣告了那股保留了 30 年的真情其实是何等脆弱。有人认为从根本上说周朴园就是个伪君子,他对侍萍的怀念不过是做做样子掩饰自己内心的不安,但一个人做样子能坚持做这么多年,实际上已足以转化为一种真情了。其实,越是承认周朴园对侍萍怀念的真诚,越能显示出在人生现实的利益面前那真诚的力量原来是多么微弱,于是,一曲道德感动的哀词轻易变成了一出道德批判的戏剧。

还有一个非常明显的现象是,传统的善恶判断在人生实际中继续起作用,人类社会的道德发展无论到了何种程度,善与恶的分别都不会模糊、泯灭。然而到了现代文学艺术中,善恶的界限常常相当模糊,现代文艺家有时比任何人都更像悲悯的上帝,对于各种罪恶以及哪怕是十恶不赦的凶徒也施以温柔的怜悯。

荣获美国著名娱乐网站"好莱坞"(Hollywood.com)50 部"最伟大影片"之三的《精神病患者》(又译《触目惊心》,原名 Psycho),是世界悬念大师希区柯克的代表作。这部摄制于 1960 年的恐怖电影,描写了一个精神病患者诺曼·贝茨在恋母情结变态发作的情形下残酷杀人的经过。玛丽恩·克兰是亚历桑纳州凤凰城的上班女郎,她携带 4 万美元现金到当地银行存款,一念之差使得她卷款逃离小镇,来到路旁的贝茨汽车旅馆休息。汽车旅馆的老板诺曼·贝茨是个性情古怪的青年,他在母亲的命令下残酷地将玛丽恩杀死在淋浴室,然后将尸体放进汽车,连同汽车推到了隐秘的河中毁尸灭迹。玛丽恩的妹妹里拉知道姐姐失踪后,就循着当天玛丽恩留给她的线索展开调查,将怀疑点集中到这个汽车旅馆。她与男友约好,也住进了这个旅馆,经过机警而勇敢的调查,终于真相大白。原来这诺曼是个精神病患者,有着严重的恋母情结,他将死去的母亲制成干尸存放在地下室,每当见到年轻的女郎心有所动时,就觉得自己是对母亲犯了罪,然后在心里跟母亲"对话",意念中的母亲不容许他爱上任何女人,命令他将所有可能爱上的女郎都杀死。当诺曼"挣扎"不过臆想中的母亲又必须对里拉下手之时,前来帮助的男友等制服了他。诺曼绝望地痛哭不已,但面对这个已经杀死了姐姐又差点杀死自己的凶犯,里拉却怀着温柔的悲悯,居然走过去像安慰一个儿童一样搂住他的头,像母亲一样抚摸着他,让他安静下来。至此,一切罪恶、仇恨都已经为对于不幸的精神病患者宽厚的同情和怜悯所冲淡和取代,既然残忍杀人的罪恶归结为心理的疾患,则一切道德意义上的憎恨都只能划归于人类自身的相互怜恤。

这部电影作品可以说开启了一个新的道德文学传统:从人类自身的弱点或疾患来反观罪恶,而不再是将罪恶简单地归结为道德沦丧的结果。此后,不少文学家都似乎习惯于无可奈何地放弃了道德批判和道德针砭,将所有的恩怨都从超越于一般道德的甚至是宗教情怀上加以泯除。著名小说家贾西亚·马奎斯(又译加西亚·马尔克斯)便很善于在超越一般道德的意义上解剖罪恶,让人在一种无可奈何中接受各种荒诞的不平遭遇。他所写的《我只是来借个电话》[1]是这方面的代表作品。小说中的玛丽亚因汽车抛锚,要去找个电话通知人来修理,结果误乘疯人院的巴士,被当成疯子关在疯人院里终其一生。她的一切争辩和反抗都被当成严重疯狂的表现,连她的丈夫历尽周折找到她后,听到院方的解释以后也信以为真,以为她确实应该继续住下去接受"治疗"。如果说卡夫卡的《城堡》还多少展示了人性之恶对于人物 K 的欺骗与迫害,则马奎斯这样的小说中全没有刻意的犯罪与迫害,所有荒诞的遭际都来自于人们不得不处身其间的人生逻辑本身,因而所有的人都值得同情和怜悯。20 世纪 90 年代,中国戏剧文学中也出现了类似的作品,上海剧作家罗怀臻创作的淮剧《金龙与蜉蝣》,同样从超越于一般道德的意义上解剖和思考了古代君王金龙为权力而疯狂的罪恶。由于处在权力占有欲望的极度病狂状态,他犯下的所有罪恶同时都值得怜悯,当然他自己也因此付出了极其惨重的代价,企盼儿子的他亲自下令阉割了自己的儿子,自己则意外地死在自己孙子的刀下,而恰在那时他正将孙子抱上自己的王位。

从"蓄道德,能文章"的传统出发,经由将人生道德与文学宣扬的道德相统一的古典时期和民间形态,到一般的人生道德与文学渲染的道德的分离,再到文学超越于一般善恶,在更高的人类困境、弱点和疾患等方面审视通常纳入道德批判的种种罪恶和荒诞,这是文学历史发展的一条清晰的线索,是文学与人生在道德命义上的一种极其复杂的纠结现象的体现。

二　文学表现的道德层次问题

类似于《精神病患者》这样的作品,表面上看起来游离了甚至放弃了道德批判和道德判断,其实只是游离了一般人生价值标准中的善恶观念,同时建构了更高层面的道德价值视角:超越了一般的善恶评判,带着更深切更博大的同情进入到对人类普遍弱点、天生缺陷和无法抗拒的疾患、病态的考察,这是对现实人生中无时不在无处不在的人性悲剧的一种贴近、一种关怀、一种尊重,因而也是一种道德的显现,甚至是一种更接近人生本原的道德显现。

尤其在文学表现中,道德的层次感相当分明。在日常人生中,道德由于伴随着人们相当的情感反应,因而对于一定对象的道德评判往往趋于单一,而且在道德层次上会存在排他性的现象,即拒绝从任何其他层面重新估价对象的道德价值。人们常常动用爱与恨的情感对日常人生中的种种现象作出道德反应,并就此拒绝诸如对象立场的理解、人性弱点的同情等等道德观念调整的可能,简单地说,爱就是爱,恨就是恨,爱恨交加就是爱恨交加,认为其善则怎么看也是善良的笑靥,判断其恶则怎么分析也是罪恶的狰狞。只有到了文学创作和文学欣赏的境界,人们才可能摆脱单一层次甚至单一向度的道德判断,从不同的层面对文学形象和文学情节作出善恶的或超善恶的价值认定,在善恶意义上的感动或义愤可以与普泛的人性认同结合起来,从而抵达更深刻更广博的道德境界。

因此,虽然德国伟大的浪漫主义文学家歌德在其与埃克曼的谈话中排除了作家创作的道德目的的可能性,说是"虽然一件优秀的艺术作品能够而且也将发生道德的后果;但向艺术家要求道德目的,等于是毁坏他的手艺",但如果将道德分析成不同的层次,则又不难发现,任何文学家都不可能在创作中排除道德因素:他可以不从一般的善恶意义批判作品中的人物事件,但他无法不从各种人生价值和基本的人性立场作某种评判,这种人生的和人性的评判便是另一重意义上的道德。

道德判断是一种价值判断,也是一种关系判断。价值判断的结论通向肯定与否定、赞美与唾弃,关系判断则是为这种价值判断的范围进行定位,让道德判断的主体明确了对象的关涉性然后再加以肯定与赞美,或否定与唾弃。一般来说,人的道德关系分别建立在以下几个层次上:第一是人的自身意识层次,是人对于自我乃至本我的肯定,基于人性价值,反映着自身之于自身的关系;第二是人的情感私域层次,包括亲情、爱情等等,实际上反映着自身之于家庭的关系;第三是人的社会道义层次,即对于社会、民族、国家的责任义务的认知和承担,反映着自身之于社会的关系;第四是人的"类"意识层次,即对于人类的价值认同,这样的认同将透过人类的生存诸问题,例如人类生存的环境问题,人所生活的地球与外星关系问题,人的内宇宙危机包括精神病态等问题,然后回归到基本的人性命题,反映着自身之于人类自身的关系。

很明显,由第一层次向第四层次有一个境界不断升高、关涉范围不断扩大的趋势,或许可以用这样的阶次图形进行直观的表达:

但这样的表述显然没有反映出人类道德的最本质的属性:第四层次的道德关系与第一层次的道德关系都基于人性,显现为一种回归趋势。因此,这样的道德层次划分不是一味向上的构图,而是最高层次的道德关系又往所谓最低层次的道德关系趋合的形状,类似于八卦的圆形演示图。虽然这里探讨的是道德问题,但是它包含着人对于自身的关系定位和价值认知,完全可以取一种与哲学相类似的思维图式进行表述;而人的自我意识与人类的类意识正是内宇宙的自省与外宇宙的探求的辩证体现,内外宇宙的道德审视趋于一致、趋于人性化的价值基点,正与道家宇宙观的某种思考相吻合,于是采用太极图式表述人的道德层次,表述人的道德在最高层次上正与最本原的道德感相吻合,应该说比较恰当。

按照此图所示，自我关怀是人类道德的起点，也是人类道德的基础；对于家庭的责任，对于亲情和爱情的积极态度，因为毕竟需要自我的付出，道德层次当然要高一阶次；社会道义常常强调个人对于社会、对于国家和民族的责任、义务、牺牲精神，更加远离了自我的私利，道德层次更高；而人类的类意识是对整个人类生存状态和生存方式的一种博大关怀，其道德意义理所当然要超出社会道义。现代中国改革、启蒙的先驱者曾提出"万国之上犹有人类在"，阐述的就是这一层面的道德观念。不过人类的关怀最基本的原则就是人性，包括对待战争与和平、对待环境与发展，都是以符合人性为基本准则。于是，尽管从观念意识和道德水平看，比较"自私"的自我意识处于道德层次的最低层次，但它与人类的类意识关怀同基于人性的本真。

三　文学：道德的人性向度

这就是说，人性应该是人类道德的出发点，也是人类道德的归趋点；基于人性的道德才是最基本也是最高的道德。无论在普通人生中还是在文学描写中，所有的道德如果处在积极的方面都值得肯定；但当两种或两种以上的道德观念纠合在一起时，起决定性的和主导作用的应该是最贴近于人性的那一种，因为它是人类道德价值的基础，也是人类道德规范的决定因素。这样的道德层次分析法为解读文学作品中道德观念的纠结现象提供了有效的理论依据，也是文学创作处理道德层次参差问题应该参照的基本原则。如前文所述，一个敢爱敢恨、敢于叛逆的女性在文学作品中往往会比一个恪守妇道、牺牲自己维护家庭的良妇更显得光彩照人，其原因就在于，她们固然都体现着一定的道德内涵，但敢爱敢恨的叛逆女性体现的是强烈的自我意识和贴近人性的道德，而恪守妇道的牺牲者体现的只是家庭责任，这种家庭责任否定了自我人性的某些本质方面，反而不如前者更合乎道德。

也正是在这样的道德原则上，还可以对鲁迅的《伤逝》进行更合理的道德解读。这篇小说中的主人公涓生获得了子君的爱情，可在人生的绝望与痛楚中感受到这爱情的缧绁,因此冷淡了对于爱人的情感,几乎是逼着子君离他而去。子君在这样的打击下忧郁而死,涓生的良心受到了深深的自责。但读了整个作品人们还是能够原谅涓生,或者说无法从道德立场上生出对于涓生的谴责与愤慨,这是因为爱情的道德固然神圣,但涓生作为一个希图奋飞的个人,其发展自我、进行自我灵魂冒险的人性自由的追求更值得鼓励,更接近人的道德基础层面,因而涓生比起子君来也更值得同情。这样的道德构架很容易令人联想起匈牙利诗人裴多菲的名诗:"生命诚可贵,爱情价更高,若为自由故,二者皆可抛。"要想真正弄清这诗的真意,恐怕就要明白文学中的道德序列和道德层次:人性的自由是最基本的道德,也是最具有决定意义的道德,为了这样的道德完成,爱情与生命都可以让路。

许多文学层次比较低的作品,特别是以道德说教为标的的通俗性读物,往往偏执于某一种世俗道德而忘却了甚至践踏了基本的人性道德,结果导致道德层次的怪谬,让人读后感受不到丝毫的美感,当然也谈不上任何道德的感动。仍以《二十四孝》为例,其中最著名的恐怕就是《为母埋儿》了。郭居敬的叙述是这样:

> 汉郭巨,家贫。有子三岁,母尝减食与之。巨谓妻曰:"贫乏不能供母,子又分母之食,盍埋此子? 儿可再有,母不可复得。"妻不敢违。巨遂掘坑三尺余,忽见黄金一釜,上云:"天赐孝子郭巨,官不得取,民不得夺。"

这一故事流传甚广,而且历史悠久,许多述异说教的典籍都有记载。能够让此谬典如是流传,以至到了 21 世纪还有人为作画赞,足以说明中国传统文化中包含着多么可怕的腐朽杂质。每一个有人性的读者读了此篇都会觉得难受,难受得作呕。倒不是因为那个郭巨为何如此无能,连一个老母一个小孩都不能同时养活,也不是因为他为何如此愚昧,以为埋葬了孩子就能使老母安度晚年,而是因为这个无能且愚昧的孝子为何偏偏想到"埋儿"这一着——虽然终究没有埋掉，是傻人有傻福，得了一釜来历不明的黄金，却不是好人有好报，连自己的亲骨肉都能亲手杀害，而且还是活埋的人，无论什么理由，也不能算是好人。这个故事彰扬了一种道德——善待母亲的孝道，这在情感私域中是属于比较高尚的一种，不过这样的道德必须以人性的尊重为前提。这个郭巨的故事试图以人性的戕害为代价去完成这种孝道，正是违反了一切道德必须服从于人性的基本原则，故而让人难以接受，让人感到恶心，让人感到不可容忍。

或许汉代的那个孝子郭巨原不至于这么愚蠢和恶劣，而是历代庸儒本着腐朽的道德观念在他们自以为得意的重述中强化了这样的愚蠢和恶劣；如此庸愚不堪的故事却得到了如此不厌其烦的演绎，可见在传统的文学观念中，人们将道德中的人性内涵忽略到了何种程度！而人性才是正常的道德观念的决定性内容，难怪"五四"新文化倡导者将传统的古典文学指责为"不道德的文学"。

其实不单是在传统的语境下文学可能乖离人性的道德，在现代人生愚昧、保守的意识状态下，照样会有文学作品表现或阐扬有悖人性的道德价值。特别是有些作家从道德概念出发，一味追求那种先验的道德实现，对人性的自我和接近人性的道德实施了最大限度的背离，结果道德表现虽然"高尚"，却似没有基础的危楼眼看着摇摇欲坠，让人读起来悬心不已，读后更是感到肉麻兮兮、痛苦不堪。中国一些当代作家一度非常喜欢建筑这样的"道德危楼"，这些危楼尽管现在已经难见踪影，但因为它们曾经是那么醒目地矗立在人们的面前，让人们为它们担心，为它们痛苦过，其不良的文学影响仍然存在。

著名作家张洁，是一个十分重视爱情和爱情道德的女作家。改革开放以后，她喊出了"爱，是不能忘记的"第一声，引起人们的广泛瞩目。不过她更看重的是那种高尚的、无私的理想爱情。在小说《祖母绿》中，她刻画过一位叫曾令儿的女性形象，这位"女神"在大学阶段深爱着她的一位同学，为了让他留在城市过安宁的生活，毅然为他承担了一种政治惩罚的责任，并且怀着他的孩子只身漂流到荒凉的北方农村,独力为他抚养孩子,自己同时发奋攻书。多少年后,她取得了公认的成就,被邀请回到母校讲学,可发现自己当年的爱人虽然生活很舒适,但成果十分平庸,于是又牺牲自己的时间和积累,帮助他在事业上也立起来。张洁确实塑造了一个为了爱情连续作出牺牲的"圣母"形象,但这个曾令儿同时又像是一个爱情自虐狂,以自己的牺牲为最大满足和最后目标,让自己的幸福乃至人生在那个并不十分美妙的爱情之中销蚀殆尽,似乎成了她最美好的享受。爱情固然要真诚、要牺牲,但是一味牺牲若此,到了完全无我的地步,则是以爱情道德挑战了一般人性,自然也就挑战了美好。正如"皮之不存,毛之焉附"的道理一样,没有人性的内涵,那种纯之又纯的爱情不正是一种欺世盗名的魔术? 其实,在普通人生中,人们常能发现,被抽取了人性内容的爱情不仅是不可想象的,而且会十分可怕;在文学表现中,这样的爱情自然可以想象,但走进了这样的想象同样非常可怕。

作家从维熙在一种更加"高尚"的道德表现中显示了自己更加可怕的道德观念。他的《雪落黄河静无声》由于硬性颂扬了"爱国主义"而曾一度广得好评。知识分子范汉儒受人迫害进入监狱,结识并深深爱上了充任狱医的女囚陶莹莹。一次监狱转移使得他们彼此失去了联系,范汉儒从此只能在刻骨铭心的思念中度过一个个难挨的日子。厄运过去以后,范汉儒通过各种途径,费了很多周折找到了陶莹莹的下落。他来到了她工作的地方,是在黄河边的一个城市,这时范汉儒却痛苦地发现陶莹莹对他的爱情回应相当冷淡。陶莹莹将范汉儒约到了黄河边的亭子里,告诉他,冷淡他的原因是觉得自己配不上他,因为她曾被判叛国罪,当年受不了迫害,试图偷越国境,遭到逮捕服刑。范汉儒怔怔地看着这个日思夜想的爱人,说她犯的其他什么罪过都不会影响他对她的爱,哪怕是盗窃罪流氓罪,唯独这叛国罪他不能接受,因为爱国主义情感不能亵渎。他们无奈地分开了,留下了黄河岸边的一片沉静。这是一首以爱情作牺牲吟唱的爱国主义之歌,也是一首反道德的庸俗之歌:它将爱国和爱情对立起来,然后让爱情退出,使得爱国的道德更加神圣高尚。殊不知这样的高尚失去了人性体验的基础,不仅显得虚假,而且也绝不可爱动人。爱情与爱国,前者更贴近人性,因而在作品的道德组合中应占主导地位,如果让远离人性之美的爱国情感占主导地位,就有本末倒置之误,作品的道德美感就会受很大影响;可作者居然让后一种道德否定前一种道德,从而造成以观念否定人性,使道德疏离人性的效果,让人读后不仅难生感动,而且备觉虚假、备觉肉麻。

  文学的道德与人生的一般道德都有很大差异,更不用说与某种社会的道德宣教和道德提倡差异更大,往往是南辕北辙,不能相混。许多道德宣教都会鼓励人们克服人性,牺牲一己的自由、幸福乃至生命,而为某种理念和宏大目标放弃一切;文学的道德表现其矢向往往相反,它首先着眼于个人的生命形态,首先着眼于人性的关怀,在这基础上再去关涉人情世故,关涉国计民生。文学对某种理念和目标的表现,也总是以具体的人性和生命形态的肯定为前提,否则就会出现上述所谓道德危楼现象,就会显得迂腐和庸俗。——在古代,这种不懂得文学道德原则的迂腐之论时或可见。据清人何文焕的《历代诗话考索》说,杜牧有诗句"铜雀春深锁二乔",南宋人许彦周批评道:"生灵涂炭都不管,措大不识好歹。"这样的议论在迂腐之论中可谓精彩之论,体现了高度的人性关怀和生命意识,不过用来评杜牧这首《赤壁》诗,似又太过。杜牧从"二乔"的命运入手看那段折戟沉沙的历史,也同样是遵循了文学从生命关怀和人性道德出发的创作原则。至于现代人,如果坚持认为文学必须放弃人性而作空洞的社会、国家、民族道德的宣教,那不仅是迂腐,更是一种庸俗和谬误。

  当然,不少成功的文学家已经悟到了文学表现的道德层次及其重要价值,米兰·昆德拉和中国的一些作家如陈忠实、贾平凹等,显然都获得了这样的悟性,无论是《生命中不能忍受之轻》,还是《白鹿原》、《废都》,都有对特定时代特定政治环境的强烈的记忆、反映和道德评判,不过作家更关注人物在这种时代环境中的人性体验和生命状态,避免以政治历史的宏大叙事来冲淡、掩盖乃至扭曲、否定个人的人性反映和生命行为,从而使得他们的这些作品体现出灿烂辉煌的道德光彩,那是非常适合于文学的光泽。

文学的光泽是人生光泽的投射,它可能没有人生的光泽那样丰富多彩,但绝对应该比人生的光泽更绚丽夺目。

注　释

〔1〕　见贾西亚·马奎斯的短篇小说集《异乡客》,宋碧云译,台湾时报出版公司1994年版。

第十四讲

通俗文学与人生的娱乐要求

通俗文学概念的提出与强调

通俗文学与精英文学

现代武侠文学的通俗品性

通俗文学、大众文学与市井人生

　　一个日本作家到香港看过金庸,参观过金庸位于太平山上的豪宅,便感慨不已,说是没想到一个笔耕之人居然能够写出这么巨大的财富。也许他的观察并不十分准确,因为金庸当时还拥有规模不可谓不大的《明报》产业。而且他的这番感叹至少存在着这样的错误:以为天底下写小说、创作文学的人都是一样的。其实从经济效益角度来说,许多作家写出来的东西注定属于少数人购买和阅读的东西,这样的作品在香港往往径直被称为"小众文学";有些作家写出来的则必然成为大众文化和文学消费的对象,相对的名称当然是"大众文学"。由于中国现代文学史上的"大众文学"包含着特殊的意识形态内容,我们也可以将这种作为大众文化消费对象的文学从其写作路数和艺术性质的角度统称为通俗文学。由于通俗文学直接对应于广大民众的文化消费和文学消费要求,其作品的发行量在单位时间内势必远远大过一般的文学。

于是,同是成功的通俗小说家,琼瑶甚至以她的作品牢牢地支撑起了一个由她夫君掌管的出版社。通俗文学在许多情形下被视为畅销书,说明"畅销"的确是它的一个重要特性。

当然不能用是否畅销、是否具有很大的发行量来判断一部文学作品是否属于通俗文学。莎士比亚、巴尔扎克、托尔斯泰以及鲁迅的作品从发行总量上来说未必逊色于任何一个通俗文学家,但这并不意味着这些伟大的文学巨匠就可以混同于通俗文学作家。有的作家也致力于写作武侠、言情、黑幕、侦探以及鬼怪类的作品,但往往不能刺激起人们很热烈的购买热忱,印数依然走低,可并不能因为这种印数走低就判断它们不属于通俗文学。

这就是说,畅销、发行量大,往往是通俗文学的一个显著特征,但有着特殊的表现法,以此刺激起人们的阅读和购买欲望,更是通俗文学的一个根本特性。这样的特性分析为我们考察人生的文学消费心理及其与通俗文学的关系准备了前提。可以而且必须通过一定的理论辨析判断通俗文学与一般严肃文学或纯文学的区别,同时还可以在这种辨析中确认通俗文学存在的正当性及其对于人生的特定价值。

一　通俗文学概念的提出与强调

曾有人不断提出一个在通俗文学界和部分读书界都具有哗众取宠之效的命题:文学无所谓通俗与非通俗之分;划分出通俗文学和纯文学、严肃文学或高雅文学,不仅徒劳而且有害。在历次金庸小说学术研讨会上,几乎都有学者提出这样的言论,借此试图将金庸抬进纯文学的殿堂,至少也使之赢得与纯文学并驾齐驱的文学史地位。我的观点偏向于保守,认为还是应该从传统的文学分类法,区分出通俗文学与非通俗文学的界限,并以此认定金庸文学的通俗性质。

的确,将通俗文学从一般文学中分离出来,在概念的语感上就带有对通俗文学的某种歧视和偏见,这样的歧视和偏见不仅失去了审美的公正,而且与此同时也失去了历史的公正。

从审美的公正性意义上说,通俗文学未必比一般的纯文学更缺少美的内涵和表现力,有时往往相反,通俗文学的创作由于较少考虑社会的价值承担,较少顾及历史内涵的博大精深和思想维度的宏阔精彩,倒可以一门心思在审美方面作更机巧精微的营造。君不见,金庸的《天龙八部》等小说居然可以将每一章回的题目都设计成精美华丽的词句,前后又能互相连贯,通篇的题目即构成一阕一唱三叹、荡气回肠的长调,这样的审美情趣和美学格调在一般的文学创作中何曾得到体现,又何曾会有人设想到!人们一般受文学研究会等新文学作家群体观念的影响,以为作为当时通俗文学代表的"鸳鸯蝴蝶派"的作品充满着低级趣味,其实其中很多作品出自饱读诗书、擅长词章的文人,所显露出来的文学才情和审美情趣往往并不比新文学作品差多少。郁达夫、张资平自述都曾是受到这派通俗小说家的影响而走上文学道路的,并且回忆说,"鸳鸯蝴蝶派"小说中的有些精美的词章、感伤的情境,例如"春草碧色,春水绿波,送客南浦,伤如之何"之类的描写和吟唱,都曾使他们形成不同程度的感动。这样的描写和吟唱固然有陈词滥调无病呻吟之嫌,甚至不排除某种做作和卖弄的成分,但人们不得不承认,在新文学的创作即使有也还相当粗糙的情形下,这样的通俗文学作品在审美方面毕竟技高一筹。有必要说明的是,通俗文学家中在任何时代总有一些情趣不俗、文笔优美者,琼瑶的言情小说所营造的情感之美、情境之美和情性之美,有时候比她的小说情节更能打动人,也更加使人入迷。因此,不能将地摊上到处摆放的报道和渲染凶杀、强奸案侦破过程的那些个东西等同于通俗文学,通俗文学在审美格调和艺术风貌上有时候并不弱于一般文学。菲德勒曾经将通俗文学概括为流行文学,并顺手将流行文学与民间文学作了原则的区别:"流行文学与民间文学的区别在于它抛弃了诗情画意。当代流行文学的基本表达方式是散文而不是诗歌;来源于世俗而非宗教故事;它以城市,而不是以野外大自然世界为背景;它是工业的,而不是农业的副产品。"[1]如果不作出努力,将金庸、琼瑶以及其他一些杰出的通俗文学家的畅销作品与菲德勒所说的"流行文学"区别开来,那么菲德勒的这番表述拿到中国来简直有些荒诞不经。

通俗文学在历史形态上与一般文学存在着水乳交融的关系,从来就不存在一个永远将通俗文学排斥在一般文学之外的特殊轨道。就同一时代而言,通俗文学与一般文学常常可以处在一种明显相对的位置,但超越于这种时代的视角对它们作历史审视的时候,通俗文学与一般文学之间的关系必然变得模糊难辨。早在唐诗兴盛的时候,词作为那时候的通俗文学已经在坊间流传,并在不长的时间内占据了文学的正宗位置;当宋词成为中国那时代文人创作最一般的形式和最经典的作品时,词自然就从通俗文学脱籍为一般文学了。词取得正宗地位的同时,曲又作为那时候的通俗文学在坊间流传,到了元代同样得到了某种意义上的脱籍。类似的情形当然还有明清章回小说,这些在当时都曾是诗词歌赋之外的通俗文学样式,但对于现代的读书人来说则是相当不通俗的研究对象。依此类推,很可能今天的所谓通俗文学在未来的某一天就成了人们必须严肃对待的纯文学。

然而所有这些理由都不足以抹煞通俗文学相对于一般文学的特殊性,所有这些现象的解析都不足以让我们在面对一些特定对象(例如金庸)时混淆通俗文学与一般文学的界限。其实许多人都承认文学有一般与通俗之分,即使作为当事人的金庸之辈也不例外,关键是人们在作这样的区分时不是语焉不详便是谬见百出,常常被一些试图在通俗文学与一般文学之间"和稀泥"的人扣住漏洞。比方说,有人这样定义通俗文学:"通俗文学,是指那些内容、形式浅显易懂而言。既包括雅文学中通俗的自由体诗、新体小说、影视剧、散文、报告文学等作品,也包括俗文学中的歌谣、话本、戏曲文学、说唱文学等作品。俗文学则不包括一般的通俗文学作品。"[2]这番定义表述得很不流畅,内容分类更是夹缠不清,一会儿说通俗文学包括俗文学,一会儿又说俗文学不包括"一般的通俗文学",而且这通俗文学中又包含了"雅文学"的一部分内容。最关键的是那关于通俗文学最简单的概括——"内容、形式浅显易懂",实在是对通俗文学的一种极深的误会。一般当代文学家的创作,只要他没有拉开现代主义或者后现代的"探索"架势,读起来一定会比金庸等人的通俗文学创作更为浅显易懂;至少一般文学创作描写的多是当代生活,刻画的多是当代人物,较之金庸笔下的古代生活与古代人物来,特别是这些古代人物又处在特定的人生场景(例如江湖、宫闱)和方式之中,那显然要浅显易懂得多。鸳鸯蝴蝶派的小说是通俗文学,难道这样的小说会比文学研究会作家的作品更浅显易懂?

不能将通俗文学简单地理解为通俗唱本。在这个意义上,上述研究者试图将通俗文学与俗文学在概念上再次加以区分,这是很有见地的,虽然他所罗列的中国俗文学分类大有可商榷之处。比方说他在分类中完全不考虑雅俗文学的时代变迁,将史诗与民歌、拟民歌体诗、民间故事诗、俗曲等并列为俗诗歌类,将元杂剧、南戏与傀儡戏、影戏、地方戏等并列为戏曲文学类。当我们将俗文学与通俗文学加以学术区分的时候,在历史形态上确认俗文学的时代性质显得特别重要,诚如郑振铎先生在《中国俗文学史》中所言:"差不多除诗与散文之外,凡重要的文体,像小说、戏曲、变文、弹词之类,都要归到'俗文学'的范围里去。"这显然是就其历史形态而言的。如果不在这种清晰的历史相对论的意义上界定俗文学,将不同历史时期的俗文学都放在同一个平面上加以对待,自然会出现学术疏漏。总的来说他的分类显得相当粗糙,尤其是将民族歌剧、部分影视剧与对联、谜语、绕口令、谚语、歇后语、俗赋并列起来归入其他类,等等。[3]

范伯群、孔庆东也倾向于将俗文学与通俗文学分开,认为通俗文学是俗文学的重要分支,在俗文学的类别中有一个通俗文学子系,包括通俗小说、通俗戏剧等。其他尚有民间文学子系(民间口头文学,集体创作、集体修改、经收集雅文学分支整理而成的文本)和曲艺文学子系(或称讲唱文学、说唱文学子系。它是民间艺人或文人拟作的说唱、曲艺的底本)以及现代音像传媒和网络中属于大众通俗文艺的文学文本与之并列。[4]这样的分类概括性强、思路清晰、框架开放,应算是迄今俗文学分类最为精当的一说。

包括通俗小说和通俗戏剧在内的通俗文学,与一般的俗文学有着明显的区别,那就是它基本上出自文人的创作,是文人、作家有意为之的作品;同时与一般的文学创作品(即所说的雅文学)又有着明显的区别,那就是它基本上以普通读者趣味的满足为创作宗旨,在现代条件下,常常体现为对市民趣味的投合和对市场化效益的追求。

对市民趣味的投合虽然并不意味着放弃有品位的审美情趣的营构,但可能会排斥过于沉重的历史与思想负担,在文学功能建设方面偏向于走轻松一途。不必对现实乃至历史的真实负起很大的责任,这是通俗文学区别于一般文学特别是精英文学的关键之点。琼瑶式的言情文学可以在没有任何现实可能性的生活基础上幻构欲死欲生、死死生生的爱情故事,人物之间的关系,人物的性格及其意志行为,人物行为所连接成的曲折迷离的情节,因此都能够轻而易举地逃脱生活真实的挑剔与检验。金庸式的武侠小说则可以借助历史的因由随意地、自由地构造历史人物,设计他们的性格以及性格的历史,从而在这种有声有色的构造与设计中精彩、生动地演绎被尘封了许多年的历史,并且赋予这些历史以丰满的、有血有肉的细节。这些构造和设计,这些演绎与细节,也同样不受历史可能性和真实性的挑剔与检验。人们在阅读这些小说的时候,只是会为其中扑朔迷离、曲折离奇的情节叙述所深深吸引,为其中突兀显豁、卓尔不群的性格刻画所久久痴迷;这样的吸引与痴迷已经足以达到读书的满足与愉悦,人们不再会去追溯构成这些情节、细节、人物、性格的历史真实性和现实可能性之类的问题。这也是精彩、成功的通俗文学在读者心态中所能享受到的特别的豁免权。相比之下,如果类似的通俗小说在情节、细节、人物、性格的构造与设计方面达不到这种吸引读者甚至令人痴迷的境界,同时它还依然故我(而且几乎是必然如此)地随意编造、随心幻构,则这样的编造与幻构必然遭到读者严厉的质询和酷烈的嘲弄,这样的作品便可能作为典型的文学垃圾遭到人们的无情唾弃。于是,一些类似的下三滥的通俗文学作品便采取一种真实性的包装法,例如采用报告文学的体例,打造其真实得不能再真实的"形象",给读者预设一种强制性的真实感。这确实也是这类文学赢得市场的一种生存之道。

一般的严肃文学,除非是追求荒诞性的现代主义作品,总是将人生的真实和历史的可能性当作创作的生命线,唯恐遭到"不真实"、"反历史"以及胡编乱造之类的指责。这种在通俗文学创作中实在显得无关紧要的真实的和历史的因素,在一般的严肃文学创作中却成了必须担负的责任,而且很可能是首要的责任,这就是一般文学之所以比通俗文学要"严肃"的原因,也可能是人们将相对于通俗文学和俗文学创作的一般文学称之为严肃文学的原因。当然,有的时候,即使现实主义意味很浓的作品也可能采用幻构的方式变形地处理历史人物和现实事件,例如鲁迅《故事新编》里风格独异的篇什《补天》中,被女娲捏出来的小人忽然着起衣冠指责裸体的女娲有悖伦常;《理水》中,大禹时代的知识分子集聚在文化山上,等待着外国来的飞车供给食物,并用"古貌林"、"好杜由杜"之类的外语交谈,这些都是十分荒诞的幻构。但作者在作这样一种非历史、非真实的情节处理时,其创作侧重点已经移至思想的隐喻与观念的象征,正如鲁迅《故事新编》所显示的那样,历史和真实的负担让位于犀利的思想和深刻的观念的表达,创作仍然无法轻松。通俗文学虽然也不放弃思想和观念的表达,但一般不以犀利与深刻作为追求的目标;它关注的乃是激发起人们愉悦感和好奇心的情节的曲折与人物性格的精彩,无须在思想观念方面作奇崛深邃的冒险。这也是通俗小说往往读起来很轻松,并由此能够推想到写起来同样轻松的原因。如果不明白通俗文学的这一特征,甚至不知道这是通俗文学的固有性质,就可能犯方枘圆凿地苛责通俗文学的毛病。一度,有学者指责金庸小说思想不深刻,还有的学者对金庸研究者潘国森说:"金庸小说虽好,但是你不能老是论金庸小说,应该要多一点文以载道才是。"[5]都体现出这样的毛病。

说到"文以载道",通俗文学并非拒绝表达一切思想观念。作为一种必不可少的思想和观念的价值支撑,通俗文学作品往往满足于宣扬一般性的惩恶扬善的通俗道德水准。这样的思想观念能够很轻易地得到社会特别是市民阶层的认同,因此其持有者永远立于比较安全的道德立场,无须为营造犀利、深刻的思想观念作心灵的冒险。事实正是如此,通俗文学作家一般皆是从十分安全的道德立场出发,将武林、江湖与情场、社会中的善与美、丑与恶刻画到极致,在与自然、本真的社会道德良知取得一致的情势下获得褒贬人物、判断是非的自由,并在这种人人都倾向于承认的自由状态下幻构各种各样哪怕是荒诞离奇的故事。在金庸的武侠小说和琼瑶的言情小说这些更为经典的通俗文学作品中,体现在具体人物身上的美与丑、善与恶会呈现出相对性和交融性的某种特征,这样人物形象变得更加丰富,人物性格变得更加复杂,但无论如何,作者借助于这些人物惩恶扬善的道德宗旨永远是那么明确而真实。

对市场化效益的追求使得通俗文学创作常常体现效率最大化的原则,作者的想象和创作思路呈现出明显的套式,等而下之者甚至存在着克隆性的写作现象。据说在国外有一种产业,其实在上个世纪 30 年代的中国也有,可以名曰小说工厂,就是将一种小说套路设计出来,例如男一号人物如何与女一号人物相遇,男二号如何赢得女一号的信任居间生隙,女二号又如何赢得男一号的青睐,然后共同打压男二号,结果导致女一号背叛男二号,男二号下场凄惨,然后布置一批写手根据这一套路进行操作,这样就会在很短的时间内炮制出一批有一定卖点的小说。显然,这样设计和操作出来的小说只能是打向市场的通俗小说。可能正因如此,有些人非常反感以通俗文学为主体的通俗文化,据说在美国,通俗文化"作为贬词也称'商品化文化'或'文化垃圾'"。[6]

其实,正像市场化运作的商品虽有劣质品和垃圾,但也并不乏精品和优质品一样,市场化运作的文学也并非全是不登大雅之堂的东西。诸如金庸武侠小说一类的通俗文学,尽管从创作旨趣到运作模式都显示出现代市场化的某种特性,但它们能够如此行销于市场,如此广泛地受到读者的欢迎,乃从一个侧面表明了自身的品质优势和强烈的艺术吸引力。许多人套用古人形容柳永诗词流行程度的话——凡有井水处必有柳词——形容金庸小说的流行：凡有华人处必有金庸小说，即"凡有中国人、有唐人街的地方，就有金庸的武侠小说"[7]。于是台湾远景、远流出版公司为金庸小说所作的广告词就是："全世界华人的共同语言。"这当然有些夸张，但在恒河沙数的文学界被人们用来作这种夸张蓝本的能有几人？能够成为如此这般的夸张蓝本的对象，无论如何不可能是人们一般印象中质量低劣粗制滥造的通俗文学，而一定是通俗文学中质之高者、艺之强者、品之佳者。

因此，我们前面所谈到的通俗文学可能具有的种种流弊性特征，并不是所有的通俗文学都无法克服的定数。庸俗并不是通俗的代名词。优秀的通俗文学照样提升人们的精神境界和审美趣味，甚至是我们枯燥人生中不可缺少的润滑剂和调节油。普通人生对于优秀通俗文学的普遍需要，是通俗文学能够成为畅销商品和大众文化消费对象的原因、依据和条件。

许多人研究过优秀的通俗文学作品之于阅读者巨大的审美的和精神滋养的功能，这些论述可以帮助我们至少从学理的方面认识通俗文学之于普通人生的价值。一位杰出的学者在读金庸的《倚天屠龙记》时，对其中写到的"生亦何欢，死亦何欢，怜我世人，忧患实多"的箴言，顿有"如雷击顶"之感。[8]也就是说，金庸的武侠小说中存在着对于人生、对于历史、对于社会和时代的大觉悟。有的学者在金庸的武侠世界中领略到了民族记忆中抗击胡人的不解的情结，并由此联想到不懈地唤回萨克逊民族英勇记忆的司各特。著名学者赵毅衡根据哈贝马斯的共识理论，甚至从金庸的通俗小说中找到了中华民族的共识："以不为为成就至境，以容忍为道德善择，以适度为思想标准。""寻找中国人的民族共识，以上三条，或可当之。其他的中国民族道德——如忠孝节义，仁义理智信；其他的中国民族性格，如勤劳苦干，节俭自力；甚至中国人的民族实践，如每过一段时间要均贫富，例如以仁政代暴政，例如几乎从来不打宗教战争——都可以看成这些底蕴的推演。"[9]如此深刻的体悟，的确是将通俗文学的人生意蕴和历史意蕴理解到了极致；有这样出色的读者，是金庸的大幸，也是通俗文学的大幸。

对于金庸的武侠小说可以有许多种不同的解释，不同的读者可以从中领略到不同的人生感悟和历史内涵,这样的情形,说得大一点,是一千个人就有一千个莎士比亚的阅读现象;说得具体一点,就是"金庸小说在阐释上的多义性和评价上的分歧性"[10]。有一点可以肯定,谁也不能保证任何一个读者都能从优秀的通俗文学如金庸的武侠小说中,读出如此深刻的人生体悟和深刻的历史内涵。或许作为通俗小说家的金庸其主要的创作主旨远远不是这些深刻的人生体悟和深刻的历史内涵,如果是那样,对思想观念的表达和隐喻那么在意、那么上心,则在情节的构造和人物的刻画方面便一定难以专注,也难以获得我们现在看得到并为此所深深吸引的精彩。同样,就大多数读者而言,我们为这样的通俗文学作品所深深吸引的往往不是其中包含的深刻的人生感悟与巨大的思想深度和历史内容,而是其中曲折离奇的情节、生动有趣的人物,当然还可能有令人向往的境界、机锋智慧的对话等等。

不必讳言,通俗文学给予普通读者最大的吸引力便是"好看"、有趣,激发他们的是一种阅读的愉悦,是对于他们人生中一种游戏与消遣要求的满足。长期以来,特别是文学"为人生"的新文学传统确立以来,人们一般回避和忽略通俗文学所本来具有且必然具有、应该具有的娱乐功能、消遣功能,总是将文学往真善美的教育和人生"问题"的解决等等这些"纯正"、严肃的功能价值上去强调,最大限度地也是相当粗暴地否定了文学特别是通俗文学的娱乐性和消遣性。这实际上是现代文明史上矫枉过正且尚未得到拨乱反正的一种观念。应该说,当年文学研究会祭起"为人生"的大旗,反对"鸳鸯蝴蝶派""将文学当作高兴时的游戏或失意时的消遣"的倾向,对于处在初创和建设中的新文学是非常必要的,"鸳鸯蝴蝶派"在鼓吹文学的娱乐和消遣功能方面也确实到了过为已甚、无以复加的地步,包括打出"宁可不要小老婆,不可不读礼拜六"的广告词,又进一步将通俗文学的娱乐、消遣功能与庸俗不堪、低级下流的享乐生活直接联系起来,这样势必导致通俗文学的庸俗化。作为这种极端玩世不恭的文学态度的自然反拨,文学研究会强调文学是一项工作,而且是对于人生很切要的工作,体现了文学家的高度的社会责任感,体现了一种时代性的进步。但是,文学研究会作家以及以后的新文学家在文学功能的认知方面都以这种"为人生"的态度为价值底线,基本上否定文学的娱乐、休闲、消遣等功能,甚至对文学提出过高的政治、革命的要求,这不能不说是一种偏"左"的文学功能观的体现。

这种文学功能观的主要缺陷在于不实事求是地承认文学固有的娱乐、休闲和消遣功能。其实不仅仅是针对通俗文学的阅读而言,便是一般读者阅读一般的文学作品,包括经典文学作品,有多少人的初衷是从中领悟革命真理,从中理解政治理念,从中探悉人生意蕴,甚至从中接受道德教育的?如果一定坚持那样的目的,阅读这些文学作品的人至少会减少九成。美国批评家沃克·吉普逊认为,即使像他自己这样"有高雅趣味的人"也不排除"追求娱乐"和追随流行:"看不出有什么迫切的理由要逃避流行的看法。"[11]这应该是道出了许多自视很高的读书人为什么仍然耽溺于娱乐性阅读且盲从于流行的原委。

更不用说通俗文学作品的阅读了。通俗文学由于良莠不齐、优劣杂陈,一向在读书界和教育界扮演着十分暧昧的角色。尽管不少人理直气壮甚至气壮如牛地公开阅读、痴迷通俗文学,更多的人尤其是青年学生则必须藏藏掖掖或者遮遮掩掩,一面谨防着老师的干预和家长的呵斥,一面如饥似渴地看武侠言情之类的通俗小说;许多人走着读睡着读吃饭还在读,许多人通宵达旦一口气读完一本,这样的如痴如醉神神道道难道就是为了领悟某种人生真理抑或接受某种理念教育?显然不可能是。是通俗文学文本成功地刺激起了读者的阅读兴趣,使他们在阅读过程中感受到一种娱乐的快慰和消遣的怡悦,这种快慰和怡悦是促使他们忘我地沉迷于通俗文学阅读的最根本的诱因。

即便是一般文学甚至经典文学的阅读,本着娱乐和消遣的目的也属正当,何况通俗文学的阅读。现在是明确地承认文学的娱乐性和消遣性的功能特性的时候了,只要不把这种娱乐性和消遣性当作唯一的或根本的文学功能特性,就应该爽快地承认,文学的娱乐和消遣对于读者甚至对于作者来说也差不多属于天经地义的事情,没有什么值得讳莫如深的。娱乐和消遣,只要是在健康的意义上展开的,毕竟是人生体验的一种重要内涵,通俗文学能够引领许多读者抵达这种娱乐和消遣的阅读境界,这本身也是对于人生作出了贡献。

总之,娱乐和消遣本是人生的应有之义,通过阅读文学作品进行娱乐和消遣更是一种十分正当的人生活动。通俗文学较之一般的严肃文学或纯文学在这一方面对于人生能够显示出更大的助益。因此,正像没有必要抹煞通俗文学之于一般严肃文学或纯文学的区别一样,完全没有必要讳言文学特别是通俗文学的娱乐性功能。在这一意义上人们有理由特别注重金庸的表白:"我写武侠小说完全是娱乐",他称自己的作品"基本上还是娱乐性的读物","本来纯粹只是娱乐自己、娱乐读者的东西"。[12]没有任何一个非通俗文学作家会这样表述自己的创作宗旨,即使在通俗文学作家中也很少有人如此坦诚如此真率地作这番表述。金庸确实是通俗文学家中的"侠之大者",他对于通俗文学娱乐性的勇敢而真诚的承认向我们传达了两个极有价值的信息:第一,像武侠小说这样的通俗文学与一般的严肃文学或纯文学明显不同,它就是娱乐性的读物;第二,娱乐自己同时娱乐读者的通俗文学创作是堂堂正正的一种工作,没必要躲躲闪闪语焉不详,它对于自己的人生和对于广大读者的人生都不无价值。

通俗文学通过怎样的途径让读者感到娱乐,这是阅读心理学需要解决的一个问题。但有一点可以肯定,读者从文学特别是从通俗文学那里获得的娱乐和快感具有相当复杂的层次。最基本的层次是好奇心的满足。好奇心是一个俚俗化的心理状态的描述,但又是普通人生司空见惯的一种心理状态。人们在生活中倾向于打听外面世界的消息,倾向于关注家长里短的话题,倾向于观赏珍奇的动植物和特异的景观,都是好奇心使然。好奇心引领着人生向着未知的时空,激发探索的兴趣,因此有人将好奇心视为人类科学文明的先导。当一个人失去了好奇心的时候,他就同时失去了享受人生和探求人生的乐趣和兴致。通俗文学通过复杂的情节和离奇的故事,让读者对于作品中人物的历史、秘密、关系和命运保持着极大的好奇心,并随着这种历史的补述、秘密的解开、关系的明确和命运的揭晓,使读者的好奇心得到最大限度的满足,通俗文学阅读的快感便也得以顺利实现。

好奇心的满足不单是在心理娱乐层次上让读者体验到阅读的快感,更重要的是让读者在普通的庸碌的人生中得到灵魂的翕张。人类的文明就是这样积累起来的:为了突破人自身的生理和心理的某种限制,引发出对生理和心理局限的挑战欲望,这种欲望的实现过程就会使人类共同的游戏心理和娱乐心理得到极大满足。为了突破生理的限制,人们萌发出挑战生理极限的探索和实践愿望,这就诞生了各种各样的体育运动项目。这些项目中的每一项都能激起无数人的关爱与好奇,体育运动热以及体育经济就是这样兴起的。为了突破自身的经历和心理的局限,人们自始至终都保持着对于未知世界未知事物以及陌生人及其命运和故事的好奇心,通俗文学和其他通俗读物往往正是通过各种手段展现和描绘这些为普通读者所陌生所未知的人事、奥秘、命运和故事的,从而吸引住广大读者的这番好奇心,其阅读过程就譬如是观看或参与体育赛事一样,精神上得到很大的愉悦。因此,引人入胜的通俗文学的阅读就如同精彩的体育赛事的观赏,其触动人们内在的好奇心理一如体育项目激发起对人的生理极限的挑战愿望,这也是人生普遍的娱乐心理和游戏心理的自然体现。由于这样的一种正当性原理,通俗文学的娱乐性应该像金庸那样勇敢地予以承认并得到承认。

通俗文学之于普通人生的价值还在于,它能作为人生的补充与补偿,唤醒人们内心中白日梦式的期盼,从而使读者在超越于人生的白日梦式的想象中获得自我肯定的快慰与快感。一个学者这样分析金庸武侠小说受欢迎的奥秘:作为通俗文学的杰出代表作家,金庸塑造了许多堪称具有经典色彩和资源意义的人物形象,如萧峰、郭靖、杨过、令狐冲、黄蓉、赵敏、任盈盈、小龙女、东邪西毒、南帝北丐、"四大恶人"、岳不群、东方不败、陈家洛、文泰来、霍青桐,等等,"只要我们一提他笔下人物的名字,这些人物就能从为数极多的读者的记忆清单里栩栩如生地涌现出来,召唤出读者形形色色、但同样痴迷的阅读体验和英雄梦想"[13]。许多文学理论都曾论述到读者对作品的认同往往体现在将自己想象为作品中的英雄,借此通过英雄的冒险和浪漫来寄托自己的理想和情致。这样的认同在通俗文学的阅读情形中往往体现得最为典型。这也是通俗文学更容易唤起读者的阅读快感,更容易为普通读者所接受的原因。

总之,通俗文学是一种从创作初衷到创作理路再到创作、运作策略都与一般严肃文学或纯文学明显不同的艺术产品,它往往以读书和文化消费市场的承认作为其成功的标志。通俗文学有自己的品性和特点,在审美境界和文化内蕴方面很可能体现出堪称独步的成就,这是通俗文学不必在一般严肃文学面前感到低人一等的理由;更重要的是,通俗文学一点也不必讳言其娱乐性的基本功能,健康的娱乐是普通人生正当的要求,通俗文学于此可对普通人生作出比一般严肃文学更为直接更为明显的贡献。

二 通俗文学与精英文学

研究通俗文学不仅需要相当高的学术水平,而且需要一定的勇气。因为这样的研究可能会遭致两方面的压力。第一方面是来自传统学者的轻蔑和责难,他们一般会认为通俗文学研究一如他们眼中的通俗文学一样,没有多少值得关注的东西。随着文化人类学所揭示的学术问题越来越得到深刻的呈现,这种将研究对象的价值视同于研究自身价值的观念正在受到严峻的挑战,这多少减轻了通俗文学研究者所可能面临的这一方面的压力。然而另一方面的压力正在加大,这就是,不少研究者宁愿摆出某种超越的架势,否认文学之雅、俗分类的必要与可能,从而以"不作为"的态度质疑通俗文学研究的独立性价值。对于这种自以为超越和先锋而实质上只是在雅、俗文学之间"和稀泥"的见解,我们应该从文学创作、阅读的具体实践出发加以否定。无论从作家的文学立场、创作思维范式和艺术关怀,还是从作品的运作状态、读者的价值期待等各方面来分析,文学,特别是小说这样的叙事文体,确实有包含着通俗文学在内的两种类型,也即是通常人们所看到的雅、俗或者纯、俗文学的分野。否认这种分野的人们通常会举出若干文学文本的例证来诘难:凭什么说这些作品就是通俗的而另外一些就一定是雅文学或纯文学抑或是严肃文学? 确实,任何一个研究者面对相当多的具体的文学作品都难以作出如此清晰的指陈,但这同样并不能说明这种分野不存在。就具体的文学作品而言,典型的通俗或典型的"雅"、"纯"确实很难界定,有些事物在列举的意义上可能就只是处于一种非典型的甚至趋向于中间状态的状态,但这并不影响人们对这类事物作两类性质的区分。在通俗文学与雅、纯文学对举的意义上的文学正是如此。有必要理清和厘定与通俗文学处于相对位置的那种被我们称为"雅"或"纯"文学的概念问题。这一问题的解决将意味着我们在这两种文学之分野的确认上可能取得的较为深入的理论进展。

人们怀疑文学的"雅"、"俗"之分,归根结底还是因为"雅文学"或"高雅文学"、纯文学、严肃文学等并不恰当的概念所带来的不良刺激及其可能造成的驳诘。什么是雅? 为什么就只有非通俗文学才高雅? 人们很容易在"雅"的歧义上为通俗文学鸣不平。事实上,通俗文学中"雅"的成分不仅很多,而且往往超过非通俗文学。传统通俗小说中的诗词歌赋自不必说,其作为通俗小说不可或缺的组成部分,除了用于点明主题、吟咏人物、描画环境、展示场面而外,便是为了较充分地显示写作者的才情和雅趣。如果说传统的非通俗文学也常常不免此"雅",例如我们在千古绝唱《红楼梦》中所看到的,则现代的非通俗文学已完全排斥了这样的"作雅",与此同时,在金庸、琼瑶等人的现代通俗小说中,这些"作雅"的内容不仅没有减弱,而且得到了某种意义上的加强。这只要读读《天龙八部》各章的题名以及看看琼瑶小说的一些书名就可明白。当然"雅"还有其他的指涉,包括意境之雅、情境之雅、人物的行为之雅,如此等等,然而在这些所有可能被确认为"雅"的方面,一般的"雅文学"都可能难以与金庸、琼瑶等人的通俗文学相比。或许有人会在这样的话题上提出作品思想的高雅与深厚问题,可立即就会有成打的文章蜂拥而出,言之凿凿地论证金庸小说里深厚的文化意蕴及对中国传统文化本质的开发、思考与批判，当然，如果人们愿意，在琼瑶的言情小说里也不难理析出关于人性弱点批判之类的思想。总之，从"雅"的价值观念出发不仅不能给"雅"、"俗"文学予以相应的定位，而且会使得这种定位的努力陷入尴尬的困境。

同样，对文学作"纯"、"俗"之分，即将"纯文学"用作"通俗文学"的对举概念，也会遭致这样的尴尬。文学作为语言艺术，体现着人类创造性思维的结晶。在所谓"纯文学"与"通俗文学"之间，到底哪一种文学更"纯"呢？不言而喻，由于通俗文学在相对意义上不必拘牵于现实的限制，不必拘守于某种观念的范导，甚至不必拘囿于某种真实性的匡定，故无论从情节的构造、环境的设置还是从人物的塑造及其关系的设计，其所享有的自由度和创造性必然远远大过所谓的"纯文学"。因此，在相对于通俗文学的意义上以文学的"纯度"来认定非通俗文学，毫无疑问会陷入理论上的尴尬。而在具体的文学分析中，通俗文学何以不像"纯文学"那么"纯"的问题依然会遭致有力的责难和驳诘；以"纯"作为基本价值观念同以"雅"作为基本的价值观念一样，都很难对通俗文学与非通俗文学进行成功的定位和清晰的区分。在这样的逻辑上，以所谓"严肃"作为基本价值观念来区分文学的通俗与否，从而寻求用"严肃文学"与"通俗文学"对举的路径同样是徒劳的。一方面，没有谁能够认定通俗文学家在创作的时候是如何地不"严肃"，正像人们很难说出非通俗文学家们的创作是如何苦着脑子绞着肠子一样。另一方面，"严肃"一词早就遭到了文学家们的消解，朱自清就专门写过一篇《论严肃》的文字，儆诫人们不要"一味一本正经"，拖着"死板板的长面孔"写作。

其实，文学本来就是文学，在研究者没有将通俗文学概念引入批评语境的时候，原本就没有也确实没必要有一个与通俗文学相对应的诸如"雅文学"或"纯文学"之类的概念。通俗文学概念的提出以及通俗文学现象进入研究视阈，迫使研究界不得不给出一个与"通俗文学"相区别和相对应的概念。然而，"雅文学"、"纯文学"、"严肃文学"之类的概念显示出了学术界的简单与草率。以"雅文学"作为非通俗文学概念的界定，只是拘泥于"通俗"

乃至"俗"的对应词语,是对"通俗文学"概念的最简单的语义回应;而"纯文学"的命名只不过是在相对于通俗文学的意义上对一般文学性质作同义反复式的强调。避免简单和草率的可能选择是跳出语义框架,超越文学范畴,从整体而复杂的文学现象出发,参照文化史和文化现象的宏观把握,给予通俗文学和非通俗文学以较为严整而科学的区分和命名。

在文化史和文化现象的宏观把握上,我们拥有了两个现成的概念,这便是精英文化和平民文化。我们知道,这两个概念译自一度非常热闹的西方文化史学和文化人类学著作,其原文分别是 elite culture 和 popular culture,一般被理解作知识分子文化和民间文化,而从文化传统积淀的意义上则又分别被视为"大传统"(great tradition)和"小传统"(little tradition)。这样的对举分别从文化主体、文化传统、文化范式上成功地对文化现象作出了类型划分,而且是一种能够穷尽的划分,似可成为我们区分和命定通俗文学与非通俗文学的理论参照。本来,elite culture 和 popular culture 就可以越出文化主体而从文化性质角度加以理解,这样,根据这两个词语的多个义项,正可以译为"精英型文化"和"通俗型文化"——popular 一词所包含的"通俗"的意思显然要强过对于一种文化主体"平民"的指认。

如果我们从翻译学和语义学的意义上确认"精英文化"与"通俗文化"对举的可能及现实,只需进行两番置换,即将文化置换为文学,将原文强调的文化主体置换为文学的客体,亦即其所表现的基本内容和基本风格,便可找到解决与通俗文学相关的一般文学现象的称名问题。于是我们有了"精英文学"与"通俗文学"的相对性列举。这时的精英文学不是指文学主体意义上的知识分子或精英型知识分子的文学,而是指文学家带着精英型思维、精英化立场的文学创作和运作。它与取通俗型思维、通俗化立场的通俗文学拉开了学术的距离。

即便如此,要想在理论上描述出精英文学与通俗文学的界限仍然是一项艰巨的工作。我们或许可以首先在文学思维的性质与范围内找到完成这种描述的突破口。当我们在各种理论的引领下从各个背景进入一般的文学天地的时候,我们已经不同程度地被灌输了许多关于思想和情感的言说;那些充塞着的言说足以使我们相信,一般的文学本身就是思想和情感的结晶,它们所提供的故事之类愉悦我们的成分较之它们所提供的思想和情感等意识状态来显然是那么微不足道,——无论是文学批评文章、文学史研究专著还是普通的中文课程抑或是作家们的自我表述,都在表明,故事情节只是用来说明和阐解作家创作的意识状态的物质材料而已。除了思想、情感等文学内容而外,有关文学的艺术追求和形式创新等亦属于创作者合理的意识机能的展露。所有这些意识机能便构成了一般文学家的思维核心。这里所说的一般的文学和一般的文学家就是指以普通姿态和一般风貌进入我们视野的精英文学和精英文学家。当然不能否认,通俗文学家亦会有这样的创作思维,但这样的创作思维较之他们精心营构的故事情节之类则显得非常次要。除了刻意要把通俗文学抬进传统艺术殿堂的批评者和研究者而外,阅读者对这类文学的兴趣也主要在情节因素方面而不是在思维因素方面。总之,在所表现的思维因素与情节因素的比重方面,精英文学与通俗文学的取法不仅大异其趣,而且思路往往正好相反。

如果说文学表现的思维因素是精英文学与通俗文学所共有的,则它们之间在这种思维的性质和范围上所体现出来的差异是不容忽视的。精英文学的思维一般是精英型的思维:无论是思想感情的表现还是艺术形式的讲求,无论在文学主体的自我期许中还是在文学欣赏者和研究者的期盼与评价中,都带有鲜明的先锋性和社会关涉意义。

精英文学家的全部创作理由往往被理解成及被表述为具有一定先锋性的精英思维的表现要求,这种先锋性思维或体现于人生理性的深刻体悟,或来自于特定情感的痛切感受,或定位于艺术创新的匠心独运,或形成于上述各方面的综合性探索,总之,须以一定意义上或一定程度上的开创性探寻为价值指向。这是精英文学创作和评价的价值基准,却并不是通俗文学创作和评价的价值基准。通俗文学虽然并不旨在致力于先锋性思维的消解,但却绝不作这种思维的鼓励。事实上,通俗文学一般满足于通俗性的思维,常在丰富复杂的情节和人物关系中显现着比较传统的道德规范和通行于世的情感方式,很少甚至彻底拒绝在道德和人生哲理上作理性的探险,以避免这样的思维探险所带有的先锋性冲淡了情节对读者的吸引。通俗性的思维在作品思想上的体现往往较多遵循世俗化的惩恶扬善的观念定势,而精英文学的先锋性思维则常常体现出对流俗善恶观及其现实展示的诘难、反思,两者之间的区别性相当显豁。对照着现代精英文学家的思想追求,读一读现代通俗小说的代表作品,包括以宣扬传统的道义忠信为核心的金庸武侠小说,和以展示通行观念中的至情至谊为旨趣的琼瑶的言情小说,我们很容易获得这样的印象。在这里,似乎不宜过多地论证通俗文学在艺术上的创新追求,因为通俗文学家原本就并不像某些精英文学家那样会以异乎寻常的热忱和毅力投诸艺术探索并以此作为文学的价值支撑,即使他们中的有所追求有所创造者着意于艺术的创新,也缺乏足够的先锋性,往往是在非常外在的和非常有限的意义上进行,并且迅速形成套式,然后在反复的运作中趋于俗化。与此相对照的是,讲求艺术创新的精英文学家虽然也会十分珍惜自己艺术探求的成就,但他们往往能够有效地防止这类成就的滥用,因而也就有效地防止了它的俗套化。

相当多的精英文学家在他们的精英型思维中倾注着社会关怀,尤其是在现代中国,社会使命感和历史责任感已成为精英文人必备的情怀和基本的价值准则。对于相当长一段时间以来政治意识相当强的大多数精英文学家来说,社会关怀固然是他们最重要最现实的创作目标,即使对于那些倡言疏离政治、躲进"象牙之塔"的精英文学家而言,哪怕再孤绝的艺术追求也都悉心寻求社会评价,并期求着社会性的欣赏、认同,甚至希望以这样的艺术和美投入社会改造之类的运作,诚如田汉《苏州夜话》一剧中的刘叔康青年时代所沉迷和梦想过的那样。通俗文学家较多地关注自己作品为市场接受的程度,并不很在意思维意识状态中的社会关怀。他们较之精英文学家令人羡艳地获取了相对自由相对轻松的创作心态,在投入创作时完全可以不必对于许多精英文学家所津津乐道的社会责任感和历史使命感有所承担,艺术层面的尝试和创新也并不是为了面向社会作审美观照,充其量只是为了强化作品的可读性并顺便显耀一下自己的技艺之高超。

基于消费文化的基本定位,通俗文学放下了精英文学的某些过于正经八百的传统,例如"文章千古事"式的踌躇满志、"立德立言"式的神圣期许,这使作者更多地保持着某种游戏的心态,从根本上解除了精英文学的思想武装,而进入活跃自得的自由状态。这种自由可以说是立体的:一方面它可以放弃任何意义上的精英型思维,另一方面它又可以在精英文学极度疲惫的情形下以某种超越的姿态切入精英型思维之中;一方面它可以远离社会责任感和历史使命感这样的"宏观叙事",另一方面甚至可以不顾现实可能性和历史真实性的限制。确实,面对精英文学,现实可能性和历史真实性的考量与衡定是经常的和普遍的要求,甚至对于所谓浪漫主义的作品,人们也有足够的权力作这样的哪怕是逻辑上的要求;然而对于通俗文学,无论是作者还是读者都非常清楚,提出这样的要求则无异于方枘圆凿,因为通俗文学思维原可以自由地超越这样的可能性与真实性。

这种大相径庭的文学思维取决于精英文学家与通俗文学家大相径庭的文化立场。精英文学家在从事文学创作和文学运作时,始终保持着上文所言及的自我角色的严肃性确认,并且由此形成了厚重的传统,以至在新旧文学的转换中这一传统不仅没有变化,相反还得到了发扬光大。直至今天,哪怕是那些动辄"消解"的"后"字辈诗人和小说家,即使有过消解文学自身的叫嚣,也没有消解这种"消解"所固有的严肃性。越是彻底的消解,他们越是一本正经。这或许就是文学史的"大传统"——精英文学传统的传承效应。在这一意义上,通俗文学家才是真正的"后"学大师,他们可以消解掉文学的一切,只留下那些可以娱悦读者娱悦自己的结构形态和文体形式。除了在关注读者的阅读需求这一点上他们会显得特别"严肃"而外,从创作思维到创作过程他们会利用一切机会消解精英文学家所特有的带有自我膨胀意味的严肃性,并且将读者也导入了游戏状态。通俗文学家不仅消解了精英文学家惯常的社会关怀,而且在创作过程中也坚决摒弃了自我的投入,即不再像精英文学家那样将自我的生命感兴、自我的人格操守、自我的情感形态以距离不等的自叙传笔法交付文学表现，而是在情节之外甚至作品之外重重地包裹起自己思想和情感的躯体，避免自身的投入。这给他们的文学创造了更加自由更富有游戏色彩的条件。

当通俗文学家消解了以精英自居、以严肃自任的"大传统"以后，调整作者与读者的关系就势在必行了。精英文学的"大传统"经常将文学界定在"教化"抑或是"启蒙"的话语范围之内，稍作退却者则倡言所谓"表现"和"再现"；前者认定了作者对读者的使动，后者隐喻了作者对读者的辐射，两者都体现为高下关系。通俗文学并不都是迎合读者趣味，通俗文学家与读者具有切实的文学市场联系，可他们之间也不是真的如市场营销所揭示的那样是仆从与"上帝"的关系；但通俗文学家的自我定位又绝不可能在"教化"、"启蒙"、"表现"、"再现"等崇高的意义上，而是更多地与读者取一种比较平等的姿态，尤其是在思想价值观念之类至关重要的点节上，虽然在具体的作品操作中他们会将某些教化的甚至是时髦的思想以外在于情节的甚至是直接说教的方式呈现出来。不少通俗文学家诚如"五四"新文学家所指责的那样，就是将文学的功能定位在"高兴时的游戏或失意时的消遣"的位置上。既然是一种游戏，游戏诸方的平等地位似乎是不言而喻的。

这种功能性的认定导致了正统文学地位在通俗文学世界的轰然坍塌。当以"教化"、"载道"或者"启蒙"为宗旨的文学正统观念处于支配地位的时候，文学家给文学的定位及给自己的定位则完全体现着精英立场，即将文学视为千古之大业、不朽之盛事，视为立言之路、立身之本。这种精英立场决定了精英文学的全部面貌和全部特征。通俗文学家的取法显然迥异于这样的精英立场，他们着眼寻求的往往是文学当下的"卖点"和流行的可能，虽然在此之余也并不完全放弃"不朽之盛事"的价值设定。市场化、娱乐性既是通俗文学的价值指向，也是通俗文学家的立场基点。

既然通俗文学以较为平等的姿态对待读者，以市场化、娱乐性为价值指向，则其对读者趣味的兴致会非常之大，至少与精英文学对于读者所负起的教喻和启蒙的责任感相等称。精英文学对于作品的艺术效果的预期，一般落实在对读者理性的启迪、情感的激发，落实在"理想中的读者"对写作者自我的接受，当然也不排斥趣味的因素；而通俗文学则主要致力于读者趣味的调动。精英文学对待读者趣味的态度一般来说显得比较审慎，在通行的文学理论中不难找到那些对趣味作煞有介事的防范的文字；然而通俗文学不仅不防范读者趣味，而且会认真揣摩、自觉适应这样的趣味。一般来说，最能体现通俗文学之俗的地方也正在这里：它顺应人们阅读心理中俗的一面，鼓励出于娱乐、休闲心态的趣味，并以各式各样的情节和人物关系对这样的趣味实施一定程度的拉抻，从而在比较极端的意义上造成人们趣味的满足。人们在一般凡俗的心态里，总是受到基本的善恶观的驱使，通俗文学在惩恶扬善的意义上往往以极端的笔法迎合人们的这种心理；一般的凡俗趣味喜欢猎奇窥隐，通俗文学则以奇闻轶事的渲染和黑幕逸闻的披露满足了这样的阅读要求。精英文学当然不排斥这些内容，但为了凸现精英思维之于读者的作用，贯彻精英型思想情感的表现意向，则往往有意抑制读者上述心理、趣味，甚至采用诸如悲剧之类的手法使得他们的这种心理期待遭受挫折，从而使得他们的趣味得以收敛和退隐。鲁迅在《〈呐喊〉自序》中提到，他既没有让《药》中的夏瑜的母亲看到乌鸦飞上坟头，也没有让《明天》里的单四嫂子做到梦见孩子的梦，其实正是出于这样的导致挫折的心理。通俗文学有时候也对读者的期盼心理进行某种挫折性的处理，但那多半不是为了抑制他们的趣味，相反，往往是为了以更其出奇的内容在更大程度上满足这样的趣味。评论家们早就注意到——希区柯克自己也承认，在这位被称为"电影魔术师"的美国大导演的作品里，他常常设置一些误导性的细节让观众的注意力投向一个完全与情节纽结无关的方面，然后再逐步揭示出真正的纽结，让观众在某种挫折感中恍然大悟，从而使他们的趣味性接受活动在一波三折的抚弄中得到更多的满足。

　　无论从作者的预设、读者的期盼，还是从作品的构成及其文学功能和效果看，精英文学与通俗文学现象的分野是不容抹煞的，而且以精英文学和通俗文学这样的概念对其进行概括也是比较妥帖和得体的。这种妥帖和得体在文学传统的意义上同样会得到突出的呈现。作为文化的一个重要的和特殊的构成形态,文学的历史同样形成了虽非泾渭分明却是颇为清晰的"大传统"和"小传统",也就是精英文学传统和通俗文学传统。在一定的历史时段内,由各类文人营构的体现上述精英型思维方式和精英立场的文学,与来自民间口头创作的或由文人本着通俗型思维和通俗文化立场加以营造的文学,各各形成了这样的两脉传统。这样的传统运作是非常复杂的,可以说其本身就构成了一部令人炫目的历史。一定时段内的通俗文学为另一时段的精英文学所认同、所采信,从而汇聚到精英文学的传统之中,使得精英文学的传统越来越壮大,成为博大精深名副其实的"大传统",这乃是精英文学与通俗文学交会发展的一种规律。

描述和揭示这样的规律超出了本书和这一讲的范围,也超出了作者的才力,但这并不妨碍我们在下列问题上作出某种推测性的描述:通俗文学对于精英文学传统中的文体建设具有重大的贡献,这不仅从中国的词对于古诗的发展与取代的史实中能够体察得到,而且从中国小说、戏剧产生的历史过程中更能得到深刻的体味。就词和小说、戏剧等文体的原初属性而言,它们都是通俗文学形态,其中的相当一部分则在复杂的历史运作中为精英文学收编、改造和同化。此中诗词的命运值得深入探讨。诗词产生于民间,其原初形态显然属于通俗文学,然而在后来的发展中则完全为精英文学所改造,从而基本上脱离了通俗文学形态,以至现代除了打油诗和顺口溜之外已经找不到与通俗小说相对举的通俗诗歌了。这样的现象显然是继通俗小说和通俗戏剧产生之后才出现的,或许是因为戏剧、小说等通俗文学已经为民间代行了表现通俗性艺术思维和文化立场的职责,遂使诗歌的通俗形态成为历史的零余。这种历史的零余现象同样可以从戏剧与电影、电视的关系中寻味出来。戏剧本来是通俗文学类型,后来的运作使它作为文体成为精英文学的一大形态,同时其通俗性能逐步减少,以至除了作为民间艺术类型的地方戏曲和曲艺之外再也没有了通俗戏剧的文体。究其原因,一方面由于精英文学家在"五四"前后对戏剧实施了卓有成效的改造,其中包括"文明戏运动"和"国剧运动"的推行,另一方面则是电影及电视的迅速崛起代行了戏剧原本的职责,即市民化的通俗性思维和立场的表现,这使得戏剧在通俗文学的意义上成为历史的零余。于是,戏剧文体和艺术类型成为精英文化的基本载体,相应地,电影、电视则成了通俗文化的典型样态。任何精英文学作品一旦被搬上银幕或银屏,则虽是不同程度地、可又往往是必然地凸现其通俗化的那一面。饶有趣味的是,随着信息市场化的深入,电视作为大众传媒的作用越来越突出,在承担为通俗文学作载体的任务方面愈益显得长袖善舞,这种特殊的专擅拉开了它与电影的差距;电影则在文艺家长期的运作之下疏离了通俗文学和通俗文化,尽管电影家们并没有放弃通俗化的追求,可现代通俗文学市场的运作势必趋于搁置电影,使之成为通俗文化意义上的又一种历史的零余。

在传统的文体分类上,诗歌、戏剧成为通俗文学传统运作中的历史的零余,进而演化成现代精英文学的基本形态,尚有一部分小说在这样的运作中继续坚持其与生俱来的通俗性思维和通俗化立场,故没有被通俗文学罢黜,并成了现代通俗文学的主打文类。在这样的描述中我们忽略了散文,因为它在精英文学与通俗文学对举的意义上不足以构成话题。散文的起源即是精英型思维和立场的原初体现,一开始就排除了通俗型思维和通俗化立场参与其中的可能性,在后来的发展中没有也无由经受通俗化的处理和相应的历史运作,因而作为传统文体之一,其与通俗文学的关系最为疏隔。

无论是对文学传统运作的分析还是对文学现实形态的揭示中,在我们这一话题上的理论阐述都是十分无奈的。为了表述的清晰,我们不得不普遍地、有时甚至是绝对地使用精英文学和通俗文学概念,同时,我们又强烈地感受到,使用精英文学和通俗文学这样两个概念必须非常谨慎,因为它们之间仅仅是对举关系,而不止于我们习惯上理解的相对关系。精英文学和通俗文学概念之间绝不是相互排斥的关系,相反,应是相互包容的关系;精英文学里面的许多思维成分可能是通俗的,通俗文学家的某些立场也可能具备精英性质。在相当多的情形下,在更科学更合理的阅读中,文学作品和文学现象都能更多地体现出精英文学与通俗文学的这种互涵关系。只是这种互涵关系还远远不足以模糊甚至抹煞作为整体意义上的精英文学与通俗文学相互间的原则区别性。

三　现代武侠文学的通俗品性

下面,我想通过杰出的通俗文学家金庸的个案分析,将以上的通俗文学价值确认加以具体而深入的展开。

是的,让我们说说金庸。他是中国通俗文学继往开来、积厚集成的大家,代表着现代中国通俗文学最辉煌的成就。然而他仅仅是在通俗文学界拥有如此崇高的地位,任何将他拉回到一般严肃文学或纯文学界的理论努力终将徒劳而返。

金庸的文化史地位在当代中国通俗文学界尽可以说是无与伦比:他以自己出类拔萃的武侠小说创作征服了数以亿计的读者,并且倾倒了难以计数的著名人士,从而在学术界乃至在当代中国的社会各层面都形成过程度不同的“热”。影视界人士早已并仍在表述这样一个奇异的现象:只要是金庸小说改编的影视作品,就一定会有卖点。一个写作者以他的“个人”写作并纯粹通过商业化的购买流程的一般途径,却介入到了几乎所有中国人的文化生活之中并产生如此久远和深刻的影响,这不能不说是一个奇迹。这足以表明,中国当代文化史的写作无论怎样都不能绕过金庸。

然而中国当代文学史的写作却可以并且在不少文学史家那里实际上已经忽略或者绕过了金庸。无论人们从怎样的理论视角以及在如何强烈的程度上指责这样的忽略和绕过,这样的事实已无法改变并将延续下去。这其中当然包含着一些文学史家和文学批评家对通俗文学认识上的偏见,但似乎也可以说明,金庸的通俗小说与人们日常印象中的文学,与在一定批评语境下为人们所关注的精英文学相比,仍还属于“另类”。这种“另类”的通俗文学可以在技巧上、境界上,当然更在阅读效应上超过与它相对举的精英文学,但出于精英文学思维惯性人们照样可以忽略或绕过它。

学术界已经产生了相当多的理论或相当强烈的呼吁,试图否定甚至遏止将通俗文学置于"另类"地位的那种传统的文学分类法。这样的理论如果是出于对现有的通俗文学与非通俗文学之分的概念性质疑,显然很容易引起人们的认同,因为在传统的理论意义上相对于通俗文学而提出的"雅文学"、"纯文学"抑或"严肃文学"等概念,不仅不能令人信服地析示源远流长的文学历史和纷繁复杂的文学现象,而且在文学本体的认知上会引起若干混乱。特别是当人们循着这样的概念分界将金庸小说置于"雅文学"、"纯文学"和"严肃文学"之对立面的时候,这样的传统分类法便愈益显得捉襟见肘、莫名其妙。不过,越来越多的迹象表明,许多研究者远不止于质疑通俗文学与非通俗文学的概念,而是努力抹煞通俗文学与非通俗文学(也即我们所指称的精英文学)之间的界限,断然否定确认这种界限的必要性与合理性。这样的否定自然有其道理,然而仅仅也就是"有道理"而已,似乎尚缺少充分的理论支撑。事实上,不少学者并非是在严密的理论思考的基础上提出这种否定意见的,而是出于对某些人们日常印象中的通俗文学或通俗文学家的辩护、捍卫乃至崇仰的热忱;金庸小说及金庸本人便首当其冲,许多否定文学的通俗与非通俗之分的说法确乎来自于金庸及其小说的坚执的维护者,来自于他们要求将金庸从通俗小说王国中"脱籍"出来的观念意向。

其实,充分地评价金庸及其小说应有多种途径,不一定要从含混通俗文学与精英文学的界限进而抹煞其通俗文学品性入手。最充分和最恰当的评价应是科学的评价,而非情感化的崇仰或感觉化的推断,更不应是抱死理式的认定。几十年来人们既确认金庸式的文学乃属于通俗文学,数百年以至数千年来人们既确认文学原有通俗与非通俗的区别,其中必有较为深刻的美学依据和历史依据,不从理论上加以廓清,单凭着某种感觉或情感作认死理的后盾,则很难推翻这样的美学依据和历史依据。在理论准备不足的情况下匆促地推翻这些依据,忙于替金庸"脱籍",其实是放弃了现代批评者之于通俗文学的应有立场,即重视和赞许的立场,在价值观念上先就向轻蔑通俗文学的传统文学观作了事实上的妥协投降。无论是通俗文学还是精英文学,只不过体现着创作者思维与立场的差异,进而体现着读者阅读心理期盼与效应的差异;撇除社会性的解读要求,单是从文学自身的价值判断出发,通俗文学与精英文学作为彼此对照又彼此互涵的文学形态,各有其传统流脉,各有其创作规律,各有其艺术原则,原无高下之分,也难以作"雅"、"俗"之辨。金庸以其卓然于其类的武侠小说无可争辩地登列 20 世纪中国通俗文学之榜首,其辉煌荣耀或可比之于精英文学泰斗鲁迅,又有什么必要非得脱弃其通俗文学家之籍,并强行弥合通俗文学与精英文学之间的界沟呢?

随着金庸文化地位的急剧上升,随着继金庸阅读热之后金庸研究热的不断升温,给金庸这位武侠大家脱弃"通俗"之籍的呼声将会此起彼伏,由此,取消通俗文学与精英文学之理论分野的吁求将会震耳欲聋。但即使这样的呼声得到无数次的响应,这样的吁求得到无数次的重复,由于以下的理由,我将再次坚持 1998 年我在杭州大学金庸学术研讨会上的观点:金庸是一个通俗文学大家,金庸所代表的通俗文学与非通俗文学(现在,我将它在与通俗文学的对举的意义上暂名为精英文学)之间的界限是原则性的、不容混淆的。

通俗文学家的常见心态是,既不将文章本身当作千古盛事而予以自我膨胀式的对待,也不将文学视作建功建业、立德立言的手段或工具,而只是将文学当作一种消遣或高雅的游戏。于是,在中国,无论是传统的社会还是现代的语境之中,他们往往天生就卸下了沉重的社会使命感和责任感;而正是这种主动的或被动的使命感和责任感,压迫得许多时代背景下的纯文学家视文学为最沉重、最痛苦的事业。不能说金庸的小说创作中就缺少这样的社会使命感和责任感,但显然,他即使想表现出这两"感",比方说渲染民族大义、批判国民劣根性,也都不是显示为一种负担,而是相反,显示着一种善于借重的聪明:借助于这样的严肃命题装点本不怎么威严正经的武侠世界。他的武侠小说自然都是写的"历史",但他们从来就不是严格意义上的

"历史小说"(他自己在《鹿鼎记》后记中说《鹿鼎记》"已经不太像武侠小说，毋宁说是历史小说"，那是他对自己及其创作过于自信的一种表述，其情形有如他用莎士比亚等人相比附)。他是那样热衷于选择各个历史时代的热点(笔锋所及几乎对宋元明清各阶段的重大历史变故都有所指涉)，却又回避历史的聚焦，将所要表现的故事置于历史的边缘甚至推向历史帷幕的背后，于是可以借助历史点染其庄严，却又不必受到历史事实的严格限制，也不必纠缠历史评价的昨是今非。自古以来，任何纯文学家在涉及历史题材时，至多只可能是从历史的非热点问题切入，却每每通向历史研究的聚焦，频频扣击掩藏着时代本质和规律的历史门扃。可见，金庸作为通俗文学家，在对待历史题材问题上所用的处理套式是截然两样的。

也因为他们不必对一般意义上的生活真实负责，而在纯文学世界中，即使是浪漫主义作品都必须接受生活真实的挑剔性校验。在金庸这样的通俗文学家笔下，不仅生活的真实性被视为是不必要的，即使浪漫主义文学家赖以自辩的"意料之外，情理之中"式的准真实性也大可以搁置一边：他们的特长常常通过运用难以想象的巧合和难以置信的夸张来体现，这便是他们想象的翅膀最灿烂的扇动，是他们的写作趣味最淋漓也最迷离的展开。确实，武侠小说及类似通俗作品之于阅读心理的最大优势和最重要的特征，乃是在情节构思和人物刻画方面不必对现实人生及作者的真实情感负责；读者一般都不可能以现实可能性和情感的真实性要求传奇性作品的情节、人物及其相互关系。任何令人难以置信的巧合都能够在人们的会意一笑之际出现在同一时间的同一个人身上，正像金庸《天龙八部》中所写的那样，几乎每出现一个中年妇人都可能是段正淳的旧情人，且一个个都爱得死去活来，爱得风风火火，爱得刻骨铭心；她们的女儿们又或先或后，或刚烈或坚韧地爱上了段正淳的儿子段誉，正闹得不可开交之际，四大恶人之首的段延庆出现了，并由此揭开了段誉系他所出的身世之谜，从而化解了一个个本属于"姊妹乱伦"的爱情障碍。对于这一套一套的巧合连环，作者大可以游戏乃至幽默的心态写出，读者也不妨以消遣乃至把玩的心理领受，这样，两者便都能感到自由、轻松。

通俗文学通常被称为成年人的童话,或许它与童话在这方面特别相像:它们都是在最一般的惩恶扬善的道义上展开构思,出现在其中的美好的灵魂和善良的人格最终都会战胜丑恶的势力及艰难的险阻,一段段好姻缘也终究会缔结完好,从而给读者带来一重重确信无疑而又莫名其妙的安全感。伴随着这样的安全感进行的小说阅读当然是愉快的,同时也是轻松、自由的:读者确实不必为《神雕侠侣》中的杨过、小龙女掉进深潭死水而担忧,正像不必为《天龙八部》中的段誉误入湖底空洞担忧一样,深潭空洞之于常人固然凶险异常、生死莫测,但对于这些集天地灵秀于一身的可人儿来说,却无异于难得的奇遇,不是由此得识天机,便是从中获得无边的法力,或者意想不到地捡回企望已久的爱情。最能说明问题的是《天龙八部》中的一段:大家来到西夏国,贪图富贵、一心想娶西夏公主的慕容公子将他以为是竞争劲敌的段誉打下了一眼枯井,复又将一直倾心于他的表妹王语嫣推入井中,而王语嫣落下枯井,正砸到段誉的"膻中穴"上,不仅自身完好,而且无意间点醒了晕厥的段誉;经过这番苦难,一直不理会段誉的挚爱的王语嫣终于接受了这份爱,段誉因祸得福、如愿以偿。

这份自由、潇洒的心态多半是他们牺牲了文学的表述性而得到的心理报偿。接受美学曾从文本的被接受方式角度将作品分成"功能性"作品与表述性作品两类。所谓表述性作品,即在创作过程中作者的理性思考和情感内容作了较多的投入,其投入的量在思想质地上几乎能涵盖作者某一时空的全部感兴。这样的作品即使是以客观写实的方式出之,其创作思维的特征也还是于作者自己内心有所表述。"功能性"作品则是在创作过程中不考虑思考和情感体验投入的多少,而重点放在作品产出后的阅读功能进而便是市场功能、社会功能的效益上,即以是否能够赢得读者或者是否能够维系固定读者群为价值指归。并不是说"功能性"作品之中就没有作者,没有作者的理性和情感的投入,而是说这种投入只发生在浅表层面,理性基本上局限于是非认识,情感基本上萦绕于善恶判断和喜怒哀乐反应,更普遍的情形下是作者的趣味起作用。这样的浅表层投入,对于作者自己,便赢得了心态的余裕和宽容;对读者而言,就跨越了"意义"的路障,直接进入到阅读的享乐阶段。——由于纯文学先天具有一种"表述"的"意义"层,它们的产生从一开始就期待着被阐释,就准备接受一种叫做"解读"的接受方式;而通俗文学这样的"意义"层被最大限度地减弱了,故不需要被阐释,所吁求的是一种最直接不过的阅读活动。尽管有些研究者认为金庸的作品应该反复阅读,但事实上"纸醉金迷"(即每张纸都能迷惑住读者,使他们不忍释卷、诵读再三)的现象并不存在,在绝大多数"金迷"那里,书页纸都没有那么迷醉人的效应,他们对待金庸的小说跟对待其他通俗文学家的作品没有什么两样,如饥似渴地阅读着,读过以后便弃置一旁。有些研究者强调,金庸小说中包含的历史文化厚度、宗教哲学的深度吁求着专家话语的阐解,这当然并没有错,但是并不能成为将金庸作品归入纯文学一途的理由,因为金庸的历史文化厚度是量的叠加的结果:多少个时代风云,多民族逐鹿中原的量的积累,并不显示文化批判的质的推进;而金庸的宗教哲学深度也不过是他广博的文化积累的自然呈示,并不代表他在儒教、佛教、道教等方面通过小说贡献出了多少建树性的意见。他的意见都不过是阐解性的。金庸作品的反复阅读和多元阐释的吁求,显然并不像纯文学作品那样来自读者自然阅读的障碍,而是来自学者介入的煞有介事。

作为"功能性"作品,金庸的小说始终面对接受美学称为"当前的读者"或曰"真实的读者"的大众,而纯文学的表述性作品则主要针对那些"理想的读者"。即使怀有最现实态度的纯文学作家,由于他必须在故事之中表述"意义",并且他最看重的也正是这"意义",便不可避免地在创作中会与臆想中的"合格的读者"(接受美学家说,这些"合格的读者"就是"理想的读者",其实就是作者自己)频繁对话。于是,出于对"理想的读者"的企盼,由于不断须通过自我虚拟这"理想的读者",纯文学家在创作中便不可避免地需全身心、全副感兴地投入,从而形成精神的兴奋与紧张。作为通俗文学家的金庸则不必带有这样的心态进入创作。他眼前的读者是"真实的"、"当前的",

无须作者自身的牵引,作者不必投入其中;于是作者只要保持自己的那份清醒、那份高明,将他俯瞰下的大众读者引入自己设定的故事情境之中,诱发他们自拟英雄的白日梦。对这一点,金庸有着十分清楚的认识,说是他除了《鹿鼎记》以外的小说所引诱起读者的乐趣即在于让他们"将自己代入书中的英雄"。其实《鹿鼎记》也还是可以激发读者白日梦的通俗作品,韦小宝灵活的乖觉和幸运的奇遇仍可以激起人们"代入"的兴趣。

《鹿鼎记》可以说是金庸力图摆脱武侠小说的既成框架,进而想以历史小说家的身份晋升纯文学殿堂的信号。这当然并不是他唯一的一次显露出问鼎纯文学殿堂的决心。问题是每当他试图走纯文学创作的套路时,总不过是从另一角度证明了自己创作武侠小说的高超的腕力而已。金庸更被称为现代"洋场才子",一方面,他将中国古代经典文化的意境、笔法融进人物的塑造和性格的刻画之中,如在其代表作《天龙八部》中,幽谷客秦红棉等人的形象及她们的谈吐,都带有浓厚的古代诗美的特质;主人公之一的段誉则明显地体现出《红楼梦》贾宝玉式的性情:他常自叹自怨,旁若无人,曾对王语嫣说过:"我有时会傻里傻气的瞎笑,你不用理会。"为去报信救钟灵,身陷剑湖空洞洞底,得见绝美无伦的美人雕像,立刻自惭形秽地想到自己混浊不堪的"臭男人"之身:"我段誉乃是个臭男子,倘若死在此处,不免唐突佳人,应当死在门外湖边才是。"另一方面,他又将西方现代主义文学中的审美原则化入作品的情境表现,如《天龙八部》中就有过这样的唯美主义式的描写:李秋水与逍遥子双双在剑湖湖底洞中享受爱与美的生活,在下棋、练功之余,逍遥子塑造了李秋水的白玉雕像,可雕像塑成之后,逍遥子竟恋上了雕像,而不再看他的师妹李秋水。这样的手笔令人很自然地联想到王尔德的《道连格雷的画像》。这类情节和细节的安排颇具匠心,然而也仅就是通俗文学家极善模仿和化解的匠心而已,因为它无改于整个作品通俗化的故事框架和人物走向。

金庸将人物性格的刻画置于小说创作的优先地位,在《神雕侠侣》后记中曾指出:"道德风范、行为准则、风俗习惯等等社会性的行为模式,经常随着时代而改变,然而人的性格和感情,变动却十分缓慢。三千年前的《诗经》中的欢悦、哀伤、怀念、悲苦,与今日人们的感情仍是无重大分别。我个人始终觉得,在小说中,人的性格和感情,比社会意义具有更大的重要性。"这应说是通俗文学家所能够阐述的最透彻、最精到的创作理论了。而他的武侠小说也确实一改传统武侠过分倚重故事传奇的通病,将人物性格的描写放在首位。但是,他的人物性格仍拘守于传奇框架,他的武侠小说由传统化单一的故事传奇演化为性格传奇与故事传奇的结合;他的人物性格越来越趋向于复杂化,但这种复杂化仍是以传奇的方式组合起来并加以展开,以便能够投合"当前的读者"的接受心理。他的主要英雄人物固然十分精彩,感情世界往往特别丰富,但每每落入一种预先设定的套式之中,使即使最迟钝的读者也能轻而易举地将他们归入不同的类型。这种类型化的倾向甚至到了令狐冲、韦小宝身上也没有得到成功的避免,——他们也还不过是作者心仪的或是心造的某些人物类型的代表而已。韦小宝形象的设计,显然与作者印象中的中国旧戏中可怜、可爱有时又有点可恨的小丑类型有着紧密的联系,这只要看看小说中韦小宝一口的京腔白话及类似的神气就能明白,而别的人物则俨然官衣官貌,外加一套文绉绉的"官方语言"。此外,金庸笔下的英雄人物性格颇多雷同,则更显示出金庸作为通俗文学家的通性,这只要对比一下《射雕英雄传》中的郭靖和《天龙八部》中的段誉,或者分别比较这两部作品中的杨康与慕容复。

　　金庸继承了传统武侠小说在引人入胜的情节中突出英雄人物或主要人物的基本构思模式,但避免了将这些被突出的人物塑造成完美无缺的形象,而是按现代人习惯了的缺陷之美原则构筑人物,在赋予他们刚强的品德和高超的功力的同时,不是给予他们性格上的弱点与缺陷,便是勾画出他们身世的不幸与外观的丑陋。郭靖和段誉虽然福气盎然,意外之中每得神功,但天生愚钝,言行举止每近滑稽;《天龙八部》中的另两个主要人物也都带有明显缺陷或缺憾,乔峰身世凄凉,非我族类,虚竹长相丑陋,出身卑下。这种有缺陷或者缺憾的英雄与传统武侠小说中集出色的智慧、勇猛的神功、伟岸的身姿、骄人的相貌、高贵的品行和善良的侠义于一身的完美形象相比较，显然更能为现代读者所认同，更能使得处于精神憔悴和心灵疲惫中的现代读者获得某种心理平衡。

金庸对于通俗文学始终怀有一种不安定的心态，一方面孜孜不倦地致力于它的建设，另一方面却又急不可耐地标显出对它的超越欲望。但苦于这种超越的欲望无法融进小说的构思和人物的造设，便像所有的通俗文学家一样，用漂浮在字面上的诗词歌赋来装饰通俗小说的优雅门面。金庸没有像梁羽生那样在叙述之余吟弄诗词以示铺染，但却在章回题目上作起了高深的词章，其代表作《天龙八部》便是将各回目题句联成词赋；不过这样做不仅不能减弱作品的通俗性，反而会强化这种特性：尽管他避免了旧通俗小说在文中插诗词歌赋的套式，但在回目上营造这样的诗格，也正反映了作者具有纯文学家所不可能拥有的余裕心态。现代纯文学家已经普遍摈弃了这种多少带有卖弄成分的做法，因为早在"五四"时期文学革命家们即批判过这种"文胜质"的华而不实文风。更有甚者，在《鹿鼎记》中，他则用自己祖上的诗句联成回目，意似又在借助小说张扬余庆诗才了。这种公然借大众读物夹带的强加式的做法，与纯文学家的追求更是谬之千里了。

当然，虽然同是文学，但在许多方面，纯文学有纯文学的标准，通俗文学也有它自己的标准，通俗文学不必强以纯文学的价值框架为自己的目标，因为作家在创作活动中所呈示的心态截然不同。不过，在不同的文学领域创造精品应是纯文学家和通俗文学家共同的责任，任何一方都不应以各种借口敷衍了事。在这方面，通俗文学家往往更容易显示出满不在乎的神情，连金庸这样的通俗文学家有时在结构安排等方面还是流于食不厌粗的习气，例如《天龙八部》中写成三个主人公分线齐进，然后再勉强汇合的格局，造成主要人物一丢就是几十万字不露面的残破缺陷，至于次等人物就更加不堪了。这些细部问题都在表明，金庸创作心态的浮躁也是他在纯文学界登堂入室的一重障碍。

于是，当他写完《鹿鼎记》明确指出这不是武侠小说而是"历史小说"的时候,也就等于明确公开披露了自己生成已久的脱通俗文学之籍而进入纯文学殿堂的意念。但他又深知自己的创作心态彻底调整过来的难度,故而立即宣布就此封笔。

金庸的武侠小说其情节之曲折、人物之生动、艺术之精湛、品味之高雅,是人所共知的事实,也是它雅俗共赏、魅力四散的价值基础。以这样的文学素质即使跻身于最雅最纯的文学类属中也毫不逊色,于是,人们在"雅"、"纯"的相对意义上否认金庸文学的通俗性自有其充足的理由。这也是我们在坚持认定金庸文学的通俗性的同时,必先辨清的一个理论问题。金庸文学作为武侠门类当中的时代性创造,无论如何属于通俗文学的范畴;但金庸的这种"通俗"又并非与"雅"、"纯"相对的那一类。相对于"通俗文学",人们是在缺乏任何理论准备的条件下匆促地提出了"雅文学"、"纯文学"之类的概念,有关文学之"雅"、"纯"的定性问题,甚至连差强人意的粗糙理论都没有,可见其内涵之模糊、定性之失当。联系到金庸近乎完美的通俗文学创作的实绩,我们更易于发现,将文学定义在"雅"与"俗"或"纯"与"俗"的分野上,并就此界定金庸文学的"通俗性",是一件如何勉强乃至荒唐的事情。

本讲第二部分提到文学的"雅"与"俗",现有必要作反复思考。一个相当尖锐的问题往往使人备觉难堪:何谓"雅"? 何谓"俗"? 这是一个超越于文学的美学问题,其中尚包涵着复杂的接受心理因素。美学界经过努力似乎基本放弃了对"雅"、"俗"概念的清晰把握而倾向于模糊性的体认。在模糊性的体认中,人们对"雅"与"俗"的认知往往趋向于接近。随之而来的问题便是,为什么像金庸小说这样的通俗文学就一定不能"雅"? 而精英文学作品就一定非"雅"起来不可? 事实上,通俗文学不仅不避"高雅",而且其追求"高雅"的力度以及体现"高雅"的态势往往还超过向来被人们视为"雅文学"的精英文学。尤其是现代历史时期,通俗文学往往比精英文学更注重"作雅",因为通俗文学作家较之精英文学作家有着更其余裕的创作心态。金庸的小说不仅给我们带来了丰富的情节、生趣的人物,而且也给我们准备了一个十分高雅的语言环境。金庸在作品中并没有完全放弃古代通俗小说常见的"有诗为证"的套式,尽管他作了巧妙的改装。《倚天屠龙记》一开始直接引南宋名道丘处机的"无俗念"词,用以导入正文,这固然是传统通俗小说的一般套路。而《射雕英雄传》一开篇,借说话人张十五的口引述古诗,既渲染了气氛、点化了环境,又使得小说获得了儒雅的文学铺垫,这便是他对这种传统套路的改装了。有时他则借人物题壁或口占引出诗句,装点古雅。《射雕英雄传》第三十九回叙郭靖从蒙军帐中携母尸身突围而出,急驰数日,在一破亭中歇息,只见壁上题道:"唐人诗云:水自潺湲日自斜,尽无鸡犬有鸣鸦。千村万落如寒食,不见人烟尽见花。我中原锦绣河山,竟成胡虏鏖战之场,生民涂炭,犹甚于此诗所云矣。"郭靖看了,不免"怔怔出神,悲从中来",这正是作者借古诗意境烘托氛围,刻划人物心理的套式的呈现,顺便也就"雅化"了小说的语言环境。虽然金庸几乎从来不明写"有诗为证"这样的提示语,但他也确实没有摆脱借助诗词歌赋装饰小说使之呈高雅品味的思维惯性。

人们不难注意到,金庸小说的古雅装潢在他的某些作品的回目题名上便得到了精巧的体现,这方面的"作雅"不仅为精英文学的创作所难以望其项背,即令传统的通俗文学也罕见如此境界。《天龙八部》的回目题名乃是一首长调词的组合:"青衫磊落险峰行,玉璧月华明。马疾香幽,崖高人远,微步縠纹生。谁家子弟谁家院?无计悔多情。虎啸龙吟,换巢鸾凤,剑气碧烟横……"《倚天屠龙记》的回目连成一片,则宛然一首歌行体古诗:"天涯思君不可忘,武当山顶松柏长。宝刀百炼生玄光,字作丧乱意彷徨。皓臂似玉梅花妆,浮槎北溟海茫茫。谁送冰舸来仙乡,穷发十载泛归航。……"如此设计回目,即使对于诗才超卓、词采绝胜的金庸来说,也一定是颇费周张的;而他之所以这样不厌其烦、用心不已,乃是出于通俗文学的固有的思维惯性,这种思维惯性一般要求小说家在完成故事情节的过程中不惜借用某种外在的装饰以突出其词采语言和意境之"雅"。

金庸文学既然比一般精英文学更积极且更有效地显示其"雅",则在与它相对的意义上当然不应运用"雅文学"或"高雅文学"的概念,也就是说,金庸通俗文学与精英文学的区别性并不在于"俗"与"雅"分野,尤其不在于通俗文学非雅、精英文学非俗的分别。同样,金庸所代表的通俗文学与精英文学的区别性也不在于"俗"与"纯"的分野,即不能将"纯文学"运用于与通俗文学相对的意义上。文学作为一种特殊的艺术形态,在现实主义的朴素诗学层面被描述为社会生活的反映,而在浪漫主义的诗学层面则无妨表述为人类创造性审美思维的结晶。那么,在人们惯常所谓的"纯文学"与"通俗文学"两者之间,究竟哪一种文学的"纯"度更高呢? 显然,精英文学较之通俗文学更多地带有现实的社会的以及来自对现实社会负责的某种观念与责任的拘牵和制约,其思想性、自我表现性的讲求和使命感、责任感的考量,必然影响文学的纯度,即必然使得文学带上许多非文学的质地,进而影响文学的"纯度"。中国现代文学史上影响巨大的精英文学代表作品,如鲁迅笔下所展示的,向人们贡献的首要成分恰恰不是文学性的东西,而是社会性、现实性的思想成果。金庸这样的通俗文学家显然更有条件贡献纯粹的文学想象和审美趣味,这是他们遭受指责也是他们备受赞赏的共同的价值渊源:当社会性的运作以一种霸权语态向文学提出要求并且整个社会文化的主流方面都倾向于认同这种要求的时候,通俗文学往往由于承担不了这样的要求或与这样的要求格格不入而处于被排斥被否定的境地;当社会文化运作收敛了这样的霸权语态或者当这种霸权语态失去了一定的现实性的时候,也即当文学的多元化功能被认知以及被强调的时候,通俗文学又会由于主观上难以企及、客观上因而疏离上述社会现实性而被当作文学独立性的旗帜,受到较为普遍的赞誉,正像现在人们常常谈论的那样。在文学功能的认知已趋于多元化的今天,人们对金庸及其所代表的通俗文学的较高评价,除了他们自己也难以真正说得清楚的"深厚的历史文化内涵"依据而外,主要的价值依据正是通俗文学的这种远离社会历史性要求、不负担外在于文学的现实责任的态度和自由轻盈的效果,其实也就是文学的"纯"度。因此,要说在复杂的文学历史和现实现象中真的有所谓"纯文学",则它只可能是指通俗文学,而不是指我们已习惯于确认的精英文学。

但是,否定了通俗文学与所谓"雅文学"和"纯文学"的概念对应关系,并不就一定得否认文学中确有的且确应得到指认的通俗文学现象。无论是从文学史的追述还是从文学现实的分析中,通俗文学及非通俗文学的分野已通过各种引人人胜的论辩和不言而喻的论述而成为一种概念现实和理论实存。从创作主体方面言之,进入通俗文学与非通俗文学创作时所持有的思维方式和价值立场是颇为轩轾的;从接受主体方面言之,人们购买、阅读通俗文学作品与非通俗文学作品的思想准备、审美预期与评判基准也是各有所重的。不容否认,包括对金庸评价很高的人在内,甚至也包括对金庸评价并不高的学者在内,许多人都喜欢乃至偏爱金庸的作品;但除了那些只知道文学就是说书的少数人而外,一般读者对金庸小说的喜欢和偏爱同对鲁迅等人作品的喜欢和偏爱显然并不一样,即使一个较少受到正规的文学教育的人也不可能将金庸的作品拿来与鲁迅的进行比较,或者反过来进行类似的比较。除了一些在理论上开创意识特别明显且对金庸这类通俗文学家情感特别深厚的学者以外,一般的人们在观念中已经较为普遍地接受了这样的文学史现象:通俗文学和非通俗文学确有其质地感的不同。

这样,在相对于精英文学(而不再是所谓"雅文学"、"纯文学"乃至更加莫名其妙的所谓"严肃文学")的意义上,我们便能够更准确地认知金庸武侠小说的通俗文学品性。

四　通俗文学、大众文学与市井人生

这里再说说金庸通俗文学产生于其中的香港以及与"小众文学"相对的香港大众文学,它的产生和发达与香港的市井人生关系十分紧密。

上个世纪 50 年代,香港的大众文学乃是市场经济文化的先行角色,它以"四毫子小说"的包装和"港式鸳鸯蝴蝶派"的特征出现于 50 年代初期的一派荒芜之中,代表作家及作品有梁羽生的《龙虎斗京华》,杰克的《名女人别传》、《改造太太》等。《龙虎斗京华》是新武侠小说的最初模态,且以报端连载的形式面世,成为名副其实的文化快餐消费对象;杰克的作品实际上是后来所谓的"财经小说"的先驱,虽以香港商界的恩恩怨怨、打打杀杀为题材,但描写的重心恰恰不在香港商贸生活本身,而在于这种恩恩怨怨、打打杀杀的传奇性。

这显然是香港畸形发达的市民文化市场使然。香港是在殖民文化基础上兴起的高度商品化的现代社会,包括文化艺术在内的一切精神生产门类的投向都不得不以市场需求和市民消费心理为主要依据,意识形态的建设在这里成了其次的事情。这种现实状况迫使香港文学家首先必须从"稻粱谋"的近切意义上考虑文学选择,即使撇开"稻粱谋"的意味也未必就一定选择正统的浪漫主义抑或现实主义的文学套路去反映香港生活的现实感兴——既然读者市场对这样的文学并不抱积极的态度,那些超越于经济决定而甘愿为文学献身的作者则干脆会选择先锋派的路数,自觉而且自傲地蜷进"小众"的文化世界作相濡以沫式的文学实验和文学运作。于是,"大众文学"和"小众文学"都有充足理由率行于这一方天地,贴近香港现实生活层面的正统的和传统的文学却一时难以伸展。

现代市场化的社会造就了一代又一代具有传统审美习惯和现代艺术品味的市民读者,为迎合这类市民读者的口味,香港的大众文学从一开始就选择了最适应市民传统欣赏心理的武侠、言情小说的套路,同时又注意加以"现代化"的改铸,且在"现代化"的构思中倾注进作者之于香港政治地位、社会命运的关怀,从而就此走上了向香港现实回归的路途。

无论就武侠小说还是言情小说,抑或是这两者的综合体——为梁凤仪所发扬光大了的"财经小说"而论,香港的大众文学在立意于吸引读者群方面走的还是传统通俗文学的老路,在故事情节的营造上不过是集绿林恩仇、帮会公案、奇情奇恋、异人异行于笔端,于题材选择上也不过是纳历史风云、宫闱深秘、边地光景、商场斗智、闺阁闲雅入砚池,更兼有神奇怪异的绝招绝技,如莫名其妙的点穴(包括令人难以置信的"飞点")、千奇百怪的"生物武器"(类似于《天龙八部》中的闪电貂、冰蚕)、神出鬼没的伎俩招数(包括商场上的诡谲和法庭上的出奇制胜等)。这些通俗的文学套路对于广大市民读者来说既稔熟又极具吸引力,这样的作品不仅能使他们处在紧张快速、激烈多变的市场竞争中的憔悴而焦虑的心绪得到休息和滋养,而且能使他们亘古常新的好奇心得到最大限度的满足,使他们久遭压抑的想象力和各种各样的白日梦得到虚拟性的宣泄。于是,在喧闹繁华的香港,武侠小说及各种大众文学成为最能征服读者和文化消费者的东西,而且相当一段时间内也只有在香港这样的"自由世界"才能成为人们放心地去消费乃至痴迷的对象,——在 50 年代的台湾,武侠小说因其能够导致痴迷和玩物丧志而被列为禁品,同时在大陆也因其传播非无产阶级思想和世界观而长期受到排斥。

在香港的大众文学中,武侠小说的兴盛是第一位的,这同台湾的通俗文学中言情小说远盛于武侠小说的发展情形形成了鲜明的对照。与言情小说相比较,武侠小说无论在作者还是在读者,感情的投入都要少得多,也轻得多;轻松的游戏心态和自由的消遣心理是武侠小说创作者和阅读者最具优越性的感受。较之大有"卧薪尝胆"之架势的台湾人和发愤图强之意志的大陆同胞,20 世纪五六十年代的香港人似乎应该更多地拥有这种轻松的游戏心态,也似乎更有条件远离沉重的政治、社会文化乃至伦理、道德的负担而持自由的消遣心理,于是在这一方土地上,游戏和消遣意味更浓厚的武侠小说比任何一方都更为繁盛;即使无处不在的言情小说,在香港也被打上了深浓的传奇色调,所谓"财经小说",其实就是将商场传奇与言情故事结合起来的产物,生生死死的爱情的沉重常被假假真真的商战的虚拟所冲淡,读者落得的还是那一份轻松自由,少带心理投入的感受。

因此,有必要重申前面已经说过的一些关键性论点。武侠小说及类似通俗作品之于阅读心理的最大优势和最重要的特征,乃是在情节构思和人物刻画方面不必对现实人生及作者的真实情感负责;读者一般都不可能以现实可能性和情感的真实性要求传奇性作品的情节、人物及其相互关系。任何令人难以置信的巧合都能够在人们的会意一笑之际出现在同一时间的同一个人身上。

无论是言情小说还是武侠小说,大众文学从一开始都是在惩恶扬善的道义上展开其思想的翅膀,因而它如同一个个生命的童话,出现在其中的美好的灵魂和善良的人格最终都会战胜丑恶的势力及艰难的险阻,一段段好姻缘也终究会缔结完好,从而给读者带来一重重确信无疑而又莫名其妙的安全感。

这还不是大众文学家为适应读者普遍的接受心态所作的全部努力,但所有的这些努力都反映了在市场经济条件下香港大众文学充分考虑大众欣赏习惯,并对大众艺术消费心态有所迎合的状况。不言而喻,梁羽生、金庸等大众文学家凭借这样的自觉努力获得了大众的认可甚至崇拜,但这并不等于他们的文化价值感就此便认同了大众文化。对于大众文化,他们始终怀有一种不安定的心态,一方面孜孜不倦地致力于它的建设,另一方面却急不可耐地标显出对它的超越欲望。梁羽生常套用古代小说的路数,穿插些优雅的诗词歌赋以装饰通俗小说的门面,金庸甚至在章回题目上作起了高深的词章,其代表作《天龙八部》便是将各章目题句联成词赋,也不过是装点门面而已。现代严肃文学家已经普遍摈弃了这种多少带有卖弄成分的做法,因为早在"五四"时期文学革命家们即批判过这种"文胜质"的华而不实文风,而通俗文学家们每常采用这样的套路,则分明显现出他们意欲超越大众文化,在文学和美学上作别一番高雅追求的心态。

确实,梁羽生、金庸等香港著名的大众文学家一开始就并不以一般市民读者的低俗趣味的满足为价值准则;他们常借助"大众化"的故事框架表现甚至有时夸耀自己深厚的古代文化修养,寄托并体现自己高层次的审美观念和理想,以显示在从事通俗文学创作时仍保持着一种生生不息的高尚的艺术品位。梁羽生的武侠小说尽量融合纯文学的描写笔法,在其力作《白发魔女传》的构思中,将现代悲剧的美学原则用作组织人物关系、刻划人物性格、安排人物命运的依据,通过女主人公练霓裳与其恋人卓一航的爱情悲剧,串连起明代末年广阔社会背景之上的历史悲剧和英雄悲剧,传导出卓然不俗的人生感兴和美学趣味。他的所有作品,都体现出文字典雅、句法清奇、人物突出、意境独特的美学素质,表明这位通俗文学家的不俗追求。金庸也常将中国古代经典文化的意境、笔法融进人物的塑造和性格的刻画之中,人物的形象及他们的谈吐,都常带有浓厚的古代诗美的特质,有时甚至带有西方现代美学的气息

没有理由将武侠小说创作中的上述经典化和现代化笔法完全指责为作者的刻意卖弄。梁羽生、金庸等人良好的古典和外国文学修养及浓厚的严肃文学兴趣决定了他们的通俗化创作始终体现出一种超越于通俗化的追求。这种追求的意向不仅使得他们的作品跳脱了旧通俗小说的窠臼,而且也显示出趋近适应于现代社会的审美特性的取向。这种取向的确立决定了他们不可能完全沉陷于通俗的传奇世界里作纯粹自由的趣味漫游,还必须顾及现代人的阅读心理和审美习惯;而要充分考量现代人的阅读心理和审美习惯,则介入现实、观察社会、关怀当代成了某种必然。这对于这些新派武侠小说家是如此,对于各类言情文学家也是这样。

在现代人阅读心理的适应与尊重方面,香港的大众文学家可谓深得其中之三昧。他们继承了传统武侠和言情小说在引人入胜的情节中突出英雄人物或主要人物的基本构思模式,但避免了将这些被突出的人物塑造成完美无缺的形象,而是按现代人习惯了的缺陷之美原则构筑人物,在赋予他们刚强的品德和高超的功力的同时,不是给予他们性格上的弱点与缺陷,便是勾画出他们身世的不幸与外观的丑陋。《射雕英雄传》中的郭靖和《天龙八部》中的段誉虽然福气盎然,意外之中每得神功,但天生愚钝,言行举止每近滑稽;《天龙八部》中的另两个主要人物也都带有明显缺陷或缺憾,乔峰身世凄凉,非我族类,虚竹长相丑陋,出身卑下。这种有缺陷或者缺憾的英雄与传统武侠小说中集出色的智慧、勇猛的神功、伟岸的身姿、骄人的相貌、高贵的品行和善良的侠义于一身的完美形象相比较,显然更能为现代读者所认同,更能使得处于精神憔悴和心灵疲惫中的现代读者获得某种心理平衡。于是,在言情小说和其他类似的通俗文学作品中,这样的现代性人物处理也时常可见。梁凤仪"财经小说"中的奇女子虽然一个个"艳绝人寰",又聪明绝顶,而且富可敌国,但她们不是出身贱微,便是曾受奇辱;《花帜》里的杜晚

晴三代为娼,自己则成了现代交际花;《今晨无泪》中的庄竞之曾经被卖为娼,饱经凌辱;如此等等。

无论如何,对于有追求的文艺家来说,长期割裂与现实的联系而作轻松、自由之逍遥游的可能性是极小的,即便对于通俗文学家也是如此。梁羽生、金庸等人既然以香港市民社会的现代感兴为创作旨趣,则不可能永远沉陷于古战场的厮杀和虚拟的古人恩怨之中,他们的"现代化"构思必然会倾注进作者之于香港政治地位、社会命运的现实关怀,从而使大众文学走上向香港现实回归的路途。

大约从 1960 年代后期开始,梁羽生、金庸两位杰出的香港武侠泰斗都显示出转换创作路向的或微或显的痕迹。梁羽生似乎消歇了早期的《白发魔女传》和《七剑下天山》的幻思型创作热忱,而发挥起《大唐游侠传》、《武林天骄》之类的野史型构思特长,将江湖传说与史实风貌有机地结合起来,在恢宏博大的历史锦屏上展示波澜壮阔的民族斗争画面,明显地寓寄着汉族文化正统观念,传达出对于香港人来说尤有切肤之痛的兴亡之感。金庸热衷于边民及少数民族生活的虚拟性描绘,这对于增强作品的传奇性极为有利;但他描绘的边地风情和蛮夷文化都是汉族文化正统教化的结果,例如《天龙八部》中描写的大理皇室段家谨严规范的家风及王者风范的统治策略,都是汉家文化传统最为正宗的移植和光大,而作者同时所描述的汉族之邦,则充满着礼崩乐坏的危殆和杂乱无序的情形。这样的安排很能反映香港作家心灵感受的某种隐曲:一种远离汉文化中心的复杂心理。在香港这样缺乏文化底蕴、意识形态规范和道德约束力的"洋场"上,传统道德的维系应是不时之需,于是大众文学家们愿意在这人欲横流的社会里大音希声般地寻求一种传统的道德感;将汉族文化正统展现在蛮夷之地,实在是无可奈何之举,因为至少在那时的港人眼目中,民族文化中心地带恰恰正处于偏离民族文化核心的境况;这样的处理,乃是出于对民族文化的一种质地上的捍卫心态,虽然在具体对象上实施了某种颠覆。

对于"文革"时期大陆政治状况和社会秩序的失望,是金庸后期武侠小说构思的一个重要出发点，也是香港武侠小说家关注现实、尽量贴近现实的具体体现。这时期问世的《笑傲江湖》，重点刻画了任我行、东方不败、岳不群等人争权夺利、迫害倾轧的勾当，从而将"文革"时期造反夺权尔虞我诈所显露出来的人性"卑污"及政治龌龊映射出来，并通过令狐冲这样一个浊世自清、傲视江湖的高人先生寄托了作者追求安宁、平和的政治理想。差不多同时，梁羽生的后期作品如《武林天骄》等，也由原先的民族复仇主义情绪的渲染转向非战主义、和平主义的鼓吹，这也可以理解为对大陆动乱现实的一种消极心理反映。

金庸的《鹿鼎记》则更胜一层，干脆逃离了理想主义的"侠"的精神，而将玩弄手段与权术的韦小宝这样的"邪侠"当作主人公，由此透视中国国民劣根性的内质及传统文化幻灭的悲剧。这种对于传统"侠义"的消解，不仅表明了武侠小说的发展走上了一条无可奈何的不归路，而且更表明现实感兴、政治关怀和社会价值承担已经逐渐改变了武侠小说家们的创作心态，从而也使他们完成了向现实的回归。

现实感兴、政治关怀和社会价值承担也同样改铸着梁凤仪这样的通俗文学家，她的"财经小说"比任何其他的大众文学作品都更热衷于显示向香港现实的政治、社会、文化热点归趋的倾向，虽然也因此将这样的心态作了较为浅俗化的处理。她的不少小说都融进了十分讨好的"九七"情结，这其中既呼告出了香港人长期"为世涛俗浪所掩盖"，"既无国亦无家"的"浪人"式的感慨，也传达出了对于大陆读者滥俗不堪，可对于香港人还不失新鲜的爱国情怀，诚如《花帜》中所写到的，交际花杜晚晴初见长城，她惊喜地感受着、想着，"几乎就要欢呼起来"："只要你是中国人，不论是什么职业、什么身份、什么背景，站在长城之前，你就有权傲视世界，有权与有荣焉。"

武侠小说家们从心态感兴的现实化完成了他们的回归，梁凤仪则从意念表现的浅俗化完成了她的回归。作为通俗文学家，他们的文化修养、审美情趣存在着很大差异，文学的发展道路也并不一样，但在大众文学向现实生活面贴近的意义上，他们可以说是殊途同归。

梁凤仪比金庸更追求文学的通俗性和市场化,同时也比金庸更亟急于脱弃"通俗文学家"的籍属。她的手段也比较奇特,那就是向大陆的意识形态靠拢。虽然她有时靠拢的意识形态早已过时,不过一有机会她就会以赶潮流的精神将小说时事政治化。她的《归航》系列由"香港回归"的时代主题竟然挂连到大陆的招商引资和运载火箭的上天,真可以说将有史以来各种文学溜须奉迎的庸俗拙劣手段都使尽了。可想而知效果是相当粗糙肉麻的。梁凤仪显然没有丰厚的大陆社会生活的经验,因而她在刻画大陆人物时便只能凭着读书的积累和耳闻的印象,无可避免地营造了一些虚假的形象。《归航》在叙述钱程的女儿钱望感伤的浪漫时应该说很是得心应手,将钱望、姜山和林海远的三角关系也安排得恰到好处,但对大陆青年科学家姜山的刻画就显得捉襟见肘、力不能逮,特别是涉及到姜山高尚的内心世界描写,那种空洞的高调就着实让人吃惊,——当妻子为自己不能生孩子而感到懊恼时,姜山开导她道:"我们国家有亿亿万万的小孩子,都是我们的第二代,没有自己亲生的孩子又有什么关系。"[14]联想到说话人远不是共和国的总理,而是一个普通的知识分子,则很难不产生肉麻兮兮的感觉。由于有关人物的价值判断往往都基于流行的观念亦即时论,远离了自己的生活体认,梁凤仪在《归航》中即使是刻画有些香港背景的人物,也常常留下生硬、造作、虚假的痕迹。例如主要人物之一的张镖,原是广州街头无恶不作的流氓,并且还是一个道地的汉奸卖国贼,用作者的话说:"所有有利于外国而不利于中国的事情,……张镖等这班人都乐意干。"大概作者意欲贯彻"回头是岸"的信条,硬是让这样一个十恶不赦的刽子手逃避了惩罚,并且莫名其妙地大彻大悟,成了一个铁杆爱国者,甚至成了一个风度翩翩的华商,成了根基深厚的童氏企业的创始人。人物转变的可能性在小说中并未得到充分挖掘,而其转变的幅度却又如此之大,以至让他成为横跨香港和美国的爱国基业之翘楚与中坚,这无论从人生逻辑还是从艺术逻辑来推证,都确实令人难以置信。

在《归航》中,劣质通俗文学的结构随意性时有暴露,有时甚至令人难以忍受,《沧波万里风》从汉海防的死写起,进入以易祖惠为主体的倒叙,竟然一发不可收拾地回溯了 100 多页才接续原来的话题,而至此本书已过去了一多半。如此任意的结构安排,与"他太太太激动了"、"这不是不震惊的"、"忽然保不住的是母仪天下的性命"之类任意变形变性的句式,以及这样一种任意割断叙述段落的习惯相伴生:

> 他的策略不是单方面的,而是全方位的。
> 他的手段不是柔弱的,而是决断的。
> 他的目的也不是暂时性的,而是永久性的。
> 他的志向亦不是低俗的,而是崇高的。[15]

我们不禁也要这样说梁凤仪:

> 她的文字表述不是丰富生动的,而是极其贫乏的。
> 她的写作水平不是上档次的,而是相当简陋的。
> 她的小说创作不是精心构筑的,而是十分粗糙的。
> 她的人物刻画不是具有现实性的,而是富于臆想性的。

举例说梁凤仪,是说一个本是典型的通俗小说家却不安心于通俗小说家的定位,试图通过奉迎、投机等手段改变自己身份的失败的喜剧。她完全忽略了人生根柢的重要性,完全忽略了通俗文学服务于人生娱乐的本体使命,因而陷入了深深的文学尴尬、人生尴尬,必然地还有政治尴尬。

总之,通俗文学即使主要走市场,也仍然需要有一定的人生底蕴,需要有一定的艺术水准,需要读者的认可,需要建立文学市场上的品牌效应。如果说一般的严肃文学需要有风格特征,以此确定作者的地位,那么,通俗文学在市场化运作中的品牌效应和品位意识,就是确定作者地位和价值的前提条件。金庸的小说具有了这样的品牌效应和品位意识,金庸的地位就变得相当稳固;梁凤仪没有拿出足够水准和档次的作品支持自己建立这样的品牌效应和品位意识,因此她既没有在一般的严肃文学领域产生些许影响,也没能在市场化的通俗文学运作中赢得稳固的地位。市场化的社会环境对于文学,特别是通俗文学,带来了两方面的可能,一是如法国罗兰巴特所宣布的"作者死了",人们在电视画面和流行小说中看到的是 007 和蝙蝠侠活跃的面孔与身姿,是他们的历险与传奇,哪里可能再去追问作者是谁,作者怎么样了。当人们失去了对文学的人生导引作用的期待与信赖之后,普遍都不再关心作者是什么人,更不用说关心作者怎么样了。然而,"作者的名字不是某人公民地位的一种作用,也不是虚构的;它处于不连续性的断裂缺口,产生新的话语群组及其独特的存在方式","作者的作用是表示一个社会中某些话语的存在、传播和运作的特征"。[16]对于通俗文学家来说,作者越是处在市场化的运作中就越可能不会死亡,因为现代市场比读书界更懂得品牌的价值,更需要品牌的标示。金庸等获得了自己的品牌,并且将自己的品牌经营得非常成功,他的名字就获得了工业社会的品牌认可。这是金庸作为杰出的通俗文学家区别于和超越于梁凤仪之类其他通俗文学家的重要之点。

注 释

〔1〕 菲德勒:《中间反两头》,见葛林等译《二十世纪文学评论》下卷,第 169—170 页,上海译文出版社 1993 年版。

〔2〕 王文宝:《中国俗文学发展史》,引言第 3 页,北京燕山出版社 1997 年版。

〔3〕 同上。

〔4〕 范伯群、孔庆东主编:《通俗文学十五讲》,第 4 页,北京大学出版社 2003 年版。

〔5〕 潘国森:《解析金庸小说》,后记 I,香港次文化有限公司 1999 年版。

〔6〕 施咸荣:《编者前言》,《美国通俗文化简史》,漓江出版社 1988 年版。

〔7〕 翁灵文:《金庸畅叙平生和著作》,《诸子百家看金庸》第 5 辑,第 1 页,台湾远流出版事业公司 1987 年版。

〔8〕 钱理群:《金庸的出现引起的文学史思考》,《名人名家读金庸》,第 19 页,上海书店 2000 年版。

〔9〕 赵毅衡:《从金庸小说找民族共识》,同上书,第 98—99 页。

〔10〕 王一川:《文化虚根时段的想象性认同》,《2000'北京金庸小说国际研讨会论文集》,第 42 页,北京大学出版社 2002 年版。

〔11〕 沃克·吉普逊:《作者、代言者、读者与伪读者》,见胡经之等主编《西方二十世纪文论选》第 3 卷,第 516 页,中国社会科学出版社 1989 年版。

〔12〕《诸子百家看金庸》第 3 辑,第 44、48 页,台湾远景出版事业公司 1985 年版。

〔13〕 宋伟杰:《从娱乐行为到乌托邦冲动》,第 13 页,江苏人民出版社 1999 年版。

〔14〕《归航》之《冲上九重天》,第 194 页,人民文学出版社 1997 年版。

〔15〕《归航》之《日落紫禁城》,第 192 页,人民文学出版社 1997 年版。

〔16〕 福柯:《何为作者?》,载王逢振、盛宁等编《最新西方文论选》,第 450—451 页,漓江出版社 1991 年版。

第十五讲

民间文学:人生本真最近切的
表现

民间文学博大的人生蕴涵

民间文学可能达到的人生批判的深度

　　人类文明的过程伴随着许多失落和遗憾,在我们的话题中,最值得惋惜的便是民间文学从我们的人生场景中悄然退隐而且渐行渐远。在相当长的一段时期内,口口相传、代代流传的民间文学是平凡人生中的一种兴奋剂,是民间文化生活的一项重要内容,是人生经验、想象和智慧最集中的承载体和表现体;人们传诵着各种民间文学故事、民间词曲歌谣,并以自己的理解和幻想参与加工性创作,这成为人们精神生活的重要内容。可惜,随着社会文化教育的普及,随着全社会文明教化程度的提高,随着人们的文学接受越来越受到规范性文字文本的制约与决定,民间文学不仅不能登大雅之堂,甚至连"小雅之堂"也无法登临,似乎只能流落成登"不雅之堂"的东西。确实,在现今,民间文学就基本上等同于各种色调的"段子",成了很不雅的东西,为人们所避犹不及或讳莫如深。民间文学遭到了如此暧昧的理解，对它的忽视、排斥乃至敌视便随之而来。过往的时代从文人到官方都曾是那样热忱地关注民间文学，整理民间文学，包括设立官方的乐府，包括设置"观人风"的职司，包括发起歌谣征集活动等等；而现在无论从官方到知识分子都对依然存在的民间文学保持着深刻的冷漠和谨慎的防范，民间文学遭到了前所未有的歧视和误解。

事实上无论当局喜欢与否，也无论知识分子阶层是否在意，无论是在农耕社会、市井社会还是在电子时代，民间文学都不可避免地存在着，并且以各种形式流传着。它是民意和民间良心的折射，是普通人生最本真最近切的表现。尽管在民众文化水平普遍提高的今天，民众的文学活动主要转向了文字阅读和传媒欣赏，但不同形式和不同载体的民间文学依然是他们传导、寄托乃至于直接表述自身的人生感悟、人生诉求、人生状况的一种途径与方式。在言论发表受到某种限制的情形下——即使是网络时代，也不可能每个人、每种群体都有自由地发表自己人生感悟、诉求和状况的便利条件——这往往是一种相当重要的途径与方式。

更重要的是，真正健康的民间文学应具有强大的生命力，在民族文化的基本构成甚至在民族心理的内在结构中都应占据着无法替代的地位。这也是荣格的集体无意识理论所展开论证的一项基本内容。因此，即使在现代化程度已经相当高的今天，代表我们民族民间智慧和民间想象的民间文学，虽然可能不再处在不断的创造性的积累之中，但也不应该处在戛然而止的断裂和停滞之中。

因此，我们既须从广泛的人生话题上，对于民间文学的价值和地位进行理论认定，又须从民族民间记忆以及集体无意识的话题上谈论民间文学之于当代人生的价值内涵。

一　民间文学博大的人生蕴涵

民间文学虽然古已有之，而且在古代也备受重视，但作为一门专业学问的研究则由现代历史时期才真正开始。一般认为,最早提出"民间文学"概念的是胡愈之,他的《论民间文学》发表于 1921 年 1 月《妇女杂志》第 7 卷第1 号,并在此开辟相应专栏。现代中国民间文学研究最具完备系统性的专书是钟敬文先生在上个世纪 80 年代初期主编的《民间文学概论》。在这部相当具有权威性的专书中,钟敬文先生将民间文学的基本性质概括为集体性、口头性、变异性、传承性。这些先驱者的开拓是我们谈论民间文学的理论基础。

民间文学是指在民间自发产生和长期形成的形式古朴、内容丰富的民间故事、民间歌谣和民间曲艺文本等。说到文本,这是一个比喻性的概念,因为如果不经过专家整理和印行,民间文学的所谓文本是以口口相传的方式流传着的,其实并没有固定的文本。我们后面会说到,真正为专家整理成正式文本的民间文学常常已成了非民间文学,民间文学固有的丰富的人生信息和优良的民间品质常常会在文人的处理中丧失殆尽。

因此,在民间文学的本质特征中,口头性、变异性是有关其价值形态的最根本和最原则性的概括。这两种本质特征同时说明,任何一种试图将民间文学文本化、固定化的努力,最终都可能导致民间文学的变质。这就形成了一个有趣的悖论:一方面,民间文学的备受重视往往体现在官方和文人关注民间文学并广为搜集整理,甚至改写编纂;另一方面,这种搜集整理、改写编纂又必然会以牺牲了民间文学的价值形态和本真样态为代价。

不过,民间文学毕竟不同于经典的文学样式,它经过搜集整理、改写编纂以后,只要那整理、编纂的成果没有获得文化专制的权力,便仍然可能面临着进一步的改写编纂;于是,一定时代官方或文人的编纂也就成了某种素材民间文学的集体创作的一个构成因素,他们的改写也是民间文学在经历过若干变异环节之后遭遇到的一个环节而已。这仍然无改于民间文学的基本价值形态和运作形式;于是,民间文学还会以它固有的方式一个时代一个时代地传承下去。

创作过程的集体性是民间文学最本质的特性,也是其最富有魅力的价值特征。从空间上来说，一个民族内、一个地域内人民共同的人生环境、共同的人生困惑和共同的人生关注可以产生共同的或类似的民间传说、民间故事、民间歌谣和民间戏剧，它集中着这个民族或这个地域人民的集体的智慧与情感，反映着这个民族或地域人民共同的痛苦记忆与光荣和梦想。毫无疑问，这个民族和这个地域内部还会存在着人群的差异、自然和人文生活条件的差异，人们根据这样的差异性会对业已流传的民间故事等等进行必要的修改、补充、增删，传承下来，便构成民间文学的变异形态。从时间上说，民间文学一经产生和流传之后，便以敞开的方式，以不确定的口头文学形态欢迎着、接受着流传者的加工、添减与重构。这导致这样一个结果：一个时代流传的民间文学其实不过是上个时代民间文学的新版本和新样态而已。

民间文学的这种时空的游走性和不确定性对于感伤的文学研究者和文化学者来说是很大的麻烦。文学研究者习惯于分析确定的文本，文本的不确定使得他们无所适从。文化学者倾向于从民间文学所提供的大量人生信息中找寻一个民族或一个地域的民风习俗及其文化意蕴，但不同人群不同时代的随意加工改变了其中任何人生信息的可信度。民间文学的这种集体性创作、流变性改篡，其实是将一个民族或一个地域有关文化信息和心理积淀完整地、全面地、生动地、丰富地展示出来，是流动的、鲜活的文化标本，是我们了解这个民族或这个地域人生情景和人生内蕴的理想对象。卡尔维诺在《意大利童话》一文中甚至认为："民间故事是最通俗的艺术形式，同时它也是一个国家或民族的灵魂。"

正因如此，有见识的文学家一般都很重视民间文学的人生信息价值，都希望知识分子去了解、体悟民间文学的特有滋味。周作人有一次从布店卖布的包装上看到了一首被他称为"好诗"的民间歌谣：

要把酒字免了去，若要请客不能把席成。
要把色字免了去，男女不能把后留，逢年过节谁把坟来上。

　　要把财字免了去,国家无钱买卖不周流。

　　要把气字免了去,众位神仙成不能。

　　吃酒不醉真君子,贪色不迷是英豪。

　　周作人欣赏这首歌谣的,是它的句式"随意"且不必押韵,更是它表现了"中国极大多数的人的思想",值得我们"引起一种同情与体察"。虽然对思想中的"妥协,顺从",不见"真挚热烈"的内涵多有保留与批判,但正是这样的民间歌谣才能准确、生动地体现国人的这种人生态度和生命况味,于是有同情与体察的价值。[1]

　　这是在宏观的意义上理解民间文学所包含的人生意蕴的范例。民间文学体现国家和民族的灵魂,具体地说,就是它本真地反映了一个国家、一个民族或者一个地域民众人生的原态,以及在这人生原态中显露出来的文化意蕴和文化精神。这确实是民间文学与人生联系至为紧密的一个关键切入点。我们要了解一个民族,要了解一个民族的精神历史和它的精神内涵,就必须了解这个民族的传统的礼仪习俗、言行规范;要了解一个民族的礼仪习俗、言行规范,就必须了解这个民族的崇拜、禁忌等风尚;而要了解一个民族的崇拜、禁忌等风尚,最可靠最有效最直接的途径便是了解其民间文学。只有在一个民族的民间文学中,才完整地、本原地、全面地、鲜活地保留着这个民族哪怕是深彻到远古时代的最悠远的记忆,保留着这个民族哪怕是深彻到其骨髓当中的痛切的体验,保留着这个民族哪怕是深彻到每个人脑海褶皱处的潜意识层的期盼。如果我们要对欧洲文明和欧洲文化有所了解,熟读欧洲的哲学、思想典籍和文学、艺术作品固然非常必要;但如果不了解欧洲民间文学,对于古希腊、古罗马的神话和英雄传说一无所知,就根本不能深透地理解上述典籍和作品,也就无法真正了解欧洲文明和文化。对于中国文明和文化的了解也是如此:中国所有的哲学、思想典籍和文学、艺术作品其实都不可避免地融进了中国传统民间故事的因素,都渗透着中国民间文学在各个历史时段的符码;不了解中国的民间文学就试图通过一些典籍的阅读和作品的欣赏进入中国民族文化和中国文明的深层意识之中,那简直是难以想象的。

总之,一个民族的民间文学,通常记载着并显现着这个民族文化最基本的精神资源和心理根据。民族文化之间的差异性,往往可以通过民间文学所体现的各民族深层记忆的差异性加以解释。例如,中国文化曾经如太阳照耀着地球一样辐射到三韩和日本等国,这些国家一度甚至以中国的文字为自己的文字。然而,作为民族文化的种种标志,韩国和日本民族的一些观念、习俗、风尚,与中国传统的风习还是有着很大的距离,有时甚至有着相反的认同。例如,中国民间传统崇尚红色,以红色为喜庆的标志,但韩国、日本的民间传统则崇尚白色,以洁白为喜庆的标志。这样的风习自然有着深厚的民族心理积淀,这种心理积淀的痕迹在常见的经典文献中未必能够找到确证,倒是可能从民间神话、传说的大量素材中找寻到更深层的民族记忆和民族认同的线索。如果可以假设,我觉得中国人的崇尚红色可能与火的崇拜有关。中国的农业文明得益于火的发明,燧人氏钻木取火、刀耕火种等等传说,都记载着中国先民在农耕时代的巨大成功和狂欢情景,火的颜色在民间的记忆中便与收获、成功、狂欢有关,于是红色变成了喜庆的颜色。韩国人关于白头山(中国叫做长白山)的种种崇拜性的传说则与他们的民族尚白心理有着很深的关系。

从具体的微观角度看,民间文学在任何时候都最近切地表现最普通的人生,抒写普通民众在平凡人生中的真切感受、价值观念、理想形态。《诗经》所收《国风》中的诗篇大多为经过文人整理的民间歌谣,其与《小雅》、《大雅》、《颂》中的文人诗歌形成的最鲜明的对照,便是《国风》中的诗歌大大贴近人生,表现的人生情感和人生观念特别亲切生动;而在文人诗歌创作中,这种人生的色彩就单调得多,人生的鲜活性也逊色得多。例如大家非常熟悉的《诗经·魏风·伐檀》:

坎坎伐檀兮,置之河之干兮,河水清且涟猗。不稼不穑,胡取禾三百廛兮？不狩不猎，胡瞻尔庭有县狟兮？彼君子兮，不素餐兮！

坎坎伐辐兮，置之河之侧兮，河水清且直猗。不稼不穑，胡取禾三百亿兮？不狩不猎，胡瞻尔庭有县特兮？彼君子兮，不素食兮！

坎坎伐轮兮，置之河之漘兮。河水清且沦猗。不稼不穑，胡取禾三百囷兮？不狩不猎，胡瞻尔庭有县鹑兮？彼君子兮，不素飧兮！

这是生动风趣、嬉笑怒骂的民间诗歌，对吃白食而不劳动的"君子"冷嘲热讽，对劳动情形和劳动场景作了画龙点睛的描绘，充满着浓郁的生活气息，是人生本真的丰富性和生动性的表现。

与之形成鲜明对照的是《诗·周颂·载芟》，也是通过劳动情形和劳动场景表达某种思想感情的诗歌，不过它是颂诗，一般认为出自宫廷文人之手，文字固然生疏华丽，风格也显得高古繁缛：

载芟载柞，其耕泽泽。千耦其耘，徂隰徂畛。侯主侯伯，侯亚侯旅，侯彊侯以。有嗿其馌，思媚其妇，有依其士。

有略其耜，俶载南亩。播厥百谷，实函斯活。驿驿其达，有厌其杰。厌厌其苗，绵绵其麃。载获济济，有实其积，万亿及秭。

为酒为醴，烝畀祖妣，以洽百礼。有飶其香，邦家之光；有椒其馨，胡考之宁。匪且有且，匪今斯今，振古如兹！

这里所写的劳动景象还非常之浪漫：有妩媚的妇人来馈饟，男女之间相依相谐。这情形要比《伐檀》中的"河水清且涟猗"更加令人神往。但作者根本没有心思像《伐檀》那样将劳动的情形和场景写得那么生动有趣，他非常功利地铺写农耕的好收成，然后叙写用这样的好收成"为酒为醴"，献祭于祖妣之灵，以求得福佑，同时以芬香之酒醴飨宴宾客，则多得其欢心，于国家有荣誉云云。所有的劳动成果都与祭祀礼仪和国家利益的"邦家之光"联系起来，视野不可谓不宏大，境界不可谓不高，但人生气息就相当薄弱；《伐檀》中痛快淋漓的批判性情感的宣泄让位于繁文缛节式的礼制的铺排,虽然充满着庄严肃穆的庙堂气氛,但人生的富丽生动却消弭殆尽。

当《载芟》板着面孔把鼓吹国家社稷、教化祭祀礼仪与劳动场面结合起来的时候,《伐檀》则将古代劳动者人生的不平之气通过讽刺挖苦、嬉笑怒骂的手段表现得淋漓尽致。即使是描写"君子"家的不劳而获,也力求鲜明生动,尽显人生的真切:"胡取禾三百廛(亿)(囷)?"写其索取之多;"胡瞻尔庭有县貆(特)(鹑)?"写其索取的食物如何之精贵,足以悬挂在自己的中庭以示炫耀,让人们轻而易举地"瞻"得。有意思的是,那么多的"禾"是"君子"们"取"而得之,那些貆、特、鹑似乎连"取"的动作和过程也不得而知,致使人们只看到他们这些人家悬挂有这些物品,其来路就很不明白了。这既指责了"君子"们巧取豪夺,也暗示了他们财物的来路是何其不光明正大。这既是当时人生现象的生动有趣的写照,也是劳动者人生观察和人生感喟的传神表现。

《伐檀》作为民间诗歌其表现方法也非常灵活,相比之下《载芟》就显得相当呆板。《伐檀》分三阙,每阙一开始两句皆是热烈而快乐的劳动感叹,第三句"河水清且涟猗"是对劳动场景的描绘,起着过渡性的结构作用。接着用直接明快的语气恰似当面质问"不稼不穑"、"不狩不猎"的"君子":"你们为什么家里会悬挂着那么多的好东西?""君子"们当然是回答不出来的,于是诗歌跳出第二人称的质问语境,改用第三人称的羞辱与讽刺的语气,用反语嘲弄他们"素餐"、"素食"、"素飧"的无耻行径。人称转换灵活自由,语气变化流转自然,将伐檀者人生中的自得其乐和嫉恶如仇心理活灵活现地表现出来。《载芟》同样分三阙,但已经不是那么轻松有序、起伏有致,每一阙都不再是上一阙的同形反复;三阙分别从劳作、收成和祭祀三个阶段抒写农业劳动的意义和归宿,一步一步推向祖先的崇拜和国家利益的关顾,言辞极为刻板严肃,节奏也很僵死呆板。

并不是文人的迂腐造成了他们的写作缺乏民间文学的生动有趣,而是文人总以表现某种观念、思想、道德,表现宏大的历史和国家关怀为自己的文学出发点,不知不觉间养成了偏离人生现实、疏离人生真切的起笔习惯,而善于在微言大义和立德立言的意义上进行文学构思和文学写作。民间文学是一定人群长时间集体创作的结果,他们所感发和所要表现的共同对象便是他们所体验着的人生,于是人生本真的表现是诸多民间文学家所能取得一致的文学宗旨,也是他们所能共同抵达的文学效果。虽然文人的创作并非所有都是偏离和疏离人生的那一类,虽然民间文学创作也并非没有观念、思想、道德表述的功利性,但总体上来说,民间文学要比文人创作更能贴近人生的本真,更能表现人生的原态与鲜活,从而可能离陈腐的思想观念和道德说教更远。

前面已经说到,一些文人从道德教化的角度对民间文学滥加改动,遂使得原本非常人生化和人性化的民间故事变得陈腐不堪、肉麻兮兮。这样的事例也正可用来说明,民间文学本来是最贴近人生和人性本真的艺术形态,一经迂腐文人的改纂,一旦在文人的理解中套上道德教化的镣铐,这些民间故事就常常会变得平庸恶俗、面目可憎。可以举出很多的例子证明文人创作、加工与民间文学创作的这种差异性。

民间有关孝子的传说很多,在《太平御览》和刘向的《孝子传》中多有收录,反映出中华民族优良的尊老传统。流传在民间的一些孝子故事至今仍能时时打动人们的心灵。曾产生过广泛影响的《二十四孝》是基于民间孝子故事编辑而成的劝箴性书籍,由于经过文人的搜集整理编纂,其孝子故事常常与相关的民间素材拉开很大距离。民间素材总是比较贴近于人生的真切和人生的逻辑,比较贴近于人性,而《二十四孝》作为文人改写、编纂的作品,则偏激地强调和宣传孝道的意念,常常不顾人生的逻辑和人性的关怀。其中备受人们关注的《郭巨埋儿》的故事与其相应的民间素材相比较,足以说明这个问题。

在苏北农村曾广泛流传过卖儿孝母的故事,在一定意义上可以视为《郭巨埋儿》的民间素材的一个来源。故事说的是:

一郭姓农夫经济状况不富裕，却非常孝敬自己的老母亲。他的妻子受他的影响，对母亲也很孝顺。老母亲知道儿子媳妇孝顺自己，更知道儿子家境并不宽裕，常常将儿、媳孝敬自己的好吃的东西分给幼小的孙子。郭姓农夫夫妇屡次劝老母不要与孩子分食，老母亲爱孙心切，哪里肯听？依然是将特别孝敬她的东西分给孙子。郭姓农夫对母亲的做法无可奈何，又无力同时供给老母与孩子那么好的食物，于是与妻子商量，不如先将孩子卖掉，一来可以卖得一些银两更好地供奉母亲，二来免除了孩子与老母分食的负担，三来也可以将孩子卖到一个好人家，免得在家受穷。计议已定，夫妇俩瞒过母亲抱着孩子就市标卖。

他们一开始运气极为不佳，孩子要么是无人问津，要么是他们很不放心的人前来问价。眼看天快黑了，孩子还是没有找到一个妥当的买主。当他们快要扫兴地抱着孩子回家的时候，眼前出现了一个相貌丑陋、面容和善的癞头和尚，穿着一件很破的袈裟。那和尚表示他没有钱买这个孩子，但很希望夫妇俩将这孩子舍给他，因为他自己出家，家中有一老母膝下无子，如能得到这个孩子陪伴他独居的寡母，则自己可以安心修行，母亲也免除了独居的寂寞。郭姓农夫觉得眼前的这个和尚也是个孝子，讨要自己的孩子与自己出卖孩子的心思完全相同，再说孩子给了这和尚去陪伴其母，虽然享不到富贵但也不至于吃苦受罪，就爽快地答应了。癞头和尚大喜，脱下了破袈裟就来裹抱孩子，郭姓农夫情有不忍、意有不舍，但还是将孩子放到了肮脏破旧的袈裟上。谁知孩子刚刚接触到袈裟，那袈裟立即在黄昏的余烬中熊熊燃烧起来。郭姓农夫夫妇赶紧去火中抱回孩子，竟然没有烫手的感觉，定睛一看才发现那原本不是燃烧的大火，而是袈裟化成了熠熠发光的黄金。再找那和尚，则早已不见踪影。夫妇俩这才知道，是他们的孝心和好意感动了神灵，是神灵装扮成癞头和尚给他们送来了黄金袈裟。有了这样的财宝，家境便非常宽裕，伺奉母亲和赡养孩子自不在话下。孝子得到了好报。

元代郭居敬所编《二十四孝》，堪称是民间道德说教的经典文本；其中收录的二十四个孝子的故事，因过于强调孝道及果报，缺少文学魅力，显示出庸俗和肉麻的品位。类似于上述民间文学素材的《郭巨埋儿》故事，与民间素材比起来不仅有悖于人生逻辑，而且简直蔑视人性，可以说是以惨无人道的理念宣扬孝道的极其恶俗的文字。——不知道这郭巨的名字与郭居敬的本名有没有联系，如果有，那就更为可怕，他可能就是一个为了所谓孝道不顾人道的道德狂人。可巧的是，苏北农村流传的郭姓农夫卖儿的故事主人公也姓郭。如果这两则故事之间存在着素材上的关联，我怀疑《二十四孝》中《郭巨埋儿》的本事应该是"郭巨卖儿"。"卖儿"虽然悲惨但始终体现着人生的真实和人性的魅力，而"埋儿"虽然传奇却深刻地体现着人生的荒诞和对人性的亵渎。

《郭巨埋儿》的故事前面的背景与上述民间素材大体相当。但发现了老母每每将孝敬她的东西给孙子分食的情形，这位名叫郭巨的主人公与妻子商量的结果不是去将孩子卖掉，而是将孩子埋掉！活埋！做出了这样的决定，夫妇俩便付诸实施，一个人扛着铁锹，一个人抱着孩子，在一个月明星稀的夜晚来到了一片树林，想找个妥当的地方挖坑埋掉可爱的孩子。他们来到了一处地方，开始挖坑，可是忽然觉得受到硬物的阻碍，挖出来一看，乃是一坛银元。郭巨是个忠厚人，怀疑这银元乃是人家的私藏，取之不义，便仍复将银元埋入坑中，另觅地再行挖掘。在另一处挖埋孩子的坑时，同样遇到硬物阻滞，掘起一看，仍是一坛银元，不过这一坛上面有着郭巨的字样，方才明白是神灵感动于他的孝心，有意送他一坛银元让他有足够的经济实力孝敬母亲同时赡家持业。结果也是相同的：孩子不用处理掉了，三口人带着财物欢天喜地地回得家来。

这个《郭巨埋儿》的故事中，如果孝子郭巨不是个彻头彻尾的弱智儿，那便说明作者是个嗜血成性的杀人魔或杀婴狂。家境贫寒是多数人家共有的难题，奉养老母和供养小孩却无论如何不能成为一对排解不开的矛盾；一旦真的成为不能两全的矛盾，其解决的方法也可以有许多种，比方说采取强硬的办法让孩子接触不到进食时的祖母，比方说将孩子送人或者卖掉，实在要显示做父母的铁石心肠，也可以将孩子丢弃在路旁或草丛，无论如何，总比处死——而且是活埋的办法好。这个叫做郭巨的人疯狂地要做孝子，这当然是他的自由，但与那个可怜无辜的孩子何干？遇到一点困难，便其他什么方法都不想，一定要让那个只是分食了祖母一点点食物的孩子遭到活埋，这是哪家的孝道？这是哪门子善事？这符合人生的真实吗？符合人性的法则吗？古人云"百善孝为先"，倘若这孝没有人性作基础，如果行孝都要像这样建立在非人性的基础之上，这样的孝道何善之有？

民间文学属于民众在长期的人生实践中自发地形成的精神结晶，它可能在艺术上相当粗糙，在观念上相当保守，但一般都能直接地、本真地体现人生的原态，体现人性的法则；像《郭巨埋儿》这样的非人生更非人性的东西，只能产生于迂腐的和病态的文人笔下。有意思的是，偏偏常有这样一些迂腐的病态的文人格外关注民间文学，热衷于民间文学的改纂、编集，而且立志将民间文学中最真切感人的人生内容和最灵异鲜活的人生想象剔除掉、毁坏掉，代之以最迂腐庸俗的道德说教和人生儆戒。这是民间文学在长期的流传中似乎难以避免的劫难，这些劫难的制造者恰恰正是那些热爱民间文学、愿意为传承民间文学效力的文人。为什么在民间文学中属于最感人最灵异的内容，到了文人的笔下就必欲涤除殆尽而后快？这是一个问题。按照过去流行的逻辑，这是文人与民众的阶级立场不同，观察问题的角度和方法也就大不相同；在今天看来，则是由于人生态度和人生方式不同，迂腐的病态的正统思想和教化责任使得他们往往最大限度地漠视人生的原态，忽略人性的本真，将思想的宣扬和道德的说教置于人生与人性之上，从而使之形成反人生（违反人生逻辑）、反人性（悖反人性法则）的压制力量。这样的力量让我们感受到压抑，感受到窒息，感到人生的凄凉与痛苦，以及在这凄凉、痛苦中沉沦的艰辛与无奈。而真正的民间文学让我们感受到人生的狂欢与解脱，人生的沉重与真实，激发起我们凭借人性的力量向上飞升的愿望。

在我们所讨论的这些迂腐的病态的文人中,冯梦龙应算是对人生的逻辑和人性的法则多有心得且多所顾忌的一位。他所改纂、整理的《警世通言》、《醒世恒言》和《喻世明言》作为中国文学的传世之作,还较多地保留了民间文学人生的生动和人性的优美。例如《警世通言》开篇之作述说俞伯牙摔琴谢知音,虽然含有重信义、重友谊的道德宣教意味,但将人生无常的无奈、人性相通的快慰,通过这则传奇故事生动地传导出来,民间文学的那种人生况味和人性善的表现并未稍减。即便如此,冯梦龙还是在更多的故事讲述中让我们看到了他作为文人给民间文学带来的必然的劫难。

我仍然想举前面已经说过的白娘子的例子来说明。白娘子在民间传说中是一个贤惠、温良、体贴、多情的妖怪,她一心向善、矢志做人,经受种种磨难,历尽诸多痛苦,全都是为了保全人世上的人生秩序和现实情感;她的形象让我们想到一个蛇妖做人的艰难和委曲求全,她的身上闪烁着的是美丽善良的人性的光泽。多少年来,民间关于她的故事流传不息,关于她的戏剧屡演不衰,有人曾经将她的故事整理成一本评书,题目就叫《义妖传》,可见人们对白娘子形象的认同。"现代中国文学之父"鲁迅对于民间传说中的白娘子也充满着同情与尊敬。20世纪初,杭州西湖边上传说是法海和尚用来镇压白娘子的雷峰塔倒掉了,有人伤感而惋惜地悲叹:"西湖十景"之一的"雷峰夕照"从此不再出现。鲁迅连续写了两篇杂文谈论此事,为雷峰塔的轰然倒塌欢呼,因为被镇压了多少年的白娘子从此或许可以返回生天。鲁迅还借此批判了庸俗无聊的"十景病"。与此相联系,鲁迅对法海给予了无情的鞭挞:他曾戏谑地称法海去干涉许仙和白娘子的婚姻是出于妒嫉的无事生非;而且也倾向于接受浙江东部农村的传说,法海也终因棒打鸳鸯受到了神的惩罚,张皇失措四处逃逸,最后实在无处藏身就躲到了螃蟹壳中,于是成了被小孩子们吃螃蟹时随便掏出来玩弄的蟹和尚。

很明显,在为人们包括鲁迅所确认的民间故事中,白娘子是一个义妖,是一个有情有义的蛇精,是一个值得赞美和同情的善与美的化身,是一个横遭干涉和打击而充满着惨苦和悲哀的悲剧形象。然而诚如我在本书第十二讲中分析到的,在冯梦龙写来,则仍然是个妖怪,妖气盈身、妖性不改、妖风嚣张、妖祸连连:只见那白娘子凶悍残暴,对其所控制的许仙动辄痛骂,还多次作出"若生外心,教你满城皆为血水"的威胁,吓得许仙一家忍气吞声、噤若寒蝉。冯梦龙既然将白娘子还原成妖精,而且是乖戾、凶悍的妖妇,是骑在许仙头上作威作福的祸根,就必然将法海和尚写成大慈大悲救苦救难的神仙或善人。许仙初次见到法海就被和尚点破惹了妖精,再次见到法海则几乎是见到了解放自己的救星,急不可耐地恳求"大师"搭救自己和全家。这位仁慈的大师果然伸出了援手,将许家从妖孽的统治下解放了出来,将白娘子永远镇压在雷峰塔下。

冯梦龙对流传甚广的民间故事作了如此颠倒黑白的处理与改篡,是因为他完全不为真情和浪漫所动,只是关注诸如佛家的色即生魔、魔即惹色的观念,将许宣与白娘子之间的关系处理成一种孽情与恶缘,从而违背了民间故事中丰富的人生逻辑和感人的情感期盼。从冯梦龙的这则失败的例子中可以清晰地看到,文人背负着的沉重的道德感和责任感常常与民间文学所贴近并真实地传导的人生实感和人性美感背道而驰。

民间文学中也包含着许多不尽健康的东西,包括迷信的色彩和猥亵的成分,但是,这些不尽健康的东西作为普通人生必然的衍生物,仍然是对人生直接的和原态的反映,仍然具有相当的认识意义和文化资源意义。几乎所有的民间故事和民间传说中都带有或浓或淡的鬼怪和神仙内容,更不用说在各个民族的文化积淀中产生很深刻影响的神话系列。神仙、鬼怪故事将浓重的鬼气和妖氛笼罩在人们的心头,在一定的条件下误导人们将一些无稽之谈当作人生的真实,从而混淆了人生想象与人生本真的界限,为人们认识人生、认识世界平添了一些障碍,这也是"五四"时代新文化先驱者号召破除鬼怪迷信的思想依据。

但是,神仙鬼怪的故事毕竟是普通人生的一种折射,有时候甚至是优美人性的一种寄托,这只要看看蒲松龄的《聊斋志异》就能明白。《聊斋志异》收录的狐鬼故事绝大多数来自于民间,蒲松龄在整理加工的过程中也力求保持民间故事原貌,只是在觉得有必要申述自己观点的时候才以"异史氏曰"的提示语引领出自己的议论。因此其中充满着人生的意味,充满着人生体验延伸的欲望,充满着对于人性和浪漫的美好想象。人生存在着许多想象的空间,填补这想象空间的除了科学实验而外就是人生延伸的想象与幻想。鬼怪神仙的传说以及梦境都是这种想象和幻想的结果。从这个意义上说,子虚乌有的神仙鬼怪故事是人生的一种重要补充,是人生挣脱现实限制而作想象性飞翔的一种愿望的曲折体现,是关于人性美好的想象与向往的一种理解与希冀。民间文学离不开神仙鬼怪的缠绕,正是因为神仙鬼怪的故事能够更直接更本真地反映人生的想象。

何况,神仙鬼怪的故事还包含着最本源的民俗学和文化学资源内容,是能够用来解析一个民族或一个地域心理积淀和文化成因的基本材料。如果说人生的真实在民间故事中的实写为我们提供了关于现实世界历史构成的种种解释,那么,人生的想象在神仙鬼怪故事中的表现则为我们提供了一个文化群体心理构成的种种解释。任何时代的民间文学其实都与远古的神话和传说联系得最为紧密,而远古的神话、传说是远古人类在物质条件极端贫乏的情况下最富有想象力和最充满传奇性的精神创造,它的绚丽多姿使得进入近代文明以后的人们瞠目结舌,就像一个贫于想象的精神乞丐懵然面对着堂皇富丽的艺术宫殿。那样的神话传说中包含着人类最早最真朴的人生体验,包含着人类对于自然和社会最初的激情与真诚的理解,因而很难为文明时代的人们所重复,更不用说超越,这就是马克思所论述的,神话是人类早期的集体童话,是文明时代的人们的艺术创造所不可企及的典范。神话和原始的民间传说作为民间文学只能被后世的人们所理解、所模仿,这就是神话传说在民族文化积淀中的精神资源意义。民间文学是神话的继承者,与原始神话传说有着无法解脱的近缘关系,因而民间文学同样具有这种精神资源的意义。

在这样的意义上,所有的神话传说和妖魔鬼怪都成了文化审视的价值目标,成了一个民族或一个地域、一个群体的心理审视的当然目标。这样的审视才真正是文化的和心理的研究,这样的研究比起那些下三滥的乡土文学和地域文学研究来,具有无与伦比的学术深度。

至于民间文学中的色情和猥亵的成分,那是民间流传必需的趣味性的调料,虽然可以理解为民间文学的渣滓,但也体现着一定的人生智慧。它毕竟不是民间文学主要价值的承载与显示,无须借此作为褒贬的依据。

无论人们是否认可或承认,民间文学长期以来葆有饱满的活力和影响的辉煌。它凝结着一个民族或一个地域人们的人生经验和人生想象,反映着他们朴素的人性要求和人性理想,体现着他们丰富复杂的人生心理和人生习俗。民间文学在所有文学中最贴近普通人生的本真,是普遍的人生意志和人生情绪的真实的展现。在"文学与人生"的话题上,民间文学理应占据着十分重要的地位。

民间文学不仅在普遍的人生反映方面具有相当重要的地位,其对于一个民族的文学和文化也具有直接的资源意义。前面说过,要了解一个民族的文化,单单是阅读这个民族的经典文学作品远远不够,必须尽可能地熟知这个民族的民间文学,因为民间文学与民族久远的心理积淀联系最为紧密,对于一个民族人生观念和人生风习的反映最为直接。更重要的是,一个民族几乎所有重要的文化典籍和文学经典都无法脱离这个民族源远流长的民间文学,任何重要的文化典籍和文学经典都可能以民间文学作为基本的精神资源,作为基本的母题与原型,作为基本的话题与题材。西方在上个世纪后半叶广泛流行并造成世界性影响的原型批评理论,其实就是从民间文学的资源意义上加以展开的:几乎每一个民族的文化论述和文学描写的基本原型都来自于古老的民间文学。民间文学就是远古或上古人生纪录的活标本,它的代代相传成为一个民族文化承传的重要体现,也为后世的文人创作提供了富厚的人生题材和引人入胜的话语库存。在中国,女娲补天和抟土造人的故事影响了多少文化典籍,多少哲学家、思想家从中感悟中国人的文化传统和精神特征,其文化资源意义一点不弱于西方的诺亚方舟和摩西十戒。嫦娥奔月成了历代多少诗人吟咏的故事,因而造就了多少精美的文学经典。屈原的《离骚》是中国最早最伟大最成熟最富有经典意义的个人诗篇,然而这一伟大经典中有几句与当时流传于楚地的民间文学和文化没有关系?此后,几乎所有杰出的文人作品都与深厚的民间文学素养和丰富的民间文学资源分拆不开,包括当代小说创作中的《白鹿原》和《红高粱家族》。

民间文学之于文人创作的资源意义不仅体现在原型形态和话语库存方面,而且体现在文学形式的借鉴与发展方面。任何时代文人创作的文体样式都来自于对已经形成于民间文学中的文体形式的借鉴,这几乎就是中国文学文体史的一种概略的观察结果。以诗而论,当四言诗成为主流的时候,五言诗其实就已经在民间流传,并可能为乐府所搜集而得,由此开启了文人五言诗的先河;五言诗在文人创作中被普遍采用的时候,民间的七言诗也开始流行,从而开启了文人七言诗创作的先河;白居易写的《琵琶行》中的琵琶女,面对江州司马弹唱的一定是长短句,也就是当时文人所不屑于写作的词调,可是到了后来,特别是宋代,原先流传于民间的词又成了文人创作的主打文体,此后的散曲也是同样的命运。小说在清代以后成为文人创作最重要的文体,而早在唐代甚至唐代以前,它不过是民间说话人才运用的叙事形式,宋元之际出现了话本,也就是民间说话所用的本子,仍是民间文学,到了明代的拟话本时代,这种叙事文体才进入文人写作的层面。总之,从文体方面而言,民间文学总是充当文人创作的先导,成为文人创作可靠的形式基础。

但是民间文学并不因此就能获得稳固的文化地位。在所有文学形态中,民间文学遭受的误解和误读可能最多,因为正像如此规模的集体创作不可能拥有有效的版权保护机制一样,民间文学的尊严乃至于真实性历来都可能丧失有效的辩护和捍卫。包括人们现今对民间文学的误解,以为民间文学到了机械文明时代便已无可挽回地失去其存在的依据和生存的机会:"自从机器发明之后,我们一直感伤地企图恢复过去的民间文学。流行文学与民间文学的区别在于它抛弃了诗情画意。当代流行文学的基本表达方式是散文而不是诗歌;来源于世俗而非宗教故事;它以城市,而不是以野外大自然世界为背景;它是工业的,而不是农业的副产品。"[2]这段话中关于民间文学特点的论述是相当可靠的,特别是将民间文学与流行文学区别开来的想法非常精彩。民间文学比起流行文学来确实特别具有诗情画意,这是民间文学自身经久不衰的魅力之所在。但工业社会来临以后,民间文学果真让位于流行文学了吗?流行文学可以理解成通俗文学的别称,它是由文人写作的瞄准文化市场需求的文学样式,怎能与民间集体创作、自然流传的口头性的文学形态相提并论?如果说流行文学必须对读者的心理和文化市场的需求有所投合,那么民间文学绝对不需要投合任何东西,而只需要表现和反映人生的本真,表现和反映人生情绪的喟叹。城市中依然以古老的(口口相传的),有时以现代的(包括通过网络等)方式传播着包括民间歌谣在内的民间文学,这是不争的事实。这样的事实说明,民间文学不会因为人们生活方式的改变而真的趋于消亡,或者为流行文学所取代;民间文学因为其与普通人生最为贴近而获得了人们无法想象的生命力。

二　民间文学可能达到的人生批判的深度

对于民间文学的另一个可能的误解是:民间文学作为民间自发创作并口口相传的文学形态,虽然充满着奇幻色彩,也许还充满着诗情画意和罗曼蒂克,但是其思想深度总是相当有限,不外乎俗文学常备的惩恶扬善之类。一般来说,这样的观察是说得通的,民间文学就总体而言只是体现人生的本真和人性的法则,并不追求思想的深刻和批判力的冲击。但是,优秀的民间文学所能达到的成就很可能是一般的文人创作所无法企及的,优秀的民间文学所能体现的思想深度也往往是一般的文人创作所无法抵达的。文学与其他的思想成果不一样,其所表现的思想深度往往与人生描写的真切度和人性解剖的深度成正比例,而且这种思想深度必须与人生描写和人性解剖紧密结合在一起才具有力度。优秀的民间文学总是最贴近人生的剖面和人性的表现,因而在一定的条件下也最有利于深刻思想的揭示和人生批判的表达,其偶有超出一般文人创作的人生批判力度和思想表现深度的现象,应属可能。如果有这样的情形,那便是人生表现的胜利,是人性把握的奇迹。

我对这样的奇迹一点也不陌生,因为我所知道的民间文学中就有这样的故事,其思想深度和人生批判的力度确实是无与伦比的。我愿把自己在这方面的零星经验和一些感触与大家作一番交流。

2001 年夏天,我应黄曼君教授之邀赴华中师范大学参加博士生论文答辩。工作完成后,黄先生带着王富仁先生和我等一起去梁子湖游览。在那里,我听到了有关梁子湖和梁子岛来历的介绍,不禁大吃一惊:原来我很小的时候就听过类似的故事,是我祖母讲给我的;比较之下,我祖母述说的那个故事与梁子湖和梁子岛的传说又有诸多不同,那不同之处所显露出来的思想批判力量确实超过很多文人的创作!但是这么多年来,我竟然完全忘记了祖母所述说的故事。我想,在中国,多少像我这种年龄的人早就忘却了祖母讲述的故事,并且一天比一天忘得快速,忘得干净!或许那些被迅速忘记了的故事中就正好包含着大量的优秀民间文学作品,这些东西被忘记以后就很少可能被重新记忆起来、传承下去,于是很可能造成我国民间文学传统永恒的失落。那是十分可惜甚至是可怕的事情,但这样的事情可能现在每时每刻都在发生!对此,我们无可奈何!

我们更无可奈何的事情是,以口口相传一代一代流传下来的较为优秀的民间文学很可能在不太长的时间内会基本消失。随着国人文化程度的普遍提高,人们对文化的正宗性和正统性的认同越来越自觉,便会在观念上倾向于忽略民间文学及其流传形式,也即,有了相当文化的成年人和老年人不再安心于通过讲述民间故事的方式向孩子们传述文化,有文化的祖母们宁愿让自己的孙辈读莎士比亚戏剧故事、背唐诗宋词、看《三国演义》卡通画等等,民间流传的那些无稽之谈早已被扔到爪哇国去了。在这种文化心态下差不多已经培育和成长起了整整一个世代的人。这个世代的人从文化传承意义上说属于没有"祖母"的"人类",——他们中的许多人没有那种传统的祖母——基本上不识字,只是靠从小从她自己的祖母那里听来的民间故事娱乐和教育自己的孙辈,并且在讲述中倾注着自己的真诚和确信。这些没有"祖母"的"人类"已经基本长成,他们将成为下一代的教育者和培育者,他们即使有了足够的"文化寻根"意识,知道民间文学的传承之于下一代文化性格塑成的重要性,也没有能力、没有条件去获得足够的民间文学素材或相应的记忆。

这是十分可惜甚至可怕的事情。我相信大家听了我转述的民间故事及对它的分析,会有一些同感。

先说梁子湖与梁子岛的故事。

梁子湖(岛)生态旅游区地处鄂州市域南部,东与大冶市交界,西与江夏区毗邻,处在武汉市、黄石市、黄冈市、鄂州市、咸宁市、大冶市、江夏区六市一区的中心地带。距武汉 65 公里、黄石 60 公里、咸宁 70 公里,水陆并进,交通便利。

梁子湖是全国十大名湖之一,是湖北省第二大淡水湖泊。相传这里本为高唐县。有一年,县民刘满江进京赶考后,高唐县突然下沉变成一片汪洋,民众大多罹难,唯独其妻孟玉红及儿子刘润湖得一老道人授以逃生机密,借助两双"神鞋"之力幸免于难。刘满江进京高中状元回来后,只见昔日县城(即今之梁子岛)仅存一座桥梁旧址,便欲以"梁址"二字来为湖和岛命名。刘润湖提醒父亲:"高唐沉陷,独我母子二人得脱,何不以'娘子'二字命名?"满江觉得独生子的话很有道理,况且,鄂州"娘"、"梁"相谐,"子"、"址"亦相近,一语双关,遂采纳了儿子的建议,这就有了今天的"梁子湖"和"梁子岛"。据说,老道送给玉红母子的两双布鞋,后来掉入湖中,变成武昌鱼。

关于梁子湖和梁子岛的形成以及孟女和其子得救的故事,梁子岛上的导游讲述得颇为详细,也更加合理。故事是这样的:

在高唐县未沉之前,孟姓女子与其子忠厚和蔼、乐善好施,为人称道。一日,家里来了一位化斋的和尚(即上文讹传的老道),只见他蓬首垢面,又癞又脏,衣衫褴褛,着一双破草鞋,煞是令人恶心。生活也很贫穷的孟女并未歧视和厌恶癞头和尚,而是倾己所有赠给他米面杂粮。癞头和尚深感其诚,便悄然告诉她和她儿子:这一带将要沉没,所有的人都在劫难逃沦为鱼鳌。因这一家是个难得的善良人家,和尚有意拯救他们,于是脱下那双破烂的草鞋,嘱咐他们说:当洪水汹涌而来的时候,只要穿上这双草鞋,母子俩就可以幸免遇难。孟女问,什么时候才知道需要穿上这双鞋逃命呢?癞头和尚答道,等村头的石头狮子眼睛发红、出血,那时候就是要陆沉地陷了。癞头和尚还再三关照,天机不可泄漏,否则必遭天谴。说完这些话,倏忽间就不见了踪影。母子俩既紧张又害怕,藏好了草鞋,每天去观察村头的石头狮子的眼睛。终于有一天,石头狮子的眼睛红红的,像要滴出血来,母子二人大惊,急忙回家取出癞头和尚的破草鞋,刚刚穿好,只听得天崩地坼的一声巨响,远处人声凄惨,洪水从地底喷涌而出,大地一块一块坍陷入水,人们还没反应过来是怎么回事,就纷纷被卷入湍急的水流之中。孟女穿着草鞋,背起了孩子,奇迹随即发生,只见那草鞋慢慢托起母子俩,徐徐升向空中,脱离了正在坍陷的大地。眼看着乡亲们逃生无门,哭爹叫娘,情景极为悲惨,善良的孟女便奋不顾身地脱下那双神奇的草鞋,向在汪洋中挣扎的人们抛去,——她觉得能够再救得一个人也值得。这时候,更大的奇迹发生了:那下落的草鞋越落越大,到达水面即迅速变成了一个岛屿,许多人因上得岛来而获救。为了纪念舍身救人的善良的孟女母子,人们将此岛命名为娘子岛,将这片湖泊命名为娘子湖。此地发音 n、l 不分,于是又讹称梁子岛与梁子湖。

这个故事触动了我尘封了近 40 年的记忆,让我想起我慈爱的祖母讲述的应该是曾经流传于里下河地区的一个类似的民间故事,因为它们太相像了。但是,其中的相异之处又非常关键。

流传在苏北里下河地区的也是一段灭绝性灾难及拯救的故事。前面的铺垫与梁子湖的传说几乎一样:在这一带大平原上住着一对孤儿寡母,正直善良、乐善好施,为人称道。有一天家门口来了一个化斋的和尚,也是又癞又脏的那一种——但凡是癞头和尚,一般都非同小可,说不定就是仙人所变,特别是在民间故事中。这显然是民间文学家采取的艺术"障眼法",考验人们对这种人的同情心。一个像聪明的一休那样的长相喜人、聪明伶俐的和尚很容易得到人们的好感,化斋之类的事情做起来就比较容易;而类似于癞头和尚这样的,人们常常避犹不及,厌恶不已,如果有人能够对他都充满了同情心,那一定是个心地特别善良的人。故事中的这位寡母果然像梁子湖边的孟女那样心地十分善良,也是倾自己绵薄的一点所有周济那癞头和尚。癞头和尚对此也深为感动,于是同样神秘地告诫好心的母子:有朝一日这一带将会地陷为湖,人群灭绝。也像是出现在高唐县的那位癞头和尚一样,他脱下了自己穿着的那双又破又脏的草鞋,嘱咐母子俩一旦遇到地陷陆沉,立即穿起草鞋便可逃得性命。他同样预告说,村头的石头狮子如果眼睛发红出血,那就是灾难降临的时刻;当然,他同样叮嘱母子俩,天机不能泄露,否则会遭天谴。说完这些,这癞头和尚倏然不见了。

秉有异行的仙人神僧,其打扮尽可以像普通人,甚至是连普通人都不如的癞痫瘸腿之人;但当他说完某个预言,就不能像普通人那样没有异变,最好是让他忽然不见,或是让他冉冉升天,这是民间故事中必要的征信,否则老百姓怎能相信他的预言或诅咒是真是假?于是,"障眼"——预言(或诅咒)——征信,往往是民间故事中仙人神僧现身的三部曲。

神僧的手续交代完了以后,里下河地区流传的民间故事就开始与梁子湖地区流传的拉开了鲜明的距离,尽管结局颇有些相像,仍回到神僧预言的起点。概括地说,与梁子湖地区的故事比较起来,里下河地区流传的故事中有两点非常特别,而这两点特别之处正是后者的叙事艺术水准特别高、人生批判深度特别强烈的体现。

第一点特别之处是,善良的寡母并没有遵守神僧的告诫,她泄漏了天机。

当然,听到这一带就要变成一片汪洋,所有的乡亲都要遭到毁灭性的灾难,寡母很紧张。但这毕竟事关这么多人的性命,本性善良的寡母没有理由坐视不管,于是也就顾不得天机天谴之言,先将消息告诉了自己最信赖、最亲密的亲朋好友,当然也不忘记叮嘱他们天机不可泄漏,然后又将消息告诉了她认为应该得到拯救的那些可怜人和善良人,同样告诫他们天机不可泄漏。其实只要告诉了自己家人以外的任何一个人,就是泄漏了天机,就有可能遭到天谴,天谴可不是一般的惩罚,那是毁灭性的,甚至是堕入万劫不复的深渊。但这位寡母就是出于善良的天性,将天机泄漏了出去。起初,得到消息的乡亲们知道这是天机,确实秘而不宣,但逐渐又将这秘密传给他们认为该知晓的人,如此反复转告,不数日,这一带的人几乎都知道了这个天机。

泄露天机无异于触犯了天条,但里下河地区的这位寡母承受了这样的罪责。这样的叙述应该说将寡母形象塑造得更加合理,更加真实,更加具有人性的内涵,也就是说,这样的叙述更加符合这位正直善良而又缺少文化的善良农妇的形象。固然,承受泄露天机的罪责对于一个农妇来说是过于沉重的精神负担,可如果像梁子湖地区故事中所说的那样,一个农妇竟然将这一带的人就要灭绝的秘密独自保守了很长时间,这需要承受多么沉重的精神负担和情感负担? 要知道这些将要毁灭的人们是与她朝夕相处的乡亲和邻居,他们每天都在与她说话、聊天、拉家常,间或也谈些生生死死的事情。面对着这样一大群活生生的乡亲,想着他们在某一天都将化为鱼鳖,一个善良的农妇居然能够如此沉得住气,那该要有多大的定力和胆魄! 从较为积极的方面来分析,寡母在大难降临之前逐渐将这天机泄露给别人,实际上表现出一种牺牲自我拯救大家的大无畏精神:宁可自己一个人去承担,去面对天律的惩罚,也不愿意看着大家在面临毁灭性灾难之际束手无策。这样的牺牲精神放在一个勇敢的农妇身上显得更加崇高而动人。

总之,无论从人物的性格特征还是从人物的道德境界,以及人物的情感实际来分析,寡母的泄露天机显得更加真实可能。塑造出一个逐渐泄露天机的农妇形象,使里下河地区民间故事显示出更符合人性的美和更高的艺术性。

里下河地区民间故事的第二点,也是最重要的特别之处是,寡母勇敢善良的行为并没有得到乡人的尊敬,相反,招致了无情的嘲弄。

故事说,一开始,几个知道消息的人悄悄地跟着母子俩紧张地去村头观察石头狮子,看那狮子的眼睛是否发红流血,慢慢地,知道消息的人多了,就都跟着去看石狮的眼睛,到后来,几乎所有的人都跟着去看。每天人们都带着同样紧张的心情几乎屏住呼吸观察那石头狮子的眼睛,生怕它惹上一星点的红色。结果当然是没有。渐渐地,人们开始怀疑这消息的可靠性,进而怀疑是否是那个善良的寡妇装神弄鬼扰乱人心。人们开始议论,那石头狮子并不是什么稀罕物,是哪年哪月哪家的老人让谁谁雕凿而成立在村头的,怎么可能会眼睛发红淌眼泪流血?于是,跟着母子俩去看石头狮子眼睛的人逐渐减少,终于,坚持了好长时间,石头狮子一点动静也没有,自然,大地的坍陷和陆沉更无从说起,人们彻底放弃了那无稽的担心、恐惧,连同对寡母的尊敬。最后只剩下孤苦伶仃的母子俩依然每天去看村头的石头狮子。

既然人们失去了对善良的寡母的尊敬,母子俩在这一带立即就被目为装神弄鬼、唯恐天下不乱的怪人,轻蔑的猜忌、中伤的谣言、无端的指责,甚至恶意的毁谩接踵而至,他们慢慢地简直就成了这一带的公敌,似乎不是天意要毁灭这一带,而是这对母子要跟这一带的人们过不去。当母子俩每天孤独地从家里走出来到石头狮子面前端详狮子的眼睛时,人们在各自的家门口看着他们,带着轻蔑,带着鄙夷,带着嘲弄,连一点疑惑的神情都没有。当然还少不了指指点点,讥讽讪笑。母子俩只好对乡亲的冷漠和敌视不理不睬,他们依然相信天意和天命,坚持每天雷打不动地去观察石头狮子。于是,观察母子俩每天去观察石头狮子,就成了这一带许多人休闲打趣的一个节目。

在这种情况下,好事者出现了。他们私下计议:老是这么看着寡妇母子每天去观察石头狮子,实在寡然无味,应该有点什么变化让大家看着开心开心。他们设想,如果将石头狮子的眼睛人为弄红,母子俩看到了,一定大惊失色、丑态百出,那才刺激,才好笑。不少人认为此计甚妙,大家就兴冲冲地去找来红颜料,乘着天黑,将石头狮子的眼睛涂抹得鲜红欲滴。几乎所有人都知道了这个恶作剧,唯独母子俩还蒙在鼓里。第二天,他们照旧去看石头狮子的眼睛,其他几乎所有的乡民都相约着从村落的各个角度等着看母子俩惊慌失措、张皇恐惧的样子。母子俩一看石头狮子,这回眼睛真的是红了,像是有鲜血要从眼睛里滴落下来,果然是惊慌失措、张皇恐惧,完全顾不得其他,一边狂奔着回家,一边招呼大家跟着他们逃命:他们坚信,这一带的末日就在眼前,滔天的洪水转瞬间就要来临。

就在母子俩大呼大叫、狂奔回家的时候,村里村外爆发出从未有过的狂烈的笑声——人们看着母子俩的狼狈样非常过瘾,借此可笑的事情似乎人人都可以尽情开怀。然而他们的笑容还没来得及收敛,只听得天崩地坼的一声巨响,汹涌的洪水从地底喷涌而出,大地一块一块坍陷入水,人们还没反应过来是怎么回事,他们张大了的狂笑之口还没来得及合拢,就立即被浑浊的洪水灌满,并纷纷被卷入湍急的水流之中。此时正好是寡母刚来得及穿上那破草鞋,携着她儿子奔逃而出的那一刻。

我祖母讲述的故事大致就是这样。我祖母几乎不识一字,是中国最后一批典型的小脚老太太中的一个。愿她的在天之灵安息,在我想起这个故事的时候,她已经辞世近 30 年了。然而她的叙述我认为是提供了一个非常优秀的民间文学作品,一个富有深刻的人生批判性的罕见的民间故事。

里下河地区故事里的那些个乡亲,善良的寡母不忍其毁灭要冒着触犯天条的罪名拯救他们的那些个乡亲,起初惊悚不已继而狐疑乃至冷漠麻木最后恶作剧相向的那些个乡亲,忘记了感激和报恩反过来对试图拯救自己的人进行嘲弄和捉弄的那些个乡亲,我们是不是在哪里见过? 没错,在鲁迅的笔下,在华老栓开设的茶馆里,在开着咸亨酒店的鲁镇,在有着阿 Q 和王胡的未庄! 特别是那些设计捉弄母子俩的人们,岂不就是未庄的鸟男女?

人生现实的表现是现实主义文艺家应有的意识,也是他们应该完成的艺术使命,不过在此基础上进行深刻的人生批判,则是现代文学家更高的艺术目标。鲁迅是追求这一高标的苦心孤诣者,他的伟大和无与伦比的贡献就在于以深刻的观察和敏锐的机锋批判愚弱的国民的灵魂,将落后的冷漠的麻木的国民劣根性通过生动的人生情节和鲜活的人物言行揭示出来、暴露出来,引起人们的警醒,引起疗救的注意。鲁迅的一系列小说以及大量的杂文都在展示落后、冷漠、麻木的国民灵魂中的弱质,包括他们很热衷于做一种愚昧的心不受撄的看客,做一个事不关己的旁观者;包括他们将赏玩别人的痛苦视为自己的最大乐趣,不惜以各种恶作剧的方式玩弄别人的疾患;包括他们对压迫自己欺侮自己的力量保持着奴性般的谦恭与服从,倒是对试图帮助自己拯救自己的人保持着高度的警惕,保持着天然的敌意和捉弄的兴趣。从最初留学日本时开始探讨中国的国民性问题,到他大量的小说和杂文创作中的上述内容,鲁迅一直将这些人生内涵的揭示和批判视为自己的价值目标,视为自己的恒定主题,视为自己"我以我血荐轩辕"的主要内容。鲁迅由此赢得了民族现代历史的高度认同,赢得了中国现代文化圣殿上的顶级桂冠。而且,更重要的是,鲁迅思想的深刻和人生批判的力度在现代中国创作界达到了公认的无与伦比的境界,在这样的深度与力度上,如果说鲁迅是第一,则我们很难回答出谁可以是第二、第三……甚至通过单篇作品的分析,也很难在其他作家的创作中找出一篇在这方面堪与鲁迅小说相比附的作品。

但可以毫不夸张地说,里下河地区流传的,在我这方面是由我不识字的祖母讲述的上述诺亚方舟式的故事,在人生的批判性和解剖国民灵魂的思想的深刻性方面,正可以越过数以百千计的现代文学家及他们的创作,直接与鲁迅的思想成就和文学成就对话,从而成为即使进入到中国现代文学历史也毫不逊色的民间经典。

在这部从未定型的民间经典中,寡母不惜冒犯天条试图加以拯救的那些乡亲,像鲁迅笔下的看客一样带着一颗愚昧、无聊的心,非常热衷于做一个事不关己的旁观者,即使面对着可能毁灭自己的生命,可能毁灭自己的亲人和家庭的灾难也仍然麻木不仁,典型的属于心不受撄的那一类人;他们同样将赏玩别人的痛苦视为自己的最大乐趣,不惜以恶作剧的方式验看孤儿寡母面临灭顶之灾时的惊慌与张皇;他们对试图帮助自己拯救自己的孤儿寡母不仅不心存感激,而且似乎保持着天然的敌意,保持着捉弄他们、讥讽他们的浓厚兴趣。这是一群典型的体现着国民灵魂的弱质的庸众,是一群有足够的力量将试图拯救自己挽救自己的人送上断头台并有闲心在下面等着喝彩的愚民。故事对他们愚弱的心灵的揭露相当深刻,对他们所具有的庸众的残暴心态的批判相当辛辣。故事没有像梁子湖地区的故事那样提到这群人的被拯救情形,他们的不被拯救虽然显得有些残酷,可由此达到的揭露力度、批判深度以及思想浓度,可谓直追鲁迅,并能够在现代中国文化史上留下深深的印记。

由这个民间故事,除了能读悉鲁迅式的批判的锋芒而外,还可以透析一种属于民间更属于民族的大智慧。这个大智慧的哲理性表述便是:如果有一个主宰人间命运的神祇,无论他是佛还是菩萨或者上帝、真主,一定是大德的化身,不可能平白无故地动不动就要发动一场天崩地陷毁灭一方的生灵;如果是那样随意,岂不成了人类最难以对付的神灵恐怖主义?神祇无法也不应该毁灭人类,真正能够毁灭人类的是人类自己。

里下河地区故事中所描述的那一带其实没有任何道理遭到坍塌陆沉的灾难,那一带的人也不应该在这场突如其来的灭顶之灾中葬身鱼腹,正像村头的石头狮子本来就是很普通的石雕,没有任何灵性和神秘,不可能眼睛自然地发红甚至滴血一样。如果不是好事者和恶作剧者合谋,不知从什么地方撮弄来颜料将石头狮子的眼睛人为地涂红,那个石头狮子的眼睛也许永远也不会红,相应地,洪水永远也不会从这块土地下涌出,这里的地永远也不会沉没,这里的人民就永远不会遭遇到这样的灭顶之灾而一个个死于地陷。是的,不会。俗云上天有好生之德,随便毁灭人类绝不是大德的神祇所应该做的事情。

问题是,那石头狮子永远不可能红也不应该红的眼睛竟然一夜之间就红了,而且红得鲜艳,红得像是滴血一样。愚昧的、冷漠的、恶劣的村人为了自己无聊的开心一笑,竟然合谋捉弄那对可怜的孤儿寡母;那是非常正直善良的人,是不惜牺牲自己拯救他们的人,他们理应感激、崇敬那对母子,可他们却给了他们冷漠的对待、嘲笑的捉弄。这对于母子俩来说是个很深刻的悲剧,冷漠地对待他们、无情地捉弄他们的,正是他们冒着遭天谴的危险试图拯救的那些人!对于后者来说,悲剧更是毁灭性的:既然他们连善良的孤儿寡母也没有丝毫的同情和怜悯,既然他们连自己的恩人也不思感激反思捉弄,他们在灵魂中已经没有任何救赎的要求与希望,那么就只有走向毁灭。那么多的人,既然没有一个愿意最后相信孤儿寡母,愿意随着他们踏上中国民间的"诺亚方舟",而且所有的人都无声地配合了最为恶劣的恶作剧,他们或许只配走向毁灭。

于是,鬼使神差般地,他们自己染红了石头狮子的眼睛,他们自己为自己造成了这一场灭顶之灾。超自然的神祇不过是以他神秘而伟大的力量帮助这些庸众完成了他们的毁灭性悲剧。

这简直是一番深刻的隐喻,一番人生哲理的生动而精彩的表述。正像古语常说的那样:天作孽,犹可恕;自作孽,不可活。自己作孽,必然导致自己的灭亡。这是古代人生深刻体验的一种结晶,是中国古人在长期的人生中总结出来的大智慧。上述民间故事能够通过简单的叙述暗喻和揭示出这样深刻而博大的民间智慧和民族智慧,这无论如何都超过了一般文人创作的思想观念水平。

中国民间文学中常常包含着诸如此类的大智慧,而且有些智慧并不采用十分强调的方式表现出来,甚至于只是轻描淡写地显露出来,从而显现出风格学上的大气与从容。

为什么民间文学中的出类拔萃者,如上述故事,竟然能够体现出比一般文人创作还要深刻的思想、还要博大的智慧?这还是因为我前面所说的,是民间文学最贴近人生本真和人性法则的缘故。在民间最普通的人生中,人们体验的真切性可能产生深刻的思想憬悟,这样的思想深度往往是一般文人个人通过自己的苦思冥想所无法抵达的;也可能产生博大的理念智慧,这样的理念灵性往往是一般文人个人通过自己的聪明才智很难一下子领悟到的。民间文学所汲取的精神文化资源直接来自于最深厚的民众人生,这种人生在共时性上可以覆盖各个地区不同人群的鲜活体验,在历时性上可以积累各个时期各种人等的生命体悟,其中的资源优势应该说比任何文人自身的修养与经历都更加明显。这样的优势资源在民间故事的形成中如果得到恰到好处的体现,便可能达到思想深刻、批判力强、智慧水平甚高的文学效果。这是民间文学的优势,可惜由于我们常常并不能把捉到特别优秀的民间文学范本,民间文学的这一优势在学术视镜中得不到适当的显现。

于是,在"文学与人生"的话题上,我要讲一讲,尽可能真切地讲一讲民间文学的优势,讲一讲民间文学在现代历史条件下所可能抵达的思想深度和智慧高度,讲一讲普通人生与民间文学的关系,那是文学与人生最本源的一种关系,最有理论魅力的一种关系。

注 释

〔1〕 周作人:《民众的诗歌》,《周作人文选》,第 13—14 页,上海远东出版社 1994 年版。

〔2〕 菲德勒:《中间反两头》,见葛林等译《二十世纪文学评论》下卷,第 169—170 页,上海译文出版社 1993 年版。

后　记

　　人生对于每个人来说都是相当宝贵的,文学则只对于很少一部分人来说才那么宝贵。因此,"文学与人生"不是一个等称的话题。照例,不等称的话题人们在谈论的时候常常避重就轻,我这部《文学与人生》的讲稿也是这样避重就轻地写成的。我谈的文学比较多,可以说古今中外、经典民间、雅致通俗、通例个案等等,自然多为信手拈来,而非刻意索求,然而谈论的人生就比较有限。每个人都有自己的人生体验和人生感悟,在我假借着人生的话题谈了我所知道的一些文学现象以后,人生的说道还要靠大家自己去探索,去领略,去作出自己的表达。

　　在讲述"文学与人生"的 15 个话题之时,我还真愿意借机说道说道自己的人生,可惜很少找到适当的契机,也很难找到合适的切入点。当然我不是想较为详细地告诉大家我的简历,因为我已经经过的人生旅程与绝大部分读者没有什么关系。我也不是想较为率真地告诉大家我经历过这些人生之后的一些感受,因为这些个感受放在任何我们所谈论到的文学作品中都会显得相当肤浅而谫陋。然而想有所谈吐甚至想有所倾诉的冲动又曾是那样地真切。这似乎也是这门课程、这本书的题目所暗示给作者的一个不言而喻的权力，或者说是一项理所当然的任务。不过，作为作者，我既没有滥用权力，相应地，也未能执行这样的任务。正如我前面所言，这个任务需要大家一起来执行，而且似乎永远也无法完成。

当我们对什么是文学还不甚了然的时候，文学与人生的关系问题实际上就难以有很权威的答案；当我们还不明白人生是什么的时候，文学与人生的关系问题的探讨，特别是从人生方面而言，就永远不可能完结。

人生是什么？这几乎是先哲圣贤早就发出过的千古天问。近百年前，一批新文化的先驱者进一步追问：人生究竟是什么？任何类似的问题都不会有明确的答案。人生就是在这种无答案中显得真切而实在，它反而会在追索真切和实在的答案的提问中显得虚幻而空漠。既然千古贤哲无法找出相应的答案，百年先驱即使从宗教和哲学的意义上也探索不出人生究竟，区区如我们从文学的角度又怎能概言人生的本质与真谛？

如果大家有兴趣，可以将各种人生是什么的假说排列起来，你会发现所有的假说都可能有一个现成的否定性的假说在等待着。你可以说人生就是奋斗，别人会说人生最可贵的就是余裕；你可以说人生就是一个希望接着一个希望地奋攀，别人可以说人生在世不如意事常八九；你可以说人生就是一台戏，别人会说人生是严酷的磨砺；你可以说人生如梦，别人也可以说人生的真实往往与梦境相反；你可以说人生浪漫，别人会说最真实最庸凡不过的就是人生；你可以说人生宝贵，别人也可以说人生无常；你还可以说……别人也还可以说……这是文字游戏吗？不是，这就是人生，就是你我分别处身于其中的人生。没有什么话题会像人生这样可以成对地列举出完全相反的命题与定义，因为它是人生，它对于我们人来说无所不包：它包含着一切美仑美奂，也包含着一切丑陋丑恶；它孕育着一切真实真诚，也孳生着一切假象假意；它演示着一切逻辑真理，也演示着一切荒谬滑稽。所有的正义都可能在它的怀抱里得到痛快淋漓的伸张，同时，更多的不公可能在它的肘腋下得到肆无忌惮的鼓励。这就是人生,它无所不包,无奇不有,无微不至,无远弗届。

于是,面对这样的人生,我们无话可说,特别是遭遇到不公正,譬如普希金诗里所歌咏的,"假如生活欺骗了你",人也无任何理由去抱怨人生。

说到这里,我想再次发表我 2004 年写的一篇稿子,其中灌注着我对人生,特别是人生不公的理解。那是写给一位长期遭遇到不公正对待的老人的,他便是著名诗人丁芒,我曾请他到我所主讲的《文学与人生》课堂上现身说法过。——顺便说一句,我在原工作单位主讲这门课时,选课者达 1400 多人,只能在大礼堂授课;我曾请一些著名学者和作家来给学生们讲他们对文学与人生的理解,包括丁芒先生。

在丁芒先生 80 岁的时候,他的家乡南通市的领导决定在市档案馆为他设立特藏资料库。我下面奉献的是在这次建库仪式上的致辞,题目叫《感谢人生》:

鲁迅对裴多斐的话很欣赏,多次加以引用。这位写过"生命诚可贵"的诗人劝告一位幸福的诗人的妻子:苛待你的丈夫,诗人是一只痛苦的夜莺,感受到悲哀才能唱出动听的歌声。

这在诗国里,几乎是规律,是真理,尽管对于诗人来说,是暴虐的规律,残酷的真理。

但每一个成功的诗人都有理由感谢人生,感谢长时间苛待他们的人生。我们这个活动的主人公——诗人丁芒先生也不例外。

无论是硝烟弥漫的战地沙场,还是杀气腾腾的斗争会场,无论是丑陋势利的名利场,还是鸡零狗碎的人生场景,丁芒先生都曾经一度被强势欺压着,被邪恶迫害着,被宵小玩弄着,被庸俗鞭挞着,一个正直的灵魂在欺压中呻唤,一个孤独的诗才在迫害中低吟,一个善良的生命在玩弄中呐喊,一个倔强的良心在鞭挞中绝叫。正是这样的呻唤,低吟,呐喊和绝叫,构成了灵魂的诗篇,良心的诗篇,孤独的善良的丁芒的诗篇。

诗评家们都特别看重丁芒先生两个时代的诗篇。

忧患的 40 年代,生命的体验使得他的诗凝结着原始的强力,先锋的感性萌动着扭曲着寻求多方位释放的激情。那是在紧张的磨难之中,沉重的生命忧患之中产生的生命之歌。

悲愤的 80—90 年代,自由曲的锋芒指向愈演愈烈的歪风邪气,嬉笑怒骂中焕发出诗人创造的天才,那是他自己的不平之鸣,在社会和民族的感性中找到了应和的节奏。那凝合古与今,文与白,雅与俗,格律与自由的新型散曲,体现出一个饱经沧桑的诗人难以明言又不甘不明言的断肠之曲。

50 年代,诗人沉浸在安定祥和的企盼之中,诗歌气韵开始浮动在"东风骀荡"里,那些诗时代大于个人,政治感性大于诗性想象。人生的顺境与政治的幻想合谋,释放了一个青年的梦,却慢慢地断送了一个诗人的灵性。充满幻想的人生顺境,对于他第一次扮演了诗歌之敌。文章憎命达,千古真理的演绎。

80 年代初,诗人加入了归来的歌声。他对人生又充满了梦想,充满了憧憬和希望。他又一次感受到人生的顺境向他走来,朝他张开富有魅力的笑靥。他的歌唱十分卖力,对一切百废俱兴的事物,拨乱反正的局面,甚至工厂的机器轰鸣,山川的春和景明,都敞开了自己嘹亮的歌喉。然而时代的合唱也不过就是这样,融入这个时代没有了鲜明个性的歌唱,歌喉再嘹亮唱出的声响也只能是嘶哑的。时代的和声中如果不发出个人的声音,那音响的结果只能是嘶哑。人生的乐观和顺境依然再一次充当了诗歌之敌。

诗人经常有"发现"情结。郭沫若回国之初歌唱"黄浦之江哟,我的父母之邦",但后来发现上海的街头充满着行尸走肉;闻一多在美国吟太阳,问太阳来自东方,我的祖国可安然无恙,可一回国却发现:不对,这不是我的中华!丁芒在 80 年代中期以后也有自己的"发现",这是对人生顺境的否定性的发现。发现的结果是对人生的清醒的认识,对社会的不平，于是他的讽刺诗应运而生。人生的顺境从此远离了丁芒，丁芒在失望中重新蜕变为（或者说还原成为）一个有追求的诗人。

一个70多岁的诗人恢复了他的诗性的追求，这是神话，是故事，也是丁芒的真实。这可贵的真实来自于前面所说的规律与真理。

诗，穷而后工，死于安乐。

于是，诗人将感谢人生，特别是折磨自己迫害自己背叛自己侮辱自己的人生。

在这样的人生中，丁芒先生的生命活力和艺术创造力不仅从未枯萎，而且越来越茁壮。他写诗，写字。他结交许多青年，与无数个朋辈、儿辈乃至孙辈的人交往，与无数个诗人、画家、书法家交往，他在众多的社交圈中成为人们尊崇和谈论的对象。他在这样的人生中焕发出生命的光芒。

朋辈、儿辈、孙辈的人从他那里领受到真诚和慈祥，诗人、画家、书法家从他那里感受到温情、智慧与灵性。并不是所有的人都可以用80年的岁月换取这一切的，尤其是那些身处顺境，养尊处优，扶摇直上然后无声无息的人。于是我想真诚地向丁先生说：丁老，这80年的人生，值得，而且特爽！

这是我对丁芒研究的一点感想。作为一个百无一用的学者，我很想说说丁芒研究。这个有意思的课题有着可以预见的前景。丁芒是一个学术富矿，成就遍及诗与书，文学与艺术，古与今，白话与文言，散文与小说，理论与创作。知道这个矿藏价值的除了学术界、文学界和书画界的一些有识之士，还有丁老家乡的贤明的领导，市档案局的热心同志。他们辟专藏收集丁芒老的资料和著作，做了一件值得后人敬仰的事情。

这也是人生的赐予。让我们和丁老一起感谢人生，感谢南通市的领导和同志们。

但愿这是人生顺境的花信风。对于丁老来说，人生的不公正此后最好不要鬼鬼祟祟地敲击他的防盗门。不过即使仍有不公正存在，人生依然值得感激。因为这样的人生状态是成就一个透亮的丁芒的基本条件。

对于丁老本人以及他的读者来说，一切未来的人生都值得我们预先感激。

作这番致辞的时候，我也因为命运的拨弄已经踏上了离乡背井的南迁之路，在许多人看来，——我当时也这么认为：我是在承受着人生的不公。其实，我知道，现在更加明确，这看似不公的人生正在为我酝酿一番新的体验，新的机遇，新的挑战。我当时就想，现在更这样想，应该感谢人生！

对于我来说，作为这本书的作者，必须感谢的还有许多，包括多次敦促我完成这个选题写作的温儒敏教授以及北京大学出版社张凤珠、高秀芹女士、艾英小姐等。每想起温先生长期给予我的无私的关怀和支持，每想起故乡的、第二故乡的以及各地的师友对我的深深的理解、祝福与期待，我就在心底里对自己说，人生赐予了我很多很多，我尤其应当重复前面说过的话：感谢人生！

朱寿桐

《名家通识讲座书系》已有选目

*《文学与人生十五讲》 暨南大学中文系　朱寿桐

*《唐诗宋词十五讲》 北京大学中文系　葛晓音

*《中国文学十五讲》 北京大学中文系　周先慎

*《中国现当代文学名篇十五讲》 复旦大学中文系　陈思和

*《西方文学十五讲》 清华大学中文系　徐葆耕

*《通俗文学十五讲》 苏州大学范伯群　北京大学孔庆东

*《鲁迅作品十五讲》 北京大学中文系　钱理群

***《红楼梦十五讲》** 文化部艺术研究院　刘梦溪　冯其庸　周汝昌等

***《中国古代诗学十五讲》** 华中师范大学中文系　王先霈

　《当代外国文学名著十五讲》 吉林大学文学院　傅景川

*《中国美学十五讲》 北京大学哲学系　朱良志

*《现代性与后现代性十五讲》 厦门大学哲学系　陈嘉明

*《文化哲学十五讲》 黑龙江大学　衣俊卿

*《科技哲学十五讲》 南京大学哲学系　林德宏

*《西方哲学十五讲》 中国人民大学哲学系　张志伟

*《现代西方哲学十五讲》 复旦大学哲学系　张汝伦

*《哲学修养十五讲》 吉林大学哲学系　孙正聿

*《美学十五讲》 东南大学　凌继尧

*《宗教学基础十五讲》 清华大学哲学系　王晓朝

***《逻辑学十五讲》** 北京大学哲学系　陈　波

***《道德哲学原理十五讲》** 北京大学哲学系　王海明

　《自然辩证法十五讲》 北京大学哲学系　吴国盛

　《伦理学十五讲》 湖南师范大学伦理学研究中心　唐凯麟

*《口才训练十五讲》 清华大学政治学系　孙海燕　上海科技学院　刘伯奎

＊《政治学十五讲》 北大政府管理学院 燕继荣

《社会学理论方法十五讲》 北京大学社会学系 王思斌

《公共管理十五讲》 北京大学政府管理学院 赵成根

《企业文化学十五讲》 武汉大学政治与行政学院 钟青林

《西方经济学十五讲》 中国人民大学经济学院 方福前

《政治经济学十五讲》 北京大学政府管理学院 朱天飙

《百年中国知识分子问题十五讲》 华东师范大学历史系 许纪霖

＊《道教文化十五讲》 厦门大学宗教所 詹石窗

＊《〈周易〉经传十五讲》 清华大学思想文化所 廖名春

＊《美国文化与社会十五讲》 北京大学国际关系学院 袁　明

＊《欧洲文明十五讲》 中国社会科学院 陈乐民

《中国文化史十五讲》 北京大学古籍研究中心 安平秋 杨　忠 刘玉才

《文化研究基础十五讲》 北京大学比较文学所 戴锦华

《日本文化十五讲》 北京大学比较文学所 严绍璗

＊《中国传统文化十五讲》 佛光大学人文社会学院 龚鹏程

《中西文化比较十五讲》 北京大学外语学院 辜正坤

＊**《俄罗斯文化十五讲》** 北京大学外语学院 任光宣

《基督教文化十五讲》 中国人民大学中文系 杨慧林

《法国文化十五讲》 北京大学外语学院 罗　芃

《佛教文化十五讲》 南开大学文学院 陈　洪 社科院佛教研究中心 湛如法师

《文化人类学十五讲》 中国社会科学院文学所 叶舒宪

《民俗文化十五讲》 北京大学社会学系 高丙中

《上海历史文化十五讲》 上海师范大学文学院 杨剑龙

《北京历史文化十五讲》 北京师范大学文学院 刘　勇

＊**《文物精品与文化中国十五讲》** 清华大学人文学院 彭　林

＊**《中国道德智慧十五讲》** 中国人民大学哲学系 肖群忠

＊《语言学常识十五讲》 北京大学中文系 沈　阳

＊《汉语与汉语研究十五讲》 北京大学中文系 陆俭明 沈　阳

*《西方美术史十五讲》 北京大学艺术系 丁 宁

*《戏剧艺术十五讲》 南京大学文学院董健 马俊山

*《音乐欣赏十五讲》 中国作家协会 肖复兴

《中国美术史十五讲》 中央美术学院 邵 彦

《影视艺术十五讲》 清华大学传播学院 尹 鸿

《书法文化十五讲》 北京大学中文系 王岳川

《美育十五讲》 山东大学文学院 曾繁仁

《艺术史十五讲》 北京大学艺术系 朱青生

*《艺术设计十五讲》 东南大学艺术传播系 凌继尧

*《中国历史十五讲》 清华大学 张岂之

*《清史十五讲》 中国人民大学清史所 张 研 牛贯杰

*《美国历史十五讲》 北京大学历史系 何顺果

*《丝绸之路考古十五讲》 北京大学历史系 林梅村

*《文科物理十五讲》 东南大学物理系 吴宗汉

*《现代天文学十五讲》 北京大学物理学院 吴鑫基 温学诗

*《心理学十五讲》 西南师大心理学系 黄希庭 郑 涌

*《生物伦理学十五讲》 北京大学生命科学学院 高崇明 张爱琴

*《医学人文十五讲》 少年儿童出版社(上海) 王一方

*《科学史十五讲》 上海交通大学人文学院 江晓原

《思维科学十五讲》 武汉大学哲学系 张掌然

*《青年心理健康十五讲》 清华大学教育研究所 樊富珉

《环境科学十五讲》 北京大学环境学院 张航远 邵 敏

*《人类生物学十五讲》 北京大学生命科学学院 陈守良

***《医学伦理学十五讲》** 北京大学医学部 李本富 李 曦

***《医学史十五讲》** 北京大学医学部 张大庆

《人口健康与发展十五讲》 北京大学人口所 郑晓瑛

(画＊者为已出,其中黑体部分为新出)